BODENSEE KRIMI 2

Manfred Megerle ist gelernter Schwabe. Er lebt in Heilbronn, kennt jedoch die Bodenseeregion wie seine Westentasche. Über dreißig Jahre leitete er eine Werbeagentur und produzierte Werbetexte. Kriminalromane kannte er nur vom Lesen. Nun wollte er endlich selbst einen schreiben. »Seehaie« ist sein erster Krimi, der nächste ist bereits in Arbeit. Das, meint er, ist er seinem Hauptkommissar Wolf schuldig.

MANFRED MEGERLE

SEEHAIE

BODENSEE KRIMI

Emons Verlag

Umschlagzeichnung: Heribert Stragholz
Druck und Bindung: CPI – Clausen & Bosse, Leck
Printed in Germany 2008
Erstausgabe 2007
ISBN 978-3-89705-519-3

Für Carin und Ulrich

»Dieser See, glaube ich, bewirkt nicht dies oder das.
Wenn er etwas einprägt, dann den Wechsel.«
Martin Walser

1

Er sah auf die Uhr. Schon halb sieben. Wurde langsam Zeit, die Sache zu Ende zu bringen. Noch einmal zog er an seiner Zigarette, ehe er den Blick auf sein Gegenüber richtete.

»Tja, Freundchen! Das hast du dir nun selbst zuzuschreiben. Niemand beißt ungestraft in die Hand, die ihn füttert.« Mit spitzen Lippen pustete er einige Rauchkringel in die Luft, sah ihnen gedankenverloren nach, bis sie sich im Blätterdach der Bäume verloren. »Was hast du dir nur dabei gedacht?«, begann er aufs Neue. »Du hättest wissen müssen, dass du gegen uns nicht anstinken kannst! Das haben schon ganz andere versucht, und keinem ist es sonderlich bekommen.«

Er machte eine längere Pause, gerade so, als wolle er dem Angesprochenen Gelegenheit geben, sich zu verteidigen. Doch der blieb stumm. »Konntest den Hals nicht voll genug kriegen, stimmt's? Und jetzt? Jetzt hast du den Boden unter den Füßen verloren.« Als ihm die Doppeldeutigkeit seiner Aussage bewusst wurde, lachte er verhalten.

Er ging ein paar Schritte und sah sich um. Nichts rührte sich. Zwischen den Bäumen, etwas tiefer gelegen und doch gefährlich nahe, die Häuser von Wallhausen, dicht dahinter der blinkende See, dessen jenseitiges Ufer sich im Dunst verlor. Langsam wurde es dort unten lebendig: Einige Wallhausener machten sich bereits auf den Weg zur Arbeit, andere gingen mit ihren Hunden spazieren. Bald würden die ersten Jogger unterwegs sein.

Sorgfältig drückte er auf der Schuhsohle seine Zigarette aus, akribisch darauf bedacht, kein Krümelchen auf den Boden fallen zu lassen. Die Kippe legte er zu den anderen in eine mitgebrachte Plastiktüte.

Ein letzter Blick streifte den Mann, zu dem er gesprochen hatte. Dann gab er sich einen Ruck. »Okay, bringen wir's hinter uns«, murmelte er, fischte ein Handy aus der Jackentasche und drückte ein paar Tasten.

»Ist dort die Polizei? Sie sollten schnell einen Wagen schicken,

hier hängt einer … na hier, im Wald, etwa einen halben Kilometer oberhalb Wallhausen, rechts von der Landstraße nach Dettingen … Wie er heißt? Weiß ich doch nicht, denken Sie, ich fass den an? … Ach so, wie ich heiße, meinen Sie? … Hallo, hallo?« Er drückte die Aus-Taste.

Ein frischer Wind war aufgekommen, der Tote über ihm begann leicht zu schaukeln.

Mit geübten Griffen zog er sich die weißen Latexhandschuhe von den Fingern. Nach einem letzten prüfenden Blick machte er kehrt und lief mit raschen Schritten in den Wald hinein.

2

»Verdammte Hitze«, knurrte Hauptkommissar Wolf apathisch und schloss sein Fahrrad ab. Um kurz nach sieben war das Thermometer neben dem Eingang bereits auf satte vierundzwanzig Grad geklettert. Das konnte ja heiter werden. Selbst unten am See, wo meist eine leichte Brise wehte, war diese Hitze mehr als lästig.

Vollends unerträglich fand er sie im Dienstgebäude der Überlinger Kripo. Das für eine Polizeidirektion ungewöhnlich moderne Bauwerk, im Volksmund respektlos »Aquarium« genannt, protzte mit einer spiegelnden Fassade aus Glas und Aluminium. Diese Außenhaut verwandelte die Innenräume schnell in eine finnische Sauna, und entsprechend hitzig war mitunter die Stimmung unter den Kollegen.

Wolf verscheuchte diese Gedanken. Er hatte Wichtigeres zu tun, als sich über das Wetter den Kopf zu zerbrechen. Seit gut drei Wochen hechelten sie hinter einer Gruppe von Rumänen her, die bei nächtlichen Überfällen auf Banken im Bodenseeraum weit über eine Million Euro erbeutet hatte, ohne dass man ihre Spur entdeckt, geschweige denn einen der Täter gefasst hätte. Ihren letzten Coup hatten die Rumänen vor zwei Tagen in Owingen gelandet. Die Täter gingen stets nach dem gleichen Muster vor: Sie klauten ein schweres Fahrzeug, rissen mit dessen Hilfe den Tresor aus der Wand und verschwanden damit in den umliegenden Wäldern. Wolf hätte sonst was drum gegeben, den Fall endlich vom Hals zu haben.

Na ja, neuer Tag, neues Glück – vielleicht war ja ausnahmsweise mal was dran an dem Spruch! Entschlossen machte er sich an den Aufstieg zu seinem Büro. Seine Abteilung, das Erste Kriminaldezernat, kurz: D1, befand sich im zweiten Stock, und auf die paar Treppen kam es nun auch nicht mehr an. Er war bereits verschwitzt, schlimmer konnte es nicht kommen.

Joanna ließ den Arm aus dem Autofenster baumeln und genoss den warmen Fahrtwind. Fast wie in der alten Heimat, dachte sie und ließ die Schranke hoch, die die Einfahrt auf den Parkplatz der Polizeidirektion freigab.

An Tagen wie diesem überkam Joanna Louredo, von ihren Kollegen nur Jo genannt, manchmal so etwas wie Wehmut. Sie war sich sicher, ihre Eltern würden noch immer in Deutschland leben, gäbe es mehr Sommer wie diesen. Ende letzten Jahres hatten sie endgültig vor dem deutschen Wetter kapituliert und waren nach Portugal zurückgekehrt, um sich in Vigo von ihrem Ersparten ein kleines Hotel zu kaufen.

Jo war in Baden-Württemberg geblieben. Sie hatte hart für ihre Laufbahn als Kommissarin bei der Kriminalpolizei gearbeitet. Nach der Landespolizeischule in Freiburg war sie vor etwa einem halben Jahr als frischgebackene Kriminalhauptmeisterin und Kommissarsanwärterin zur Kripo Überlingen gekommen. Die Arbeit hier machte ihr Spaß, auch wenn sie nicht mit allen Kollegen auf Anhieb klarkam. Aber das war ein anderes Thema. Jetzt musste sie erst mal einen freien Parkplatz ergattern.

So spendabel sich das Land beim Neubau des Dienstgebäudes auch gezeigt hatte, die schon immer knappe Parkfläche war seinerzeit nicht erweitert worden. Da vorne, in der zweiten Reihe, war da nicht eine Lücke? Tatsächlich! Jo drückte erleichtert den Fuß aufs Gaspedal und steuerte den freien Platz an, als plötzlich ein roter Flitzer frech an ihr vorbeiröhrte und die Lücke schloss.

Jo bekam einen roten Kopf. »Dieser Arsch!«, entfuhr es ihr. Das war Kalfass! Ludger Kalfass, Jos Kollege und Intimfeind. Vor zwei Jahren hatte ihn das Personalamt als Kriminalobermeister in Überlingen »abgestellt«, seitdem klebte er an diesem Stuhl. Kein noch so übertriebener Eifer hatte daran etwas zu ändern vermocht.

»Liebenswürdig wie immer«, konnte sich Jo einen Kommentar nicht verkneifen. »Wenn Egoismus wehtäte, müsstest du dich vor Schmerzen krümmen.« Am liebsten hätte sie diesen Widerling gesiezt, doch das unter Kollegen übliche »Du« konnte sie schlecht ignorieren. Aus den Augenwinkeln nahm sie im zweiten Stock des Gebäudes eine stämmige weißhaarige Männergestalt wahr. Der Chef war also bereits im Haus.

»Wer zuerst kommt, parkt zuerst, wusstest du das nicht, liebe Kollegin? Oder willst du mich für den knappen Parkraum verantwortlich machen?« Kalfass schloss die Wagentür und rückte seine randlose Brille zurecht, ehe er grinsend in Richtung Hintereingang verschwand.

Zehn Minuten später betrat Jo das Büro.

»Gut, dass du endlich kommst«, bemerkte Kalfass süffisant, ohne den Blick von seinem Bildschirm zu nehmen. »Die Antwort vom LKA ist da. Der Tote bei dem Überfall in Owingen geht eindeutig auf das Konto der Rumänen.«

Noch ehe Jo eine passende Antwort einfiel, öffnete sich die Tür zum Nebenraum. Mit einem übertrieben zackigen »'n Morgen, die Herrschaften!« stürmte Hauptkommissar Wolf in den Raum. Trotz der Hitze trug er in waghalsig schrägem Sitz ein Barett auf dem Kopf. Jo konnte sich nicht erinnern, ihn jemals ohne Kopfbedeckung gesehen zu haben. Angeblich versteckte er darunter eine kahle Stelle, die ihm ein Messerstecher bei der Festnahme zugefügt hatte.

»Jo, nimm deine Tasche und überlass die Rumänen Onkel Lu. Wir müssen weg.«

»Was ist passiert?«, fragte sie.

»Wir fahren nach Wallhausen. Ein Suizid.«

Bei dem spöttisch hingeworfenen »Onkel Lu« hatte Kalfass ruckartig den Kopf gehoben. Jo wusste, dass er diesen Spitznamen auf den Tod nicht ausstehen konnte. Es ärgerte ihn maßlos, dass Wolf ihn immer wieder verwendete. Jo hatte ihm den Namen verpasst, nachdem er auffallend häufig von einer jugendlich klingenden Frau angerufen wurde, die er hartnäckig als seine Nichte ausgab.

»Seit wann kümmern wir uns um Wallhausen?« Die Missbilligung in seiner Stimme war nicht zu überhören. »Das ist die gegenüberliegende Seeseite, da sind die Kollegen aus Konstanz zuständig.« Abfällig fügte er hinzu: »Und dann noch ein Suizid!«

»Später«, beschied ihn Wolf und war bereits unter der Tür. Jo hatte Mühe, ihm zu folgen.

Zehn Minuten später standen sie am Bug der »Möwe« und ließen sich die frische Seeluft um die Nase wehen. Jo genoss die Überfahrt auf der kleinen Personenfähre, den Blick auf das näher kommende Südufer des Überlinger Sees gerichtet, auf den bunten Mix der im Sonnenglast flirrenden Landschaft, die so wohltuend auf die Seele wirkte. Wolf hingegen schien gegen solcherlei Anwandlungen gefeit. Er hatte sich eine seiner gefürchteten filterlosen Gitanes angesteckt, die er stets nur zur Hälfte rauchte, ganz so, als würde ihm selbst übel davon.

Die Überfahrt nach Wallhausen dauerte etwas mehr als eine Viertelstunde. Während dieser Zeit war die drückende Schwüle wenigstens halbwegs zu ertragen.

»Wo genau ist denn der Fundort der Leiche?«, brach Jo schließlich das Schweigen.

Einige Sekunden verstrichen, ehe Wolf antwortete. »Etwa achthundert Meter oberhalb Wallhausen, in einem Buchenwäldchen unweit der L219.«

»Und wie kommen wir dahin? Doch nicht zu Fuß?« Jo blickte skeptisch auf ihr wenig geländegängiges Schuhwerk.

»Keine Sorge, die Konstanzer Kollegen schicken einen Wagen.«

»Onkel Lu hatte recht: Wieso kümmern eigentlich *wir* uns um den Fall – vorausgesetzt, es ist einer? Der Fundort liegt auf Konstanzer Gebiet.«

Wolf warf seine Kippe in den See. »Der Tote heißt Stanislaus Ploc, ein Pole, von Beruf Lastwagenfahrer. Wohnte auf unserer Seite des Sees, in Ludwigshafen, deshalb hat man uns verständigt.«

»Gibt es einen Abschiedsbrief?«

»Keine Ahnung. Warten wir's ab. Und ehe du mich weiter löcherst: Auch ob die Leiche schon untersucht wurde, weiß ich nicht.«

Minuten später legte die »Möwe« an, und sie stiegen in den bereitstehenden Streifenwagen. Das letzte Wegstück durch den Wald hätte bei empfindsamen Gemütern durchaus Kopfschmerzen oder gar Übelkeit auslösen können. Das lag jedoch weniger am Zustand des Weges als an dem draufgängerischen Fahrstil des Konstanzer Kollegen.

Endlich waren sie da. Das Areal war nicht abgesperrt, niemand würde sich um diese Zeit dorthin verirren. Sie gingen das letzte Stück zu Fuß. Nach einer Weile passierten sie einen zweiten Wagen, vermutlich das Dienstfahrzeug der Kripo Konstanz, und erreichten schließlich eine kleine Lichtung. Zwei Uniformierte waren gerade dabei, den Waldboden nach eventuellen Spuren abzusuchen.

Über der am Boden liegenden leblosen Gestalt wölbte sich die Krone einer mächtigen Buche. Von einem der Äste baumelte noch das Seil. Die Schlinge fehlte, man hatte den Toten einfach abgeschnitten. Es handelte sich um einen etwa fünfzigjährigen, hager wirkenden Mann mit Dreitagebart, bekleidet nur mit einer reichlich zerschlissenen Arbeitshose und Turnschuhen. Sein stark behaarter Oberkörper war nackt. Neben ihm lag ein ehemals gelbes T-Shirt, auf dem Jo mit Mühe die Aufschrift »HOHBAU« entziffern konnte. Deutlich zu erkennen dagegen waren die rötlich violetten Strangulierungsmale am Hals des Toten. Eine Frau beugte sich über den Leichnam, ihr weißer Overall und der Instrumentenkoffer wiesen sie als Ärztin aus. Sie nickte den Neuankömmlingen kurz zu und setzte dann ihre Untersuchung fort. Ein umgestoßener Campingstuhl, der etwa einen Meter neben dem reglosen Körper lag, rundete das Bild ab.

Ein Kripobeamter in Zivil tauchte neben ihnen auf und grüßte. Wolf hob nur flüchtig die Hand, eine Reaktion, die Jo nicht fremd war. Wahrscheinlich hadert er jetzt wieder mit seinem Namensgedächtnis, dachte sie. Sie kannte seine Schwäche, Namen zu vergessen – ein Manko, das ihn zunehmend belastete, wie er ihr einmal gestanden hatte.

Der Kollege hielt Wolf eine grüne Kunststoffbox hin. Wie die beiden Uniformierten trug auch er die bei der Polizei üblichen weißen Latexhandschuhe. »Da ist alles drin, was wir in den Taschen des Toten gefunden haben: Ausweis, Führerschein, Schlüssel, EC-Karte, eine kleinere Summe Bargeld, ein paar Fotos. Was man eben so bei sich trägt. Ach ja, und dann noch das hier, eine Kunststoffschlaufe. Haben die Kollegen auf dem Boden gefunden, unter dem Laub.«

Wolf nahm das Ding in die Hand und drehte es hin und her. »Was ist das?«

»Wissen wir nicht. Kann sein, es hat gar nichts mit dem hier zu tun.« Mit einer flüchtigen Handbewegung wies der Beamte auf den Toten.

»Kein Abschiedsbrief?«, fragte Jo.

»Wie man's nimmt. Diese Hülle hier war ebenfalls bei seinen

Sachen. Den Zettel, der drinsteckt, könnte man als solchen deuten.« Er zog ein Papier heraus und entfaltete es.

Mit sauberer, schulmäßiger Schrift, die auf keinerlei seelische Erregung schließen ließ, hatte der Schreiber drei kurze Worte auf das Papier gesetzt: »Verzeih mir, Sonja.«

»Nicht gerade viel«, kommentierte Jo. »Könnte Sonja seine Frau sein?«

»Keine Ahnung. Vergesst nicht: Wir sind auch erst seit einer halben Stunde hier.«

»Schon gut, wir recherchieren das«, winkte Wolf ab. »Ich nehme an, wir können seine Sachen mitnehmen, oder? Vermutlich seid ihr froh, wenn die kriminaltechnische Untersuchung bei uns in Überlingen durchgeführt wird.« Mit dem Anflug eines Lächelns versuchte er, der Situation jeden Anschein von Rivalität zu nehmen. »Aber vielleicht können wir uns das ja sogar sparen, je nachdem, was der Doc feststellt.« Damit drehte er sich um und ging auf die Ärztin zu.

»Moment noch«, warf Jo hastig ein und fragte den Konstanzer Kollegen: »Habt ihr sein Fahrzeug gefunden?«

Der schüttelte den Kopf. »Sieht so aus, als wäre der Mann zu Fuß gekommen. Jedenfalls steht weit und breit kein herrenloser Wagen.«

»Irgendwelche Umstände, die aus deiner Sicht auf etwas anderes als Selbstmord hindeuten?«, fragte Wolf.

»Bis jetzt nicht. Alles spricht dafür, dass Ploc allein war, dass er auf den Campinghocker stieg, sich die Schlinge um den Hals legte und danach den Hocker umstieß. Was wir nicht wissen, ist, *warum* er es tat. Das rauszukriegen ist jetzt eure Sache.«

Inzwischen hatte sich die Ärztin erhoben und war zu ihnen rübergekommen. Sie bestätigte die Einschätzung des Beamten: »Eindeutig Suizid, keinerlei Hinweis auf Fremdeinwirkung, soweit ich das hier feststellen kann.« Sie griff nach einem Formular. »Geht die Leiche nach Konstanz oder nach Überlingen?«

»Überlingen, Pathologie im Kreiskrankenhaus«, antwortete Wolf und wischte sich den Schweiß von der Stirn. Sie verabschiedeten sich und gingen zu dem Wagen zurück, der sie hergebracht hatte.

Sie waren erst wenige Meter gefahren, als ihnen auf dem Waldweg ein marineblauer Sportwagen entgegenkam und sich forsch zwischen ihnen und den Bäumen hindurchzwängte.

»Stopp!«, rief Wolf dem Fahrer zu und bat ihn, zurückzustoßen. Eine nicht mehr ganz junge, aber immer noch attraktive Brünette kletterte eben aus dem Flitzer. Sie trug eine Tasche über der rechten Schulter und versuchte, möglichst unauffällig eine kleine digitale Kamera dahinter zu verstecken. Für Wolf jedoch nicht unauffällig genug.

»Sieh an, die Presse«, rief er durch das offene Fenster. »Ich fürchte, ich muss Sie enttäuschen, Frau Winter. Hier gibt's absolut nichts, was Sie interessieren könnte.«

»Darüber gingen unsere Ansichten schon immer etwas auseinander, Hauptkommissar Wolf.«

»Woher wissen Sie eigentlich, dass wir hier sind?«

»Ein Vöglein hat es mir zugezwitschert«, antwortete die Journalistin augenzwinkernd.

Wolf lag eine scharfe Antwort auf der Zunge, doch er schluckte sie hinunter. »Hat der ›Seekurier‹ es bereits nötig, sich um Familientragödien zu kümmern? Diese Leute haben nicht verdient, dass man ihr Unglück an die Öffentlichkeit zerrt.«

»Könnte es nicht sein, dass Sie den Fall falsch einschätzen, Herr Wolf?«

»Es gibt keinen Fall. Und jetzt muss ich Sie bitten, wieder zurückzufahren.«

»Tut mir leid, aber ich sehe hier keine Absperrung, also kann ich auch weitergehen.«

Wie um ihre Absicht zu unterstreichen, ging sie ein paar Schritte auf den mittlerweile zugedeckten Leichnam zu und brachte ihre Kamera in Schussposition. Plötzlich stand einer der Uniformierten vor ihr. Mit ausgebreiteten Armen drängte er sie zurück.

»Ich hoffe, Sie wissen, was Sie da tun«, fuhr sie den Beamten an. Im Zurückweichen warf sie noch einmal einen Blick über die Lichtung, als wolle sie sich alle Einzelheiten einprägen.

Wenig später standen Wolf und Jo wieder auf dem Deck der »Möwe«. In Anbetracht der Temperaturen verzichtete Wolf diesmal sogar auf seine Gitanes.

»Sieht so aus, als wäre der Kelch an uns vorübergegangen, Chef. Keine Spuren, kein Kampfgeschehen, keine Fremdeinwirkung am Körper des Toten – klarer kann ein Suizid kaum sein. Fast ein bisschen schade, auch wenn es makaber klingt. Ich hätte nichts dagegen gehabt, wenn der Rumänenfall an ein anderes Dezernat gegangen wäre.«

»Gib die Hoffnung nicht auf, Jo. Erst, wenn sich auch bei Plocs Familie und an seinem Arbeitsplatz kein hinreichender Verdacht auf Fremdeinwirkung ergibt, können wir den Todesfall als erledigt betrachten.« Nachdenklich blickte er auf das wie bleiern daliegende Wasser hinunter. »Ich möchte gar zu gerne wissen, wer die Winter informiert hat ...«, murmelte er.

3

»Nummer achtundzwanzig … hier ist es … da vorne kannst du den Wagen abstellen.«

Wolf atmete hörbar auf. Er war glücklich, das Gefährt verlassen zu können. Da ihnen die Fahrbereitschaft der Kripo Überlingen auf die Schnelle keinen Wagen stellen konnte, hatten sie Jos Beetle genommen. Wolf wusste, dass der Wagen über den stärksten Motor verfügte, den das Werk herstellte, und, wenn es sein musste, gut und gerne hundertachtzig Stundenkilometer auf die Straße brachte. Damit käme er ja notfalls noch klar, besäße Jo nicht gleichzeitig den Ehrgeiz, ihrem Renn-Ei auf jeder Strecke die maximale Leistung abzufordern – wenn möglich, sogar etwas mehr.

Nun, er hatte es überlebt. Jo hatte den Beetle unweit einer Reihenhauszeile an einem recht steilen Hang oberhalb von Ludwigshafen geparkt. Nach Südosten öffnete sich der Blick weit über den Überlinger See, an klaren Tagen waren von hier aus sogar die schneebedeckten Gipfel der Zentralschweiz zu sehen.

Wolf drehte sich um. Vier der fünf dem See zugewandten Reihenhäuser wirkten wie aus dem Werbespot einer Bausparkasse: Hängegeranien am Balkon, sauber angelegte kleine Vorgärten, auf den Terrassen bunte Sonnenschirme mit Sitzgruppen.

Nur das letzte Haus fiel etwas aus dem Rahmen. Keine Gardinen an den Fenstern, der Aufgang moosbewachsen, der Garten ungepflegt.

»Sieht aus, als wäre den Plocs auf halbem Weg das Geld ausgegangen«, brachte Jo die Sache auf den Punkt.

»Die wollten hier sicher ihren Traum vom Leben im gelobten Westen verwirklichen. Für Leute von drüben«, er wies mit der Rechten unbestimmt nach Osten, »dauert das eben etwas länger.« Dann seufzte er. »Komm, lass uns Plocs Frau suchen gehen.«

Sie stiegen die Treppe zum Hauseingang hoch. Als auf ihr Klingeln niemand öffnete, klopften sie mehrmals laut an die Haustür. »Frau Ploc! … Hallo … Frau Ploc!« Ihre Rufe lockten jedoch nur die Nachbarin aus dem Haus, eine ältere, grauhaarige Frau mit leicht verkniffenen Gesichtszügen.

»Wenn Sie die Ploc suchen, die ist nicht da.«

»Guten Tag, mein Name ist Louredo, Kripo Überlingen. Das ist Hauptkommissar Wolf. Wissen Sie, wo wir sie finden können?«, fragte Jo.

»Da sind Sie schon die Zweite, die das wissen will.«

»Wer noch?«, gab Jo erstaunt zurück.

»Na, die Frau eben.«

»Welche Frau?«, fragte Jo begriffsstutzig.

»Sie meinen sicher die Frau mit dem blauen Sportwagen?«, fragte Wolf ahnungsvoll.

»Genau. Was wollen Sie denn von der Ploc?«

»Wissen Sie, wo wir sie finden können?«, ignorierte Wolf ihre Neugier.

Die Frau schien enttäuscht. »Gehen Sie hier die Straße weiter, am Ende zweigt rechts ein Feldweg ab, den Berg hinauf. Oben liegt das Erdbeerfeld von Bauer Ostberg, dort wird sie pflücken. Sie pflückt jeden Nachmittag.« Den letzten Satz sprach sie aus, als handle es sich bei dieser Tätigkeit um eine unzüchtige Handlung.

»Na also, geht doch«, murmelte Wolf und wandte sich zur Straße.

»Haben Sie vielen Dank, und schönen Nachmittag noch«, rief Jo über die Schulter zurück.

Wenigstens war die Wegbeschreibung der Nachbarin brauchbar. Es dauerte keine fünf Minuten, bis sie den Acker erreichten. Vorne am Weg stand ein Traktor mit Anhänger, auf dem die vollen Körbe gesammelt wurden. Über das Feld verteilt bückten sich gut und gerne zwanzig Personen, zumeist Frauen, nach den Früchten, deren aromatischer Duft überall in der Luft hing.

Wolf ging auf den Mann am Anhänger zu und stellte sich vor. »Herr Ostberg, nehme ich an?«

»Richtig. Was kann ich für Sie tun?«

»Ist unter Ihren Leuten eine Frau Ploc?«

»Warum wollen Sie das wissen?«, fragte der Bauer misstrauisch zurück.

»Wir müssen uns kurz mit ihr unterhalten. Könnten Sie sie bitte herbeirufen? Das wäre sehr freundlich.«

Ostberg wollte etwas erwidern, lief dann jedoch ein paar Schritte auf den Acker und stieß einen gellenden Pfiff aus. Zwanzig Köpfe fuhren hoch. »Sonja«, brüllte Ostberg und winkte. Eine Frau löste sich aus der Gruppe und kam näher.

Sonja Ploc war etwa so alt wie ihr Mann. Auch bei ihr hatten entbehrungsreiche Jahre ihre Spuren hinterlassen. Trotz der Hitze trug sie ein Kopftuch, auf ihrer Nase saß eine altmodische Hornbrille.

Wolf dankte Ostberg und nahm die Frau etwas zur Seite. »Frau Ploc, mein Name ist Wolf, Kripo Überlingen. Das ist meine Kollegin Frau Louredo. Bitte entschuldigen Sie unseren Überfall ...«

Mit hartem slawischem Akzent fuhr sie ihm ins Wort: »Wir haben Aufenthalts- und Arbeitsgenehmigung, bei uns ist alles in Ordnung ...«

Jo beruhigte sie. »Deshalb sind wir nicht hier, Frau Ploc. Wissen Sie, wo sich ihr Mann aufhält?«

»Bei der Arbeit, wo sonst?«

»Wo arbeitet ihr Mann?«

»Stani ist Lkw-Fahrer bei Hohmann ... guter Fahrer.«

Dem Bauunternehmer Karlheinz Hohmann gehörte die Hohbau GmbH, ein Unternehmen, das viele wichtige Bauprojekte am Bodensee durchführte.

Wolf hielt den Moment für gekommen, der offenbar ahnungslosen Frau reinen Wein einzuschenken. »Frau Ploc, wir haben leider eine schlechte Nachricht ...«

Plötzlich hing die Frau mit großen Augen an seinen Lippen. »Nachricht? Was für eine Nachricht? Reden Sie schon ...«, rief sie schrill. Ostberg schaute aufmerksam zu ihnen herüber.

»Ihr Mann ... er hat sich heute morgen das Leben genommen.«

Es war, als hätte Sonja Ploc überhaupt nicht zugehört. Sie verzog keine Miene, verharrte starr auf der Stelle. Langsam, ganz langsam versteinerte sich ihre Miene, endlose Sekunden verstrichen. Sie flüsterte kaum hörbar: »Was ist passiert? ... Wo ist er?«

Jo sagte es ihr. Dann trat sie auf die mit einem Schlag um Jahre gealtert wirkende Frau zu und strich ihr sanft über den Arm. In solchen Situationen war Wolf dankbar, eine einfühlsame Kollegin bei sich zu haben. Gerade heute war das besonders wichtig, denn für Sonja Ploc war längst nicht alles vorbei, sie würde ihnen noch Rede und Antwort stehen müssen.

Zum wiederholten Mal tupfte sich Wolf den Schweiß von der Stirn, ehe er sich räusperte. »Frau Ploc, fühlen Sie sich in der Lage, uns ein paar kurze Fragen zu beantworten?«

Die Frau wischte sich die Tränen aus den Augen und nickte schwach.

»Haben Sie eine Erklärung für den Freitod Ihres Mannes?«

Sie zögerte mit der Antwort. »Ich weiß nicht ... natürlich, es ging uns nicht gut ... gar nicht gut ... das Geld, wissen Sie ...« Sie brach ab und vergrub ihr Gesicht in den Händen.

»Erkennen Sie diese Schrift?« Er zeigte ihr den Zettel, den sie bei dem Toten gefunden hatten.

»Ist Stanis Schrift«, murmelte sie und brach erneut in Tränen aus.

»Sind Sie sicher? Schauen Sie sich den Zettel genau an.«

»Ja, ist.«

Jo reichte ihr ein Taschentuch. »Besitzen Sie ein Auto? Und wenn ja, wo ist es?«

»Ist in Werkstatt.«

»Noch eine letzte Frage, Frau Ploc: Haben Sie Kinder?«

»Drei. Sind zurzeit in Polen. Ferien, wissen Sie ...«

»Danke. Möchten Sie, dass wir Sie nach Hause fahren?«

»Nein, ich habe Fahrrad, ist nicht weit.«

Im Weggehen machte Wolf noch einmal kehrt: »Ach, doch noch eine allerletzte Frage, entschuldigen Sie: Ist Ihnen bekannt, ob Ihr Mann eine Lebensversicherung hatte?«

»Davon weiß ich nichts, hat Stani nie darüber gesprochen.«

***

Plocs Arbeitgeber, die Hohbau GmbH, hatte ihren Firmensitz in Markdorf. Der schnellste Weg dorthin führte über die B31 am See entlang bis Meersburg. Von dort ging es noch etwa zehn Kilometer landeinwärts in Richtung Ravensburg. Alles in allem war die Strecke, freie Straßen vorausgesetzt, in gut vierzig Minuten zu schaffen. Jo brauchte knapp dreißig. Wolf versuchte, sich auf der Fahrt ins Unvermeidliche zu fügen, lenkte sich ab, indem er die Segel auf der schimmernden Seeoberfläche zählte oder die Namen der am gegenüberliegenden Ufer verstreut liegenden malerischen Ortschaften vorwärts und rückwärts aufsagte. Er wusste: Jos Temperament zügeln zu wollen war ein hoffnungsloses Unterfangen, also ließ er sie gewähren. Manchmal hatte ihre Power ja auch Vorteile: Wo Kalfass noch abwog, hatte Jo bereits gehandelt, und das war dem D1 mehr als einmal von Nutzen gewesen.

Kurz hinter Meersburg rief Kalfass auf Wolfs Handy an. Unter Plocs Sachen war auch dessen EC-Karte gewesen, und da Wolf im Moment finanzielle Schwierigkeiten als das wahrscheinlichste Motiv für den Selbstmord annehmen musste, hatte er Kalfass angewiesen, Plocs Bank etwas auf den Zahn zu fühlen.

»Was die Plocs und ihre finanziellen Verhältnisse angeht, Chef, da hatten Sie recht. Der Filialleiter wollte zwar nicht mit konkreten Summen herausrücken, verschanzte sich hinter dem Bankgeheimnis, das kennen wir ja. Aber so viel konnte ich ihm dann doch entlocken: Die Plocs waren für ihre Verhältnisse recht hoch verschuldet. Und jetzt halten Sie sich fest: Kurz vor mir hatte ihm jemand vom ›Seekurier‹ dieselben Fragen gestellt. Eine Frau.« Dann, als Wolf nicht gleich antwortete: »Sind Sie noch dran, Chef?«

»Äh ... ja, die Dame ist uns bekannt. Wir fahren jetzt nach Markdorf zu Plocs Arbeitgeber. Sonst was Neues?«

»Wir haben das Fahrzeug sichergestellt, das die Rumänen bei ihrem letzten Raubzug benutzt haben, und zwar in einem aufgelassenen Heuschober, vier Kilometer vom Tatort entfernt.«

Warum nur hörten sich bei Kalfass solche Nachrichten immer an, als sei die Entdeckung sein ganz persönliches Verdienst?

»Bleib dran. Ich denke, wir können uns morgen wieder auf diesen Fall konzentrieren«, sagte er und brach das Gespräch ab.

Wolf gab die erhaltenen Informationen an Jo weiter. Sie hatten inzwischen den Ortseingang von Markdorf erreicht, Grund genug, die Geschwindigkeit auf ein nervenschonendes Normalmaß zu drosseln. Kurz darauf tauchte das Verwaltungsgebäude der Hohbau GmbH auf. Jo stellte ihren Wagen auf einem der Besucherparkplätze ab.

Fünf Minuten später saßen sie Karlheinz Hohmann gegenüber. Der hünenhafte Unternehmer, ein Selfmademan, der in nur einem Jahrzehnt ein Unternehmen mit immerhin zweihundertfünfzig Mitarbeitern aus dem Boden gestampft hatte, stand ihnen sofort zur Verfügung, als sie sich am Empfang ausgewiesen und den Grund des Besuches genannt hatten.

»Erhängt, sagen Sie? Ploc? Da bin ich platt. Von dem hätte ich das zuletzt erwartet. Er war immer ein so aktiver, aufgeschlossener Typ.«

»Darf man bei Ihnen rauchen?«, fragte Wolf und fischte bereits nach seinen Gitanes.

»Bedaure, unsere Büroräume sind rauchfrei. Etwas zu trinken kann ich Ihnen anbieten, wenn Sie möchten.«

»Nein danke! Sehen Sie für den Selbstmord irgendeinen Grund, der in Plocs Arbeit oder in Ihrem Unternehmen liegen könnte?«

»Nicht den geringsten!« Dabei reckte Hohmann das Kinn nach vorne, als müsse er sich über diese Frage entrüsten. Sein mächtiger Brustkorb spannte sich, die ärmellose Weste klaffte auf und enthüllte eines der gelben T-Shirts, auf denen der Schriftzug »HOHBAU« prangte. »Ploc war … lassen Sie mich nachrechnen … ja, beinahe zehn Jahre bei uns. Lkw-Fahrer, hat die stärksten Brummer gesteuert – und ganz gut verdient dabei. Okay, manchmal war er etwas schwierig …«

»Wie meinen Sie das?«, hakte Jo nach.

»Nun, er war zuweilen ein bisschen launisch, vorsichtig ausgedrückt. An manchen Tagen musste man ihn wie ein rohes Ei behandeln. Wie die Osteuropäer eben so sind. Gefühlsmenschen halt. Seit heute Morgen fehlt übrigens ein weiterer Fahrer. Unentschuldigt! Yosip, ein Kroate. War mit Ploc befreundet. Ich will nicht hoffen, dass er auch noch ausfällt, wir brauchen jeden Mann. So, kann ich sonst noch etwas für Sie tun?«

Hört sich nach höflichem Rausschmiss an, dachte Wolf und warf Jo einen Blick zu. Sie erhoben sich. Es gab keinen Grund, noch länger zu bleiben, also verabschiedeten sie sich und gingen zurück zum Auto.

Auf der Rückfahrt gerieten sie in ein Gewitter. Den ganzen Tag über hatte sich die Hitze aufgestaut, jetzt entlud sich die Spannung in gewaltigen Explosionen. Ein Regenvorhang, dicht wie ein Wasserfall, rauschte auf das ausgeglühte Land hernieder, die Sicht ging gegen null. Jo musste rechts ranfahren und den Motor abstellen.

»Kann ich davon ausgehen, Chef, dass bei Ploc weder eine Autopsie noch eine kriminaltechnische Untersuchung gemacht wird?«, fragte Jo, als das Prasseln des Regens auf dem Wagendach etwas nachließ.

»Kannst du«, antwortete Wolf – doch so ganz wollte die Skepsis nicht weichen. Er konnte selbst nicht genau sagen, was ihn an der Selbstmordtheorie störte.

4

An Meersburgs Fährhafen herrschte geschäftiges Treiben. Fußgänger, Autos, Busse und Lastwagen quollen in bunter Folge aus dem Bauch des Schiffes, davor stauten sich lange Schlangen wartender Fahrzeuge, die nach Konstanz hinüberwollten. Endlich war der Strom der Ankömmlinge versiegt, der Aufsichtführende gab die Einfahrt frei. Wagen um Wagen rollte unter Deck, gelenkt von den winkenden Armen und scharfen Pfiffen der Fährleute. Kaum waren die Motoren abgestellt, sprangen die meisten Insassen aus ihren Autos und eilten über die enge Treppe aufs Oberdeck – das Spektakel des bevorstehenden Seegewitters übte eine magische Anziehungskraft aus. Und tatsächlich: Über den Himmel rasten Blitze speiende gelb-schwarze Cumulonimbuswolken und inszenierten ein Schauspiel, das sich an Dramatik kaum überbieten ließ. Scharfe Windböen peitschten das Wasser und taten das Ihre, die Szenerie noch ein bisschen wilder erscheinen zu lassen.

Gänzlich unbeeindruckt von diesem Ereignis stieg ein Mann die Treppe hinab, in den Händen zwei bis an den Rand mit Cola gefüllte Becher balancierend. Auf dem Fahrzeugdeck angekommen, steuerte er direkt auf den älteren, unscheinbaren Mitsubishi inmitten des Autopulks zu und reichte einen der Becher durch das heruntergekurbelte Fahrerfenster. Anschließend umrundete er den Wagen und ließ sich auf dem Beifahrersitz nieder.

Sein Begleiter hinter dem Steuer war von gedrungenem Körperbau, die buschigen Augenbrauen und der Knebelbart ließen auf eine südländische Abstammung schließen. Ohne abzusetzen, trank er den Becher bis zur Hälfte leer und rülpste zufrieden. Wie hätte er auch ahnen können, dass dieser Trank seinen Tod bedeutete!

Erstaunlich, wie leicht er ihm alles gemacht hatte. Wie ein Lamm zur Schlachtbank war er ihm gefolgt, hatte keine Zweifel geäußert, keine Fragen gestellt, obwohl der angebliche Termin beim Chef nichts Gutes bedeuten konnte. Na ja, selbst schuld!

Eben setzte er den Becher ein zweites Mal an die Lippen und trank ihn bis zur Neige leer. Die Wirkung war frappierend. Wie von einer plötzlichen Müdigkeit übermannt, fielen ihm die Augen zu, langsam sank sein Kopf an den Seitenholm. Der Bärtige gab kein Lebenszeichen mehr von sich.

Der Beifahrer stieg aus und tat, als würde ihn das plötzliche Schlafbedürfnis des neben ihm Sitzenden nicht sonderlich wundern. Unauffällig sah er sich um, doch da war nichts, was seine Aufmerksamkeit erregt hätte. Schnell entledigte er sich der hautfarbenen Latexhandschuhe, die er die ganze Zeit über getragen hatte, und steckte sie in seine Jackentasche.

Im Weggehen wollte er sich eine Zigarette anstecken – als ihn ein schneidender Zuruf erstarren ließ. »Können Sie nicht lesen, Mann? Hier ist Rauchen strengstens verboten! Oder wollen Sie uns alle in die Luft jagen?« Einer der Schiffsleute kam auf ihn zu. Die umgehängte Ledertasche wies ihn als Kassier aus.

Verdammt, wie hatte er diesen Typen nur übersehen können? Beinahe hätte er alles vermasselt! Hastig machte er eine begütigende Handbewegung und entschuldigte sich, während er den Glimmstängel zurücksteckte. Ohne eine Miene zu verziehen, zog der Kassier einen kleinen Kassencomputer aus der Tasche, die er vor dem Bauch trug, und tippte etwas ein. Nachdem er ihm die ausgedruckte Quittung überreicht und das Fahrgeld kassiert hatte, verschwand er pfeifend im Treppenaufgang.

Wütend über sich selbst stampfte der Beifahrer mit dem Fuß auf. Was war nur los mit ihm? Ließen ihn seine Nerven im Stich? Er griff durch das Fenster der Fahrertür und legte die Quittung auf die Mittelkonsole.

»Nichts als Ärger hat man mit dir«, murmelte er halblaut. »Aber damit ist jetzt Schluss, Freundchen. Versprochen! Du hast wohl gedacht, Frechheit siegt, was? Von wegen! Hättest eben etwas bescheidener sein sollen. Bescheidenheit verlängert das Leben.«

Wie zur Bestätigung ertönte in dieser Sekunde ein gewaltiger Donnerschlag. Fast gleichzeitig setzte sintflutartiger Regen ein, prasselte auf den stählernen Schiffskörper und verursachte einen Lärm, als würden alle Wagen gleichzeitig gestartet.

Die Laune des Mannes besserte sich schlagartig. Bei diesem Wetter würde niemand bemerken, dass ein Fußgänger mehr von Bord ging. Zufrieden lächelnd steuerte er die Treppe an, die zum Oberdeck führte.

5

»Guten Morgen. Gibt's Kaffee?« Wolf stürmte so flott an seinen beiden Mitarbeitern vorbei, dass ihm beinahe das Barett vom Kopf gerutscht wäre, und verschwand in seinem Büro.

Kalfass telefonierte und nahm vom Auftritt seines Chefs nicht die geringste Notiz. Jo starrte für einen kurzen Moment den Türrahmen an, durch den Wolf soeben gerauscht war. Dann antwortete sie ebenso kurz und bündig: »Kaffee ist alle.«

Wolfs Kopf erschien wieder in der Tür. »Was soll das heißen: Kaffee ist alle?«

Statt einer Antwort wies Jo auf seine Füße. »Sie haben wieder vergessen, Ihre Hosenklammern zu entfernen. Sieht nicht besonders sexy aus.«

Wolf hatte nach dem Tod seiner Frau vor zehn Jahren sein Auto verkauft und sich ein Fahrrad angeschafft. Seitdem radelte er jeden Morgen vom nahen Nussdorf nach Überlingen und abends wieder zurück, egal, welches Wetter und welche Jahreszeit herrschten. Mehr als einmal war er triefend vor Nässe im »Aquarium« eingetroffen.

Während er die Klammern abnahm, sah er Jo an. »Das ist keine Antwort auf meine Frage.«

»Ludger meint, Kaffeekochen sei Frauensache. Als ob das genetisch bedingt sei! Ich habe die ganzen letzten Wochen welchen gekocht, jetzt ist Ludger dran – oder es gibt eben keinen. Basta!« Dabei starrte sie angelegentlich auf Ihren Monitor.

Kalfass hatte sein Gespräch inzwischen beendet.

»Wo sie recht hat, hat sie recht. Also, Ludger, hebe deinen Hintern und brühe welchen auf.« Damit wandte Wolf sich wieder um.

»Davon steht nichts in meinem Vertrag, Herr Hauptkommissar«, begehrte der Angesprochene auf.

Mit einer Geschwindigkeit, die Jo ihm niemals zugetraut hätte, schoss Wolf auf Kalfass' Schreibtisch zu und bellte: »Machen wir jetzt Dienst nach Vorschrift oder was?« Und als Kalfass sich keineswegs eingeschüchtert zeigte: »Dann beschaffen Sie mir wenigstens bei der Fahrbereitschaft einen Wagen. Oder stehen derlei niedere Dienste auch nicht in Ihrem Vertrag, *Herr* Kollege?«

Wenn Wolf seine Mitarbeiter siezte und mit »*Herr* Kollege« anredete, war Gefahr im Verzug, das wussten beide aus Erfahrung. Wortlos griff Kalfass zum Telefon. Ebenso wortlos stand Jo auf und ging zur Kaffeemaschine.

Zehn Minuten später kam Wolf erneut aus seinem Büro und tat, als ob nichts gewesen wäre. Mehr oder weniger beiläufig ließ er fallen, er sei »für eine Stunde oder so« unterwegs.

»Wo kann man Sie erreichen? Nur für den Fall, dass Kriminalrat Patzlaff nach Ihnen verlangt«, wollte Jo wissen.

»Ich möchte noch einmal mit Frau Ploc reden. Frag mich nicht, warum. Es ist nur so ein Gefühl.«

Jo zeigte sich verwundert. »Bleibt es trotzdem dabei, dass wir keine kriminaltechnische Untersuchtung veranlassen?«, fragte sie zögernd.

»Es bleibt dabei, keine KTU. Vorerst!« Er verließ den Raum, kehrte jedoch nach wenigen Schritten noch einmal um. »Wenn ich zurück bin, erwarte ich deinen Bericht über den Rumänenfall, Ludger.« Sprach's und enteilte.

Bevor Wolf in das bereitgestellte Fahrzeug stieg, ging er noch zum nahe gelegenen Kiosk, um Zigaretten zu besorgen und Frau Schirmer Guten Morgen zu sagen. Er kannte die Betreiberin des Kiosks seit Jahren und wusste, dass sie einen schwer kranken Mann zu Hause hatte. Nach einigen aufmunternden Worten und einem freundschaftlichen »Servus« verabschiedete er sich. Dabei blieb sein Blick an der Titelseite des »Seekurier« hängen. »Tödliche Herzattacke auf der Bodenseefähre« las er. Er ging noch einmal zurück und kaufte das Blatt. Zwar wurde seine Dienststelle von Ereignissen dieser Art nicht tangiert, aber es interessierte ihn, was dahintersteckte. Mitunter ergaben sich aus solchen Todesfällen, zumal auf einer Fähre, die verwickeltsten Kriminalfälle.

***

Es ging gegen neun, als Wolf vor Plocs Haus eintraf. Er läutete an der Gartenpforte – einmal, zweimal, dreimal. Wie am Vortag rührte sich nichts. War Frau Ploc wieder Erdbeeren pflücken? Er öffnete die Pforte und ging zum Haus hoch, um einen Blick durch die Fenster zu werfen.

Die Räume hinter den Gardinen wirkten seltsam leer. Gerade wollte er zu seinem Wagen zurückgehen, da bemerkte er die Nachbarin vom Vortag.

»Sie wollen wieder zur Ploc, stimmt's?«, rief sie schon von weitem. »Da haben Sie Pech.«

»Ich nehme an, sie ist in den Erdbeeren?«

»Nein. Weggezogen.«

Wolf meinte, sich verhört zu haben. »Sie meinen einkaufen oder so.«

Sie sah ihn an, als zweifle sie an seinem Verstand. »Wenn ich weggezogen sage, meine ich weggezogen. Gestern abend kam ein Möbelwagen und hat den ganzen schäbigen Krempel der Plocs aufgeladen. Aus, weg, verschwunden.«

»Sie müssen sich irren. Wir haben gestern am frühen Nachmittag noch mit ihr gesprochen, da war keine Andeutung von Wegziehen oder Verreisen.«

»Glauben Sie's oder glauben Sie's nicht.« Als wäre das Gespräch damit beendet, drehte sie sich um und wollte weggehen.

»Moment, gute Frau, ich glaube Ihnen ja. Haben Sie mitgekriegt, wo sie hingezogen sein könnte?«

»Mitgekriegt ... was heißt mitgekriegt? Die Ploc redet ja nicht mit unsereins!« Während Wolf noch dachte, dass es sich wohl gerade andersrum verhielt, ließ die Frau ein selbstgefälliges Kichern hören. »Aber ich hab's trotzdem rausbekommen. Hab einem der Männer ein Bier spendiert, da hat er mir die Adresse verraten.«

»Könnten Sie sie mir bitte aufschreiben?«

»Ich weiß nicht ...«, zierte sie sich.

»Wäre es Ihnen lieber, wenn ich Sie nach Überlingen vorladen lasse?«, fuhr Wolf sie heftiger an, als er wollte.

Die Frau erschrak sichtlich. »Vorladen? Um Gottes willen! Da würden sich die Leute aus der Siedlung ja die Mäuler zerreißen.« Ihr Gesicht nahm einen leicht verschlagenen Eindruck an. »Sie wollen mir wohl nicht sagen, was eigentlich bei den Plocs los ist?«

Nun war es mit Wolfs Geduld endgültig vorbei. »Die Adresse!«, bellte er.

Wie der Blitz huschte die Frau ins Haus und kam mit einem Zettel wieder. Wenn das, was da draufstand, stimmte, dann war Frau Ploc gestern nach Weingarten verzogen.

Wieso so plötzlich, einen Tag nach dem Freitod ihres Mannes? Und weshalb gerade dorthin? Hatte sie ihnen nicht etwas von finanziellen Problemen erzählt? Da passte einiges nicht zusammen. In Wolfs Kopf begann eine Alarmglocke zu schrillen.

Fast gleichzeitig schrillte auch sein Handy. Jo war dran. »Sie sollten demnächst den Rückweg antreten, Chef. Kriminalrat Patzlaff will Sie sprechen. Dringend. Außerdem brauchen wir Sie hier wegen unserer rumänischen Kunden. Der Bericht der Spurensicherung liegt jetzt vor.«

»Eigentlich hätte ich noch in Weingarten zu tun ... aber das müssen wir dann wohl auf morgen verschieben.«

»Ich denke, Sie sind in Ludwigshafen, bei der Ploc?«

»War ich auch. Sieht inzwischen so aus, als würde doch mehr hinter der Sache stecken, aber dazu später. Leiere auf jeden Fall schon mal die KTU von Plocs Leiche an.« Er brach das Gespräch ab, um sich weitere Fragen zu ersparen.

***

Es wäre maßlos übertrieben, die Unterredung mit Kriminalrat Patzlaff als harmonisch zu bezeichnen. Das Verhältnis der beiden war äußerst gespannt, seit Patzlaff Wolf vor zwei Jahren zum vorzeitigen Ruhestand gedrängt hatte. Wolf ahnte, warum. Nach Patzlaffs Geschmack hatte er zu viele Ecken und Kanten, passte einfach nicht mehr in die Zeit – und schon gar nicht in Patzlaffs Kripo! Vor allem die Marotte mit dem Barett schien ihm auf den Keks zu gehen.

Das Ansinnen, vorzeitig den Dienst zu quittieren, hatte Wolf damals barsch zurückgewiesen – gegen seine eigenen Interessen, denn als durch und durch frankophiler Typ hätte er sich mehr Zeit für seine Reisen ins westliche Nachbarland gewünscht. Dafür, dass er mit seinem »Nein« dem ungeliebten Vorgesetzten eins auswischen konnte, nahm er das Opfer jedoch gerne in Kauf.

Obwohl er Patzlaff ein Dorn im Auge war, saß Wolf am längeren Hebel. Seine Erfolge ließen sich nämlich nicht so einfach wegreden. Er wusste, er galt als Vollblutkriminalist, der Zusammenhänge früher als andere erkannte, der einen Riecher für Tatabläufe und Täterprofile hatte, der bei der Lösung seiner Fälle auf eine intuitive Kombination aus Menschenkenntnis, kriminalistischer Erfahrung und zielgerichteter Beharrlichkeit setzte und damit überraschende Ergebnisse erzielte.

Kein Wunder, dass Patzlaff häufig den Kürzeren zog. Auch diesmal hatte er sich nicht durchsetzen können. Der Vorwurf, im Fall der rumänischen Tresorbande nicht engagiert genug zu ermitteln, war an Wolf abgeprallt. Mehr noch: Er hatte den Ball zurückgespielt und erreicht, dass die Zuständigkeit für diese Geschichte ab sofort zum D3 überwechselte. Dafür sollte sich sein Dezernat um den reichlich dubios scheinenden Selbstmord des polnischen Lkw-Fahrers kümmern.

Entsprechend aufgeräumt kehrte er von dem Rapport zurück. Als Erstes erhielten Ludger und Jo die Anweisung, bis zum Abend ihre Abschlussberichte zu schreiben und die Akte übergabereif abzuschließen. Für acht Uhr am folgenden Morgen setzte er eine Lagebesprechung an.

Dann zog er sich in sein Büro zurück, wo er zunächst eine schlanke, nicht etikettierte Flasche aus dem Schrank holte. Sie enthielt Pastis, mit Wasser im Verhältnis 1:8 verdünnt. Behutsam goss er ein wenig davon in ein Glas und ließ ihn in kleinen Schlucken genießerisch durch die Kehle rinnen – eine rituelle Handlung, die er vor Jahren aus Frankreich mitgebracht hatte. Solchermaßen wiederhergestellt, steckte er sich eine Gitanes an und griff nach dem Telefonhörer.

6

Jo hatte die veränderte Situation regelrecht beflügelt. Ohne Murren kochte sie anderntags den Morgenkaffee. Kalfass dagegen war stocksauer, und er hielt damit nicht hinterm Berg.

»Ich kann nicht nachvollziehen, warum wir den laufenden Fall gegen einen simplen Selbstmord tauschen sollen, auch wenn der, zugegebenermaßen, nicht ganz koscher scheint. Ich betone: scheint! Denn wenn ich Sie recht verstanden habe, haben wir überhaupt nichts Konkretes in der Hand.«

»Stimmt«, antwortete Wolf. »Aber haben wir diese Ausgangssituation nicht bei den meisten unserer Fälle? Verlass dich einfach auf mein Gefühl, Ludger, es hat mich selten im Stich gelassen. Ich bin sicher, du wirst das bald ähnlich sehen.« Auch wenn es dir schwerfallen wird, fügte er in Gedanken hinzu. Dann verteilte er die Aufgaben für den Vormittag. Jo sollte mit ihm nach Weingarten fahren. Kalfass wies er an, mit den Kollegen des Wirtschafts- und Betrugsdezernats und mit dem Zoll zu sprechen.

»Könnte doch sein, dass Plocs Brötchengeber Schwarzarbeiter beschäftigt, oder?«

Jo kaute auf ihrer Unterlippe. »Stimmt. Wäre nicht das erste Bauunternehmen, das sich mit dieser Masche die Bilanzen vergoldet.«

»Ist diese Schlussfolgerung nicht ein bisschen verfrüht?«, meldete Kalfass Zweifel an. »Bis jetzt geht es doch lediglich um einen simplen Selbstmord.«

»Sagen Sie mal, Chef: Weshalb sind Sie eigentlich noch einmal zur Ploc gefahren?«, wechselte Jo das Thema.

»Hohmanns Bemerkung über das unentschuldigte Fehlen seines zweiten Fahrers hat mir zu denken gegeben. Zwei Männer, die im gleichen Laden arbeiten, vielleicht sogar befreundet sind, verschwinden am selben Tag – das kann kaum Zufall sein. Darum wollte ich die Ploc nach dem Verhältnis ihres Mannes zu seinem Kollegen Yosip fragen.«

»Yosip? Etwa ein Kroate?«, fragte Kalfass überrascht.

»Ja. Warum?«

»Haben Sie den Artikel im ›Seekurier‹ nicht gelesen?«

»Ich lese so gut wie nie Zeitung. Um was ging es da?«

Jo ging zu ihrem Tisch und holte die Ausgabe her. Plötzlich wusste Wolf, was Kalfass meinte: den Todesfall auf der Meersburger Fähre. Er hatte den Artikel lesen wollen, ihn dann aber vergessen.

»Der Tote heißt Yosip Juratovic, vor fünf Jahren aus Kroatien emigriert«, sagte Kalfass.

»So viel zu meinem Gefühl«, brummte Wolf und erhob sich.

»Ihr Kaffee, Chef.«

»Keine Zeit. Auf geht's, Jo, wir müssen los.«

Sie waren bereits auf der Treppe, als Wolf noch einmal umkehrte. »Ganz wichtig, Ludger: Versuche rauszukriegen, was die Konstanzer Kollegen über diesen Todesfall wissen. Ich will alles haben, die kleinste Kleinigkeit kann wichtig sein, hörst du? ... Ach ja, noch was: Vielleicht läßt sich der Halter des Handys ermitteln, mit dem man uns Plocs Tod gemeldet hat? Könnte ein wichtiger Zeuge sein.«

***

Die neue Adresse der Ploc führte Wolf und Jo zu einem Wohnblock der eher schlichteren Art im Norden Weingartens, mit Blick auf das Industriegebiet. Auf keinem der Klingelschilder stand ihr Name, allerdings waren zwei der Felder leer. Jo drückte auf das erste.

»Guten Tag, wir möchten gerne zu Frau Ploc«, rief sie in die Sprechanlage.

»Ploc? Wer soll das sein?«

Jo entschuldigte sich und betätigte die zweite Klingel.

Nichts rührte sich.

Ehe sie es ein zweites Mal versuchen konnte, wurde sie von Wolf in die Seite gestupst. »Schau mal, wer da kommt!«, sagte er halblaut.

Obwohl die Frau nur noch wenige Schritte entfernt war, hätte er sie fast nicht wiedererkannt. Wirkte sie vor zwei Tagen noch wie eine abgearbeitete, vorzeitig gealterte Endfünfzigerin aus der tiefsten Provinz, so hätte sie jetzt beinahe als adrette Städterin in den Vierzigern durchgehen können. Sie war modisch frisiert, trug ein recht passables, offensichtlich neues Sommerkleid, dazu eine schicke lindgrüne Umhängetasche. Vor allem aber hatte sie ihre antiquierte Hornbrille abgelegt, vermutlich im Tausch gegen Kontaktlinsen.

Auch Jo war für einen Moment sprachlos; diese Metamorphose musste sie erst verdauen.

Noch überraschter aber war die Ploc. Sie erstarrte förmlich, als sie die beiden Polizisten sah. »Sie ... Sie hier?«, stotterte sie. Es war unübersehbar, dass sie am liebsten das Weite gesucht hätte. »Woher wissen Sie ...?«

»Sie sind uns eine Erklärung schuldig, Frau Ploc.« Wolf wollte den Überraschungseffekt nutzen und schnell auf den Punkt kommen. »Wo können wir uns unterhalten?«

»Ich ... weiß nicht ...« Sie stotterte erneut.

»Wäre es Ihnen lieber, wenn wir Sie aufs Präsidium nach Überlingen mitnehmen?«

Ängstlich sah sie sich um. Das Gespräch war ihr mehr als unangenehm. »Also gut«, lenkte sie schließlich ein. »Kommen Sie.«

Ihre Wohnung lag im zweiten Stock. Dort erlebten sie eine weitere Überraschung: Die Zimmer – vier an der Zahl, wie Wolf mit einem schnellen Rundblick feststellte – waren komplett eingerichtet, obendrein mit viel Geschmack. Komisch: Hatte die Nachbarin in Ludwigshafen nicht von »altem, schäbigem Krempel« gesprochen, als sie Plocs Hausrat erwähnte? War der auf den Müll gewandert? Das hier war jedenfalls kein Krempel, und die Ploc konnte das unmöglich in zwei Tagen zusammengekauft haben. Also hatte sie die Wohnung möbliert gemietet. Von wem? Und woher hatte sie das Geld?

»Frau Ploc, wir wüssten gerne, warum Sie nach Weingarten gezogen sind, und vor allem: warum so *plötzlich*? Ihr Mann ist ja noch nicht einmal begraben«, eröffnete Wolf die Befragung.

»Konnt ich nicht bleiben, hat mich dort alles an Stani erinnert, verstehen Sie.«

»Ja, kann ich verstehen. Nur – so ein Umzug kostet Geld, dazu noch die Ausgaben für Sie persönlich, Friseur, Kleidung und so weiter, da kommt einiges zusammen. Noch vor zwei Tagen haben

Sie uns gesagt, Ihr Mann habe vermutlich wegen Geldsorgen den Freitod gewählt. Heute, achtundvierzig Stunden später, haben wir den Eindruck, Sie schwimmen im Geld. Das müssen Sie uns erklären.«

»Ist es verboten in Deutschland, Geld zu haben?«

»Nur, wenn es unrechtmäßig erworben wurde«, übernahm jetzt Jo. »Frau Ploc, Sie machen sich verdächtig, wenn Sie die Herkunft des Geldes nicht erklären können. Wir wären gezwungen, weiter nachzuforschen, und glauben Sie mir, wir kriegen ganz schnell raus, wenn da etwas nicht stimmt.«

Je länger Jo redete, desto mehr verhärteten sich die Züge der Polin. In ihrer Ausweglosigkeit presste sie die Lippen zusammen und starrte unverwandt in eine Ecke. Kein Zweifel, sie saß in der Klemme, und sie wusste es.

»Stani hat Bruder in Amerika, der hat Geld geschickt«, sagte sie schließlich, ohne die Augen zu heben.

Und sosehr Wolf und Jo sich auch bemühten, mehr war nicht aus ihr herauszuholen.

»Sie lügt wie gedruckt«, entfuhr es Jo, als sie wieder unten im Wagen saßen.

»Mag sein, doch unser Problem liegt ganz woanders: Wir müssen herausfinden, wer diese Frau so schnell aus der Schusslinie genommen hat – und vor allen Dingen, *warum*!« Unvermittelt begann er zu grinsen: »Übrigens ist uns die Winter vom ›Seekurier‹ schon lange nicht mehr über den Weg gelaufen.«

»Stimmt! Aber Entzugserscheinungen hab ich deswegen keine.«

»Ich frage mich: Ist das ein gutes oder ein schlechtes Zeichen?«

Während Jo den Wagen startete und in Richtung Überlingen lenkte, versuchte Wolf mehrfach, Kalfass über Funk oder über dessen Handy zu erreichen. Vergebens. Sogar die Sprachbox war ausgeschaltet.

***

»Nach Aussage des Notarztes war der Mann sofort tot. Etwas anderes hätte mich auch gewundert – ein Angina-Pectoris-Anfall mitten auf dem See, und dann das Nitrospray leer …«

»Was ich nicht verstehe, ist: Wie konnte der Mann so nachlässig mit seinem lebensrettenden Medikament umgehen?«

»Das haben wir uns auch gefragt. Keine Ahnung. Der Tote hat auf dem Bau gearbeitet. Ein äußerst anstrengender Job, dazu bei Wind und Wetter draußen, da kann man sich schon einen Herzfehler holen. Er saß übrigens in seinem eigenen Wagen, einem älteren Japaner.«

»Wer hat ihn gefunden?«

»Ein Fährangestellter. Das Hupkonzert der hinter dem Wagen stehenden Fahrzeuge hat ihn angelockt. War anschließend ziemlich fertig, der Mann.«

Kalfass stand mit Polizeiobermeister Meerkatz auf dem Fahrzeugdeck der Fähre »Konstanz« und ließ sich die bisherigen Ermittlungsergebnisse im Fall des tot aufgefundenen Kroaten erläutern.

»Du glaubst also, dass es sich um einen natürlichen Todesfall handelt?«, vergewisserte sich Kalfass.

»Aber sicher, da bin ich mir mit den Kollegen und dem Notarzt einig«, gab Meerkatz zurück.

»Gut. Würdest du trotzdem dafür sorgen, dass der Leichnam zur gerichtsmedizinischen Untersuchung nach Überlingen überführt wird, nur um jeden Verdacht auszuräumen.«

»Machen wir.«

Kalfass zeigte sich mit dem Gesprächsverlauf zufrieden – er hatte es ja gleich gewusst. Sollte er Wolf kurz Bericht erstatten? Wäre sicher nicht verkehrt! Er nahm sein Handy und drückte die Kurzwahltaste. Nichts tat sich. Ahnungsvoll sah er auf das Display. Verdammt, der Akku war leer. Ausgerechnet jetzt! Wolf würde ihn zur Schnecke machen. Aber da half alles nichts, er war und blieb von seiner Dienststelle abgeschnitten, zumindest für die nächste Stunde. Wenn er Glück hatte, bemerkten die Kollegen seinen Lapsus nicht – so wie Meerkatz, der sich währenddessen auf die Reling gestützt hatte und der näher kommenden Hafeneinfahrt entgegensah.

In Konstanz ging Meerkatz von Bord. Kalfass, der keineswegs vorhatte, des leeren Akkus wegen Trübsal zu blasen, beschloss, die Rückfahrt nach Meersburg auf dem Aussichtsdeck zu genießen. Nach der diesigen Hochdruckwetterlage der letzten Tage war die

Sicht heute ungewöhnlich klar. Im Süden sah er die Vorgebirge des Appenzeller Landes mit den Gipfeln der Säntisgruppe, dahinter stand wie hingemeißelt die grandiose Mauer der schneebedeckten Schweizer Viertausender. Im Norden schmiegte sich das malerische Meersburg ans Seeufer, rechts und links flankiert von Hagnau und Uhldingen, allesamt umrahmt von einem Kranz aus Weinbergen, Obstgärten und Mischwäldern. Kalfass musste zugeben, dass er es mit seinem beruflichen Standort recht gut getroffen hatte.

Aufgeräumt kaufte er sich im Bordrestaurant ein Bier und setzte sich an die Reling, ließ seine Augen spazieren gehen und vergaß darüber sogar das D1 – wenn auch nur für kurze Zeit.

Bei seiner Rückkehr saß Jo am Computer und beachtete ihn kaum. Nebenan hörte er Wolf auf und ab gehen und in ein Diktiergerät sprechen. Kalfass fühlte sich durch Jos offensichtliches Desinteresse irgendwie ausgeschlossen. Schließlich konnte er ihr Schweigen nicht länger ertragen.

»Und was habt *ihr* erreicht?«

Jo ließ sich nicht stören, wies nur mit dem rechten Daumen auf das Büro des Chefs. Der stand plötzlich unter der Tür, eine dampfende Tasse Kaffee in der Hand.

»Der Herr Kollege ist also auch schon zurück.« Kalfass zuckte bei dieser Anrede zusammen. Er hatte seinen Vormittag für einigermaßen erfolgreich gehalten und war nicht auf einen so frostigen Empfang vorbereitet. »Was hast *du* denn rausgefunden?«

Froh, seine Ergebnisse endlich loszuwerden, ignorierte Kalfass die Stichelei. »Also, Schwarzarbeit ist nicht bei Hohbau. Das sagen zumindest die Kollegen vom D3. Das Unternehmen ist bisher noch nie auffällig geworden, alle Kontrollen waren negativ. Das hat der Zoll natürlich bestätigt.«

»Was ist daran natürlich?«, fragte Wolf spitz zurück.

Kalfass ließ sich nicht beirren. »Eines allerdings ist auffällig: Hohmann gewinnt scheinbar ohne Mühe jede Ausschreibung. Soll heißen: Er kann aus irgendwelchen Gründen deutlich günstiger kalkulieren als seine Mitbewerber.«

»In jeder Branche gibt es gute und weniger gute Leute«, brummte Wolf zweideutig.

Kalfass beschloss, auch diesen Einwurf zu ignorieren. »Was den

Toten auf der Fähre betrifft, so befinden Sie sich da auf dem Holzweg, Chef. Der Vorfall hat absolut nichts mit Plocs Freitod zu tun. Ich habe mir den Ort des Geschehens selbst angesehen und auf der betroffenen Fähre mit einem Konstanzer Kollegen gesprochen. Der bestätigt den uns vorliegenden Abschlussbericht: natürlicher Tod durch einen akuten Anfall von Angina Pectoris, nicht mehr und nicht weniger.«

»So, bestätigt er das! Hast du auch mit dem hinzugerufenen Notarzt gesprochen? Mit dem Hausarzt des Toten? Mit dem Fährangestellten, der den Toten entdeckt hat?«

Kalfass bekam große Augen. »Davon haben Sie nichts gesagt, Chef.«

»Eigeninitiative, Kalfass! Und Kreativität. Die zeigt sich auch in kleinen Dingen. Im Übrigen wollte ich dich telefonisch auf diese Fragen hinweisen. Aber du hattest ja wieder mal dein Handy abgeschaltet.«

Spätestens jetzt war Kalfass' Euphorie vollends im Eimer. Das also war der Grund für Wolfs schlechte Laune. Zu seinem Glück gab Jo – gewollt oder ungewollt – dem Gespräch eine andere Richtung. »Was machen wir mit der Ploc?«

»Tja, die Ploc.« Wolf machte immer noch ein grimmiges Gesicht, beruhigte sich aber offenbar langsam. Er schilderte Kalfass, was sie in Weingarten ermittelt hatten, und fügte abschließend hinzu: »Wir könnten ihr Telefon überwachen oder sie beschatten lassen. Aber diesen Aufwand werden wir uns zunächst sparen.«

»Apropos Telefon«, warf Kalfass hastig ein und griff sich an den Kopf: »Das Handy, mit dem man uns Plocs Tod mitteilte, wurde einen Tag zuvor als gestohlen gemeldet. Seltsam, nicht?«

»Im Gegenteil. Das passt sogar wunderbar ins Bild! Es bestätigt, dass hier alles andere als Amateure am Werk sind.« Nach kurzem Überlegen fuhr er fort: »Nur eines will mir nicht in den Kopf: Wieso hat man uns überhaupt angerufen? Der Mörder hätte den toten Ploc doch einfach hängen lassen können, irgendwann hätte ihn schon jemand gefunden ... Na gut, knöpfen wir uns eben Hohmann noch mal vor. Auf geht's, Ludger. Besorgst du uns ein Fahrzeug?«

»Aussichtslos. Die Fahrbereitschaft hat gerade nichts frei. Wenn Sie sich mit *meinem* Wagen begnügen wollen ...«

»Okay. Ich werd's überleben, so Gott will«, seufzte Wolf ergeben. Er stellte seine Tasse ab und wandte sich im Hinausgehen an Jo: »Wenn du mit dem Protokoll fertig bist, versuch doch bitte, den Notarzt ans Rohr zu kriegen, der den Todesfall auf der Fähre untersucht hat. Bis jetzt wissen wir nur, was im Totenschein steht. Hol alles aus ihm raus, was er eventuell gesehen, gehört, gedacht, meinetwegen auch geträumt hat. Den Fährangestellten, der den Toten entdeckte, lassen wir mal außen vor; der arme Kerl steht vermutlich immer noch unter Schock. Und noch etwas: Der Tote muss hierher zur gerichtsmedizinischen Untersuchung. Bitte veranlasse das.«

»Ist bereits erledigt«, sagte Kalfass und wurde gleich drei Zentimeter größer. Wenigstens in diesem Punkt war er seinem Chef voraus, das tat gut!

7

Sie stiegen in den feuerroten Porsche 911, Ludgers ganzen Stolz. Genau genommen hatte die Kiste schon gute neun Jahre auf dem Buckel, doch das machte nichts – auf die Marke kam es an! Wolf wusste, dass sich Kalfass gerne mit derlei Attributen umgab. Nach seiner Auffassung streichelten sie die Seele und hoben ihren Besitzer aus der Masse heraus. Und auch wenn Kalfass sich das niemals eingestehen würde: Vermutlich hielten sie seine Freundin bei der Stange.

Wolf hatte sich auf eine waghalsige Fahrt nach Markdorf vorbereitet. Umso erstaunter war er, dass Kalfass relativ verhalten fuhr – jedenfalls im Verhältnis zu Jos draufgängerischem Fahrstil. So konnte er nach einer guten halben Stunde Fahrt gelassen in die zweite Begegnung mit Karlheinz Hohmann gehen.

»Ich wüsste nicht, wie ich Ihnen noch helfen könnte, meine Herren«, sagte dieser bei dem neuerlichen Zusammentreffen. »Und ich bin auch, ehrlich gesagt, überrascht, dass die Sache letztendlich bei der Kripo gelandet ist. Stimmt vielleicht etwas nicht? Zweifeln Sie den Selbstmord an? Oder Yosips Tod durch Herzversagen?«

»Keineswegs, Herr Hohmann. Unser Besuch ist reine Routine, wir sind dazu verpflichtet, leider. Obwohl, ein bisschen merkwürdig ist es schon, dass Sie an ein und demselben Tag gleich zwei Mitarbeiter verlieren …«

»Was wollen Sie damit sagen?« Wolfs Provokation zeigte offensichtlich Wirkung, Hohmann klang plötzlich hellwach.

»Na ja, zwei Ihrer Mitarbeiter, die einander sicher kennen, kommen innerhalb von vierundzwanzig Stunden ums Leben – der eine erhängt sich, der andere stirbt einen stillen Herztod, beides ohne Vorwarnung – nicht gerade alltäglich, oder? Da könnten einfache Gemüter schon ins Grübeln kommen.«

»Sie mögen es glauben oder nicht: Ich habe mir selbst schon Gedanken gemacht, ob es da einen Zusammenhang gibt.«

»Und zu welchem Ergebnis sind Sie gekommen?«, ergriff Kalfass die Gelegenheit, sich in das Gespräch einzuklinken.

»Nun, bei den Fernsehkrimis wird doch immer nach dem Motiv gefragt, wer davon profitiert und so. Ich weiß, das klingt jetzt weit hergeholt – aber wenn überhaupt jemand vom Ausfall meiner Fahrer profitieren könnte, dann wären das meine Mitbewerber. Wir stehen unter einem wahnsinnigen Termindruck, vor allem durch den Neubau des ›Corso‹. Das ist das neue Tourismuscenter drüben in Konstanz, direkt an der Grenze bei Kreuzlingen, Sie haben sicher davon gehört. Ein Riesenprojekt, und nicht unser einziges. Beim derzeitigen Stand der Arbeiten bedeutet jeder Sechsunddreißigtonner weniger einen erheblichen Zeitverlust. Da kann man schon auf die Idee kommen, es hätte jemand nachgeholfen. Das klingt überspitzt, ich weiß ...«

»Sie halten es für möglich, dass ein Konkurrent einen Ihrer Fahrer oder vielleicht sogar beide ausschalten könnte, nur um Sie in Zeitverzug zu bringen? Klingt wirklich ein bisschen weit hergeholt«, zweifelte Wolf.

»Könnte man so sehen. Aber Sie haben gefragt ...«

»Könnte es nicht sein, Herr Hohmann, dass Ihre Konkurrenz deshalb nicht gut auf Sie zu sprechen ist, weil Sie sie ständig unterbieten?«, fragte Kalfass.

»Wir unterbieten sie nicht, junger Mann, wir kalkulieren einfach besser. Das ist ein großer Unterschied, wenn auch nicht im Ergebnis, das muss ich zugeben.«

»Wie hat man sich das vorzustellen? Man sagt, Sie würden mühelos jede Ausschreibung gewinnen, wenn Sie nur wollten«, hakte Kalfass nach. Wolf ließ ihn gewähren, denn ihn interessierte die Antwort ebenfalls. Er hatte sich in der Zwischenzeit etwas umgesehen. Hohmanns Büro war durchaus stilvoll eingerichtet, er schien ein Faible für tropische Edelhölzer zu haben, die sich ausnehmend gut mit dem kurzflorigen, dezent dunkelblau gemusterten Teppichboden vertrugen. Auf einer Anrichte entdeckte Wolf ein Tablett mit diversen Flaschen und Gläsern sowie ein kleines Fernsehgerät, an der Wand hing ein Bild mit roten Pferden, die verdächtig nach Franz Marc aussahen und ganz sicher keine Reproduktion waren, soweit Wolf das beurteilen konnte. Auf einem Wandbord aus Rauchglas standen Bücher über jagdliche Themen. Es war nicht schwer zu erraten, welchem Hobby der Bauunternehmer in seiner Freizeit nachging.

Auf Kalfass' Frage hin hatte Hohmann die Augenbrauen hochgezogen und war aufgestanden. Mit einem spöttischen Blick streifte er Wolfs schräg sitzendes Barett. »Ich verstehe Ihre Fragen nicht. Bisher dachte ich, es geht hier um einen Selbstmord infolge persönlicher Schwierigkeiten und den tragischen Todesfall eines Herzkranken. Was hat das mit unserer Geschäftspolitik zu tun? Man könnte fast glauben, Sie wollten mir eine Mitschuld an den beiden Vorfällen unterstellen!«

Auch Wolf hatte sich erhoben. »Beruhigen Sie sich. Niemand beschuldigt hier irgendjemand, schon gar nicht Sie, Herr Hohmann, das wäre grotesk. Entschuldigen Sie das Missverständnis – und vielen Dank für das Gespräch. Bitte bemühen Sie sich nicht, wir finden selbst hinaus.«

Kaum saßen die beiden wieder im Wagen, klingelte Wolfs Handy. Es war Jo. »Chef, Sie werden in der Pathologie erwartet. Dr. Reichmann ist ganz wild auf Sie. Sie sprach von einem Knüller ersten Ranges. Mehr ließ sie leider nicht raus.«

»Sind schon unterwegs.«

Er unterrichtete Kalfass, der die ganze Zeit über missmutig auf den Lippen gekaut hatte und nun, kaum dass er den Wagen gestartet hatte, seinen Gedanken freien Lauf ließ: »Wieso haben Sie mich abgewürgt, Chef? Samthandschuhe bringen bei dem Mann überhaupt nichts, den muss man hart anfassen. Ich hätte ihn fast so weit gehabt ...«

»Sicher, deine Fragen waren durchaus berechtigt, mehr noch, sie waren richtig gut. Trotzdem: Was haben wir davon, wenn wir Hohmann bereits jetzt gegen uns aufbringen? Was willst du ihm vorwerfen? Wir haben nichts gegen ihn in der Hand. Schließlich kann man es auch so sehen: Der einzige Geschädigte durch den Ausfall der beiden Fahrer ist Hohmann selbst.«

»Und ich behaupte, es kann kein Zufall sein, dass am selben Tag gleich zwei von Hohmanns Leuten zu Tode kommen.«

»Ich teile deine Zweifel, Ludger«, setzte er Kalfass geduldig auseinander. »Trotzdem: ›In dubio pro suspecto‹, wie wir Schwaben sagen.« Kalfass sah ihn fragend an, und Wolf übersetzte: »›Im Zweifel für den Verdächtigen.‹ Warten wir ab, was die Untersuchung der beiden Toten ergibt. Um bei Hohmann weiterzukommen, brauchen wir konkrete Verdachtsmomente. Bis dahin gilt: Hände weg von dem Mann! Haben wir uns verstanden?«

Kalfass nickte widerstrebend und gab Gas.

***

Kriminalrat Patzlaff stand auf dem Flur, als hätte er auf Wolfs Rückkehr gewartet.

»Wie weit sind Sie mit dem Selbstmord des Lkw-Fahrers, Wolf? Gibt es Indizien für ein Verbrechen?«

»Dazu ist es noch zu früh, Herr Kriminalrat. Aber wir sind dicht dran ...«

Wortlos drehte sich der Kripoleiter um und stakste zu seinem Büro zurück. Wolf sah ihm kopfschüttelnd nach. Bis heute war ihm schleierhaft, wie der kleine Patzlaff es in der Polizeihierarchie so weit nach oben schaffen konnte – ausgerechnet Patzlaff, dem er jede Fähigkeit absprach, Mitarbeiter zu lenken und zu motivieren, geschweige denn komplexe Sachverhalte schnell zu erfassen. Waren das nicht unverzichtbare Anforderungen an den Leiter einer Polizeidirektion? Na ja, beruhigte er sich, vielleicht hatte Patzlaff ja andere Qualitäten, und er hatte sie in den vergangenen Jahren ihrer Zusammenarbeit nur noch nicht bemerkt.

In seinem Büro wurde er bereits von Jo erwartet. »Waren Sie in der Gerichtsmedizin, Chef?«

»Nein. Lass mich vorher noch eine rauchen.«

»Ich habe mit dem Notarzt gesprochen, der den toten Kroaten untersucht hat. Die Leiche, das Umfeld: Alles völlig unauffällig, sagt er, nichts, was eine weiter gehende Untersuchung rechtfertigen würde.«

»Die Medizinmänner sind auch nicht mehr das, was sie mal waren«, brummte Wolf, rückte kurz sein Barett zurecht und steckte sich endlich eine Gitanes an.

***

Zwanzig Minuten später traf Wolf in der Pathologie des Überlinger Kreiskrankenhauses ein. Merkwürdig, sowohl Jo als auch Kalfass hatten plötzlich irgendwelche unaufschiebbare Arbeiten zu erledigen gehabt, sodass er allein losziehen musste. Wolf schmunzelte. Er konnte es den beiden jungen Kollegen nicht verdenken, wenn sie sich vor diesem Gang drückten, wurde ihm doch selbst immer noch flau im Magen, je näher er den kühlen gekachelten Institutsräumen kam.

Dr. Reichmann erwartete ihn bereits. Die in Tübingen stationierte Gerichtsmedizinerin, standesgemäß in Grün gewandet, hatte ungefähr Wolfs Alter, war jedoch höchstens eins sechzig groß und dabei recht stämmig. Ihr oblag von Rechts wegen die Untersuchung von Todesfällen mit unklarem Hintergrund, wozu in aller Regel auch Selbstmorde gehörten. In der Fachwelt genoss die Pathologin einen exzellenten Ruf, sie war jedoch vor allem für ihren schwarzen Humor und ihr Temperament bekannt. Wolf und Reichmann schätzten einander sehr, seit sie sich vor Jahren auf einem Kongress näher kennengelernt und angefreundet hatten.

»Sieh an, der böse Wolf, der Schrecken aller Bösewichte!«, begrüßte sie ihn.

»Darf ich Ihre Nachricht so deuten, verehrte Frau Doktor, dass Sie bei Ploc fündig geworden sind?«, kam er ohne Umschweife auf den Punkt.

»Sie dürfen.« Auf zwei Edelstahltischen in der Mitte des Raumes zeichneten sich unter grünem Tuch die Umrisse menschlicher Körper ab. Dr. Reichmann schlug das Tuch zurück.

»Und? Machen Sie's nicht so spannend«, drängte er.

»Da kommt Arbeit auf Sie zu. Ich denke, den Selbstmord können Sie vergessen.«

»Also doch!«

»Klingt fast so, als hätten Sie's erhofft.«

»Das nun nicht gerade. Der Mann war unvermögend, ja sogar verschuldet. Keine Lebensversicherung, keine herausragende Position, mit anderen Worten: nichts zu holen. Demnach auch nichts, was den Verdacht auf eine kriminelle Handlung nähren würde. Trotzdem, irgendetwas hat nicht gestimmt.«

»Sie mit Ihren Ahnungen! Aber Spaß beiseite: Ich bin, wie bei Selbsttötungen üblich, von zwei Seiten an die Sache herangegangen. Zunächst habe ich über eine Rückenmarkpunktion den Serotoninspiegel ermittelt …«

»Serotonin … das ist doch das, was man landläufig Glückshormon nennt?«

»Korrekt. Allerdings war mir das Glück nicht hold. Präziser gesagt, ich stellte keinerlei Erhöhung des Serotoninspiegels fest. Das hätte aber der Fall sein müssen, wenn es sich um Selbstmord gehandelt hätte. Punkt eins.«

»Woran ist er also wirklich gestorben?«

»Na, na! Sachte mit die jungen Pferde! Punkt zwei, und der ist noch eindeutiger: Die Untersuchung des Mageninhalts ergab Spuren eines hochkonzentrierten Toxikums. Hier, sehen Sie selbst.«

Sie führte Wolf zu einem Nebentisch, auf dem unter einer Plexiglashaube eine Petrischale mit einigen Tropfen einer bräunlichen Substanz stand. Auf den Tropfen und drum herum waren viele kleine schwarze Punkte zu erkennen, von denen sich ein paar bewegten.

»Taufliegen«, erläuterte Dr. Reichmann. »Die meisten waren vor einer Minute noch quicklebendig. Ihr Appetit wurde ihnen zum Verhängnis. Ihre Nahrung auf der Schale ist nämlich insektizidhaltig. Hier, schauen Sie nur – inzwischen rührt sich keine mehr.«

»Heißt das …«

»Ja. Der Mageninhalt des Toten enthält ein hochwirksames Insektengift, vor allem organischen Phosphorsäure-Ester mit ein paar äußerst unangenehmen Beimengungen.«

»Ein Giftcocktail also …«, mutmaßte Wolf.

»… und deshalb so unbekömmlich, weil er die todbringende Wirkung der Einzelsubstanzen nicht nur addiert, sondern sogar potenziert!«

»Ist ja eklig! Bin richtig gespannt, was Sie bei Plocs Kollegen finden.« Er zeigte auf den zweiten Edelstahltisch.

»Den nehm ich mir gleich vor. Sie können ja bleiben.«

»Leider keine Zeit, Verehrteste. Aber fürs Erste schönen Dank.« Im Hinausgehen hörte er die Pathologin kichern.

***

Wolf hatte kurz vor Dienstschluss noch eine Besprechung angesetzt, um die ihnen bekannten Fakten zu ordnen und die Aufgaben für den kommenden Tag zu verteilen. Er hatte sich auf Kalfass' Tischkante niedergelassen, in der rechten Hand seinen Feierabend-Pastis in einer Kaffeetasse – eine Vorsichtsmaßnahme für den Fall, dass Patzlaff plötzlich hereinplatzte.

Viel war es nicht, was sie bisher zusammengetragen hatten. »Also, unstrittig ist bis jetzt lediglich Folgendes: Der Pole Ploc, Fahrer bei der Hohbau GmbH, wurde mit einem Insektizid vergiftet. Um den Mord zu vertuschen bzw. aus Gründen, die wir noch nicht kennen, täuschten der oder die Täter einen Selbstmord vor. Soweit klar, Ludger?« Ganz bewusst sprach er Kalfass an, um dessen anfängliche Zweifel ein für alle Mal auszuräumen.

»Soweit klar. Und ich muss zugeben, dass mich der Tod des zweiten Fahrers inzwischen auch nachdenklich stimmt, zumindest der Todeszeitpunkt.«

Donnerwetter, er ist ja doch lernfähig, wunderte sich Wolf.

»Die Hauptfrage ist und bleibt«, warf Jo ein: »*Warum* musste Ploc sterben? Haben wir darauf eine Antwort, wird sie uns auch zum Täter führen. Richtig?«

»Richtig! Nach unserer bisherigen Kenntnis liegt das Motiv für den Mord nicht bei Plocs Arbeitgeber. Weder ist die Hohbau GmbH jemals durch illegale Beschäftigung von Ausländern aufgefallen noch durch ...«

Das Schrillen seines Telefons im Nebenraum ließ Wolf verstummen. Als der Anruf nach dem dritten Klingeln automatisch auf Jos Apparat gelegt wurde, nahm sie ab und meldete sich. Nach kurzem Zuhören reichte sie den Apparat grinsend an Wolf weiter: »Die Pathologin ist dran. Ich soll ihr den bösen Wolf ans Rohr holen ...«

»Was gibt's, Verehrteste?« Er hörte eine Minute schweigend zu. Dann bedankte er sich und legte auf.

Sein Blick wanderte von Kalfass zu Jo. »Bingo, Leute. Yosip Juratovic starb nicht, wie auf der Fähre festgestellt, an einem Herzanfall. Er wurde vergiftet – wie Ploc! Jetzt wird mir auch klar, warum die Täter den im Wald hängenden Ploc überhaupt gemeldet haben: Wir sollten den Polen möglichst schnell finden, damit zwischen seinem und Juratovics Tod ein möglichst großer Zeitabstand liegt ...«

»... weil sie befürchten mussten, dass andernfalls die Behörden einen Zusammenhang erkennen und möglicherweise Ermittlungen einleiten würden. Clever!« Kalfass schnalzte anerkennend mit der Zunge.

»Aber nicht clever genug!«, bemerkte Jo.

8

Auf halber Strecke zwischen Nussdorf und Unteruhldingen, auf einer Anhöhe mit traumhaftem Blick über den See, lag die barocke Abteikirche Birnau, von vielen als die schönste Basilika der an Gotteshäusern wahrlich nicht armen Seeregion bezeichnet. Während zahlreiche Touristen auf das Bauwerk zustrebten, kletterte Karin Winter auf dem nahe gelegenen Parkplatz aus ihrem blauen Flitzer und ging, mit zwei Laufstöcken bewaffnet, in die entgegengesetzte Richtung. Sie war mit ihrem Chefredakteur Jörg Matuschek verabredet, mit dem sie gelegentlich ein sportliches Hobby verband: Nordic Walking.

Matuschek war nicht wenig überrascht gewesen, als Karin ihm als Laufstrecke für diesen Morgen den Prälatenweg vorgeschlagen hatte. Das waren immerhin sechs Kilometer durch den Wald und über einige Anhöhen bis zum Kloster Salem – und anschließend wieder zurück!

»Es ist wichtig. Und so können wir das Angenehme mit dem Nützlichen verbinden«, hatte sie gesagt.

»Nützlich?«

»Du musst zugeben, dass es im Wald, im Gegensatz zu deinem Büro, deutlich weniger Ohren gibt.«

»Ich verstehe nicht ...«

»Sei nicht so schwer von Begriff! Wenn einer der lieben Kollegen auch nur ein Wort aufschnappt, können wir den Coup vergessen.«

»Welchen Coup denn, verdammt noch mal?«

»Gedulde dich! Du wirst schnell verstehen!«

Und so liefen sie los, trotz des Gleichschritts ein wahrhaft ungleiches Gespann, denn außer ihrem Faible für das Laufen in der Natur hatten sie, wenigstens äußerlich, herzlich wenig gemeinsam. Sie, die umtriebige, schlanke Zweiundvierzigjährige mit dem herben, aber gerade deshalb so interessanten Gesicht; er, der bedächtig abwägende, stämmige Enddreißiger mit dem kahl geschorenen Kopf, der seinem Äußeren etwas Martialisches verlieh.

»Leg los, solange ich noch nicht japsen muss«, forderte Matuschek sie bereits nach den ersten Metern auf.

»Es geht um Hohmann …«

»Der Dauerbrenner, ich weiß. Hab ich dir dieses Thema noch nicht ausreden können?«

»Ich würde gern an der Sache dranbleiben. Ich spüre, dass bei dieser Hohbau GmbH nicht alles koscher ist, aber ich brauche mehr Informationen, beweisbare Fakten, verstehst du? Irgendetwas stimmt in dem Laden nicht, da geh ich jede Wette ein. Und ich werd's rauskriegen – mit deiner Hilfe!«

»Wie stellst du dir das vor? Soll ich bei Hohmann einbrechen?«

»So ungefähr. Das heißt, natürlich nicht du, und auch nicht real, sondern sozusagen virtuell.«

»Du sprichst in Rätseln, Teuerste.«

»Du hast doch diesen Kumpel, diesen Hacker. Mach mich mit dem bekannt. Er soll mir Hohmanns E-Mails beschaffen, das ist alles.«

»Jetzt spinnst du. Abgesehen davon, dass ich deine Einschätzung nicht teile: Was du mir vorschlägst, ist Mithilfe beim Datenklau. Darauf steht Gefängnis, meine Liebe.«

Für eine Weile war lediglich das rhythmische Tack-tack-tack ihrer Stöcke auf dem Waldweg zu hören.

»Vergiss einfach, was ich gesagt habe«, beschwor sie ihn weiter, »nenn mir lediglich den Hacker und leg bei ihm ein gutes Wort für mich ein. Ich verspreche dir: Im Ernstfall geht alles auf meine Kappe. Sollte jedoch etwas Brisantes dabei herauskommen, bist du der Erste, der's erfährt. Wenn nicht, ist die Sache ohnehin gestorben. Es gibt keine Alleingänge von mir – ich schwöre!«

Tack-tack-tack. Sie passierten den »Affenfelsen«, ein zwanzig Hektar großes Freigehege, in dem zweihundert Berberaffen den Besuchern buchstäblich auf den Köpfen herumtanzten. Als sie den nachfolgenden atemraubenden Anstieg mitten durch eine Fichtenschonung bewältigt hatten, begann Matuschek unvermittelt zu seufzen.

»Er heißt Hanns-Peter Reuss, aber alle nennen ihn nur Qualle. Du wirst sehen, warum. Er residiert in Stockach. Ich rede mit ihm.«

***

In der Hackerszene galt Qualle als *das* Genie. Der gelernte Netzwerktechniker war ein Virtuose am Computer, ein absolut exzellenter Programmierer. Außerdem war er Nachtmensch, Spätstarter und vor allem lethargisch bis zum Gehtnichtmehr – zumindest so lange, bis man ihn mit einer IT-Herausforderung konfrontierte. Außerdem war er unverschämt korpulent!

Er hatte den gespreizten Gang aller Dicken. Auf dem Kopf trug er, schwarz wie seine Kleidung, stets einen breitrandigen Hut, weshalb er von vielen auch »Don Camillo« gerufen wurde.

Vor gut fünf Jahren hatte er seine eigene Firma gegründet. Er spürte Sicherheitslücken in Computernetzwerken auf, um sie anschließend mittels selbst entwickelter »Security-Tools« gegen Angriffe von außen abzuschotten. Das kam an – seine Kunden rannten ihm die Bude ein. Die war in einem etwas heruntergekommenen, versteckt liegenden Stockacher Hinterhaus untergebracht, von dem nur Eingeweihte etwas wussten.

»Wie heißt der Typ?« Qualle drehte sich zu Karin um, die schräg hinter ihm saß. Man sah ihr an, dass sie nicht recht wusste, was sie faszinierender finden sollte: sein abenteuerliches Outfit oder die traumwandlerische Sicherheit, mit der er die Computertastatur malträtierte. Wie alle Hacker, die was auf sich halten, arbeitete er ohne Maus.

»Karlheinz Hohmann.« Sie buchstabierte den Namen.

»Karlheinz Hohmann … Karlheinz in einem Wort, ja?«, wiederholte er. »Nun, dann schau'n wir mal …« Er hämmerte den Namen in seine Tastatur und ließ ihm einige Befehle folgen.

Nach einem Kontrollblick auf den Monitor fuhr er fort: »Weiter! Der Name seiner Firma?«

Karin Winter nannte ihm die Hohbau GmbH. Als er auch das eingegeben hatte, kommentierte er die Ergebnisse auf dem Bildschirm mit einem befriedigten Grunzen. »Die arbeiten mit einem Wireless LAN, so viel steht schon mal fest.« Dann, als er die ratlose Miene der Journalistin sah: »Das ist ein Funknetzwerk. Beliebte Technik, weil billig und bequem. Setzt allerdings ein unterentwickeltes Sicherheitsbewusstsein voraus.« Wieder beharkte er, immer ein Auge auf dem Bildschirm, seine Tasten. Nach einer kurzen Pause lehnte er sich schnaufend zurück: »Es hat keinen Zweck. Wir sind zu weit weg. Magst du einen Pudding?« Bereits bei der

Begrüßung hatte er Karin das Du angeboten. Das wirke sich förderlich auf das gemeinsame Projekt aus, hatte er erklärt.

Karin lehnte dankend ab. Über Matuschek hatte sie von Qualles Faible für die glibbrige Süßspeise erfahren. Am liebsten hatte er den mit Schokoladengeschmack. Angeblich lagerte er ständig eine Kiste davon in seinem übergroßen Frigidaire-Kühlschrank. Qualle quittierte Karins »Nein« mit sichtbarer Genugtuung. Vermutlich war er erleichtert, dass er seine Vorräte mit niemandem teilen musste.

Zwischen zwei Löffeln entschied er dann schmatzend über die weitere Vorgehensweise: »Wir müssen direkt zu diesem Unternehmen, dieser Hohbau GmbH in Markdorf. Zumindest in ihre Nähe, sonst kommen wir nicht weiter.«

***

Qualle fuhr, wie er sich bewegte: gemächlich und doch irgendwie zielgerichtet (er selbst hätte es eher als ökonomisch bezeichnet). Nach einer knappen Stunde sahen sie das Hohbau-Verwaltungsgebäude vor sich, das um diese Zeit einen verlassenen Eindruck machte. Qualle stellte sich neben die Einfahrt und löschte die Lichter. Während er sein Notebook auf dem Beifahrersitz abstellte, musste sich Karin nach hinten setzen. Dann bat er sie, eine Antenne auf dem Fahrzeugdach zu postieren – das Ein- und Aussteigen war nicht so seine Sache, kein Wunder bei fast drei Zentnern Lebendgewicht.

»In diesem Notebook steckt ein Intel Centrino, eine Kombination aus Prozessor und WLAN-Adapter. Ist tausendmal besser als eine billige Netzwerkkarte. Alles Weitere besorgt der Sniffer.«

»Mensch Qualle, du weißt genau, dass ich nichts von Computern verstehe. Hör auf mit dem Fachchinesisch!«

»Ein Sniffer«, fuhr Qualle ungerührt fort, »ist ein kleines Spionagetool. Es liest, wie jedes Kind weiß, die Daten, die die Netzwerkkarte umströmen. So werden die IP-Adressen der Rechner im Funknetzwerk sichtbar, außerdem der E-Mail-Verkehr zwischen den einzelnen Usern – äh, Mitarbeitern.«

Karin verstand noch immer nur Bahnhof. »Willst du damit etwa sagen, dass die Datenströme völlig ungesichert sind?«

»So ist es, meine Tochter«, bestätigte Qualle. Karin sah ihn skeptisch an und überlegte, ob er seine Don-Camillo-Rolle nicht etwas überstrapazierte.

»Pass auf: Jetzt bekommt mein Notebook über DHCP eine IP-Adresse zugewiesen ... siehst du? ... Schon bin ich im Netz und kann mit mehrfacher ISDN-Geschwindigkeit auf Hohmanns Kosten surfen.«

»Du sollst nicht surfen! Du sollst Hohmanns Mail-Server knacken!«

»Gemach, meine Tochter. Das haben wir gleich!« Erneut misshandelte er seine Tastatur, bis er plötzlich ausrief: »Schau dir das an! Offen wie ein Scheunentor!«

Auf dem Monitor erschien eine Auflistung von Mail-Dateien. Triumphierend wanderte Qualles Blick zwischen der Journalistin und dem Bildschirm hin und her.

»Also«, dozierte er ächzend, nachdem Karin ihm aus einer Schachtel auf dem Rücksitz einen weiteren Pudding gereicht hatte, den er gemächlich auslöffelte. »Das sind Hohmanns Mails der letzten ... lass sehen ... ja, der letzten zehn Tage. Mit Empfänger, Betreff, Datum und so weiter. Ein Teil scheint verschlüsselt zu sein. Hier, die Buchstaben-Zahlen-Kombinationen zum Beispiel. Lösbar, aber da brauch ich Zeit für. Die anderen sind in Klartext. Irgendwelcher Börsenkram ... ein Termin mit einem Konstanzer Baudezernenten ... Anweisungen für die Kalkulationsabteilung ... Reisevorbereitungen ... Was davon brauchst du?«

»Alles. Kannst du mir das ausdrucken?«

»Nicht hier. Ich kopier das Zeug auf die Festplatte und druck's daheim aus.« Er schniefte angestrengt. »Hinter was bist du eigentlich her?«

»Weiß ich selbst nicht genau. Offen gestanden stochere ich noch im Nebel herum. Jetzt lass uns aber von hier verschwinden, Qualle. Vor der Höhle des Löwen werde ich ungern erwischt.«

»Nicht so ängstlich, meine Tochter. Wir haben den Server ja erst angekratzt. Hier ist nebenbei ein Link zum Landesjagdverband. Ergo ist der Herr Bauunternehmer passionierter Jäger. Wenn du willst, kann ich dir die Funktion jedes einzelnen Hohbau-Rechners enthüllen. Oder die Passwörter aller Mitarbeiter mitschneiden und anschließend in deren Identität schlüpfen. Oder ihnen eine Botschaft schicken ...«

»So nach dem Motto: ›Hier spricht Fantomas! Flieht, ihr seid entdeckt‹, was?« Karin war über den Leichtsinn der Hohmann-Systemadministratoren mehr als verblüfft. Sie hatte mit erheblich größeren Schwierigkeiten gerechnet, das Netz zu entern. Stattdessen fielen ihnen die Informationen regelrecht in den Schoß. Sie konnte nur hoffen, dass ihr Eindringen unbemerkt blieb.

Schnaufend packte Qualle sein Equipment zusammen. Kurz darauf machten sie sich davon.

***

Kriminalrat Patzlaff hatte Wolf für 13.55 Uhr in sein Büro bestellt. Um 14.00 Uhr betrat der Hauptkommissar das Vorzimmer.

»Der Chef ist noch nicht da«, empfing ihn Hannelore Bender, die Patzlaffs Laden schmiss, wie sie sich gelegentlich ausdrückte. Beide verband unausgesprochen eine herzliche Abneigung gegen den Kriminalrat. »Eine Tasse Kaffee?«, bot sie ihm an.

»Da hör ich mich nicht Nein sagen«, antwortete Wolf und lachte.

Das war wieder mal typisch für Patzlaff: Erst setzte er den Besprechungstermin exakt fünf Minuten vor der vollen Stunde an (wohl um seine enorme Belastung herauszukehren), und dann glänzte er durch Abwesenheit! Die Zeit für die Tasse Kaffee und einen kurzen Plausch mit Hannelore Bender wollte Wolf ihm noch geben. Tauchte Patzlaff bis dahin nicht auf, konnte er ihm gestohlen bleiben.

Wenig später saß Wolf bereits wieder in seinem Büro und griff nach dem Telefonhörer. Genau in diesem Moment stürmte Patzlaff herein.

»Ich hätte gute Lust, Sie abzumahnen, Wolf! Ihr Verhalten ist einfach disziplinlos. Sie waren um zwölf fünfundfünfzig zu mir bestellt ...«

»Ich war da, Sie aber nicht«, sagte Wolf ruhig und blickte Patzlaff scharf an. »Tut mir leid, aber fürs Herumstehen werde ich nicht bezahlt.«

»Das ist ... das ist ...« Wolfs Gelassenheit brachte Patzlaff völlig aus dem Konzept.

»Sagen Sie einfach, was Sie von mir wollen.«

Mit Mühe schluckte Patzlaff seinen Ärger hinunter. »Wie weit sind Sie bei dem Selbstmordfall? Sollten Sie noch keine Ergebnisse vorweisen können, muss ich Ihnen leider …«

»Haben Sie meinen Bericht nicht gelesen?« Wolf wusste, dass Patzlaff Unterbrechungen hasste wie andere Leute Lippenherpes.

»Welchen Bericht?« Patzlaff war für einen Moment verdattert, unterstellte die Frage doch indirekt, dass er seinen Schreibtisch nicht richtig im Griff hatte.

»Den Bericht, den ich Ihnen um 12.55 Uhr in Ihrer Abwesenheit auf den Tisch gelegt habe. Ich fasse gerne noch mal zusammen.« Bewusst bot er Patzlaff keinen Stuhl an. Sollte der sich doch die kurzen Beine in den Bauch stehen. »Zum Ersten: Der Pole Stanislaus Ploc hat sich nicht selbst umgebracht. Es war eindeutig Mord. Giftmord, um genau zu sein! Die Einzelheiten finden Sie in besagtem Bericht. Zum Zweiten: Der Tote auf der Meersburger Fähre, ein Kroate namens Yosip Juratovic, wurde auf dieselbe Weise vergiftet. Beide arbeiteten als Lkw-Fahrer bei einer Markdorfer Bauunternehmung.«

»Etwa bei Hohmann?«

»Sie kennen ihn?«

»Äh … nun … nicht direkt. Fahren Sie fort.«

»Wir haben darüber hinaus keinen Zusammenhang zwischen den Morden und der Hohbau GmbH feststellen können. Keine illegalen Beschäftigungsverhältnisse, keine Preisabsprachen, kein Bestechungsfall, keine schwarzen Listen – einfach nichts. Auch das LKA meldet Fehlanzeige. Hohmann könnte sich allerdings durch seine Niedrigpreispolitik in der Branche Feinde gemacht haben, die nun ein Interesse am Platzen seiner Projekttermine haben. Das hieße: Konkurrenten, die im wörtlichen Sinne über Leichen gehen. Im Augenblick ermitteln wir in dieser Richtung.«

Patzlaff kniff die Augen zusammen, er hatte es plötzlich eilig, wegzukommen. »Bleiben Sie dran. Und halten Sie mich auf dem Laufenden«, schnarrte er von der Tür her. »Ich möchte über jedes Detail informiert werden, haben wir uns verstanden?«

»Wenn Sie so viel Zeit haben?«, antwortete Wolf scheinheilig.

Doch Patzlaff hatte bereits das Weite gesucht. Offensichtlich war er es leid, sich weiter provozieren zu lassen.

***

»Noch Wortmeldungen?« Jörg Matuschek blickte auffordernd in die Runde. Die Redaktionskonferenz, beim »Seekurier« sonst eine wilde Redeschlacht, hatte heute kaum eine halbe Stunde gedauert. Es war wohl mal wieder Saure-Gurken-Zeit! Stoffe für gute Artikel waren in diesen Wochen tatsächlich so rar wie eine Sonnenfinsternis. Ob Politik, Kultur, Sport oder Lokales: Jeder angesprochene Themenkreis löste bei seinen Mitarbeitern verlegenes Achselzucken, bestenfalls einige eher müde Vorschläge aus. Notgedrungen hatte Matuschek heute bereits einige Themen abnicken müssen, die ihm an anderen Tagen zu banal gewesen wären.

Schließlich hob sich doch noch eine Hand. »Ich hätte da vielleicht etwas …«, begann Karin Winter zögernd, als ihr Matuschek auch schon ins Wort fiel.

»Tut mir leid, Schluss für heute. Wir reden später darüber …«

Karin verstand den Wink und wartete, bis die Kollegen den Konferenzraum verlassen hatten.

»Kann ich dich kurz sprechen, Jörg?«

»Okay. Komm mit.«

Sie gingen in sein Büro, und Matuschek schloss die Tür. Karin verschwendete keine Zeit für eine lange Einleitung. »Dein Hacker hat ganze Arbeit geleistet. Sieht aus, als hätte ich recht gehabt, was Hohmann betrifft: Morgen hat er ein Date mit einem Konstanzer Baudezernenten in Zürich.«

»Er trifft sich mit einem Auftraggeber – was soll daran verdächtig sein?«

»Würde er sich mit dem nicht in seinem oder dessen Büro oder auf der Baustelle treffen? Warum gerade Zürich?«

»Und? Was willst du unternehmen?«

»Ich werde natürlich dabei sein. Kann ich Charles de Boer als Fotografen mitnehmen? Ich möchte die Unterredung dokumentieren – selbstredend völlig unauffällig.«

Matuschek wog das Für und Wider ab. Schließlich rang er sich zu einem Entschluss durch. »Also gut, meinetwegen. Aber wenn rauskommt, wie du an den Termin gekommen bist, wasche ich meine Hände in Unschuld, haben wir uns da verstanden?«

»Klar.« Sie lachte etwas gequält. »Aus einem verzagten Arsch kommt kein fröhlicher Furz.«

»Du wirst ordinär.«

»Ist nicht von mir, hat Martin Luther gesagt. Aber ist doch wahr: *Ich* verbrenn mir die Finger, und *dir* steckt man hinterher die Lorbeeren ... an den Hut.«

Matuschek überging die Bemerkung. »Du weißt hoffentlich, worauf du dich da einlässt. Ich kenne Hohmann. Egal, ob sich dein Verdacht bestätigt oder nicht – wenn er spitzkriegt, dass du hinter ihm herschnüffelst, hast du es mit einem beinharten Gegner zu tun.« Nachdenklich fügte er hinzu: »Andererseits ... krumme Dinger dieser Art trau ich ihm eigentlich nicht zu; für das Treffen in Zürich kann es viele Gründe geben.«

»Klingt nach ›Wasch mir den Pelz, aber mach mich nicht nass‹.«

»Wie dem auch sei – lass dich auf keinen Fall erwischen! Ein Prozess mit Hohmann wäre das Letzte, was wir jetzt brauchen könnten.«

»Manchmal kannst du einen so richtig schön aufbauen«, kam es ironisch zurück.

***

Wolf war ziemlich erledigt, als er endlich den vereinbarten Treffpunkt erreichte. Der Höhenunterschied zwischen See und Burgberg war größer, als er gedacht hatte. Außerdem hatte er ja noch sein Fahrrad im Schlepptau. Tja, er war eben keine dreißig mehr. Oder hing seine Kurzatmigkeit vielleicht doch mit dem Rauchen zusammen?

Dass Ernst aber auch ausgerechnet das Parkhotel Leonhard oben am Berg vorschlagen musste! Nun ja, immerhin konnte man auf der Hotelterrasse gemütlich sitzen und vorzüglich essen, vom traumhaften Seeblick einmal ganz abgesehen. Ernst war aber wohl etwas anderes wichtiger gewesen: Eher beiläufig hatte er bemerkt, dass dieses exklusive Plätzchen kaum von Kollegen und Bekannten frequentiert würde und darum für einen »konspirativen Treff« geradezu prädestiniert sei. Wolf glaubte, einen ironischen Unterton herausgehört zu haben – oder täuschte er sich? Na ja, man würde sehen.

Ernst Sommer war bis zu seiner Pensionierung vor zwei Jahren Kriminalrat und Leiter der Überlinger Kripo gewesen. Er und Wolf waren Duzfreunde seit Urzeiten, und ums Haar hätte Wolf damals aus reiner Sympathie ebenfalls den Dienst quittiert – »weil selten etwas Besseres nachkommt«, wie er hellseherisch äußerte. Tatsächlich hatte der neue Kriminalrat seine schlimmsten Befürchtungen noch übertroffen, denn gekommen war der kleine Giftzwerg Patzlaff, von dem niemand so recht wusste, wer oder was ihn auf diesen Stuhl gehievt hatte.

Sommer war zwar gleich nach seinem Ausscheiden in die Landeshauptstadt verzogen, deshalb aber noch lange nicht weg vom Fenster. Wie Wolf war er Witwer, doch einfach die Hände in den Schoß zu legen und auf das eigene Ende zu warten, das war seine Sache nicht. Dank ausgezeichneter Kontakte zum Regierungspräsidium und zum LKA hatte er erreicht, dass man ihn – Ruhestand hin oder her – häufiger, als ihm lieb war, zu bestimmten Sondereinsätzen rief.

Wolf schloss sorgfältig sein Fahrrad ab und betrat die Terrasse. Er entdeckte den Kriminalrat a.D. an einem der vorderen Tische, die bei weitem den schönsten Seeblick boten. Die Begrüßung war herzlich. Zum wiederholten Mal musste Wolf feststellen, dass sein Freund kaum zu altern schien. Trotz seiner fünfundsechzig Jahre war er mit seiner Größe, seiner stattlichen Figur und den weißen Stoppelhaaren noch immer eine imposante Erscheinung.

»Also«, begann Wolf, nachdem sie bestellt hatten, »was treibt dich an deine frühere Wirkungsstätte zurück? Gib's endlich zu, dir fällt zu Hause die Decke auf den Kopf, hab ich recht?« Ein leichter Wind war aufgekommen, und vorsorglich rückte er sein Barett zurecht.

Sommer lachte. »Langweilig ist mir ganz gewiss nicht, Leo, im Gegenteil. Aber reden wir von dir. Du bist da an einer Sache dran, die mich interessiert. Ich meine den Doppelmord an den beiden Bauarbeitern. Wie kommst du voran?«

Wolf schilderte ihm den Stand der Ermittlungen. »Warum interessierst du dich dafür?«

»Kann ich dir nicht sagen …«, versuchte Sommer abzuwiegeln.

»Du meinst, du kannst es mir *noch nicht* sagen? Das macht mich neugierig!«, hakte Wolf nach.

»Nein, es interessiert mich ganz allgemein. Außerdem kenne ich Hohmann recht gut …«

»Wie kommst du auf Hohmann? Den hab ich doch überhaupt nicht erwähnt?« Plötzlich war Wolf hellhörig geworden.

Sommer überging die Frage. »Nicht dass wir uns besonders schätzen würden, Hohmann und ich. Wir hatten bei verschiedenen Gelegenheiten miteinander zu tun. Aber ich bewundere, was er in einem Jahrzehnt aus dem Boden gestampft hat. Man könnte es fast ein Wunder nennen.«

»Höre ich da eine gewisse Skepsis heraus? Ist bei diesem Wunder etwa nicht alles mit rechten Dingen zugegangen?«

»Lass es gut sein. Wie kommst du eigentlich mit deinem Chef zu Rande?«

»Erlasse mir eine Antwort. Nur so viel: Der Mann ist so überflüssig wie ein Keuchhusten. Selten hab ich so viel Inkompetenz auf einem Haufen gesehen. Wenn ich nur wüsste, wer ihn protegiert – und warum!«

»Da muss ich passen, Leo. Regierungspräsidium und LKA sind – vorsichtig gesagt – unüberschaubare Behörden, da gibt es viele Netzwerke. Aber ich bleibe am Ball, ich verspreche es dir ...«

Der Kellner brachte ihr Essen, und Sommer bestellte sich noch einen 2003er Meersburger Bengel, einen exzellenten Spätburgunder, wie er nur hier am See wuchs. Wolf blieb bei Apfelschorle, er musste ja anschließend noch mit dem Fahrrad den Berg hinunter und nach Nussdorf hinaus. Gerne hätte er das Gespräch während des Essens fortgesetzt, doch für Sommer schien das Thema beendet. So kam es, dass sie sich binnen kurzer Zeit in Erinnerungen »aus der guten alten Zeit« der Überlinger Kripo verloren.

9

Karin Winter hatte ihr Vorgehen gründlich überlegt. Sie konnte mit absoluter Sicherheit davon ausgehen, dass Hohmann seinen Gesprächspartner, diesen Konstanzer Baudezernenten, um vierzehn Uhr im Hotel »Baur au Lac« traf, und zwar im Restaurant »Le Pavillon«. Alles andere war Spekulation. Nichts zu spekulieren gab es hingegen über das Ziel ihrer Beschattung: Sie wollte Hohmanns Gesprächspartner mit eigenen Augen sehen, wollte wissen, ob es sich dabei um Siebeck handelte, der nach ihren Recherchen in Konstanz diese Position innehatte. Und sie wollte möglichst viel über den Gesprächsinhalt erfahren. Vor allen Dingen aber brauchte sie Bilder. Denn eines wusste sie aus Erfahrung: Beweisfähige Fotos von den feinen Herren, im teuersten Nobelhotel Zürichs an einem Tisch kungelnd – das war wirkungsvoller als Dynamit!

Matuschek hatte ihr, wie gewünscht, Charles de Boer zur Seite gestellt, einen blonden, unauffällig wirkenden Holländer mit ausgeprägter Stirnglatze. Der Pressefotograf des »Seekurier« hatte ein besonderes Faible für Undercoveraufnahmen, für die er einen kleinen Aktenkoffer mit einer hochauflösenden Digitalkamera präpariert hatte. De Boer war kein Mann vieler Worte, doch wenn es drauf ankam, konnte man sich hundertprozentig auf ihn verlassen – auch und gerade in brenzligen Situationen. Niemand wusste das besser als Karin, schließlich hatte er sie erst unlängst mit seinen Taekwondo-Künsten aus den Händen einiger radikaler Islamisten befreit, die ihr nach einem Interview ans Leder wollten.

Sie waren gut in der Zeit. Vom nahen Münster schlug es eins, als sie über die Quaibrücke fuhren, die den Zürichsee von der Limmat trennt. Und dann tauchte auch schon das »Baur au Lac« auf. Das Nobelhotel lag unweit des Sees in einem kleinen Park zwischen dem mit bunten Booten belegten Schanzengraben und der Talstraße, nur wenige Schritte von der bekannten Bahnhofstraße entfernt.

Sie ließen das Hotel rechts liegen und fuhren ein Stück den General-Guisan-Quai hinunter, um ihren Wagen in einer Tiefgarage abzustellen. Anschließend schlenderten sie wie zwei Touristen gemächlich durch die Uferanlagen zurück, bis linker Hand wieder das Hotel in ihr Blickfeld geriet. An der nächsten Ampel überquerten sie die Straße und gingen schließlich im Schatten einiger Oleanderbüsche in Stellung. Hier, etwas verdeckt und doch in Sichtweite zum Eingang, wollten sie Hohmanns Ankunft abwarten.

Ihre Geduld wurde auf eine harte Probe gestellt. Nicht nur, dass die Zeit stillzustehen schien. Zu allem Überfluss herrschte rund um den Hoteleingang und die Zufahrt emsiges Treiben, sodass Karin schon befürchtete, ihn schlicht übersehen zu haben.

Von einem nahen Turm schlug es zwei Uhr. Doch noch immer wollte sich Hohmann nicht zeigen. Zwei Uhr fünf. Zwei Uhr zehn. Viertel nach zwei. Charles de Boer war eben drauf und dran zu kapitulieren, als Karin leise durch die Zähne pfiff. »Na endlich. Wurde aber auch Zeit.«

»Wo?«

»Dort, der schwarze Porsche Cayenne.«

Zwei Männer stiegen aus. Der Fahrer ging um den Wagen herum und übergab Karlheinz Hohmann eine Tasche.

»Ist es der mit dem ausgeprägten Doppelkinn?«

»Der nämliche.«

»Sieh an, der Herr läßt sich chauffieren … Kennt er dich?«

»Nein. *Ich* kenne *ihn*, darauf kommt's an.«

Der Wagen fuhr wieder weg, und Hohmann verschwand durch die große Drehtür.

»Wir warten noch fünf Minuten«, bestimmte Karin. Dann betraten sie das Restaurant, wo sie mit einem etwas blasiert klingenden »Grüezi« von einem ältlichen Ober in Empfang genommen wurden.

»Wir sind mit Direktor Sprüngli verabredet«, sagte Karin freundlich, aber bestimmt.

»Bedaure, der Herr Direktor ist noch nicht da. Darf ich Sie zu Ihrem Tisch geleiten?«

Karin musste ob der verstaubten Redeweise ein Kichern unterdrücken. Als sie saßen, konnte Charles de Boer nicht mehr länger an sich halten. »Aus welchem Hut hast du diesen Direktor gezaubert?«

»Hat Matuschek für mich eingefädelt ... Sind die ersten Bilder im Kasten?«

De Boer nickte. Dann lüftete er ein wenig den Deckel seines Aktenkoffers, um an der Kamera eine Einstellung vorzunehmen, während sich Karin Winter unauffällig umsah.

Der Grundriss des geschmackvoll eingerichteten Restaurants bestach durch einen halbrund in den Park hinausragenden Vorbau, dessen Fensterfront den Blick auf den Schanzengraben freigab. Mitten im Raum schwebte ein riesenhafter Lüster, darunter zog ein Blumenarrangement die Blicke auf sich, dessen Farben exakt auf den Teppichboden abgestimmt waren. Alles strahlte unaufdringliche Eleganz aus.

Der Ober erschien und fragte, ob sie schon etwas bestellen wollten.

»Danke, wir warten, bis Direktor Sprüngli kommt.«

Hohmann saß nur drei Tische weiter. Ihm gegenüber, mit dem Rücken zu ihnen, ein zweiter Mann – das musste Siebeck, der Baudezernent sein. Auf dem Tisch stand Kaffee, dazwischen waren Blätter mit Zeichnungen und Tabellen ausgebreitet.

De Boer entschuldigte sich bei Karin Winter, klemmte den Kamerakoffer unter den linken Arm und verließ den Raum. Kurze Zeit später kehrte er zurück. Dabei wusste er es so einzurichten, dass er dicht an Hohmanns Tisch vorbeikam. Dort blieb er kurz stehen.

»Verzeihen Sie, dass ich Sie anspreche. Ich suche Direktor Sprüngli.« De Boer blickte abwechselnd auf die beiden Männer.

Hohmann hob für einen Moment den Kopf. »Bedaure«, antwortete er kurz und wandte sich wieder seinem Gegenüber zu.

Doch der Fotograf ließ sich nicht so schnell abwimmeln. »Wissen Sie, wir waren um vierzehn Uhr hier mit ihm verabredet.«

Hohmann reagierte auf die neuerliche Störung sichtlich unwillig. »Ihr Pech. Mit einem Direktor können wir nicht dienen.«

De Boer, der während der wenigen Worte seinen Koffer unter den anderen Arm gewechselt hatte, entschuldigte sich abermals, danach kehrte er umständlich an seinen Tisch zurück. Dort sagte er leise zu Karin: »Bingo! Ich hab die Gesichter auf der Platte, einschließlich allem, was so auf dem Tisch lag.« Erneut werkelte er in seinem Kamerakoffer herum, dann steckte er etwas in die Jackentasche.

»Frecher Hund. Aber gut gemacht!«, lobte seine Kollegin.

Plötzlich trat ein Mann an Hohmanns Tisch. Es dauerte etwas, bis Karin ihn erkannte: Es war Hohmanns Chauffeur. Er beugte sich zu den beiden Männern hinunter und flüsterte ihnen etwas zu. Die Reaktion war frappierend. Hohmann sprang abrupt auf, sein Begleiter raffte die auf dem Tisch verstreuten Papiere zusammen, und schon strebten beide dem Ausgang zu.

Ehe sich Karin von ihrer Überraschung erholen konnte, kam der Chauffeur auf sie zu. Mit ausdrucksloser Miene baute er sich vor ihrem Tisch auf: »Ich möchte den Herrschaften nahelegen, schleunigst zu verschwinden. Spionieren Sie gefälligst woanders herum ...«

Doch Karin war nicht so leicht ins Bockshorn zu jagen. »Gäbe es denn hier etwas zu auszuspionieren?«

»Machen Sie kein Aufsehen. Verschwinden Sie einfach! Oder soll ich Sie vom Sicherheitsdienst des Hotels hinauswerfen lassen?«

»Nicht nötig.« Der Fotograf gab Karin Winter ein Zeichen, stand auf und machte Anstalten, das Restaurant zu verlassen. Wie zufällig bewegte er sich dabei auf den Chauffeur zu. Alles Weitere ging sehr schnell. Mit einem kaum wahrnehmbaren Fingerstoß traf der Holländer den Solarplexus des Hohmann-Getreuen und setzte ihn damit für kurze Zeit außer Gefecht. De Boer fing den nach Atem ringenden Mann auf und ließ ihn unauffällig auf einen Stuhl gleiten. Liebevoll tätschelte er ihm die Wange und sagte: »Das wird wieder, glaub mir. Du musst deshalb nicht weinen.« Damit spielte er auf die Tränen an, die der Schmerz dem Mann in die Augen trieb.

Dieses für ein Schweizer Nobelrestaurant eher ungewöhnliche Geschehen rief den Ober auf den Plan. Er hatte jedoch keine Gelegenheit, Fragen zu stellen. »Falls Direktor Sprüngli eintrifft, richten Sie ihm bitte aus, wir hätten dringend weggemusst«, rief Karin ihm im Vorbeigehen zu – und schon flitzten sie hinaus. Aus den Augenwinkeln nahm Karin gerade noch wahr, wie de Boers Opfer sich wieder aufrappelte.

Natürlich war von Hohmann und seinem Gesprächspartner nichts mehr zu sehen. Also machten sie sich auf den Weg zu ihrem Wagen. Auch wenn das Treffen etwas anders verlaufen war als erwartet, ein Erfolg war es in jedem Fall. Zufrieden stiegen sie in die etwas spärlich beleuchtete zweite Ebene der Tiefgarage hinab, in der sie geparkt hatten.

Karin kramte den Schlüssel aus ihrer Tasche – und erstarrte. Ohne auch nur das leiseste Geräusch zu verursachen, war jemand von hinten an sie herangetreten, hatte ihr den Arm um den Hals gelegt und die Luft abgeschnürt. Flüsternd drohte eine heisere Männerstimme: »Ganz still bleiben, Kleine, dann passiert dir nichts!«

Vor Angst wie gelähmt war sie dem stählernen Griff des Angreifers hilflos ausgeliefert. Nur am Rande bekam sie mit, wie de Boer zu Boden ging und ihm ein zweiter Mann den Kamerakoffer entriss. Ein Golf preschte heran, die beiden Männer sprangen hinein, und schon brauste der Wagen mit quietschenden Reifen in Richtung Ausfahrt.

Benommen rieb sich Karin den Hals. Dann half sie de Boer hoch. Der hatte eine recht üble Schmarre am Kopf.

»Hinterhältiges Pack! Hast du wenigstens die Autonummer?«, fragte sie den Fotografen.

»Wie denn? Er fuhr ja ohne Licht!«

»Also war der ganze Aufwand für die Katz! Scheiße, Scheiße, Scheiße …«

»Reg dich nicht auf. Der Koffer ist ersetzbar.«

»Ich rede nicht von dem Koffer. Die *Aufnahmen* sind futsch!«

»Wer sagt das? Schau mal hier …« De Boer zwang sich zu einem gequälten Grinsen und hielt einen kleinen Gegenstand hoch.

»Was ist das?«

»Na was wohl … die Datenkarte aus der Kamera! Sollen sich die Gangster ruhig an dem Koffer verlustieren … wir haben, was wir wollten.«

Es dauerte ein paar Sekunden, bis Karin verstand. Mit einem erlösten Aufschrei fiel sie de Boer um den Hals und küsste ihn auf den Mund.

»Aua«, rief de Boer verdattert und rieb sich die schmerzende Platzwunde am Kopf. »Wie darf ich *das* jetzt verstehen?«

»Ach, Charles! Ich liebe dich!« Kichernd klopfte sie de Boer auf die Schulter und stieg in ihren Wagen.

***

Hohmann hatte in Winterthur den Cayenne aufgetankt und passierte eben die Autobahnverzweigung Winterthur-Ost, als sein Handy klingelte. Das musste sein Fahrer sein, nur er kannte diese Nummer. »Paul! Wo steckst du?«

»Noch in Zürich, Chef. Bin dem Fotografen und seiner Mieze gefolgt.«

Auf Paul konnte man sich eben verlassen, dachte Hohmann anerkennend. »Hast du dem Kerl die Kamera abgenommen?«, fragte er hoffnungsvoll.

»War nicht möglich. Das haben vor mir andere besorgt.«

»Was soll das heißen?«

»Na ja, die beiden gingen zu ihrem Wagen in der Tiefgarage. Ich ihnen nach, um eine günstige Gelegenheit abzupassen. Plötzlich wurden die beiden von zwei Männern überfallen. Sie entrissen dem Fotografen den Kamerakoffer und flüchteten in einem bereitstehenden Wagen.«

»Drei Mann also«, sagte Hohmann nachdenklich. »Hast du einen von ihnen erkannt?«

»Tut mir leid, Chef, hab die Kerle noch nie gesehen. Und die Autonummer konnte ich auch nicht lesen, der Wagen fuhr ohne Licht.«

»Das ist ganz große Kacke ist das! Die Bilder in den falschen Händen, und wir haben keinen Schimmer, wer dahintersteckt. Wenn man die Pläne darauf erkennen kann, sind wir geliefert!«

Ohne eine Antwort abzuwarten, knallte er das Telefon auf die Halterung.

***

Während Karin vehement darauf hinarbeitete, Hohmann die Maske des redlichen Bauunternehmers vom Gesicht zu reißen, verfolgte Wolf ein anderes Ziel. Nach seiner Einschätzung kam Hohmann für die Morde nicht in Frage, im Gegenteil: So wie es aussah, war er sogar der Hauptgeschädigte.

In welche Richtung sollten sie also weiterermitteln?

In Ermangelung aussichtsreicherer Alternativen hatte sich Wolf Hohmanns Hypothese angeschlossen, wonach der oder die Täter unter dessen Mitbewerbern zu suchen waren. Das Motiv lag auf der Hand: Die aggressive Preispolitik der Hohbau GmbH, die die meisten großen Projekte der Region gewann, insbesondere fast alle namhaften Neubauten der öffentlichen Hand. Für manche Anbieter war das nicht nur frustrierend, sondern schlichtweg existenzgefährdend, insbesondere vor dem Hintergrund der am Bau herrschenden Flaute. War es da nicht nur wahrscheinlich, dass einer der Bauunternehmer durchknallte und sich zu einem verzweifelten Gewaltakt hinreißen ließ?

Vor ihnen lag also die heikle Aufgabe, Hohmanns sämtliche Konkurrenten unter die Lupe nehmen zu müssen – und zwar ohne dass einer Wind davon bekam oder gar ein eventueller Täter Gelegenheit hatte, abzutauchen.

»Mir ist nicht wohl bei der Sache. Egal wie wir es anfangen, überall lauern Fallgruben«, gab Jo zu bedenken. »Wenn einer von Hohmanns Konkurrenten spitzkriegt, dass wir in einer Mordsache ermitteln, ist der Teufel los. Und wenn wir zu vorsichtig agieren oder, noch schlimmer, vielleicht sogar zu weit vorpreschen, macht uns Kriminalrat Patzlaff zur Schnecke.«

Wolf schenkte sich einen Kaffee ein. »Zunächst brauchen wir Namen. Die Namen aller Mitbewerber, die, sagen wir im letzten halben Jahr, Ausschreibungen oder Aufträge an Hohmann verloren haben. Erst dann können wir an Ermittlungen denken«, brachte er die Sache auf den Punkt. Er nahm einen Schluck aus seiner Tasse und sah Kalfass an.

Der blieb auffallend stumm. Erst als Wolf ihn mit der Frage provozierte, ob er noch zu ihrem Dezernat gehöre, gab er trotzig Antwort: »Ich verstehe nicht, warum Sie Hohmann ständig mit Glacéhandschuhen anfassen. Ich halte seine Sprüche von der Konkurrenz für puren Selbstschutz.«

»Gut! Wie könnte Hohmann deiner Meinung nach in dieser Sache drinhängen? Als Mörder? Als Auftraggeber? Und welches

Motiv hätte er, seine beiden Mitarbeiter umbringen zu lassen?«, fragte Wolf ruhig.

»Vielleicht wurden sie ihm aus irgendeinem Grunde lästig, oder sie haben seine Baustellen beklaut oder der Konkurrenz Betriebsgeheimnisse gesteckt, was weiß ich. Besorgen wir uns einen Durchsuchungsbeschluss und filzen seinen Betrieb so lange, bis wir fündig werden.«

»Die Brechstange sollte unser letztes Mittel sein. Ich werde dir sagen, was wir machen: Du, Ludger, versuchst herauszufinden, an welchen Baustellen Hohmann gerade arbeitet. Beschränke dich zunächst auf Projekte öffentlicher Auftraggeber, also Kommunen, Landkreise, regionale Institutionen und so weiter. Quetsche auf den Bauämtern die zuständigen Dezernenten aus. Wir müssen wissen, welche Ausschreibungen die Hohbau GmbH in den vergangenen sechs Monaten gewonnen hat und welche seiner Mitbewerber rausgeflogen sind. Ich selbst knöpfe mir Hohmann vor. Wollen mal sehen, ob wir nicht aus zwei Richtungen auf dieselben Namen stoßen.« Er machte Anstalten, in sein Büro zu gehen.

»Haben Sie nicht etwas vergessen, Chef?«, rief Jo ihm nach.

»Was?«

»Mich! Soll ich etwa hier unsere Blumen gießen und heißen Kaffee bereithalten, bis Sie wieder eintrudeln?«

Wolf grinste. »Im Gegenteil! Du übernimmst sogar den heikelsten Teil der Aufgabe.« Er nippte wieder an seinem Kaffee und wurde ernst. »Du fährst nach Konstanz und siehst dir dieses neue Touristencenter an, das Hohmann dort baut ...«

»Das Corso.«

»Richtig. Rede mit dem Bauleiter, mit Arbeitern, Lieferanten, Handwerkern. Versuch herauszukriegen, wie die Auftragsvergabe ablief und wer das Ding gegen die Hohbau verloren hat. So, nun macht euch vom Acker. Wir treffen uns hier am Spätnachmittag wieder. Und dann will ich Namen hören ...«

***

Gespannt sah Karin Winter auf die DIN-A4-großen Farbausdrucke, die Charles de Boer vor ihr auf dem Schreibtisch ausbreitete.

Die Serie startete mit der Außenfront des »Baur au Lac« und

führte den Betrachter an der Rezeption vorbei quer durchs Foyer zu ihrem Tisch vor der großzügigen Fensterfront. Auf jedem Bild waren rechts unten Datum und Uhrzeit einbelichtet.

Weitere Motive zeigten Hohmann und seinen Gesprächspartner in unterschiedlichen Ausschnitten von der Totalen bis zur Großaufnahme.

»Wenn das kein Knüller ist!«, murmelte Karin Winter und schob mehrere Ausdrucke beiseite, auf denen Blätter mit Material- und Mengenangaben und endlose Preiskolonnen zu sehen waren. »Das stinkt geradezu nach Bestechung und verbotenen Preisabsprachen.«

Sie beugte sich über die letzten Bilder, die zunächst nur aus einem Gewirr unterschiedlicher Linien zu bestehen schienen. Bei genauerer Betrachtung schälten sich jedoch Konturen und Details heraus, die sich als Teil eines Baukörpers entpuppten.

»Gute Arbeit, Charles. Genau, was ich erhofft hatte. Damit dürften wir Hohmann im Sack haben. Ich bin sicher, dass es sich hier um den konspirativen Treff eines Baubeauftragten der öffentlichen Hand mit einem ausführenden Bauunternehmer handelt. Wenn wir nur wüssten, um welches Projekt es sich handelt. Leider sind auf allen Bildern nur Teilansichten zu erkennen.«

»Darüber hab ich mir auch schon den Kopf zerbrochen. Nirgends ein Hinweis auf das Bauwerk oder wenigstens den Standort. Da bringen uns auch Detailvergrößerungen nicht weiter.«

Karin reagierte nicht. Ihr Blick wurde von etwas Undefinierbarem angezogen, und sie beugte sich über den Ausdruck, um genauer sehen zu können. Dann kramte sie eine Lupe aus ihrer Schreibtischschublade und hielt sie über das Bild.

»Hier, diese Schrift ... was könnte das heißen?«

De Boer nahm die Lupe und führte sie zusammen mit dem Bild dicht vor die Augen. Mehrere Sekunden lang herrschte Stille. »Ich weiß nicht ... könnte ›Saal‹ heißen ... ja, ›Saal‹, würde ich sagen ... darunter steht eine Zahl ... 150 ... und dahinter zeigt ein kleiner Pfeil nach links ...«

»Zeig mal her ... ja, du könntest recht haben ... oder nein, nicht ganz. Der zweite Buchstabe ist eher ein ›e‹.«

»Dann hieße das Wort ›Seal‹ ... sagt mir ebenso wenig.«

»Ich hatte mal einen Mantel mit einem Sealkragen ...«

»Sealkragen?«

»Seal, so nennt man das Fell der Pelzrobbe.«

De Boers Gesicht drückte gewisse Zweifel aus. »Hat wohl kaum was mit unserem Fall zu tun, oder?«

»Stimmt.« Karin überlegte. »Halt … ich habs!«, rief sie plötzlich schrill und blickte den Fotografen triumphierend an. »Ich brauche den Stadtplan von Konstanz.«

Sie stand auf, ging zu dem Regal hinter ihrem Schreibtisch und suchte die Karte heraus. Nachdem sie sie auseinandergefaltet hatte, fuhr sie mit dem Finger die Uferregion entlang. »Hier!« Sie tippte auf einen Punkt dicht neben der eingezeichneten Schweizer Grenze. »Was steht da?«

Charles de Boer kniff die Augen zusammen: »Sealife-Center … klar, das ist es! Unser Bildausschnitt zeigt nur die ersten vier Buchstaben. Das muss es sein.«

»So, und was wird direkt daneben gerade gebaut?«

In de Boers Augen flackerte Verständnis auf. »Das neue Tourismuscenter ›Corso‹, direkt an der Grenze zu Kreuzlingen.«

»Jetzt wird mir einiges klar: Hier geht's nicht nur um Peanuts, hier geht's um richtig viel Geld! Ich möchte gar zu gerne wissen, wie viel in diesem Augenblick in welche Taschen geschoben wurde …«

***

Wolf gehörte nicht unbedingt zu den eingefleischten Biertrinkern, jetzt aber war ihm nach einem frischen Pils. Er saß im Garten des Wirtshauses am Gehrenberg, einer Anhöhe unweit von Markdorf. Sie galt als der schönste Aussichtsbalkon des Obersees und bot einen hinreißenden Fernblick bis weit hinein ins Schweizerische. Früher, als seine Frau noch lebte, waren sie öfter hergekommen, hatten die vorzügliche Küche genossen und sich mehr als einmal in dem angeschlossenen Theaterstadel amüsiert. Doch er machte sich nichts vor: Was ihn heute hierherauf trieb, war nicht Nostalgie, sondern viel eher das zwanghafte Bemühen, endlich den Kopf freizubekommen und seine Gedanken neu zu ordnen.

Nicht mal eine halbe Stunde war er bei Hohmann gewesen. Der Bauunternehmer schien seinen Ärger über Kalfass' bohrende Fragen völlig vergessen zu haben. Er hatte beschäftigt getan, sich dabei jedoch bemerkenswert zuvorkommend und kooperativ gezeigt.

Zu kooperativ? Er hatte Wolf den Werdegang eines Projektes von der Ausschreibung bis zur Abrechnung erläutert, war ausführlich auf die Ausschreibungsprozedur eingegangen und hatte hervorgehoben, dass sie stets verdeckt erfolge und jeder Bieter die gleichen Chancen habe.

»Ich weiß, dass andere schwer gegen uns ankommen. Wir sind personell und organisatorisch gut aufgestellt und verfügen über einen exzellenten Maschinenpark.«

»Wer sind diese ›anderen‹? Wer hat in letzter Zeit häufiger Ausschreibungen gegen Ihr Unternehmen verloren? Können Sie mir ein paar Namen nennen?«, hatte Wolf gedrängt.

»Ungern. Sie müssen das verstehen: Wenn ich Ihnen Namen nenne, wäre das, als äußerte ich einen Verdacht. Im Übrigen habe ich keinen – absolut keinen!«

»Herr Hohmann, es geht hier nicht um ein Kavaliersdelikt, sondern um zweifachen Mord!« Bei diesem Wort war Hohmann sichtlich zusammengezuckt. »Tatsache ist, dass Ihre Mitbewerber ins Fadenkreuz unserer Ermittlungen geraten sind. Sie selbst haben glaubhaft diesen Gedanken geäußert und müssten eigentlich das größte Interesse daran haben, dass eventuelle kriminelle Machenschaften in Ihrer Branche aufgedeckt werden. Ich versichere Ihnen, wer kein Motiv hat, ist uns ganz schnell wieder los. Und ich werde den Teufel tun, Sie als Quelle zu nennen. Also?«

Nach längerem Herumdrucksen hatte Hohmann ihm schließlich einen Zettel gereicht, auf dem vier Namen standen.

»Was bedeuten die Buchstaben WBG?«, hatte Wolf nach einem kurzen Blick auf das Papier gefragt.

»Wolff Bau-Gesellschaft. Unser größter Konkurrent. Hat in letzter Zeit meist den Kürzeren gezogen, obwohl die Leute gut sind. Aber im Baugewerbe ist jede Leistung klar definiert, alles läuft über den Preis, und da sind wir fast unschlagbar.« Wolf hatte sich die Frage verkniffen, auf welche Weise die Hohbau GmbH es schaffte, permanent alle anderen Bewerber zu unterbieten.

Kurz darauf waren sie auseinandergegangen. Wolf hatte sein Minimalziel erreicht: Die Namen boten einen Ansatzpunkt für weitere Nachforschungen – sobald sie mit denen abgeglichen waren, die Ludger und Jo hoffentlich in der Zwischenzeit bekommen hatten.

Warum nur hatte er auf dem Rückweg zu seinem Auto das unangenehme Gefühl gehabt, irgendetwas übersehen zu haben? Für seinen Geschmack war Hohmann einen Tick zu zuvorkommend gewesen. Wollte er ihre Aufmerksamkeit dadurch womöglich auf eine ganz bestimmte Spur lenken?

Im selben Moment war ihm das plötzlich völlig schnuppe gewesen. Er hatte Heißhunger verspürt, und ganz gegen seine sonstige Gewohnheit hatte ihn nach einem kühlen Bier verlangt, wohl eine Folge der wieder auf fast dreißig Grad gestiegenen Temperaturen. Der nahe Gehrenberg war ihm eingefallen, und nun saß er im Biergarten unter schattigen Kastanien, vor sich ein »Dinnele«, die oberschwäbische Spielart des Flammkuchens, und in der Rechten ein kühles Bier. Er leerte das Glas in zwei Zügen. Dabei beugte er sich so weit nach hinten, dass ihm das Barett vom Kopf rutschte und auf die Erde fiel.

Zwar waren Wolfs körperliche Bedürfnisse damit fürs Erste befriedigt. Seine Zweifel jedoch fuhren mit ihm zurück nach Überlingen. Punkt sechzehn Uhr dreißig traf er im »Aquarium« ein, wo Kalfass und Jo verbissen auf ihre Monitore starrten. Auweia, dachte er, hier herrscht dicke Luft. Er war es schon lange leid, ständig zwischen den beiden vermitteln zu müssen. So ignorierte er im Allgemeinen ihre Auseinandersetzungen, solange die Arbeit nicht darunter litt.

Er steckte sich eine Gitanes an, darauf bauend, dass die gemeinsame Abneigung gegen den beißenden Rauch seine Assistenten einander wieder etwas näherbringen würde. Dann schilderte er ihnen sein Gespräch in Markdorf, behielt die Namen auf Hohmanns Liste aber vorläufig für sich. Jo hatte inzwischen demonstrativ das Fenster aufgerissen.

Kalfass berichtete von diversen Telefonaten, die er mit den für die Bauplanung Verantwortlichen in einem halben Dutzend Städten und Landkreisen geführt hatte. Auch den Regionalverband Bodensee/Oberschwaben, die Verwaltungen der beiden großen Kirchen und eine Reihe weiterer auf dem Bausektor aktiver Verbände und Institutionen hatte er mit seinen Fragen gelöchert.

»Okay, Ludger, lassen wir die Details mal beiseite. Hat man dir Namen genannt?«

»Aber klar doch, das war ja wohl der Zweck der Übung. Im Wesentlichen ging es um zwei namhafte Mitbewerber. Der am häufigsten genannte war Phönix-Bau ...«

»Phönix-Bau?«, staunte Wolf. »Ich könnte schwören, dass Hohmann dieser Name nicht über die Lippen kam.«

»Klar. Lag wahrscheinlich daran, dass der Laden inzwischen pleite ist ...«, mischte Jo sich ein.

Kalfass fuhr herum. »Ist das *dein* Bericht oder meiner?«, giftete er sie an.

»'tschuldigung! Fahren Sie fort, Euer Ehren«, lächelte Jo unbeeindruckt zurück und deutete einen Knicks an, was Kalfass nur noch mehr in Rage brachte. Energisch klopfte Wolf mit der flachen Hand auf den Tisch, sodass sich Kalfass eine weitere Bemerkung verkniff.

»Wie schon gesagt, Phönix ist pleite. Seit vier Monaten. Wer jedoch weiterhin mitmischt, ist die WBG ...«, fuhr Kalfass fort.

»... die Wolff Bau-Gesellschaft in Konstanz«, sagte Wolf. Das deckte sich mit seinen von Hohmann erhaltenen Informationen. »Liegt gegen die etwas vor?«

»Äh ... weiß ich nicht ...«, stotterte Kalfass.

Der Hauptkommissar griff zum Hörer und wählte eine Nummer. »Wolf hier. Sag mal, Rolf, ist euch schon jemals die Baugesellschaft WBG untergekommen?« Rolf Marsberg war Leiter des Betrugsdezernats, kurz D3, und saß eine Etage über ihnen. »Wie? ... Also nichts ... Gut, das war's dann schon. Ich danke dir. Tschau.« Wolf wandte sich wieder seinen Mitarbeitern zu. »Die WBG ist sauber ... Bleibt noch das Ergebnis deines Besuches auf der Baustelle in Konstanz, Jo.«

Jo räusperte sich. »Erst mal sind die Leute schockiert von den beiden Morden. Die Toten waren allseits bekannte und wohl auch geschätzte Kollegen. Außerdem wird einhellig die Meinung vertreten, dass für die Tat nur Brancheninsider in Frage kommen – so einhellig, dass sich mir der Gedanke aufdrängte, jemand habe diese Meinung gezielt verbreitet. Allerdings wollte sich keiner auf einen konkreten Verdacht festnageln lassen.«

»Also keine Namen?«

»Doch. Die Verlierer bei den Ausschreibungen der letzten sechs Monate waren vor allem Phönix und WBG. Die anderen können Sie vergessen.«

Kurze Zeit herrschte Stille, während der Wolf seine Zigarette ausdrückte. »Okay. Morgen früh beehren wir die WBG mit unserem Besuch.«

10

Es war Vollmond, doch man sah ihn nicht. Der aufkommende Wind hatte schweres Gewölk vor die helle Scheibe geschoben und kündigte Regen an.

»Verdammte Scheiße!«, fluchte er. Zwar kam ihm die Finsternis sehr zupass, doch gleichzeitig drohten Regen und Wind seinen Plan zunichtezumachen.

Er stand im zweiten Stock des Corso-Rohbaus und rauchte nervös eine Zigarette nach der anderen. In regelmäßigen Abständen trat er an die Fensterhöhle, sorgsam darauf bedacht, das Glimmen seiner Zigarette zu verdecken. Doch nichts hatte sich verändert: Unter ihm die Ansammlung von Baucontainern, die der Bauleitung und den beteiligten Subunternehmern als Büros dienten, dahinter, nur schemenhaft erkennbar, Fahrzeuge, Bagger, Baukräne, Berge von Baumaterial. Im aufgeweichten Boden hatten die schweren Fahrzeuge tiefe Spuren hinterlassen.

In einem der Container brannte noch Licht. Daneben standen drei Autos; also waren die da drin mindestens zu dritt.

Aufmerksam ließ er seinen Blick über das nur spärlich beleuchtete Gelände schweifen. Nirgends eine Bewegung, noch nicht einmal ein streunender Hund. Alles wäre gut, würden sich die drei Typen endlich verpissen.

Was gab es da nur so lange zu quatschen? Es war weit nach 23 Uhr, da hatten anständige Leute ihr Tagwerk längst erledigt. Einen Moment lang war ihm, als sähe er im Container nebenan einen schwachen Lichtschein aufblitzen – oder doch nicht? Wahrscheinlich hatte sich das Licht in den Fenstern gespiegelt. Prüfend blickte er zum Himmel hoch. Der Regen ließ noch auf sich warten. Gut so! Draußen auf dem See zogen die Fährschiffe ihre Bahn, vom jenseitigen Ufer blinkten Meersburg und Hagnau herüber, während sich das Hinterland unter dem nachtschwarzen Wolkenmeer verlor.

Endlich wurde in dem Bürocontainer das Licht gelöscht. Drei behelmte Männer traten ins Freie, verabschiedeten sich voneinander und stiegen in ihre Autos.

»Wird aber auch Zeit, Freunde. Hab keine Lust, mir wegen euch die ganze Nacht um die Ohren zu schlagen«, brummte er halblaut vor sich hin.

Als die Rücklichter der Fahrzeuge im Dunkel verschwunden waren, warf er noch einmal einen prüfenden Blick auf das verlassen daliegende Gelände. Ja, jetzt war die Luft rein.

Behutsam ging er die Treppe hinab, schlich zu einem der Bürocontainer hinüber, schloss ihn auf und verschwand im Inneren. Als er wieder herauskam, trug er die erste von drei großen, prall gefüllten Taschen. Nacheinander brachte er sie in Sicherheit, bevor er in den Rohbau zurückkehrte, wo er sich erst mal eine neue Zigarette anzündete.

Er nahm einen tiefen Zug und atmete langsam den Rauch aus. Dann griff er in eine am Boden stehende Papiertüte und entnahm ihr eine Flasche. Mit der Glut seiner Zigarette entzündete er das aus dem Flaschenhals hängende Stoffstück und warf den Brandsatz mit gekonntem Schwung auf den Bürocontainer hinab, dessen Dach sofort lichterloh brannte. Züngelnd fraßen sich die Flammen weiter, liefen die Seitenwände hinab und griffen Sekunden später auf den benachbarten Container über. Schon stand das trockene Grünzeug in Flammen, das sich in den letzten Monaten auf dem Containerdach angesiedelt hatte. Fasziniert schaute er dem Schauspiel zu.

Plötzlich öffnete sich die Tür des Nachbarcontainers. Eine nahezu unbekleidete Frau sprang heraus, gefolgt von einem halbnackten Mann, der einige eilig zusammengeraffte Kleidungsstücke an sich presste.

War denn das die Möglichkeit? Da vergnügte sich so ein geiles Pärchen mitten in der Nacht auf einer Baustelle! Hatten die Leute keine eigene Bleibe, wo sie ungestört vögeln konnten? Brummend drückte er seine Zigarette aus, steckte den Stummel in den mitgebrachten Plastikbeutel, riss sich die Handschuhe von den Fingern und stopfte sie ebenfalls in den Beutel. Dann eilte er in Richtung Treppe. Nur weg von hier, ehe er gesehen wurde. Mit unfreiwilligen Zeugen dieser Art hatte er nicht gerechnet.

Die Frau wähnte sich bereits in Sicherheit, da ging ein Regen aus Funken und brennendem Gestrüpp über ihr nieder, ausgelöst durch einen plötzlichen Windstoß. Im Nu standen Haare und Rücken der Frau in Flammen. Ein markerschütternder Schrei gellte über den Platz, vor Schmerzen wimmernd sank sie zu Boden, versuchte instinktiv, die Flammen zu ersticken, indem sie sich auf der Erde hin und her wälzte, bis ihr Begleiter bei ihr war und geistesgegenwärtig die Kleidungsstücke über sie warf.

11

War der Fahrer des Monstrums eigentlich besoffen? Ohne Vorwarnung war die gewaltige Planierraupe rückwärts aus dem Pulk abgestellter Baufahrzeuge gestoßen, direkt vor Jos Beetle. Nur durch Wolfs beherzten Griff ins Lenkrad konnten sie den drohenden Crash verhindern. Schneller, als Jo es ihm zugetraut hätte, war Wolf draußen und brüllte zu dem Raupenfahrer hoch. Der schrie zurück und gestikulierte dabei heftig mit den Armen. Selbst schuld, sollte das heißen, schließlich befanden sie sich auf Betriebsgelände, da mussten Fremde eben mit so was rechnen.

Resigniert winkte Wolf ab und ging, noch immer erbost, zum Wagen zurück. Sie fuhren zum nahen Bürogebäude hinüber, an dessen Fassade unübersehbar die drei Buchstaben WBG prangten, und standen kurze Zeit später an der Anmeldung. Sie wiesen sich aus und verlangten, den Geschäftsführer zu sprechen.

»Tut mir leid, der ist heute nicht im Haus. Möchten Sie mit Herrn Roth, unserem Prokuristen, sprechen?« Die Angestellte gab sich reserviert. Wolf akzeptierte ihren Vorschlag, worauf sie in ein Besprechungszimmer geschoben wurden.

Der Prokurist erschien wenige Minuten später. Er erwies sich als freundlicher Mittvierziger, der ihnen bereits im Näherkommen die Rechte entgegenstreckte. Anschließend überreichte er Wolf seine Visitenkarte.

»Sie sind aber nicht mit unserem Chef, Herrn Wolff, verwandt?«, fragte er nach einem flüchtigen Blick auf den Dienstausweis des Hauptkommissars.

»Weder verwandt noch verschwägert. Im Übrigen hat Ihr Chef mir ein ›f‹ voraus.«

»Bitte entschuldigen Sie unseren Überfall«, nahm Jo nun das Wort. »Sie haben doch sicher von den beiden toten Hohmann-Leuten gehört?«

»Hier wird praktisch über nichts anderes gesprochen.«

»Nun, wir haben Grund zu der Annahme, dass möglicherweise jemand aus dem Kreis der Hohbau-Mitbewerber in die Tat verwickelt sein könnte.« Roth sah sie an, als verstünde er nicht recht, worauf Jo hinauswollte.

»Die WBG steht doch im Wettbewerb zur Hohbau GmbH, richtig?«, hakte Wolf nach.

Roth zögerte kaum merklich. »Halten Sie etwa Konkurrenzneid für das Mordmotiv? Ich bitte Sie! Was sollte sich durch den Tod von zwei Fahrern ändern? Müsste der Neider, wenn überhaupt, nicht eher die Führung ... äh ... eliminieren? Nein, im Ernst: Natürlich sind wir Konkurrenten. Unser Leistungsspektrum ist praktisch identisch. Allerdings ist Hohmann in der letzten Zeit deutlich erfolgreicher, das muss ich zugeben. Ich verrate Ihnen sicher kein Geheimnis, wenn ich sage, dass wir bei vielen Ausschreibungen preislich einfach nicht mehr mithalten können.«

»Wo genau hat Ihr Konkurrent denn Preisvorteile – Ihrer Meinung nach?«, fragte Jo.

»Wissen wir nicht. Im Grunde kann er nicht anders kalkulieren als wir. Vergleichbare Personal- und Maschinenressourcen, praktisch dieselben Gemeinkosten und so weiter und so fort. Gut, ein paar Prozente hin oder her sind immer drin ... Aber nach allem, was wir wissen, liegen Welten zwischen seinen und unseren Preisen!«

»Könnte man sagen, dass Sie, vorsichtig ausgedrückt, einen nicht unbeträchtlichen Schaden dadurch erleiden, dass die Hohbau GmbH erheblich günstiger kalkuliert als Sie?«, bohrte Jo weiter.

»Das könnte man. Die momentane Preispolitik ist nicht gerade zu unserem Vorteil.«

»Und wäre das, wenn sich die Fälle häufen und der Schaden bedrohlich für das eigene Unternehmen wird, nicht ein starkes Motiv, diesen gefährlichen Gegner schwächen zu wollen?«

»Durch Mord?«

»Wenn es nicht anders geht, auch durch Mord!«

Roth blieb die Ruhe selbst. »Im Prinzip mögen Sie recht haben. Doch bei uns läuft so was nicht. Das wäre gegen alle Prinzipien, die wir seit der Gründung des Unternehmens verfolgen und auch unseren Mitarbeitern vorleben. Im Übrigen steht es noch lange nicht so schlecht um die WBG, dass wir zu so rabiaten Mitteln greifen müssten.«

Roths Handy klingelte. Er entschuldigte sich und nahm das Gespräch an. Dann reichte er das Telefon an Wolf weiter und sagte: »Für Sie.«

Wolf war perplex – bis ihm einfiel, dass sein eigenes Handy in Jos Wagen lag. Es musste also Kalfass sein, denn nur er wusste, wo sie waren. Wahrscheinlich hatte er, nachdem er ständig nur Wolfs Mailbox erreichte, bei der WBG angerufen und war zu Roth weiterverbunden worden. Er meldete sich.

»Chef, entschuldigen Sie, aber Kollege Marsberg vom D3 hat heute Morgen schon mehrmals nach Ihnen gefragt. Sagt, er muss Sie dringend sprechen.« Leicht pikiert fügte er hinzu: »Ich genüge ihm anscheinend nicht. Außerdem hat die Winter vom ›Seekurier‹ angerufen und dringend um einen Termin gebeten.«

»Verstanden. Wir sind in einer Stunde zurück.«

Nachdem Wolf aufgelegt und Roth das Telefon zurückgegeben hatte, setzte Jo ihre Befragung fort. »Tja, Herr Roth, wenn Sie die bestehende Konkurrenzsituation nicht für ein mögliches Mordmotiv halten – welcher andere Grund würde Ihnen denn einfallen?«

»Ich verstehe, dass Sie mich das alles fragen müssen, und ich beneide Sie wahrlich nicht um Ihre Arbeit. Aber ich kann Ihnen beim besten Willen nicht weiterhelfen.« Dann setzte er spöttisch hinzu: »Schließlich kann ich ja schlecht behaupten, Hohmann sei mit dem Teufel im Bunde.«

»Mit anderen Worten: Sie vermuten, dass bei den Niedrigpreisen der Hohbau GmbH nicht alles mit rechten Dingen zugeht?«

Roth stand auf. »Das haben *Sie* gesagt. Tut mir leid, aber mehr kann ich dazu wirklich nicht beitragen.«

Auch Wolf und Jo erhoben sich.

»Vielen Dank, Herr Roth. Nichts für ungut, Sie haben uns sehr geholfen. Auf Wiedersehen.«

Auf der Rückfahrt brach Wolf als Erster das Schweigen. »Nun sag schon, was du denkst.«

»War wohl nichts! Nach meiner Einschätzung haben die nichts mit unserem Fall zu tun.«

»Wer dann?«, fragte Wolf zurück. Als Jo eine Antwort schuldig blieb, fuhr er fort: »Vielleicht hast du ja recht. Wir drehen uns im Kreis, greifen überall in Watte. Andererseits haben wir soeben allenfalls einen ersten flüchtigen Eindruck der WBG gewonnen, und der kann täuschen. Du erkundigst dich am besten gleich nach unserer Rückkehr bei der Oberschwabenbank nach der finanziellen Situation der WBG. Notfalls musst du dir eine richterliche Genehmigung zur Konteneinsicht beschaffen. Uns interessiert alles über die finanzielle Lage des Unternehmens, einschließlich der Gesellschafter natürlich.«

»Woher kennen Sie denn die Hausbank der WBG?«

»Stand unten auf einem Rundschreiben, das im Besprechungsraum herumlag.«

***

»Ich hab eine Überraschung für dich, Leo.«

»Hoffentlich eine angenehme!«

»Wart's ab.«

Gleich nach ihrer Rückkehr war Wolf zum D3 marschiert, jetzt saß er seinem Kollegen Marsberg gegenüber, der in einem Stapel Papier auf seinem Schreibtisch herumwühlte.

»Ihr seid doch an diesem Hohbau-Fall dran ...«, begann Marsberg, noch immer suchend.

»Wenn du die beiden ermordeten Lkw-Fahrer meinst – ja, sind wir. Doch wie es scheint, ist Hohmann außen vor, im Gegenteil, er gehört zu den Geschädigten.«

Endlich wurde Marsberg fündig. Er gab Wolf ein Blatt mit sechs Abbildungen darauf. »Fängst du damit etwas an?«

Wolf starrte die Bilder an. »Du wirst mich sicher gleich aufklären.«

»Was du hier siehst, sind die Folgen eines Brandanschlags auf die Hohmann-Baustelle drüben in Konstanz.«

»Täter?«

»Unbekannt. Und eh du weiterfragst: Die Tat geschah heute Nacht um 23.34 Uhr.«

»Wieso weißt du das so genau?«

»Es gibt Zeugen. Genauer gesagt: Opfer.«

»Jetzt bitte mal alles der Reihe nach.«

»Zwanzig Minuten vor Mitternacht ging drüben bei den Konstanzer Kollegen ein Notruf ein. Ein Mann meldete einen Brand mit Verletzten auf der Baustelle des neuen Tourismuscenters zwischen Konstanz und Kreuzlingen. Da es sich um eine Baustelle der Hohbau GmbH mit Sitz in Markdorf handelt, wurden wir heute früh ebenfalls verständigt, und da ihr unterwegs wart, hab ich jemand von meinen Leuten rübergeschickt. Die Feuerwehr hatte die drei brennenden Bürocontainer bereits gelöscht. Wie sich herausstellte, hatte sich in den beiden besonders betroffenen Containern niemand aufgehalten. Im dritten allerdings hatte sich, als das Feuer ausbrach, ein Liebespärchen vergnügt ...«

»Das sind die Opfer, von denen du sprachst?«

»Richtig. Die Frau hat es schwer erwischt. Brandwunden zweiten und dritten Grades. Inzwischen ist sie aber außer Lebensgefahr.«

»Was wisst ihr über den Tathergang?«

»Eindeutig Brandstiftung. In den Überresten der Container wurde ein Brandsatz gefunden. Offenbar hat das Pärchen das Feuer erst bemerkt, als es auf ihren Container übergriff.«

»Die Täter?«

»Noch nichts. Es gibt nicht mal einen Verdacht. Auf dem Gelände konnten keine Spuren sichergestellt werden – vorerst jedenfalls. Der Erkennungsdienst ist noch vor Ort. Ich dachte, das interessiert dich, vielleicht besteht ja ein Zusammenhang zu eurem Fall.«

»Könnte sein. Jedenfalls danke ich dir.«

»So, jetzt kannst du dein Stinkestäbchen anzünden«, grinste Marsberg. »Ich merke doch schon die ganze Zeit, das es dich in den Fingern juckt. Aber tu mir einen Gefallen und mach es draußen.«

***

Zwei der drei Container waren völlig verglüht, der dritte, in dem sich das Pärchen aufgehalten hatte, stark in Mitleidenschaft gezogen. Überall standen Bauarbeiter in Gruppen herum und diskutierten den Vorfall.

Während Kalfass mit einem Beamten vom Erkennungsdienst sprach, hatte sich Wolf in den benachbarten Rohbau begeben, war in alle drei Obergeschosse hochgestiegen und an jedes einzelne

Fenster getreten, das direkt über den Containern lag. Von hier war es kinderleicht, das Dach des Containers zu treffen. Sorgfältig suchte er die Böden und Simse ab – nichts! Keine Fußabdrücke, kein Kaugummipapier, keine Zigarettenasche. Abermals fand er bestätigt, was er bereits mehrfach festgestellt hatte: Hier waren absolute Profis am Werk!

Wolf hatte eine ziemlich klare Vorstellung vom Tatverlauf. Der Zugang zu dem Gebäude befand sich an der von den Containern abgewandten Straßenseite. Also konnten der oder die Täter unbemerkt den Rohbau betreten, nach oben gehen, den Brandsatz hinunterschleudern und den Rohbau ebenso unbemerkt wieder verlassen. Dass dabei Menschen zu Schaden kamen, war vermutlich nicht beabsichtigt gewesen. Das Pärchen war spontan in den Container eingedrungen, um sich zu vergnügen; es hatte keinerlei Verbindung zur Hohbau GmbH oder zum Baugewerbe an sich.

Bei der Frage nach dem Tatmotiv konnte Wolf nur spekulieren. Am wahrscheinlichsten schien ihm auch hier die Theorie, dass irgendjemand aus noch unbekannten Gründen die Hohbau GmbH sabotierte. Wie hatte Hohmann gesagt, als die Giftmorde an seinen beiden Fahrern bekannt geworden waren: »Da könnte man schon auf die Idee kommen, dass jemand aus dem Kreis unserer Mitbewerber nachgeholfen hat …« Die Frage war: Wer konnte das sein? Ihr Gespräch bei der WBG hatte sie nicht weitergebracht, und andere Namen boten sich zurzeit nicht an.

Sollte Kalfass doch recht haben und Hohmann selbst hinter allem stecken? Hatte der etwa seine eigene Baustelle angezündet, um die ominöse Idee vom Konkurrenzneid zu untermauern? Wolf nahm sich vor, die Sache auf der Rückfahrt noch einmal unter diesem Aspekt mit Kalfass zu besprechen. Danach würde man weitersehen.

Gespannt war er auch, was die Winter ihm so Dringendes zu sagen hatte. In einer halben Stunde waren sie in seinem Büro verabredet. Er würde sich beeilen müssen, um nicht zu spät zu kommen.

***

Karin Winter saß bereits vor seinem Schreibtisch, als Wolf das Büro betrat – zehn Minuten zu spät, weil er in Konstanz eine Fähre verpasst hatte. Die Journalistin trommelte nervös mit den Fingerspitzen auf die Tischplatte.

»Schön, dass Sie sich doch noch an unseren Termin erinnern, Herr Wolf«, empfing sie ihn spitz. »Hoffentlich haben Sie den Brandanschlag auf die Container richtig eingeordnet.«

Er murmelte ein paar Worte der Entschuldigung. Dann holte er zwei Tassen und eine Kaffeekanne. »Danke, für mich nicht«, wehrte Karin Winter ab. »Könnten wir gleich zur Sache kommen?«

»Gern«, antwortete Wolf und goss sich nebenbei einen Kaffee ein. »Wie darf ich Ihre Bemerkung über den Brandanschlag verstehen?«, fragte er und nahm einen Schluck. Mit Mühe unterdrückte er einen Fluch, als er sich die Lippen verbrannte. Misstrauisch fügte er hinzu: »Woher wissen Sie überhaupt davon?«

»Was soll ich Ihnen sagen – ein Vöglein …«

»… hat es Ihnen zugezwitschert, ja, ich weiß, Frau Winter.« Er atmete tief durch und nahm erneut seine Tasse hoch, um vorsichtig daran zu nippen.

Karin Winter schlug ihre Beine übereinander und lehnte sich entspannt zurück. »Wenn Sie meine Meinung dazu hören wollen: Hohmann hat seine eigenen Container angezündet.«

»Ich nehme an, Sie können diese Vermutung begründen.«

»Natürlich. Aber dafür erwarte ich von Ihnen eine Gegenleistung.«

»Sie wollen mir einen Deal vorschlagen?«, fragte Wolf stirnrunzelnd.

»Ich kann auch in Druck geben, was ich bereits in der Schublade habe, wenn Ihnen das lieber ist. Über den Mordverdacht an Ploc und Juratovic zum Beispiel oder über dubiose Absprachen bei Bauprojekten in der Region …«

»Absprachen? Von was reden Sie?«

Karin Winter grinste spitzbübisch, was ihrem etwas herben, vielleicht aber gerade deswegen so anziehenden Gesicht gut stand. »Ich sehe, wir verstehen uns, Herr Hauptkommissar.«

»Ich habe noch nicht Ja gesagt.«

»Sie werden es, sobald Sie mein Bildmaterial sehen. Dafür möchte ich exklusiv alle Informationen über den Fall, sobald er abgeschlossen ist – einen Tag früher als meine Kollegen.«

Wolf kannte die Reporterin gut genug, um zu wissen, dass sie nicht flunkerte. Zwar konnte er es nicht ausstehen, wenn ihm Presseleute in die Arbeit pfuschten. Brachte es die Ermittlungen jedoch entscheidend voran, dann war das schon ein kleines Entgegenkommen wert. Außerdem musste er Karin Winter zugestehen, dass sie ihr Handwerk verstand und sich wohltuend vom weitverbreiteten Sensationsjournalismus abhob.

»Okay. Legen Sie los!«, seufzte er.

»Danke. Dann darf ich Ihre geschätzte Aufmerksamkeit auf diese Bilder hier lenken.«

Wolf beugte sich vor. Ein Hauch von Parfüm stieg ihm in die Nase. Er fand es außerordentlich angenehm – bis etwas anderes seine Aufmerksamkeit erregte. Er nahm einen der Ausdrucke in die Hand.

»Sieh mal an: der smarte Siebeck. Interessant!«

»Sie kennen Siebeck?«

»Klar doch. Hier, der neben Hohmann. Ein reichlich zwielichtiger Typ, wenn Sie mich fragen, ungeheuer umtriebig. Wie kommen Sie an diese Bilder?«

»Haben wir gestern aufgenommen. In Zürich, im ›Baur au Lac‹. Es gibt noch weitere. Hier ... und hier ... und hier ...« Sie breitete den ganzen Stapel vor ihm aus. »Beachten Sie vor allem die Pläne, die hier zwischen den beiden Männern auf dem Tisch liegen und ganz offensichtlich der Anlass des Treffens waren. Und damit Sie sie nicht, wie ich, lange studieren müssen, sage ich es Ihnen gleich: Es handelt sich um das Corso drüben in Konstanz. Und zwar zweifelsfrei.«

Minuten verstrichen, während sich Wolf in das Studium der Bilder vertiefte. Geduldig lehnte sich die Journalistin zurück. Endlich richtete er sich wieder auf.

»Der Inhaber des größten Bauunternehmens in der Gegend trifft sich mit einem einflussreichen Baudezernenten, der über die Vergabe von Aufträgen der öffentlichen Hand entscheidet, zum geheimen Techtelmechtel in einem Züricher Hotel!« Nachdenklich wiegte er den Kopf hin und her. »Das könnte einen gewissen Zündstoff enthalten. Zumal zu vermuten ist, dass es sich bei Siebeck nicht um Hohmanns einzigen Förderer handelt.«

Karin Winter wirkte empört: »Was heißt hier ›einen gewissen

Zündstoff‹? Das ist doch wohl die Untertreibung des Jahres! Wie viele Beweise brauchen Sie denn noch für einen handfesten Korruptionsvorwurf? Meine Bilder werden dem zwielichtigen Baulöwen das Genick brechen! *So* würde ich das sehen, Herr Wolf.«

»Entschuldigen Sie mal, meine Liebe. Es wird bei diesem Treffen wohl kaum um das Zuschanzen eines Großauftrags gegangen sein, zu welchem Preis auch immer. Hohmann hat den Auftrag ja bereits.«

»Stimmt. Aber sehen Sie mal da: Auf diesem Bild sind eindeutig Aufstellungen mit Kosten- und Mengenangaben zu erkennen. Ich fresse einen Besen oder sonst was Haariges, wenn es bei dem Gespräch nicht um die Abrechnung tatsächlich erbrachter oder auch fiktiver Bauleistungen ging. Und dass dabei auch Siebeck seinen Schnitt macht, ist jawohl sonnenklar.«

»Darf ich fragen, woher Sie von dem Treffen wussten?«

»Lieber nicht, es würde Ihnen nicht gefallen. Ist auch egal, schließlich heiligt der Zweck die Mittel, oder?«

***

Als Hohmanns Cayenne auf der Baustelle eintraf, lösten sich die Ansammlungen diskutierender Bauarbeiter in Windeseile auf. Als wäre es nie anders gewesen, bestimmten wieder Lärm und geschäftiges Treiben die Szenerie – wenigstens vorübergehend. Hohmann wies seinen Fahrer an, im Wagen auf ihn zu warten. Dann stieg er aus und sah sich um. Sein Bauleiter, Peter Wiegand, kam auf ihn zu, doch er winkte ab. Wie eine gereizte Dogge umrundete er mehrmals die ausgeglühten Container, ehe er wieder im Wagen Platz nahm. Dort stierte er eine Weile ausdruckslos vor sich hin.

Dann fasste er sich. »Was geht hier eigentlich vor, Paul? Wer hat uns diese ganze gottverdammte Scheiße eingebrockt?« Er sprach langsam und leise, wie zu sich selbst. Es klang, als müsse er sich mit Gewalt zur Ruhe zwingen.

Paul Göbel, seit Jahren als Fahrer, Sekretär und so etwas wie Butler in Hohmanns Diensten, war überrascht. Er kannte seinen Chef als beinharten Draufgänger, der sich vor nichts und niemandem fürchtete und notfalls auch mal über Leichen ging, wenn es die Geschäfte erforderten. So wie heute jedoch hatte er ihn noch nie erlebt: resigniert, in sich gekehrt, fast furchtsam.

»Alles hinüber.« Hohmann deutete auf die ausgebrannten Container.

Paul Göbel machte ein skeptisches Gesicht. »Das ist nicht ganz richtig, Chef ... Wiegand war gerade hier. Die Ordner mit Plänen, Statik, Berechnungen ... auch die Notebooks ...«

»Was ist damit?«, drängte Hohmann.

»Wiegand sagt, das ganze Zeugs liegt plötzlich drüben im zweiten Büro.«

»Was? Hat er eine Erklärung dafür? Wer hat das rübergeschafft? Und warum?«

»Er weiß es nicht. Er war gestern bis kurz vor Mitternacht mit dem Architekten und dem Statiker zusammen hier, da war alles noch an seinem Platz. Keiner hat etwas Verdächtiges bemerkt.«

Hohmann, der aufmerksam zugehört hatte, verfiel alsbald wieder in tiefes Schweigen. Schließlich wies er mit dem Kopf auf die Brandstelle: »Kannst du dir einen Reim darauf machen, Paul?«

»Nein. Das geht über meinen Horizont.«

»Irgendjemand spielt hier mit gezinkten Karten«, knurrte Hohmann finster. »Wenn ich das Schwein in die Finger kriege!«

»Ich hör mich mal um.«

»Mach das, aber diskret, bitte! Und jetzt lass uns zurückfahren!«

***

Im Büro des D1 herrschte ungewohnte Aktivität. Kalfass telefonierte auf dem Handy, Jo schleppte Mappen herbei, Wolf selbst stand am Besprechungstisch und goss Kaffee in die bereitgestellten Tassen. Auf seinen Wink nahmen seine Mitarbeiter am Tisch Platz, während er selbst hin und her tigerte.

»Was hast du bei der Hausbank der WBG in Erfahrung gebracht, Jo?«, leitete er die Besprechung ein.

Jo berichtete, dass die Bank der Baugesellschaft trotz rückläufiger Umsätze und Gewinne noch immer ein gutes Zeugnis ausstellte. »Die Kreditlinie ist nicht mehr als üblich überschritten, dem stehen ausreichend Immobilien und Sachwerte als Sicherheit gegenüber. Auch die finanzielle Situation der Gesellschafter gibt aus Sicht der Bank zu keinerlei Beanstandungen Anlass. Die genauen Zahlen stehen in meinem Bericht.«

Wolf verarbeitete kurz das Gehörte. »Also, das heißt: Den Verdacht gegen Hohmanns Konkurrenten, speziell die WBG, müssen wir fallen lassen, es sei denn, es gibt neue Erkenntnisse.«

Nun konnte Kalfass nicht mehr an sich halten. »Wie Sie sich erinnern werden, habe ich bereits vor Tagen darauf hingewiesen ...«

»Richtig, Ludger, du warst der Einzige, der die Lage von Anfang an richtig eingeschätzt hat.« Wolfs Sarkasmus war kaum zu überhören, doch Kalfass schien dagegen resistent zu sein. »Aber wir anderen«, fuhr Wolf fort und blickte dabei zu Jo hinüber, »sind ja lernfähig, und deshalb konzentrieren wir die Ermittlungen ab sofort auf Hohmann und seine Firma – unter besonderer Berücksichtigung des Korruptionsverdachtes.«

»Korruption? Hab ich da was verpasst?«, wollte Jo aufgeregt wissen.

Wolf fasste sein Gespräch mit Karin Winter zusammen und legte seinen Mitarbeitern das Bildmaterial vor, das ihm die Journalistin überlassen hatte.

Noch während sich alle drei über die Ausdrucke beugten, öffnete sich die Tür, und Patzlaff wehte herein. »Aha, traut vereint, das D1! Schön, schön. Meinen Sie etwa, hier am Tisch Ihren Fall lösen zu können? Wie wäre es, wenn Sie vor Ort ermittelten, meine Dame, meine Herren. Zum Beispiel auf der Konstanzer Baustelle ... oder ist Ihnen etwa der Brandanschlag auf die Bürocontainer dort entgangen?«

»Keineswegs, Herr Kriminalrat. Wir waren bereits vor Ort – es handelt sich übrigens um eine Baustelle der Hohbau GmbH, aber das wissen Sie sicher ...«

»Was wollen Sie damit sagen?«, fuhr ihm Patzlaff scharf ins Wort.

»Nun, dass Sie üblicherweise gut informiert sind natürlich, nicht mehr und nicht weniger. Es scheint jedoch keinen Zusammenhang zwischen dem Brandanschlag und unseren Giftmorden zu geben.«

»Ja, für Sie! Es ist doch offensichtlich, dass hier jemand der Firma Hohbau Schaden zufügen will, um sie aus dem Markt zu drängen.«

Wolf hob die Augenbrauen und sah Patzlaff betont aufmerksam an: »An wen denken Sie da so, Herr Kriminalrat?«

Doch Patzlaff war, ähnlich wie Kalfass, für ironische Zwischentöne unempfänglich. »Natürlich an niemand Bestimmtes. Nehmen Sie sich halt die Hohbau-Konkurrenten vor …«

»Haben wir bereits, Herr Kriminalrat. Leider Fehlanzeige. Inzwischen gehen unsere Überlegungen in eine ganz andere Richtung.«

»So? Und in welche, wenn ich fragen darf?« Ohne eine Antwort abzuwarten, fügte er noch hinzu: »Hatte ich Sie übrigens nicht angewiesen, mich ständig über den Stand Ihrer Ermittlungen auf dem Laufenden zu halten, Herr Wolf?« Dabei schielte er von unten auf Wolfs schräg sitzendes Barett.

Wolf ließ sich nicht provozieren, er blieb die Ruhe selbst. »Wie ich schon sagte: Es handelt sich um Überlegungen, an deren Verifizierung wir dran sind, Herr Patzlaff. Wenn wir so weit sind, erfahren Sie es als Erster, versprochen!«

Patzlaff schluckte. Dann wandte er sich wortlos ab und verließ den Raum.

»Warum haben Sie ihm nichts von dem Korruptionsverdacht erzählt?«, wunderte sich Jo.

»Zu früh«, winkte Wolf ab. »Auch ihr solltet das vorerst für euch behalten.« Ob sich Kalfass daran halten würde, wagte er jedoch zu bezweifeln. »Also, weiter im Text. Wenn Hohmann wirklich durch Bestechung an Aufträge gekommen ist, dann ist Geld geflossen, dann müssen Sachleistungen erbracht worden sein, müssen Verträge, Belege, Terminvereinbarungen existieren. Wie kommen wir da ran?«

»Wir besorgen uns einen Durchsuchungsbeschluss«, frohlockte Kalfass. »Ich hatte ja bereits vor Tagen …«

»Richtig, hattest du. Du siehst, dein Wunsch ist mir Befehl. Allerdings muss die Aktion unter Federführung des D3 laufen, wir kreuzen schließlich nicht wegen Mordes bei Hohmann auf.«

»Äh, Chef … ich will ja keine Spielverderberin sein … aber wie passen unsere beiden toten Fahrer ins Bild?«, fragte Jo und kaute zweifelnd an ihrer Unterlippe.

Selbst Kalfass, der bereits unter der Tür stand, verharrte, um Wolfs Antwort nicht zu verpassen.

»Auch das hat unser Ludger bereits vor Tagen gewusst. Oder besser gesagt: geahnt. Vermutlich sind sie hinter Hohmanns Praktiken gekommen und wollten ihr Wissen versilbern. Jetzt aber ran an die Buletten! Stelle bitte fest, welcher Staatsanwalt Bereitschaft hat. Mach einen Termin mit ihm aus und sag ihm, ich bringe Marsberg mit. Sei aber bitte zurückhaltend mit Aussagen über unseren Fall. Ich möchte vermeiden, dass Patzlaff über Umwege davon erfährt.«

***

»Schade, Leo, dass du nicht auch dieses Felchenfilet mit Petersilienkartoffeln genommen hast. Vorzüglich, wirklich ganz vorzüglich, und dabei so …«

»Du hast ja recht«, beschied Wolf dem selig dreinblickenden Ernst Sommer lächelnd. »Aber auch das köstlichste Felchenfilet hängt dir irgendwann einmal zum Hals heraus, wenn du es allzu oft vorgesetzt bekommst. Dann gibst du dich unter Umständen sogar mit einem ganz gewöhnlichen Rheinischen Sauerbraten mit Serviettenknödeln zufrieden.«

Sommer hatte in der Gegend zu tun gehabt und sich mit Wolf zum Abendessen im Gasthof Krone verabredet. Sie hatten einen Meersburger Spätburgunder bestellt, mit Bedacht die Speisekarte studiert – stets aufs Neue abgelenkt durch alte Geschichten und vergnügliche Possen, die sie mit ihrer gemeinsamen Dienstzeit in Überlingen verbanden – und endlich ihre Bestellung aufgegeben.

Beim Essen musste Wolf von Zeit zu Zeit mit einigem Schaudern an die bevorstehende Rückfahrt denken. Es hatte am Nachmittag zu regnen begonnen, ein heftiger Wind war aufgekommen und peitschte dicke Tropfen an die Fensterscheiben des Restaurants – für eingefleischte Radfahrer keine sonderlich angenehme Vorstellung.

»Übrigens«, flocht Sommer zwischen zwei Gabelbissen ein, »eure rumänische Tresorknackerbande …«

»… die bei ihren Brüchen den kompletten Tresor aus der Wand gerissen und in den finstern Wald geschleppt hat?«

»Genau! Die sind jetzt in den Raum Tübingen umgezogen. Ich denke aber, dass der Spuk bald ein Ende hat.«

»Du meinst, sie haben genügend beisammen?«

»Nein. Die Tübinger können sie endlich einlochen! Sieht so aus, als wäre ihr letzter Bruch genau einer zu viel gewesen.«

»Bin froh, dass wir die Geschichte abgegeben haben. Der neue Fall nimmt uns hundertprozentig in Anspruch. Irgendwie ...« Wolf brach ab und griff zu seinem Glas.

»Irgendwie was? Hör ich da eine gewisse Resignation?«

»Du hörst richtig. Eine völlig unklare Sachlage, speziell, was die Hauptfigur Hohmann angeht. Gestern noch Unschuldslamm, wenn nicht gar Opfer, heute wieder Hauptverdächtiger, vielleicht sogar Täter ... und morgen?«

»Tja, da musst du durch, Leo.«

Wolf sah Sommer scharf an: »Verschweigst du mir etwas?«

Anstatt Wolfs Frage zu beantworten, ließ Sommer seine Augen durch den gemütlich eingerichteten Gastraum schweifen, der um diese Zeit gut besucht war. Dann legte er sein Besteck aus der Hand und antwortete ruhig: »Sagen wir mal so: Niemand ist der, der er zu sein scheint.«

»Ließe sich das eventuell auch weniger kryptisch ausdrücken?«

Sommer lehnte sich zurück, verschränkte die Hände vor dem Bauch und blickte seinen Freund eindringlich an, ehe er antwortete: »Konzentriere dich nicht nur auf Hohmann! Mehr kann, mehr *darf* ich dir nicht sagen.«

12

Die morgendliche Redaktionskonferenz war beendet, und die Teilnehmer verließen in kleinen Grüppchen den Tagungsraum. Matuschek und Karin Winter blieben zurück. Der Chefredakteur hatte »kawi« – mit diesem Kürzel zeichnete die Journalistin ihre Artikel – zu einer kurzen vertraulichen Unterredung gebeten, die er nicht im Großraumbüro führen wollte, wo es zu viele offene Ohren gab.

»Was ist los? Du guckst so grimmig«, begann Karin Winter.

»Ich hab 'ne Mordswut im Bauch. In aller Frühe habe ich erfahren, dass Qualles Werkstatt heute Nacht abgefackelt wurde. Zwar war die Feuerwehr rasch zur Stelle, aber trotzdem brannte das Haus bis auf die Grundmauern nieder. Mitsamt Qualles schönem teurem IT-Equipment.«

»Und Qualle selbst?«

»War Gott sei Dank unterwegs, als es passierte. Jetzt will er erst mal eine gewisse Zeit auf Tauchstation gehen, was ich richtig finde.«

»Kurzschluss oder Brandstiftung?«

»Bereits bei der ersten Begehung des Sachverständigen hat sich der Verdacht auf Brandbeschleuniger bestätigt. Die Täter sind sehr systematisch vorgegangen, haben gleich an mehreren Stellen Feuer gelegt.«

»Da scheint jemand gar nicht gut auf ihn zu sprechen zu sein. Hat Qualle Feinde?«

»Nicht direkt. Aber es lässt sich nun mal nicht jeder gerne ungefragt in die Karten gucken. Und wem Qualle zuletzt in die Karten geguckt hat, weißt du ja.«

Karin fiel es wie Schuppen von den Augen.

»Das waren Hohmanns Leute!« Sie hielt inne und runzelte die Stirn. »Das verstehe ich nicht. Qualle hat mir bei unserem Treffen versichert, dass bei solchen Operationen keine Spur zu ihm oder seinem Rechner führt.«

»Qualle wurde ja auch nicht über seinen Rechner enttarnt.«

»Sondern?«

»Überleg doch mal: Wo habt ihr während der Aktion geparkt?«

»Ganz in der Nähe von Hohmanns Einfahrt.«

»Eben. Wenn Qualle etwas kann, dann ist es das unerkannte Eindringen in ein fremdes Datennetz. Das heißt, er stellt es so an, dass seine IP-Adresse nicht zurückverfolgt werden kann. Folglich muss euch jemand vor dem Werksgelände beobachtet haben. Mein erster Gedanke war: eine Kamera. Also hab ich heute früh jemand hingeschickt, um das auszukundschaften.«

»Und?«

»Volltreffer! Am Werkstor hängt so ein Biest, vermutlich mit einem Bewegungssensor. Deckt die gesamte Zufahrt ab. Den Halter des Autos und dessen Adresse zu ermitteln, das ist für die gewissermaßen Pipifax.«

»Verdammte Scheiße!«, stieß Karin Winter hervor. »Und jetzt? Was ist mit Qualles Beziehungen zur Kripo?«

»Kannst du vergessen. Im Gegenteil: Wenn die spitzkriegen, dass er einen fremden Server geknackt und die Daten an die Presse weitergegeben hat, hat er ein saftiges Strafverfahren am Hals.«

Matuschek packte seine Unterlagen zusammen, für ihn war die Unterredung beendet. Doch Karin hielt ihn noch einmal zurück: »Sieht ganz so aus, als hätten wir in ein Wespennest gestochen. Für mich ist das ein Beweis mehr, dass wir an einem hochbrisanten Fall dran sind. Und wenn alles vorbei ist, haben wir die Sache exklusiv. Hat mir Wolf versprochen.«

»Ich wünschte, es wäre bereits so weit«, antwortete Matuschek. »Mir ist absolut nicht wohl bei der Geschichte. Sieht aus, als würde da einiges aus dem Ruder laufen. Versprich mir, dass du vorsichtig bist, hörst du?«

***

Pünktlich um acht Uhr preschte ein Pulk von sieben Fahrzeugen auf den Hof der Markdorfer Hohbau GmbH. Sieben Kriminalbeamte, darunter Marsberg, Wolf und Kalfass, zwei IT-Spezialisten des Ravensburger Dezernats für Computerkriminalität und zwei Buchprüfer des D3, der Abteilung für Wirtschaftsstrafsachen, eilten über das Treppenhaus in den zweiten Stock, in dem Geschäftsleitung und Verwaltung des Unternehmens residierten. Ein achter

Kripomann hatte zuvor dafür gesorgt, dass die Empfangsdamen die Invasion nicht nach oben meldeten. Dem Einsatzkommando folgte der diensthabende Staatsanwalt Dr. Kauder. Der hatte, gewissermaßen als Nachhut, je einen uniformierten Streifenbeamten an den beiden Gebäudezugängen und am Aufzug neben dem Treppenabgang ins Untergeschoss postiert – mit der strikten Anweisung, ohne seine ausdrückliche Genehmigung niemand herein- oder hinauszulassen.

Das ungewohnte Getrappel auf der Treppe und in den Gängen lockte viele neugierige Mitarbeiter an die Tür. Die Beamten kannten das und scherten sich nicht darum.

Das Chefbüro lag am Ende des Ganges. Hoffentlich war Hohmann nicht ausgerechnet heute außer Haus, dachte Wolf. Doch seine Befürchtung erwies sich als unbegründet. Kurz bevor sie die Tür mit der Aufschrift »Geschäftsleitung, bitte im Vorzimmer anmelden« erreichten, riss Hohmann sie auch schon auf, um der Ursache des Lärms auf den Grund zu gehen. Im gleichen Moment war die Spitze des Trupps in Gestalt von Wolf und Marsberg bei ihm und drängte ihn in sein Büro zurück.

»Was soll das? Was wollen Sie hier? Wer sind Sie überhaupt?«, beschwerte sich der Bauunternehmer und schob den Unterkiefer vor.

Marsberg hielt ihm ein Formular unter die Nase. »Das ist eine Hausdurchsuchung, Herr Hohmann. Hier ist der Beschluss, ausgestellt vom zuständigen Richter des Amtsgerichts Überlingen. Es besteht ein Anfangsverdacht auf korruptive Handlungen nach Paragraph 331, 333 und 334 des Antikorruptionsgesetzes. Ich muss Sie bitten, Ihr Büro nicht zu verlassen und uns während der Durchsuchung zur Verfügung zu stehen. Unsere Beamten werden die betroffenen Abteilungen Ihres Hauses prüfen und haben das Recht, Mitarbeiter zu befragen und verdächtige Unterlagen mitzunehmen.« Er wandte sich um und gab den Kollegen einen Wink, sich wie abgesprochen auf die einzelnen Räume zu verteilen.

»Sind Sie übergeschnappt? Was soll das heißen, ›korruptive Handlungen‹? Haben Sie Beweise für diesen ungeheuerlichen Verdacht?«

Für Wolfs Geschmack tat Hohmann eine Spur zu theatralisch, was er einigermaßen merkwürdig fand. »Noch nicht«, antwortete er, »deshalb ist es ja erst mal ein Verdacht. Warten Sie einfach ab, bis wir unsere Arbeit getan haben.«

Hohmann schaltete umgehend zurück, gerade so, als würde ihn aus irgendeinem unerfindlichen Grund die ganze Aktion nicht mehr betreffen. »Bitte sehr, tun Sie sich keinen Zwang an. Schnüffeln Sie nur überall herum. Sie werden verstehen, dass ich Ihnen nichts anbiete, meine Herren. Womöglich heißt es noch, ich wolle auch Sie korrumpieren. Hätten Sie etwas dagegen, wenn ich jetzt meinen Anwalt anrufe?«

»Das ist Ihr gutes Recht«, antwortete Dr. Kauder, der inzwischen ebenfalls den Raum betreten hatte.

Zu Hohmanns Leidwesen stellte sich heraus, dass sein Rechtsbeistand gerade einen anderen Mandanten vor Gericht vertrat und erst gegen Mittag zur Verfügung stehen würde.

»Wir müssen Sie bitten, so lange mit uns zu kooperieren – auch und vor allem in Ihrem eigenen Interesse. Als Erstes hätten wir gerne Ihren Terminplaner.«

»Hohmann gleich zu Beginn in die Enge treiben, das ist die beste Strategie«, hatte Wolf bei der Vorbesprechung zu dieser Aktion als Losung ausgegeben, und Marsberg hatte sich seiner Ansicht vorbehaltlos angeschlossen. Nun suchten sie gemeinsam in dem Terminkalender nach einem bestimmten Eintrag – und fanden ihn wie erwartet mit dem Datum des Tages, an dem sich Hohmann mit Siebeck in Zürich getroffen hatte. Schließlich begann Wolf mit der Befragung.

»Herr Hohmann, wo waren Sie am frühen Nachmittag des 3. Juli dieses Jahres, also vor zwei Tagen?«

Hohmanns Augen verengten sich zu Schlitzen. Er zog seine Weste aus und warf sie achtlos über einen Stuhl, als wäre ihm plötzlich zu heiß geworden. Nun saß er im gelben T-Shirt mit dem plakativen Schriftzug seines Unternehmens über der Brust hinter dem Schreibtisch und musterte der Reihe nach seine Besucher. Er wirkte keineswegs eingeschüchtert, ja, es stahl sich sogar ein feines Lächeln auf sein Gesicht.

»Vorgestern, sagen Sie? Ich glaube, da war ich in Zürich … ja, in Zürich. Mit dem Wagen. Mein Fahrer hat mich hingebracht.«

»Würden Sie uns den Grund dieser Reise nennen?«, fragte Marsberg lauernd.

»Es war geschäftlich. Ich hatte dort eine Unterredung mit einem Auftraggeber.«

Wolf und Marsberg wechselten einen Blick mit dem Staatsanwalt. »Wer war der Auftraggeber?«

»Ich werde den Teufel tun und Ihnen sagen, mit wem ich was geschäftlich bespreche.«

»War es Baudezernent Siebeck?«

Wenn die Beamten erwartet hatten, Hohmann würde bei der Nennung dieses Namens zusammenzucken, hatten sie sich geirrt. Er tat zwar weiterhin aufgebracht, aber im Grunde schien ihm die Befragung nicht sonderlich unter die Haut zu gehen.

»Wenn Sie es sowieso schon wissen ... ja, ich war mit Siebeck verabredet. Ich hatte am Nachmittag ein Collier abzuholen, das meine Frau zur Reinigung gegeben hatte. Bei Bucherer, dem Juwelier in der Bahnhofstraße, wenn Sie's genau wissen wollen. Sie können ja nachfragen. Also habe ich dem Baudezernenten vorgeschlagen, zusammen essen zu gehen und bei dieser Gelegenheit ein paar wichtige technische Fragen zu besprechen. Es gab bei einem unserer gemeinsamen Projekte gewisse Statikprobleme, die eine Abänderung an der Außenfassade erforderlich machten. Siebeck war es recht, auch er hatte, wie er sagte, etwas in Zürich zu erledigen.« Hohmann trug diesen Ablauf ziemlich gleichmütig vor, so, als hätte er nicht das Geringste zu verbergen. »Hätte ich etwa zuvor eine polizeiliche Genehmigung einholen müssen?«, schloss er ironisch.

Wolf wurde unruhig. Die Sache lief keineswegs so rund, wie er sich das vorgestellt hatte. Schließlich hatten sie das Treffen mit dem Baudezernenten als so essenziell eingestuft, dass es den Ausschlag für die Durchsuchung gegeben hatte. Auch dem Staatsanwalt schienen langsam Zweifel zu kommen, ob die Verdachtslage wirklich so hieb- und stichfest war, wie Marsberg sie ihm verkauft hatte.

»Ich will für Sie hoffen, dass Sie mehr im Köcher haben als den vagen Verdacht, bei diesem Termin sei etwas Unrechtmäßiges geschehen«, sagte Hohmann leise. Plötzlich fing er zu brüllen an: »Sonst reiße ich Ihnen allen den gottverdammten Arsch auf, darauf können Sie sich verlassen!«

***

Ebenfalls pünktlich um acht bekam auch Baudezernent Traugott Siebeck Besuch. Da sein Dienst erst um neun begann, saß er, wie jeden Morgen, am Frühstückstisch, die Kaffeetasse in der Rechten, den »Seekurier« in der Linken, während seine Frau in der Küche hantierte.

Die Siebecks bewohnten ein schmuckes Eigenheim mit gepflegtem Garten »im Stegle«, einer bevorzugten Konstanzer Wohnlage unweit des Seeufers. Von hier aus konnte man bequem die Fähre, das Stadion oder eines der Strandbäder erreichen und, war man wenigstens einigermaßen gut zu Fuß, sogar bis zur Insel Mainau oder in die Konstanzer Altstadt wandern.

Siebecks Frau war auf das Klingeln hin zur Haustür gegangen und kam etwas ratlos zurück. »Zwei Kriminalbeamte wollen dich sprechen, Traugott. Was hat das zu bedeuten?«

Siebeck faltete in aller Ruhe seine Zeitung zusammen. »Sollen reinkommen. Und mach dir keine Sorgen.«

Er begrüßte die beiden Beamten und beantwortete ohne Zögern ihre Fragen, die sich in nichts von denen unterschieden, die Wolf und Marsberg Hohmann gestellt hatten. Einer der Beamten vermerkte später in seinem Bericht: »Es war, als hätte Siebeck genau diese Fragen erwartet.«

Leider unterschied sich auch das Ergebnis in nichts von der Befragung in Markdorf. Kein Vertuschen, keine Ausflüchte, kein Drumherumgerede. Siebeck erklärte, er habe geschäftlich etwas mit Hohmann zu besprechen gehabt (»... ich kann Ihnen detailliert erzählen, worum es ging. Haben Sie Zeit?«), und da dieser in Zürich gewesen sei und er selbst dort etwas zu erledigen gehabt hatte, habe man sich eben dort getroffen. Was denn dabei sei?

Die beiden Beamten verabschiedeten sich mit betretenen Gesichtern. Als sie in ihren Dienstwagen stiegen, stand Siebeck am Fenster und sah ihnen mit gemischten Gefühlen nach.

***

Nach der Hausdurchsuchung bei Hohmann besprachen sich Wolf, Marsberg und Kalfass mit dem Staatsanwalt in einem etwas abgelegenen und daher weitgehend störungsfreien Besprechungsraum im Untergeschoss, der häufig für langwierige Vernehmungen genutzt wurde.

»Ich weiß nicht, wie Sie das sehen, meine Herren«, begann Dr. Kauder, der als Einziger noch stand, »aber die ganze Aktion war schlichtweg eine Katastrophe. Ich bin gespannt, was Ihr Chef dazu sagt. Was mich betrifft, so werde ich bei Ihrem nächsten Antrag dreimal prüfen, ob ihr Material hieb- und stichfest ist.« Obwohl er mit dieser Aussage indirekt eine gewisse Mitschuld an dem ganzen Fiasko eingestand, hatte er sich so in Rage geredet, dass er grußlos den Raum verließ. Immerhin: Wolf rechnete es ihm hoch an, dass er die Tür nicht hinter sich zuknallte.

»Da habt ihr's: Kaum können sich die hohen Herren einmal nicht nach ihrem Geschmack profilieren, schon sind wir die Ärsche.« Marsberg war sichtlich verärgert.

Wolf wiegte abwägend den Kopf hin und her. »Irgendwo hat er ja auch recht. Die ganze Sache hat sich leider als Flop entpuppt. Dabei war ich mir meiner Sache so sicher. Tut mir leid, Rolf, dass ich dich da mit reingerissen habe.«

»Die Sache ist noch nicht zu Ende«, sagte Kalfass überraschend bedächtig. »Ich bin nach wie vor überzeugt, dass Hohmann Dreck am Stecken hat. Wir können es nur nicht beweisen. Noch nicht! Deshalb sollten wir alles noch einmal in Ruhe durchgehen, was meinen Sie?«

»Okay«, stimmte Marsberg zu, und auch Wolf nickte.

»Also: Wir haben auf der Suche nach verdächtigen Belegen die Buchhaltung und die Kasse des Unternehmens durchforstet und sämtliche Bankkonten überprüft – nichts, was auf Bar- oder Sachzuwendungen im Zusammenhang mit Vorteilsgewährung oder Bestechung schließen ließe. Nicht einmal kleinere Beträge zum sogenannten ›Anfüttern‹ oder für dubiose Kaffeekassen tauchen auf. In keiner der geprüften Terminunterlagen einschließlich der Laptops der leitenden Angestellten wurden verdächtige Einträge gefunden. Auch die Überprüfung des Servers, hier speziell der Korrespondenzdateien und der Adressenpools, gaben keinerlei Anlass zu weiteren detaillierten Nachforschungen.«

»Und so, wie Hohmann das Treffen mit Siebeck dargestellt hat, können wir ihm kaum einen Strick draus drehen«, warf Wolf ein.

»Mit anderen Worten: Die Hohbau GmbH und ihr Geschäftsführer sind absolut clean. So clean, dass es zum Himmel stinkt!«

Wolf musste Kalfass recht geben: Wenn bei der Prüfung eines Unternehmens auch nicht die kleinste Kleinigkeit auffällt, ist das an sich schon außerordentlich auffallend. Mehr noch: Es ist gewissermaßen oberfaul. »Weißt du, irgendwie hatte ich die ganze Zeit das Gefühl, dass Hohmann von der bevorstehenden Durchsuchung gewusst hat. Er war einfach zu gut vorbereitet und viel zu ruhig. Ich bin sicher, dass Geld geflossen ist – aber wie hat er das angestellt? Wie konnte er das verbergen?«

»Wir kriegen ihn trotzdem!«, war Kalfass überzeugt. Sein Gesicht nahm einen verbissenen Ausdruck an.

»Was ist, wenn es nun gar nicht um Korruption im Zusammenhang mit der Vergabe von Bauaufträgen geht? Wenn etwas ganz anderes dahintersteckt?« Wolf musste an die kryptische Bemerkung seines Freundes denken: »Niemand ist der, der er zu sein scheint ... konzentrier dich nicht nur auf Hohmann«, hatte Sommer gesagt.

»Was denn zum Beispiel?«

»Weiß nicht. Vergiss es!«

Marsbergs Handy fiepte. Einer der Beamten, die Siebeck befragt hatten, wollte seinen Bericht loswerden. Marsberg hörte aufmerksam zu. Dann bedankte er sich und beendete das Gespräch. »Falls irgendjemand die Hoffnung hatte, die zeitgleiche Befragung des Baudezernenten Siebeck könnte uns weiterbringen, muss ich ihn leider enttäuschen. Was das Treffen im ›Baur au Lac‹ angeht, gibt es null Abweichung von Hohmanns Darstellung. Ist schon irgendwie komisch, nicht?«

»Langsam frage ich mich, ob ich die beiden toten Lastwagenfahrer nur geträumt habe ...«, sinnierte Wolf.

Ein zaghaftes Klopfen ertönte, herein kam Hannelore Bender, Patzlaffs Sekretärin. Sie machte ein ziemlich belämmertes Gesicht.

Wolf und Marsberg sahen sich an: Der Chef hatte Sehnsucht nach ihnen.

»Sie denken richtig, meine Herren«, sagte Frau Bender. »Er ist ziemlich aufgebracht, und sein Besucher ist daran nicht ganz unschuldig ...«

»Lassen Sie mich raten«, sagte Wolf. »Der Besucher ist Hohmanns Anwalt, stimmt's?«

Sie nickte, für Kalfass ein Zeichen, sich zu verdrücken. Wenn der Kriminalrat aufgebracht war, machte man sich am besten unsichtbar.

***

Der Leiter der Kripo Überlingen hatte sich vor seinem Schreibtisch aufgebaut. Neben ihm stand ein zwei Köpfe größerer, braun gebrannter Mittfünfziger mit silbergrauen Schläfen, dunklem Nadelstreifenanzug und dezent gemusterter Seidenkrawatte auf fliegerblauem Hemd, die Schuhe auf Hochglanz getrimmt. Der Mann machte Eindruck, Wolf musste es neidlos anerkennen.

»Darf ich vorstellen: Die Hauptkommissare Wolf und Marsberg; Herr Dr. Hayder, der Anwalt der Hohbau GmbH.«

Während der Anwalt leicht irritiert auf Wolfs wie angeklebt sitzendes Barett starrte, kam Patzlaff ohne weitere Überleitung zur Sache. »Meine Herren, zu meiner Bestürzung erfahre ich soeben von Ihrem Fauxpas, den Klienten von Herrn Dr. Hayder ohne hinreichend gesicherte Verdachtsmomente mit einer Hausdurchsuchung zu behelligen. Was haben Sie sich eigentlich dabei gedacht? Noch dazu ohne Abstimmung mit mir, gewissermaßen meine Abwesenheit schamlos ausnutzend.«

Typisch, dachte Wolf – erst einmal sich selbst aus der Schusslinie bringen. Wenn Patzlaff in den letzten beiden Tagen außer Haus gewesen wäre, hätte Wolf das gewusst. Ihm lag eine bissige Bemerkung auf der Zunge, doch er schluckte sie wieder hinunter. Vielleicht war es besser, sich erst einmal zu ducken und den Sturm über sich hinwegtoben zu lassen, um danach den Fall unbeschädigt weiterzuverfolgen. Sie hatten sich ja wirklich nicht mit Ruhm bekleckert. Hoffentlich dachte Marsberg auch so und hielt ebenfalls die Klappe. Was hätten sie auch zu ihrer Entlastung vorbringen sollen?

»Wo kämen wir hin«, lamentierte Patzlaff weiter, »wenn die Polizei nach Lust und Laune Außeneinsätze fahren würde, noch dazu bei seriösen Unternehmen, von deren Steuergeldern sie schließlich lebt ...«

Patzlaff wagte einen kurzen, wie um Bestätigung heischenden Seitenblick auf Dr. Hayder, der sich jedoch weiterhin aufs Zuhören beschränkte. »Hiermit ordne ich an, dass Ihre Ermittlungen in diesem Fall und vor allem geplante Außeneinsätze grundsätzlich vorher mit mir abzustimmen sind. Ist das angekommen, meine Herren? Und für die Hohbau GmbH beziehungsweise Herrn Hohmann persönlich gilt: Finger weg ... äh, ich meine, keine weiteren Aktionen, solange Sie nicht über absolut hieb- und stichfeste Verdachtsmomente verfügen. Ist das klar?«

Jetzt war Wolf erst recht ungehalten. Das klang ja fast so, als ob der Chef der Überlinger Kripo nach der peinlichen Aktion von heute Vormittag Hohmann nicht nur besänftigen und in Watte packen, sondern ihn ganz aus den laufenden Ermittlungen raushalten wollte. Warum nur?

»Das hätte ich gerne schriftlich, Herr Kriminalrat«, vergaß Wolf für einen kurzen Moment seine Strategie, wohl wissend, dass gerade Einwürfe dieser Art Patzlaff zur Weißglut trieben.

Als diesem auf Wolfs neuerliche Unbotmäßigkeit nicht sofort die passende Antwort einfiel, sprang überraschend Dr. Hayder für ihn in die Bresche. »Sie haben den betrieblichen Ablauf des Unternehmens Hohbau GmbH und die Reputation meines Klienten ohne hinreichenden Verdacht und ohne den kleinsten Beweis in erheblichem Maße gestört. Ihre eigenmächtige Handhabung des Falles wird erhebliche Konsequenzen für Sie haben, meine Herren.«

»... jawohl, Konsequenzen«, echote Patzlaff, als er wieder Luft bekam, »speziell für Sie, Wolf. Noch so ein Fehler, und Sie sind im Ruhestand! Eine Abmahnung ist Ihnen jetzt schon sicher, da Sie es entgegen meiner Anordnung versäumt haben, mich über Ihre Aktivitäten rechtzeitig in Kenntnis zu setzen.«

Damit waren sie entlassen. Vor der Tür zündete sich Wolf eine Gitanes an. Sollte der »Chef« ruhig einen Hustenanfall bekommen.

13

So konnte es nicht weitergehen. Eine Woche lagen die Morde an den beiden Lkw-Fahrern nun schon zurück, und noch immer krebsten sie im Niemandsland herum. Aber war das ein Wunder? Die Ermittlungen, daran hatte Kalfass nicht den geringsten Zweifel, wurden irgendwie lax, wenn nicht gar unprofessionell geführt und schienen sich mehr durch Halbherzigkeit und Planlosigkeit als durch entschlossenes, zielgerichtetes Handeln auszuzeichnen.

Dabei lag die Lösung offen vor ihnen. Für Kalfass hatte sie sogar einen Namen: Hohmann! Auch wenn der Bauunternehmer die Tat nicht selbst begangen hatte, wovon vermutlich auszugehen war, so führte der Weg zu einer schnellen Aufklärung nach Kalfass' Auffassung auf jeden Fall über ihn. Natürlich war der Mann clever, nicht umsonst hatte er bisher alle Spuren hinter sich verwischen und selbst den konspirativen Treff mit einem Auftraggeber der öffentlichen Hand unwidersprochen als harmlose Arbeitsbesprechung darstellen können. Andererseits: Er hatte als Einziger ein Motiv. Wenigstens war Kalfass überzeugt, eines zu finden, wenn er nur hartnäckig genug danach suchte.

Mit dieser Suche wollte er in Konstanz beginnen. Auf eigene Faust, versteht sich, denn erstens hatte er keinerlei Rückendeckung, geschweige denn einen Auftrag von oben. Und zweitens brauchte er dringend einen persönlichen Ermittlungserfolg, um in der Polizeihierarchie endlich, endlich eine Stufe weiterzukommen. Er hatte sich nun wahrlich lange genug die Hacken abgelaufen.

Wolfs Rapport beim »großen Zampano« war ihm da gerade recht gekommen. Er flunkerte Jo etwas von einer dringlichen Inspektion an seinem Wagen vor und dass er für den Rest des Tages freinähme, um Überstunden abzubauen. Eine halbe Stunde später war er auf der Fähre, und kurz nach zwei Uhr stellte er in der Nähe der Einfahrt der Corso-Baustelle seinen Wagen ab. Zunächst wollte er sich einen Überblick verschaffen und erst dann über seine weitere Vorgehensweise entscheiden.

Auf dem Gelände herrschte emsiges Treiben. Er zählte etwa fünfzehn Baukräne, die hin und her fuhren, sich drehten und mit unüberhörbarem Relais-Knacken die verschiedensten Lasten anhoben und am Ort ihrer Verarbeitung wieder absenkten. Alle Augenblicke fuhren Baulaster, Fertigbetonfahrzeuge oder Betonpumpen an ihm vorbei. Behelmte Männer waren mit Stahlarmierungen, Schalungen oder dem Aufrichten von Stahlträgern beschäftigt.

Kalfass lief einmal quer über das Gelände, ohne dass ihn jemand aufhielt. Er hatte es besonders auf die großen Transporter abgesehen. Ploc und Juratovic, das wusste er, hatten beide einen Sechsunddreißig-Tonnen-Muldenkipper von Caterpillar gefahren. Einen solchen hatte er aber bislang noch nicht entdeckt.

So beschloss er, aufs Geratewohl einen Fahrer anzusprechen. Das erwies sich jedoch als ziemlich schwierig: Den Leuten war wohl eingebleut worden, dass ein Fahrzeug seine Kosten nur wieder reinholt, wenn es rollt. Endlich sah er vor sich einen stehenden Kipper, dessen Fahrer hinten an der Mulde hantierte. Kurzerhand ging er auf ihn zu.

»Ich suche Ploc.«

Der Fahrer sah ihn an, als käme er von einem anderen Stern. »Ploc?«, antwortete er mürrisch und ohne seine Tätigkeit zu unterbrechen. »Ploc tot!« Er hörte sich an, als stamme er ebenfalls aus Polen.

»Und sein Kollege Juratovic?«

»Auch tot. Sonst noch was?«

Die Frage war eher rhetorischer Natur. Noch während sie gestellt wurde, eilte der Fahrer nach vorne, um sich in das Führerhaus zu schwingen.

»Ich dachte, das hier sei Plocs Fahrzeug«, rief ihm Kalfass hinterher.

»Ist nicht. Steht dort hinten.« Der Mann deutete in Richtung Seeufer und ließ den Motor an. Kalfass dankte und drehte sich in die angegebene Richtung. So entging ihm, dass der Fahrer zu seinem Handy griff. »Da fragt einer nach Ploc«, gab der lapidar seinem Gesprächspartner durch und blickte Kalfass hinterher. »Will sich sein Fahrzeug ansehen.« Dann unterbrach er die Verbindung auch schon wieder.

Kalfass war inzwischen an der Brachfläche am Ufer angelangt, auf der mehrere Fahrzeuge unterschiedlicher Größe abgestellt waren. Eines davon entsprach dem Modell aus dem Polizeibericht, war also vermutlich von Ploc oder Juratovic gefahren worden. Hinter der Windschutzscheibe des riesigen Fahrzeugs fand er schließlich den Beweis: Auf einem Schild stand unübersehbar: »Stani«.

Ein prüfender Rundblick – niemand war in der Nähe! Kalfass raffte all seinen Mut zusammen und stieg auf der Beifahrerseite nach oben. Er hätte selbst nicht genau sagen können, wonach er suchte. Im besten Falle nach Aufzeichnungen, vielleicht einem Fahrtenbuch, irgendetwas, das im Zusammenhang mit dem Tod der beiden Fahrer stand.

Natürlich war die Tür abgeschlossen. Oder doch nicht? Tatsächlich, sie klemmte nur, ließ sich schließlich öffnen, und er schlüpfte hinein. Eine Weile schaute er sich im Fahrerhaus nur um. Es gab eine ganze Reihe von Ablagen, Fächern, Seitentaschen, teils mit leeren Zigarettenschachteln, Zeitungen, Plastikbeuteln oder sonstigem Müll gefüllt, teils ohne Inhalt. Alles wirkte ziemlich chaotisch und verschmutzt.

Eben wollte Kalfass in eines der Fächer greifen, als die Beifahrertür aufgerissen wurde. Ein vierschrötiger, dunkelhäutiger Typ schob sich vor die Öffnung, eine brennende Zigarette zwischen den Lippen, den Oberkörper mit einem stark verschwitzten T-Shirt bedeckt, das erschreckend gut ausgebildete Muskeln an Brust und Oberarmen umspannte.

»Rauskommen«, quetschte der Dunkelhäutige zwischen den Zähnen hervor und stieg wieder hinunter.

In Kalfass' Kopf rasten die Gedanken. Was sollte er tun? Der Kerl sah nicht so aus, als wäre ihm an einem gemütlichen Plauderstündchen gelegen. Mit Schrecken wurde er sich seiner Situation bewusst: auf fremdem Gelände, in einem fremden Fahrzeug, noch dazu ohne Durchsuchungsbeschluss – das erfüllte mindestens den Tatbestand des Hausfriedensbruchs, wenn nicht mehr. Da nützte ihm auch sein Dienstausweis nichts. Im Gegenteil, damit würde er sich zum Gespött der Kripo Überlingen machen. Ich muss verhandeln, mich irgendwie herausreden, ihm notfalls Geld anbieten, überlegte er fieberhaft und stieg dem Mann hinterher.

Als er den Boden erreichte, wurde es offenkundig: Der Kerl war nicht nur groß, der Kerl war riesig – jedenfalls im Vergleich zu Kalfass, der mit seiner Brille und dem dunklen Jackett eher einem schmächtigen Intellektuellen glich.

»Was suchst du, hä?«, fragte der Verschwitzte schleppend, während er an seiner Zigarette kaute.

In diesem Moment gebar Kalfass' vernebeltes Hirn einen möglichen Ausweg aus seiner misslichen Lage. »Wissen Sie, ich interessiere mich für Großfahrzeuge, da wollte ich so was unbedingt mal angucken. Die Gelegenheit hat unsereiner ja eher selten ...« Dabei rang er sich ein gequältes Lächeln ab.

»Großfahrzeuge ... aha! Du bist nicht hinter Ploc her?«

Der Schlag kam ohne Vorwarnung. Wie ein Dampfhammer rammte der Riese seine Rechte in Kalfass' Magen. Der höllische Schmerz riss ihm den Oberkörper nach vorne. Ein Aufwärtshaken folgte, dann noch einer. Kalfass' Kiefer knackte, stöhnend ging er zu Boden, beide Hände auf den Leib gepresst. Er lag, mit dem Gesicht nach unten, buchstäblich vor seinem Gegner im Staub. Und wie bei den alten Römern die Gladiatoren nach gewonnenem Kampf setzte der Riese ihm nun den rechten Stiefel in den Nacken.

Es war merkwürdig: Obgleich körperlich am Ende, waren Kalfass' Sinne unnatürlich geschärft. Er roch den Staub, den sein Fall aufgewirbelt hatte, spürte jeden Stein unter seinem Körper, hörte die schrillen Rufe entfernter Blesshühner.

Plötzlich drang eine zweite Stimme in sein Ohr. »Hat er etwas an sich genommen?«

»Konnte ich gerade noch verhindern, Bruno.« Das war eindeutig die Stimme des Riesen.

»Gut. Leg ihn ans Seeufer.«

Kalfass wurde an den Armen gepackt und über den Erdboden geschleift. Wieder erklang die zweite Stimme: »Starek hier. Wir haben ihn ausgeschaltet ...« Der Rest des Telefonats verlor sich in undeutlichem Gemurmel.

Es dämmerte bereits, als Kalfass wieder zu sich kam. Er hob den Kopf, wollte sich aufrichten. Es ging nicht. Ihm war schlecht, er hatte Bauchschmerzen, und sein Hirn wurde von dunklen Trommelwirbeln malträtiert. Also blieb er noch einige Minuten liegen, ehe er sich wenigstens auf den Rücken drehen und mit den Händen seinen Kiefer betasten konnte.

Irgendwann gelang es ihm, sich aufzusetzen. Er musterte seine Umgebung. Undeutlich nahm er einen schmalen Kiesstrand wahr, plätschernde Wellen, die Geräusche der Baustelle. Langsam kehrte sein Gedächtnis zurück. Er schloss die Augen, und schlagartig hatte er alles wieder vor sich.

Wut stieg in ihm hoch. Verdammte Sauhunde, elende! Das war Angriff auf einen Polizeibeamten. Fortan würde er es sich zur Lebensaufgabe machen, dieses Pack hinter Schloss und Riegel zu bringen. Die Voraussetzungen waren gut: Er kannte das Aussehen des Haupttäters, dazu den Namen eines zweiten, es würde ein Leichtes sein ... Oder etwa doch nicht? ... Wenn es nämlich, wofür sie sicher gesorgt hatten, keine Zeugen gab? ... Oder wenn sie behaupten würden, er selbst habe den Vorfall provoziert? Verdammte Scheiße aber auch!

Mit großer Anstrengung hob er den Arm und blickte auf die Uhr: Es war kurz vor sechs Uhr abends. Er versuchte, sich aufzurappeln und schaffte es bis in die Hocke. Plötzlich fiel er zurück auf den Boden, und sein Körper begann zu zittern – nicht vor Schmerzen, sondern weil ihn ein triumphierendes Lachen schüttelte: »Hatte ich also recht! Die Kerle haben wirklich Dreck am Stecken!«, lispelte er. Es hörte sich an wie »haddichssorecht dkerlhawirchdrckamsteck«.

***

Seit zehn Minuten versuchte Karin Winter vergeblich, an nähere Informationen über den Brand in Qualles Haus zu kommen. Weder die Stockacher Feuerwehr noch die Pressestelle der Kripo Überlingen konnte – oder wollte? – ihr helfen. Als Nächstes hatte sie versucht, Hauptkommissar Wolf anzurufen, bekam ihn jedoch nicht an die Strippe.

Ob sie sich an Marsberg wenden sollte? Brandstiftung fiel zwar nicht in sein Ressort, aber sie wusste, dass sich die Kommissare während der Lagebesprechung bei Patzlaff regelmäßig austauschten. Ein Versuch konnte schließlich nicht schaden, und Schüchternheit war das Letzte, was man Karin Winter nachsagen konnte.

Sie tippte eben Marsbergs Nummer ein, als wie aus dem Boden gewachsen Matuschek vor ihr stand und ihr ein Blatt Papier vor die Nase hielt. Unwillig wollte sie ihn beiseiteschieben, doch er stand wie festgewachsen. Also war es wichtig! Seufzend legte sie den Hörer zurück auf die Gabel.

»Hier, das wird dich interessieren«, sagte Matuschek aufgeregt und legte das Papier vor sie auf den Tisch.

»Was soll das sein?«

»Lies einfach!«, forderte er sie auf.

Es handelte sich um eine Satzvorlage aus der Anzeigenabteilung, Rubrik »Immobilien«. Was sollte sie damit anfangen? »Okay, da will jemand sein Haus verkaufen. Na und?«

»Sieh dir den Namen des Verkäufers an.«

Da endlich fiel bei Karin der Groschen. Als Kontaktadresse waren eine Mobilfunknummer und ein Name angegeben: Traugott Siebeck! Zweifellos handelte es sich um *ihren* Siebeck, den Baudezernenten, den es in Kombination mit diesem lächerlichen Vornamen sicher kein zweites Mal gab.

Aufmerksam las sie nun den ganzen Anzeigentext. Dann reichte sie das Papier ihrem Chefredakteur zurück. »Komisch. Wir wissen, dass Siebeck in Konstanz in einem piekfeinen Eigenheim lebt. *Dieses* Haus hier liegt aber bei Markdorf.«

»Korrekt. Doch es kommt noch besser. Die zuständige Kollegin erzählte mir eben ganz nebenbei, das sei nach ihrer Erinnerung mindestens die dritte Immobilie in zwei Jahren, die Siebeck anbietet. Damit könnte man den Herrn fast als guten Anzeigenkunden bezeichnen.«

»Was läuft hier eigentlich? Denkst du, es gibt einen Zusammenhang zwischen diesen Immobiliengeschäften und Hohmann?«

»Weiß nicht. Prüf's nach – aber vorsichtig, bitte!«

Schon wollte er hinausgehen, als ihn Karin noch einmal zurückhielt. »Wie bist du darauf gestoßen?«

»Reiner Zufall. Hatte in der Anzeigenabteilung zu tun und hab so nebenbei ein paar Zettel überflogen. Es ist übrigens eine Kopie, du kannst sie behalten«, sagte er im Weggehen.

Nach kurzem Überlegen griff Karin erneut zum Telefon. »Ist dort das Grundbuchamt von Markdorf? ... Guten Tag, mein Name ist Winter. Ich hätte gerne eine kurze Auskunft von Ihnen. Da bietet mir ein gewisser Herr Siebeck, Traugott Siebeck, sein Haus zum Verkauf an. Können Sie feststellen, wo das Objekt liegt? Wissen Sie, ich suche eine absolut ruhige Lage ... gut, ich warte ... Sie haben es? Wunderbar. Wo, sagen Sie, soll das sein? ... Sehr gut, ich danke Ihnen. Ach, noch was: Geht aus Ihren Unterlagen auch der Vorbesitzer hervor? ... Wie? Maywaldt, August Maywaldt? Schreibt sich das mit a-y und hinten mit d-t? Doch nicht etwa *der* Maywaldt? ... Na ja, ist ja auch egal. Jedenfalls danke ich Ihnen.« Sie legte auf.

Wenn sie dem Kollegen aus der Wirtschaftsredaktion Glauben schenken durfte, war August Maywaldt Herr über ein ganzes Imperium von Entsorgungs- und Recyclingunternehmen und der ungekrönte Müllkönig der Region.

Warum verkauft so einer seine Immobilien nicht über einen Makler, dachte sie bei sich, schob den Gedanken aber gleich wieder zur Seite. Viel wichtiger schien ihr in diesem Zusammenhang die Frage, wieso Siebeck in nur zwei Jahren drei Häuser verkaufen konnte – keine Bruchbuden, wohlgemerkt, denn immerhin lag die Verhandlungsbasis für das neue Objekt bei dreihunderttausend Euro. *So* üppig konnte selbst ein Regierungsbaurat im Landratsamt nicht verdienen.

***

Sie hatten sich für den Abend an der Wallfahrtskirche Birnau verabredet, von wo aus sie einen Spaziergang nach Maurach ins Auge gefasst hatten, das mit einer Reihe prächtiger Gasthöfe verlockend heraufwinkte.

Sommer war Wolfs ungewohnt pessimistische Grundstimmung bereits in der Kirche aufgefallen. Als »überladen« und »pure Zuckerbäckerei« hatte er die barocke Ausgestaltung bezeichnet. Vor sich hin brummend, wie ein Oberlehrer die Hände auf dem Rücken gefaltet, war er durch das Hauptschiff gestapft und hatte kaum einen Blick für die überschwänglichen Formen und Stuckaturen übrig gehabt.

Natürlich hatte Sommer die alten Baumeister und Stuckateure verteidigt. »Das Gegenteil ist der Fall, Leo. Die Kirche könnte nicht klarer gegliedert sein. Schau dir zum Beispiel den Turm an.

Seine Höhe entspricht exakt der Breite des Konventsgebäudes. Der dreigliedrige Grundriss ist an Schlichtheit nicht zu überbieten ...«

»Weißt du was, Ernst: Lass uns einfach essen gehen. An mir sind heute alle kulturhistorischen Erkenntnisse verschwendet.«

Daraufhin waren sie nach draußen gegangen, wo Sommer vor ihrem Abmarsch nach Maurach noch einen Blick über den abendlichen See werfen wollte. Nun standen sie auf dem Platz vor der Birnau, dem wohl schönsten Aussichtsbalkon am Bodensee, und sogen die darunterliegenden Weinhänge mit dem ehemaligen Kloster Maurach förmlich in sich auf – wenigstens hatte Sommer das gerade eben noch getan. Seine Augen glitten über die funkelnde Seefläche hinüber zur Insel Mainau, hinter der die Konstanzer Uni und der Wasserturm hervorspickten. Links davon erfasste sein Blick den ausladenden Obersee, dessen jenseitige Ufer sich im Dunst verloren, während direkt gegenüber Litzelstetten und Dingelsdorf wie zwei Spielzeugdörfer inmitten saftiger Obsthänge hingestreut lagen. Kein Wunder, dass der romantisch angehauchte Sommer ins Schwärmen geriet.

»Einfach hinreißend, diese Aussicht!«, versuchte er ein letztes Mal, den Freund von seinen trüben Gedanken abzubringen.

»Jaaa«, meinte Wolf gedehnt, »ganz ordentlich.« Ohne näher darauf einzugehen, setzte er sich in Bewegung.

Sommer schloss auf und blickte Wolf skeptisch an. »Was ist los, Leo?«, fragte er, als sie wenige Meter gegangen waren. »Dich bedrückt doch etwas. Gibt es Probleme bei eurem Fall? Jetzt rück schon raus!«

»Probleme gibt's immer«, grummelte Wolf, »aber so wie diesmal war's noch nie. Ich kann nicht das geringste Licht am Ende des Tunnels erkennen. ›Niemand ist der, der er zu sein scheint‹, hast du vor einigen Tagen gesagt, und dass wir uns nicht nur auf Hohmann konzentrieren sollen. Gut und schön. Aber alle Fäden führen nun einmal zu Hohmann. Mein Gott, wenn ich nur an die Durchsuchung denke ... so beschissen wie danach hab ich mich in meinem ganzen Leben noch nicht gefühlt.«

»Ich nehme an, ihr habt auch den Baudezernenten vernommen?«

»Klar. Siebecks Aussage war absolut deckungsgleich. Hohmann ist einfach zu glatt.«

»Ich versteh dich ja. Trotzdem musst du weitermachen, Leo. Auch Hohmann macht einmal einen Fehler. Aber denk immer dran: Er ist nicht der Nabel der Welt.«

»Du mit deinen kryptischen Bemerkungen. Die helfen mir auch nicht weiter.«

»Ich will ja nicht ablenken, Leo, aber es würde mich brennend interessieren, wie Patzlaff sich dir gegenüber verhält.«

Wolf stutzte einen Moment. »Warum interessiert dich das?«, fragte er misstrauisch.

»Ist nur so ein Gedanke. Also?«

Wieder dauerte es ein paar Sekunden, ehe sich Wolf zu einer Antwort entschloss: »Meiner Meinung nach kannst du Patzlaff als Kripoleiter abschreiben! Schlimmer noch, er ist uns sogar regelrecht in den Rücken gefallen. Wenn's nach ihm ginge, könnten wir gegen Hohmann nur weiterermitteln, wenn der auf offener Straße einen Mord beginge.«

»Interessant!«

»Mehr fällt dir dazu nicht ein?«

»Nun, sagen wir so: Auch Patzlaff ist nicht der, der er zu sein scheint.«

14

Man konnte Kalfass manch Schlechtes nachsagen, nicht aber, dass er sich durch Äußerlichkeiten von seiner Arbeit abhalten ließ. Der gestrige Zusammenstoß mit dem brutalen Hünen hatte seine Spuren hinterlassen, doch es war ihm gelungen, die Verletzungen am Kinn zumindest notdürftig zu kaschieren. Ganz unsichtbar machen konnte er sie jedoch nicht.

Natürlich hagelte es dumme Bemerkungen von Seiten der Kollegen. Jo hingegen war überraschend gnädig. Zwar empfing auch sie ihn mit fragendem Blick, als aber keine Erklärung kam, bemerkte sie lediglich: »War wohl nicht ganz einfach, die Inspektion gestern.«

Selbst Wolf meinte, einen Witz machen zu müssen. »Sind Sie vom Pferd gefallen, Ludger? Wusste gar nicht, dass Sie reiten.«

Kurz gesagt, es war erniedrigend. Vollends peinlich wurde es, als er seinen Kaffee nicht wie gewöhnlich aus der Tasse trank, sondern einen Strohhalm benutzen musste.

Kalfass beschloss, alle Anfeindungen zu ignorieren, griff zum Telefon und wählte die Nummer der Hohbau GmbH.

»Ja, guten Morgen, hier ist Müller von der Ortskrankenkasse Markdorf. Könnte ich bitte jemand aus Ihrer Personalabteilung haben?« Während er auf die Verbindung wartete, übersah er geflissentlich Jos Stirnrunzeln. Eine Frauenstimme meldete sich. »Guten Morgen, Müller hier von der AOK Markdorf«, wiederholte er. »Wir stimmen gerade die Personalien einiger unserer Versicherten ab. Bei Ihnen arbeitet doch ein gewisser Starek.«

»Starek? Warten Sie bitte …« Es folgte eine längere Pause. »*Wie* soll der Mann heißen?«

»Starek, S-T-A-R-E-K.«

»Wie ist denn sein Vorname?«

»Augenblick …« Geräuschvoll schob er einige Blätter hin und her. »Hier hab ich's: Bruno. Bruno Starek.«

Erneute Pause. Als er eben nachfragen wollte, ob sie noch in der Leitung sei, antwortete die Frau: »Tut mir leid, aber einen Bruno Starek gibt es bei uns nicht.«

»Sind Sie ganz sicher?«

»Hören Sie, wenn wir im Personalbüro das nicht wüssten … Von wo, sagten Sie, rufen Sie an?«

Kalfass überhörte ihre Frage, er hatte erfahren, was er wissen wollte. »Gut, das war's dann. Vielen Dank und einen schönen Tag noch.«

Kein Starek. Hatte er die Prügel am Ende nur geträumt? Eine Sekunde lang war Kalfass versucht, Wolf alles zu beichten. Doch als ihm einfiel, welche Komplikationen das heraufbeschworen hätte – von den Auswirkungen auf seine Beurteilung ganz zu schweigen – ließ er es sein.

***

Ganz gegen seine sonstige Gewohnheit war Wolf an diesem Morgen als Letzter bei der Arbeit erschienen. Zwar war der Himmel noch in der Nacht aufgerissen, sodass blaue Flecken durch die schüttere Wolkendecke blitzten und den Beginn einer längeren Schönwetterperiode ankündigten. Aber noch waren die Straßen feucht, und speziell der Uferweg von Nussdorf nach Überlingen war mit Pfützen übersät. Sie hatten Wolf, der seine helle Hose nicht ruinieren wollte, eine Slalomfahrt abverlangt, in deren Verlauf er bei einem zu scharf ausgeführten Ausweichmanöver in hohem Bogen von seinem Fahrrad geflogen war. Sowohl er als auch sein Drahtesel hatten den Sturz weitgehend unbeschadet, aber leider nicht ganz spurlos überstanden. Eben diese Spuren – beziehungsweise deren Beseitigung – hatten Zeit gekostet. Sei's drum, inzwischen hatte er sich für einen langen Bürotag eingerichtet und seine beiden Mitarbeiter zu sich gerufen.

»Also, wie sieht's aus, Leute? Wer beginnt?«

Kalfass und Jo sahen sich einen Moment lang unentschlossen an, um dann gleichzeitig ihren Bericht zu starten. Mit einer Handbewegung brachte Wolf sie beide zum Schweigen. »Bitte streng nach dem Alphabet, und da kommt Louredo vor Onkel Lu.«

Mit einem entschuldigenden Achselzucken in Richtung Kalfass begann Jo ihre Ausführungen: »Ich habe die finanzielle Situation der Plocs, speziell der letzten vier Wochen, noch einmal überprüft. Wie wir bereits wissen, existiert ein Girokonto bei der Volksbank

Ludwigshafen. Außer den regelmäßigen Gehaltsüberweisungen für beide gibt es keine weiteren Zugänge, auch kein Sparguthaben. Wenn die Ploc nach dem Tod ihres Mannes Geld erhalten hat, dann bar.«

»Gut. Dann müssen wir die Frau wohl ab sofort härter anfassen. So hart und so lange, bis wir wissen, mit wessen Geld sie in Weingarten untergetaucht ist. Wem gehört übrigens die neue Wohnung?«

»Einer Genossenschaft. Keinerlei Verbindungen zu Hohmann, falls Sie das meinen.«

»Wäre auch zu schön gewesen. Jo, du fährst noch mal nach Weingarten und setzt die Ploc so lange unter Druck, bis sie ihre Geldquelle preisgibt. Droh ihr mit Beugehaft, schleppe sie notfalls hierher, alles, was du für erforderlich hältst. Nun zu dir, Ludger.«

»Also, zuerst zur Spurensicherung im Todesfall Ploc: Weder auf dem Seil noch an dem Campingstuhl haben sich bei der KTU irgendwelche Fingerabdrücke oder sonstige verwertbare Spuren ergeben. Ein sichergestellter Fußabdruck war leider unbrauchbar. Der einzige, allerdings sehr unkonkrete Hinweis bezieht sich auf die Schlinge am Seil, mit dem Ploc aufgeknüpft wurde. Die soll mit einem recht ungewöhnlichen Knoten geknüpft worden sein. Das war's dann auch schon.« Umständlich rückte Kalfass seine Brille zurecht.

»Und diese Kunststoffschlaufe, die am Tatort unter dem Laub gefunden wurde?«

»Richtig, hätt ich fast vergessen. Soll bei Wanderausrüstungen Verwendung finden, bei Rucksäcken, Gerätegurten und so. Auch dort keine Spuren. Bei Juratovic sieht's ähnlich aus: Zwar habe ich die Apotheke ausfindig gemacht, bei der er regelmäßig seine Medikamente gekauft hat, und das bei ihm gefundene Nitrospray stammt zweifelsfrei von dort. Eine Manipulation an dem Behälter war jedoch nicht feststellbar, außerdem wurden nur Fingerabdrücke von Juratovic selbst gefunden. Trotzdem würde das zu unserer Annahme passen, dass das Spray vom Täter auf die übliche Art und Weise entleert und der Leiche zugesteckt wurde, um einen Selbstmord vorzutäuschen.«

»Nach wie vor keine Zeugen, die uns bei den beiden Mordfällen oder dem Brand auf der Baustelle weiterhelfen könnten?«

»Keine.«

Wolf ließ sich Kalfass' Bericht durch den Kopf gehen. Die Leute machten keine halben Sachen, das musste ihnen der Neid lassen. Bis jetzt war ihnen auch nicht der kleinste Fehler unterlaufen, was seine These bestätigte, dass sie es mit ausgekochten Profis zu tun hatten. Diese Erkenntnis war jedoch weder neu noch sonderlich hilfreich.

»Vielleicht sollten wir uns Plocs Laster einmal näher ansehen?«, überlegte Jo. »Wäre doch möglich, dass wir dabei etwas mehr über ihn und seine Arbeit erfahren und so Rückschlüsse auf ein Mordmotiv ziehen können. Was halten Sie davon, Chef?«

Warum nur hatte Wolf plötzlich den Eindruck, als jucke es Kalfass in den Fingern – gerade so, als hätte er Jo am liebsten erwürgt? Man sah ihm an, wie es hinter seiner Stirn arbeitete. Was mochte er ausbrüten? »Wäre eine Möglichkeit«, beantwortete er Jos Frage widerstrebend, »allerdings könnte es da gewisse Schwierigkeiten geben …«

»Was für Schwierigkeiten?«

Für einen kurzen Moment huschte ein Leuchten über Kalfass' Gesicht, ehe es sich erneut verdüsterte. Wirre Gedanken schienen sich in seinem Kopf zu überschlagen, als sähe er erhebliches Ungemach auf sich zukommen. Endlich gab er sich einen Ruck: »Nun ja … also gut, sei's drum: Die Sache ist bereits erledigt, Chef!« Dabei machte er den Eindruck, als sei ihm eine Zentnerlast von der Brust gefallen.

Wolf und Jo wechselten erstaunte Blicke. Dann fischte Wolf einen seiner Glimmstängel hervor, zündete ihn an und nahm einen tiefen Zug. Wie um Zeit zu gewinnen, blies er den Rauch genussvoll an die Decke.

»Darf man Näheres erfahren, Herr Kollege?«, fragte er dann verdächtig ruhig.

Kalfass fühlte sich in seiner Haut ganz offensichtlich nicht besonders wohl. »Sie wissen doch, dass ich gestern Nachmittag meinen Wagen zur Werkstatt bringen musste. Ich hoffe, Jo hat das weitergegeben! Danach habe ich eine ausgiebige Probefahrt gemacht. Na ja, und als ich zufällig an der Baustelle vorbeikam, hatte ich spontan die Idee, Plocs Kipplader zu inspizieren. Einfach so …«

Wolf qualmte stumm vor sich hin. So blieb Kalfass nichts anderes übrig, als zu erzählen, was sich danach ereignet hatte. »Jedenfalls, als ich den Laster endlich gefunden hatte und mit der Durchsicht beginnen wollte, kam plötzlich hinterrücks so ein Bär von Kerl, zog mich aus dem Führerhaus und schlug mich nieder.«

»Aha. Hinterrücks. Einfach so.«

Wolfs Einwurf ließ Kalfass zerknirscht den Blick senken. Das Geständnis, Prügel bezogen zu haben, war ihm sichtlich nicht leichtgefallen.

»Daher also die Blessuren«, kicherte Jo.

Kalfass ignorierte sie. »Vor dem Fahrzeug wartete noch ein weiterer Mann. Zu zweit haben sie dann auf mich eingedroschen.«

»Hast du dich als Polizist zu erkennen gegeben?«

»Dazu hatte ich keine Gelegenheit.«

»Du hättest mir das melden müssen, Mann, das ist dir hoffentlich klar!«

»Sicher, Chef«, wand sich Kalfass und wich Wolfs Blick aus. »Aber Sie werden verstehen, dass mir die ganze Sache furchtbar peinlich war.«

»Damit«, kam ihm Jo plötzlich zu Hilfe, »haben sich die Leute bei Hohbau einen schlechten Dienst erwiesen. Wer so reagiert, hat etwas zu verbergen, denke ich.«

»Ludgers Glück«, gab Wolf ihr indirekt recht und wandte sich wieder Kalfass zu. »Würdest du die Schläger wiedererkennen?«

»Klar«, antwortete Kalfass, »das heißt, gesehen hab ich ja nur einen, aber den erkenn ich unter Tausenden wieder!« Dann berichtete er von seinen erfolglosen Bemühungen, Starek ausfindig zu machen.

»Nicht bei Hohmann angestellt?«, wunderte sich Wolf. »Das ist in der Tat merkwürdig. Doch wie dem auch sei: Du musst noch mal rüber und das mit diesem Starek vor Ort klären. Stelle den Namen des zweiten Beteiligten fest und sprich bei dieser Gelegenheit auch mit Plocs Fahrerkollegen.«

Wolf erhob sich als Zeichen, dass die Besprechung zu Ende war. Wieder allein, genehmigte er sich ein Gläschen Pastis – gewissermaßen als Überleitung für den kurzen Besuch, den er Hannelore Bender im Vorzimmer des Kriminalrats abstatten wollte.

Wolf wollte Patzlaffs Abwesenheit nutzen, um ein paar Einzelheiten über Rechtsanwalt Dr. Hayder zu erfahren. Es war immer gut, seinen Gegner zu kennen. Das Gespräch erwies sich jedoch als nicht sonderlich ergiebig, der Chef hatte hinter verschlossener Tür mit dem Anwalt geredet.

Als Wolf zurückkam, wurde er bereits von Karin Winter erwartet. Er erinnerte sich nicht, einen Termin mit ihr zu haben.

»Ich warne Sie, Herr Hauptkommissar«, empfing sie ihn lächelnd, »sagen Sie nicht, Sie hätten keine Zeit. Für das, was ich Ihnen gleich erzähle, würden Sie sogar Ihre Beerdigung verschieben.«

»Welches Gegengeschäft schwebt Ihnen diesmal vor?« Obwohl ihm nicht danach zumute war, musste nun auch er lachen. Er führte Karin Winter in sein Zimmer und bot ihr eine Tasse Kaffee an, die sie dankend annahm. Dann holte sie verschiedene Papiere und einen Notizblock aus ihrer Tasche und sammelte sich kurz, ehe sie loslegte.

»Ich nehme an, Sie gehören zu den geneigten Lesern des ›Seekurier‹?«

»Um ehrlich zu sein: nein! So gut kann Ihr Blatt gar nicht sein, dass ich mir die schlechten Nachrichten antue. Ich finde, das Leben ist auch so schon beschissen genug.«

»Hab ich mir fast gedacht. Könnten Sie sich trotzdem überwinden und wenigstens diese kurze Anzeige hier lesen? Stammt aus der heutigen Ausgabe.«

Sie legte eine Zeitungsseite vor ihn hin. Mit unverhohlener Skepsis begann Wolf zu lesen. Erst bei der letzten Zeile merkte er auf. Er sah die Winter fragend an. »Okay, Siebeck verkauft ein Haus. Na und?«

»Genau das hab ich zuerst auch gesagt. Aber das ist erst der Anfang …«

»Junge Frau«, unterbrach sie der Hauptkommissar, »ich will Sie ja nicht entmutigen, aber vergessen Sie Siebeck. Vergessen Sie überhaupt die ganze Hohbau mitsamt deren Boss. Die Sache hat sich erledigt.«

Einen kurzen Moment lang wirkte die Journalistin wie vor den Kopf geschlagen. Dann fasste sie sich wieder. »Wer hat *Ihnen* denn den Schneid abgekauft? Nun enttäuschen Sie mich aber, Herr Wolf.«

In wenigen Sätzen schilderte er ihr den Fehlschlag bei der Hausdurchsuchung. »Hohmann hat sein Züricher Treffen mit Siebeck keineswegs geleugnet, sondern im Gegenteil offensiv als Arbeitsbesprechung dargestellt. Selbstredend hat der Baudezernent das bei einer zeitgleichen Vernehmung bestätigt. Damit war die Luft raus, zumal unsere Spezialisten in den überprüften Unterlagen keine, aber auch nicht die kleinste Spur entdecken konnten, die einen Verdacht auf Korruption oder Vorteilsgewährung genährt hätte.«

»Aber das heißt doch noch lange nicht, dass Hohmann keine Leiche im Keller hat – Sie haben sie nur noch nicht gefunden! Das ist ein Riesenunterschied. Hören Sie sich wenigstens an, was es mit Siebecks Immobiliengeschäften auf sich hat. Ich verspreche Ihnen, das wird Ihr etwas kippliges Weltbild wieder geraderücken.«

Als Antwort entrang sich Wolfs Brust lediglich ein Seufzer. Resigniert steckte er sich eine Zigarette an. Das hellte seine trübe Stimmung wenigstens vorübergehend etwas auf.

»Fangen wir mit der aktuellen Immobilie an«, fuhr Karin Winter fort, »ein älteres, reichlich baufälliges Haus bei Markdorf, das Siebeck vor ziemlich genau neun Monaten erworben hat.«

»Wie und von wem?«, fragte der Hauptkommissar.

»Sehen Sie, so gefallen Sie mir schon besser«, lobte ihn die Journalistin. »Das Haus war ganz normal über eine Anzeige angeboten worden, Siebeck hatte sich interessiert gezeigt und den Zuschlag erhalten. Der Vorbesitzer war übrigens August Maywaldt.«

»Der Müllfritze?«

»Derselbige.«

»Ist das nun ein Zufall, oder muss man sich dabei was denken?«

»Glaube ich nicht. Maywaldt hat keine Verbindung zum Baugewerbe. Mit dem Landratsamt hat er zu tun, aber nicht mit dem Baudezernat. Doch es geht weiter. Siebeck hat für den Markdorfer Schuppen gerade mal einhundertzehntausend Euro hingeblättert.«

Wolf schnalzte mit der Zunge. »Einhundertzehntausend? Moment ...« Er überschlug kurz die Differenz zu dem in der Anzeige genannten Betrag. »Das wäre ja ein Gewinn von einhundertneunzigtausend. Ist das möglich?«

»Unter bestimmten Umständen ja, doch dazu später. Durch

einen läppischen Zufall erfährt nun mein Chefredakteur, dass dies bereits das dritte Haus ist, das Siebeck verkauft. Das dritte! Und das sind nur die, von denen wir wissen. Er findet seine Käufer immer auf dieselbe Weise: über eine Anzeige im ›Seekurier‹. Ich fragte mich, wie dieser Mensch zu drei Häusern kommt. Bringt der feine Herr etwa reihenweise Onkel und Tanten um die Ecke und verscherbelt anschließend ihr Erbe?«

»War die Gewinnspanne bei den anderen Objekten ähnlich hoch?«

»Ist zu vermuten, wir wissen es jedoch nicht genau.

»Und die Vorbesitzer – wissen Sie darüber etwas?«

»Auch nicht, kann ich aber rauskriegen. Mir hat bisher schlicht die Zeit gefehlt.«

Wolf war inzwischen hellwach. Er bot Karin Winter einen weiteren Kaffee an und bediente sich dann selbst. Nachdenklich paffte er seine Zigarette.

»Sie wollten mir erklären, wie die Spanne zwischen Einkauf und Verkauf zustande kommt.«

»Das ist der eigentliche Hammer, wenn auch erst auf den zweiten Blick erkennbar. Also, um beim letzten Beispiel zu bleiben: Siebeck blättert für das baufällige Häuschen einhundertzehntausend Euro hin. Dann lässt er es gründlich renovieren. Sechs Monate später wird es, schwuppdiwupp, für dreihunderttausend im ›Seekurier‹ angeboten – diese Summe ist zumindest seine Verhandlungsbasis. So viel wird er aber auch bekommen, das Haus ist es wert, ich hab es mir angesehen.«

»Ein einträgliches Geschäft – aber leider völlig legal. Wo ist der Haken?«

»Ganz einfach: Für die Renovierung zahlt Siebeck keinen Cent.«

»Das hieße, er bekäme die hundertneunzigtausend geschenkt. Von wem? Und für was? Haben Sie darauf auch eine Antwort, Madame?«

»Ich denke, die kennen Sie bereits: Die Bauleistungen werden überwiegend von der Hohbau GmbH erbracht. Dafür gibt es Zeugen, zum Beispiel Nachbarn, die die Fahrzeuge identifiziert haben. In einem Fall hat ein Anlieger seinen Garten fotografiert und dabei auch das eingerüstete Siebeckhaus und zwei Laster mit Hohbau-Aufschrift im Hintergrund festgehalten. Hier, Euer Ehren,

Beweisstück Nummer eins.« Sie legte Wolf einen vergrößerten Fotoabzug hin. »Damit dürfte sich Ihre erste Frage vorläufig erledigt haben. Und auf die zweite erwarten Sie von mir nicht ernsthaft eine Antwort, oder?«

Wolf drückte seine Zigarette aus und murmelte etwas Unverständliches.

»Selbstverständlich«, fuhr Karin Winter unbeeindruckt fort, »haben Siebeck neben der Hohbau GmbH noch andere Bauhandwerker und Ausstatter Gutes getan. Hier das Beweisstück Nummer zwei, eine keineswegs vollständige Liste hilfsbereiter Unternehmen, auf die ich bei meinen Recherchen gestoßen bin.«

Wolf fuhr mit dem Finger die Liste runter. Einen Teil der örtlichen Handwerksbetriebe kannte er, andere kamen aus Singen, Balingen, Laupheim oder Friedrichshafen.

»Und, was halten Sie davon?«, fragte Karin Winter. Ihrem Ton nach zu urteilen hatte sie von Wolf etwas mehr Begeisterung erwartet.

»Mit Verlaub gesagt: nichts.«

Erneut sperrte die Winter Mund und Augen auf. »Wie bitte?«

»Ich weiß, das schmerzt, aber was haben Sie denn schon? Einen Baudezernenten, der sich schmieren lässt, ein Bauunternehmen und einige Handwerker, die schmieren. Na und? Selbst wenn Ihr Verdacht zutrifft – und wahrscheinlich tut er das sogar –, so fehlt leider etwas ganz Entscheidendes: Beweise! Wir brauchen Beweise, Madame! Bei der Hohbau-Durchsuchung wurde nicht *ein einziger* Beleg, nicht *ein* Notizzettel gefunden, der Ihren Verdacht bestätigt. Soll ich mich zum Narren machen und unsere Leute noch mal hinschicken? Ich kann Ihre Enttäuschung ja verstehen, aber verstehen Sie bitte auch mich. Mir sind die Hände gebunden, und zwar in mehrfacher Hinsicht.« Er war froh, dass Karin Winter an diesem Punkt nicht weiter nachbohrte. Patzlaffs Anweisung, die Finger von Hohmann zu lassen, wäre sicher ein gefundenes Fressen für sie gewesen. Er stand auf. »Wenn es diese Baumafia wirklich gibt, dann müssen wir stärkere Geschütze auffahren. Was wir bis jetzt haben, reicht als Munition nicht aus.«

Er reichte der verblüfften Karin Winter die Hand. Im Hinausgehen drehte sie sich noch einmal um. »Unsere Abmachung gilt noch immer?«

»Aber klar doch!«

Als sich die Tür hinter ihr schloss, schnarrte sein Handy. Es war Jo.

»Die Ploc ist weg, Chef!«

»Was heißt weg?«

»Weg, verschwunden, jedenfalls nicht mehr in ihrer Wohnung. Als ich hinkam, fand ich die Tür angelehnt. Ich bin rein und hab alle Räume gründlich inspiziert. Kein Koffer, keine Kleidung, nicht mal ihre Zahnbürste war da. Vor dem Haus hab ich dann ein spielendes Mädchen getroffen. Das hat mir erzählt, die Ploc hätte bereits am Morgen mit einer Reisetasche das Haus verlassen.«

Er überlegte kurz. »Verstanden. Komm zurück.«

15

Jo war ergebnislos aus Weingarten zurückgekehrt und fuhr gerade ihren Rechner hoch, als das Telefon klingelte. Kurz darauf stürzte sie in Wolfs Büro.

»Sie werden's nicht glauben, Chef: Gerade rief die Ploc an. Sie hat eine Heidenangst, behauptet, sie würde verfolgt.«

»Wo ist sie jetzt?«

»Hier im Haus, bereits auf dem Weg nach oben.«

»Sehr gut. Gleich herein zu mir.«

Es dauerte weniger als eine Minute, bis Jo eine überaus nervöse, blass aussehende Sonja Ploc hereinführte. Wolf bot ihr einen Stuhl an, Jo kam mit einer Tasse Kaffee.

»Was ist passiert, Frau Ploc? Erzählen Sie der Reihe nach und möglichst genau, selbst Kleinigkeiten können wichtig sein.« Dann wandte er sich an Jo: »Kannst du das Gespräch protokollieren?«

»Klar. Hier, Frau Ploc, trinken Sie erst mal einen Schluck«, beruhigte Jo die Polin, die sich sogleich vor lauter Aufregung die Lippen verbrannte.

»Sind gestern Männer in meine Wohnung eingedrungen, hatten Schlüssel«, begann die Ploc mit weinerlicher Stimme, als sie ihre Tasse abgesetzt hatte.

»Wie viele waren es? Und wer?«

»Zwei Männer, böse Männer. Einer angeblich Türke oder so, einer aus Osten. Haben bis fast Mitternacht auf mich gewartet, wollten mich mitnehmen.«

»Heißt das, Sie sind den beiden nicht persönlich begegnet?«

»Nein.«

»Wie haben Sie davon erfahren? Und wo waren Sie selbst in dieser Zeit?«

»Bei polnischer Freundin in Ludwigshafen. Bin mit letztem Bus zurückgekommen, da hat Nachbarin mir erzählt.«

»Haben Sie eine Ahnung, was die beiden Männer von Ihnen wollten?«

Sie zögerte einen Moment. »Mich wegbringen«, schluchzte sie

dann, »vielleicht sogar töten, wie Stani. Ich glaube, sie wissen von Kontakt zur Polizei.«

»Frau Ploc, Sie sollten uns endlich reinen Wein einschenken ...«

»Wein?«

»Sie sollten uns die ganze Wahrheit sagen: Wer hat Ihnen nach dem Tod Ihres Mannes Geld gegeben? Wer steckt hinter Ihrem plötzlichen Umzug nach Weingarten?« Als sie erneut zögerte, wurde Wolf deutlicher: »Wenn Sie uns nichts sagen, können wir Ihnen nicht helfen, wir müssen Sie wieder wegschicken.«

Die Ploc nahm ihre Reisetasche auf den Schoß und nestelte nervös am Reißverschluss herum. Für einen Moment fürchtete Wolf, sie würde aufstehen und gehen. Doch sie blieb. Endlich hob sie den Kopf und begann zögernd zu reden: »Am Tag nach Stanis Tod – Sie waren gerade weg – kam Anruf. Sollte in Postkasten gucken, wäre Briefumschlag drin. Ich hab nachgesehen, waren zehntausend Euro. Lauter Hunderter. Und ein Schlüssel. Mann hat gesagt, ich solle sofort packen, nur Wichtigstes, in einer Stunde käme Möbelwagen, würde mich in neue, schöne Wohnung bringen.«

»Sie haben die Stimme nicht gekannt?«

»Nein.«

»Und Sie haben sich auch nicht gewundert, warum man Ihnen das Geld schenken und Sie aus Ludwigshafen wegbringen wollte? Sie haben nicht nachgefragt?«

Wieder ein kaum erkennbares Zögern. »Keine Zeit. Gespräch war zu Ende, ganz plötzlich.«

Wolf blickte kurz zu Jo hinüber, die eifrig mitschrieb. Er überlegte. Die Polin war da in einen Strudel brisanter Ereignisse geraten, die sie nur zum Teil durchschaute, die sie ängstigten und die ihr zunehmend über den Kopf wuchsen.

»Haben Sie noch Verwandte oder Freunde in Deutschland?«

»Ja, Bruder von Stani mit Frau, lebt bei Wolfsburg.«

»Können Sie zu denen fahren und dort so lange bleiben, bis sich hier alles geklärt hat?«

»Ja.« Sie stand auf.

Wolf brachte sie zur Tür. »Frau Louredo begleitet Sie zum Bahnhof. Sie müssen sich nicht fürchten, Frau Ploc. Wenn Sie aus Überlingen raus sind, ist die Gefahr fürs Erste vorüber.« Er gab Jo einen Wink. Plötzlich fiel ihm noch etwas ein: »Ich will Sie nicht nach dem Geld fragen, genauer gesagt: nach der Restsumme, die Ihnen noch geblieben ist, obwohl ich nicht versprechen kann, dass man sie nicht irgendwann von Ihnen zurückfordern wird. Aber haben Sie die Hülle noch, in der Sie das Geld erhalten haben?«

Sie öffnete den Reißverschluss ihrer Reisetasche und kramte einen Umschlag hervor, dem sie einen Packen Hundert-Euro-Scheine entnahm. Die leere Hülle reichte sie Wolf. »Legen Sie sie hierher, bitte«, bat er und wies auf seinen Schreibtisch. Er wollte den sicher zahlreichen Fingerabdrücken auf dem Umschlag nicht noch seine eigenen hinzufügen. »Ach ja, bitte geben Sie die Anschrift Ihrer Verwandten einschließlich Telefonnummer meiner Kollegin. Auf Wiedersehen und alles Gute für Sie, Frau Ploc.«

»Die Frau lügt schon wieder«, raunte Jo ihm zu, bevor sie der Ploc auf den Gang folgte. »Sie weiß mehr, als sie uns sagt. Ich bin sicher, dass sie den Grund kennt oder zumindest ahnt, warum ihr Mann sterben musste.«

»Du hast ja so recht. Aber sollen wir es aus ihr herausprügeln?« Bevor sie die Tür hinter sich schloss, rief er ihr noch nach: »Und lass dir ihre Wohnungsschlüssel geben. Wir müssen die Spurensicherung hinschicken.«

Kaum war Wolf allein, rief er Marsberg an. »Kannst du uns aushelfen, Rolf?« Er schilderte kurz das Gespräch mit der Ploc und bat Marsberg, zwei seiner Leute nach Weingarten zu schicken. »Es ist damit zu rechnen, dass die beiden Männer noch einmal in der Wohnung auftauchen. Vielleicht hat ihr Auftraggeber Angst, die Ploc könne doch was ausplaudern, und will sie beseitigen lassen.«

»Ich werde sehen, was sich machen lässt, Leo. Wir haben selbst alle Hände voll zu tun. Gerade kam zu allem Überfluss noch eine Vermisstenmeldung rein, die nichts Gutes erwarten lässt: ein Architekt, gestern Morgen zum letzten Mal gesehen. Angeblich hatte er vor, eine seiner Baustellen zu besuchen, dort ist er aber nie angekommen. Und ich muss zwei meiner Männer an das D2 ausleihen, um den Kerl zu suchen, weil die genauso überlastet sind wie wir.«

»Trotzdem: Ich zähl auf dich. Und halt mich auf dem Laufenden, ja?«, beendete Wolf das Gespräch. Dann fiel ihm ein, dass er eigentlich Patzlaff über diese Entwicklung informieren sollte. Doch das musste warten, bis der Kriminalrat von seiner so überaus wichtigen Tagung zurückgekehrt war – und darüber gingen laut Frau Bender sicher noch zwei Tage ins Land.

***

Nach der Mittagspause tauchte auch Kalfass wieder im Präsidium auf. Er machte den Eindruck eines erfolgreichen Mannes, der seinem Erfolg jedoch misstraute.

»Den größeren der Schläger hab ich gefunden. Ein gewisser Mahmoud al Khasri, Gastarbeiter aus Marokko. Ebenfalls Fahrer bei Hohbau. Er behauptet, er habe mich für einen Dieb gehalten und deshalb ›angefasst‹, wie er es blumig umschrieb. Habe ihm klargemacht, dass sein Übergriff noch Folgen für ihn haben wird.«

»Wäre nicht schlecht, seinen Namen einmal durch den Fahndungscomputer laufen zu lassen. Wer weiß, vielleicht hat er noch mehr Dreck am Stecken! Und wenn du schon dabei bist, dann schick Stareks Namen hinterher. Du weißt schon: Adresse, Nationalität, Beruf, Arbeitgeber, Führungszeugnis und so weiter.«

»Mach ich. Übrigens, Starek ist und bleibt verschwunden, keiner auf der Baustelle will den Namen je gehört haben. Auch die Befragung der Fahrerkollegen hat nichts Nennenswertes zutage gebracht – außer vielleicht den Hinweis, dass Ploc hin und wieder Fahrten für ein anderes Unternehmen durchgeführt hat.«

»Welches Unternehmen?«

»Der Hinweis war sehr allgemein. Ich werd der Sache nachgehen.«

»Tu das!«

Ein paar Stunden später meldete sich Marsberg. »Wir haben die beiden Typen aus Weingarten, Leo. Hat nicht lange gedauert, bis sie aufkreuzten und von meinen Männern in Empfang genommen wurden. Das sind wirklich zwielichtige Gestalten, kann mir schon vorstellen, dass sie einer unbedarften Frau Angst einflößen. Ich nehme an, du willst bei der Vernehmung dabei sein?«

»Klar. Wann?«

»In zehn Minuten. Raum vier.«

Wolfs Hoffnung, endlich etwas Licht in den Fall bringen zu können, wurde nicht erfüllt. Die Vernehmung ging aus wie das Hornberger Schießen: ergebnislos. Beide Männer behaupteten unabhängig voneinander, Frau Ploc im Auftrag der Genossenschaft aufgesucht zu haben. Sie seien auf der Suche nach der Ursache für die feuchten Wände eine Etage tiefer gewesen. Den Wohnungsschlüssel habe ihnen der Hausmeister ausgehändigt, Frau Ploc sei nicht zu Hause gewesen. Ein Anruf bei der Genossenschaft bestätigte die Aussage der beiden Männer. So blieb den Beamten nichts anderes übrig, als sie wieder laufen zu lassen.

»Ach ja, das könnte dich noch interessieren, Leo«, sagte Marsberg im Weggehen. »Der vermisste Architekt Stiller hat unter anderem für unseren Freund Hohmann gearbeitet.«

»Na, so ein Zufall, hängt der da etwa mit drin? Er könnte sich abgesetzt haben, vielleicht wurde ihm die Sache zu brenzlig.«

»Keine Ahnung. Es gibt nicht die geringste Spur von ihm. Wir werden wohl das LKA einschalten müssen.«

Alles in allem, da machte Wolf sich nichts vor, lag ein frustrierender Tag hinter ihnen. Sie waren sich sicher, dass irgendwo da draußen eine Riesenschweinerei im Gange war. Doch was sie auch anfassten, es zerrann ihnen unter den Fingern. Im Gegensatz zur allgemeinen Wetterlage, die sich seit dem Morgen geradezu prächtig entwickelt hatte und ganz offensichtlich auf einen neuen Hitzerekord zustrebte, glich ihre Arbeit eher einer kalten, undurchdringlichen Nebelfront. Immer wenn sie glaubten, sie endlich durchstoßen zu können, zogen neue Schwaden auf.

Von solchen und anderen, ähnlich deprimierenden Vorstellungen geplagt, ging er wie in Trance zu seinem Schrank, nahm den Ordner mit der Aufschrift »Sonderfälle« heraus und griff sich die dahinterstehende Flasche. Großzügig schenkte er ein.

Als er sein Glas geleert hatte, wusste er, was zu tun war: Er musste noch einmal auf die Konstanzer Großbaustelle. Wenngleich er es rational nicht begründen konnte, war er sicher, dort den Schlüssel zur Lösung ihres Falles zu finden.

16

Wolf stand auf dem Oberdeck der Fähre und ließ sich den kühlen Morgenwind um die Nase wehen. Er wusste: Drei Stunden später würde es ihm bereits wieder den Schweiß aus allen Poren treiben. Er schaute hinüber zu den Touristen, die sich unweit des Fährschiffes auf einem der schmucken Ausflugsboote drängten und sich in wenigen Minuten über die Blumeninsel Mainau ergießen würden. Für einen kurzen Augenblick war er versucht, Patzlaffs Drängen nachzugeben und den Dienst bei der Kripo endlich zu quittieren. Hatte er es nötig, auf seine alten Tage noch Verbrecher zu jagen und sich nebenbei ständig neue fragile Strategien auszudenken, die es ihm möglich machten, seine ganz persönliche Dienstauffassung mit der seines ungeliebten Chefs unter einen Hut zu bekommen?

Ehe er auf die Frage eine schlüssige Antwort fand, legte die Fähre in Staad an. Kurze Zeit später fuhr er von Bord und schlug den Weg Richtung Konstanz ein. Hinter der Rheinbrücke hielt er sich links, chauffierte an wunderschönen, vom Krieg verschonten Patrizierhäusern vorbei, passierte den Bahnhof und befand sich kurze Zeit später nahe dem Wald aus Baukränen, der das neu entstehende Tourismuscenter direkt an der Grenze zum schweizerischen Kreuzlingen markierte.

Er stellte seinen Dienstwagen etwas entfernt vom Baugelände ab und steuerte den Container mit der Aufschrift »Bauleitung« an. Die verbrannten Container waren inzwischen entfernt und durch neue ersetzt worden. Sonst hatte sich nicht viel verändert.

Der Bauleiter entpuppte sich als stämmiger, umsichtiger Vierzigjähriger und schien über Nerven wie Drahtseile zu verfügen. Die brauchte er auch. Bereits jetzt herrschten in der »Büroblechdose« tropische Temperaturen – und es ging zu wie in einem Bienenstock, allerdings wesentlich lauter. Mindestens fünf Leute redeten gleichzeitig, warfen sich unverständliche Fachbegriffe zu, breiteten Pläne und Listen aus, ständig klingelte irgendwo ein Telefon. Die drei Schreibtische waren mit Büroutensilien, Teilemustern und vor allem Unmengen von Papier übersät. Wolf erkannte Materiallisten, Lieferscheine, Statikberechnungen, Detailpläne.

Als sein Blick über einen der Tische glitt, blieb er an einer kurzen PC-Notiz hängen. Es handelte sich um eine Anordnung, den Einsatz von Kipplastern betreffend. Nicht die Mitteilung an sich war das Interessante, sondern der Unterzeichner.

Er hieß Starek!

Im Augenblick konnte Wolf damit jedoch wenig anfangen. Er besann sich auf den Grund seines Hierseins und machte sich endlich bei dem Bauleiter bemerkbar.

»*Was* sind Sie? Von der Kripo? Haben wir gegen eine Bauvorschrift verstoßen oder was?«, brüllte der Herr des Bienenstocks gegen das allgemeine Sprachgewirr an und nahm bereits wieder seinen Telefonhörer auf. Obwohl er sich nicht vorgestellt hatte, wusste Wolf inzwischen, dass er Wiegand hieß.

»Geben Sie mir eine Minute«, rief er dem Bauleiter zu und drückte mit Nachdruck die Telefongabel nach unten.

»Kommen Sie, gehen wir an die frische Luft«, dröhnte Wiegand zurück.

Draußen fingerte Wolf zunächst ein Päckchen Gitanes hervor und hielt sie einladend dem Bauleiter hin. Als der ablehnte, war er selbst eine Sekunde lang unschlüssig, steckte die Schachtel dann seufzend wieder ein.

»Gibt es etwas Neues über die Morde an unseren beiden Fahrern?«, fragte der Bauleiter.

»Die Ermittlungen sind noch nicht abgeschlossen, es gibt immer noch offene Fragen. Zum Beispiel die, was Ploc hier auf der Baustelle genau gemacht hat.«

»Er hat Erdaushub und Abrissschutt auf die umliegenden Deponien gefahren und Baumaterial geholt: Sand, Kies, Steine, Stahlträger, was eben gerade gebraucht wurde. Das trifft auch auf Juratovic zu. Die beiden waren befreundet.«

»Das war's? Keine Sondereinsätze, Fahrten für andere Unternehmen oder so?«

»Müssen Sie bei der Geschäftsleitung nachfragen. Ich hab mit der Bauleitung schon genug am Hals, da kann ich mich nicht auch noch um solche Dinge kümmern.«

»War Ploc auch mit Mahmoud befreundet?«

»Wie kommen Sie auf den?«

»War er?«

»Natürlich. Mahmoud ist Kipperfahrer wie Ploc, die halten zusammen wie Pech und Schwefel.«

»Sie sind, wenn ich das richtig verstehe, ausschließlich für die Bau*leitung* zuständig. Wer ist eigentlich der Architekt, der *Planer* dieses Projekts?«

»Was hat das mit den Morden an unseren Fahrern zu tun?«

»Bei Mord ist alles wichtig. Also?«

»Für die Planung ist das Büro Stiller zuständig.«

»Lässt sich der Architekt manchmal hier blicken? Ich hätte gern ein paar Worte mit ihm gewechselt.«

»Falls Sie mit dem Chefplaner persönlich reden wollen, haben Sie ein Problem. Herr Stiller wird seit gestern vermisst. Sie müssen also mit einem seiner Mitarbeiter vorliebnehmen. Halten Sie sich am besten an Kronberger, der kennt sich ganz gut aus und ist morgen wieder hier.«

»Haben Sie eine Erklärung für das Verschwinden des Architekten? Hatte er Schwierigkeiten? Feinde? Gab es Auseinandersetzungen?«

»Nicht dass ich wüsste. Gut, hin und wieder ist er wegen Ausführungsdetails mit jemand zusammengerasselt – nichts Außergewöhnliches, das ist völlig normal am Bau.«

»Mit wem zum Beispiel?«

»Sie fragen Sachen! Mit wem eigentlich? Ja, richtig, kürzlich gab es einen lautstarken Disput mit einem Polier, ich glaube, Josef Kupka war's. Kann Ihnen nicht sagen, worum es ging.«

»Ist Kupka da?«

»Nein. Hat sich gestern für zwei Tage freigenommen. Da müssen Sie schon nach Singen fahren, da wohnt er. Wenn Sie die genaue Anschrift brauchen, wenden Sie sich ans Lohnbüro. Hören Sie, ich muss wieder rein, sonst bricht hier der ganze Laden zusammen ...«

»Haben Sie vielen Dank, Herr Wiegand. Ach ja, eine letzte Frage noch: Wo finde ich Mahmoud?«

»Gehen Sie fünfzig Meter in Richtung See. Er steht mit seinem Kipper an der neuen Baugrube. Der Größte von allen, Sie können ihn nicht übersehen.«

Im Weggehen fiel Wolf doch noch etwas ein: »Ach, noch ein Allerletztes, Herr Wiegand: Kennen Sie eigentlich Bruno Starek?«

Wiegand drehte sich noch einmal um. »Starek? Wer soll das sein?«

»Ist nicht weiter wichtig«, winkte Wolf ab und machte sich endgültig auf den Weg zu Mahmoud.

Wiegand und Kalfass hatten nicht übertrieben: Mahmoud war wirklich der Größte – zumindest, was seine Statur betraf. Mit den Händen in den Hosentaschen stand er hinter seinem Kipper und sah dem Bagger zu, der die riesige Fahrzeugmulde mit fettem braunem Lehmboden belud. Wie die meisten Arbeiter auf der Baustelle trug er das gelbe T-Shirt mit der Aufschrift »HOHBAU«.

Wolf wandte sich mit einem kurzen Hallo direkt an den Riesen. »Sie sind Mahmoud?«

»Und Sie?«

»Wolf, Kripo Überlingen.« Er hielt ihm seinen Dienstausweis unter die Nase.

»Was wollen Sie?«, fragte Mahmoud abweisend, ohne den Blick von dem Ladevorgang zu wenden.

»Keine Sorge, es geht nicht um die Tätlichkeit an dem Polizeibeamten vor zwei Tagen – die holt Sie noch früh genug ein. Es geht um Ploc und Juratovic. Sie haben sich gekannt?«

»Logisch.«

»Könnte man sagen, Sie waren befreundet?«

Mahmoud sah Wolf zum ersten Mal an. »Quatsch. Kollegen, nicht mehr.«

»Komisch. Das hab ich aber anders gehört …«

»Was gehört? Und von wem?«, fragte der Riese plötzlich lauernd.

»Dass Sie Freunde gewesen seien. Was wäre daran so ungewöhnlich? Sie haben den gleichen Job, arbeiten auf derselben Baustelle, das bringt einen doch zwangsläufig näher.« Ehe Mahmoud etwas entgegnen konnte, wechselte Wolf das Thema – eine bewährte Taktik, um bei Verhören Verunsicherung zu erzeugen. »Fahren Sie auch mal für andere Firmen?«

»Macht niemand hier. Was sind das für Scheißfragen, he?«

»Vergessen Sie's«, winkte Wolf ab. »Sagt Ihnen der Name Bruno Starek etwas?«

»Wer ist das?«

»Hab ich mir fast gedacht, dass Sie den auch nicht kennen. Na gut, dann erübrigt sich wohl auch, Sie nach Kupka zu fragen ...«

»Kupka?« Zum ersten Mal schien der Riese verunsichert.

»Ja. Josef Kupka, der Polier«, stieß Wolf nach. Doch Mahmoud hatte sein Mienenspiel bereits wieder im Griff. Mit einem Schulterzucken wandte er sich ab, gab dem Baggerfahrer ein Zeichen und kletterte grußlos in sein Führerhaus.

Während Wolf zurück zu seinem Wagen ging, rief er Kalfass an und bat ihn, die genaue Anschrift des Poliers festzustellen und ihm durchzugeben. Bei der Gelegenheit unterrichtete er ihn kurz über seine Eindrücke auf der Baustelle, wobei er besonders das im Bürocontainer herumliegende, von Starek unterzeichnete Schriftstück hervorhob.

Gleichzeitig mit Wolf griff auch Mahmoud zu seinem Handy.

»Was gibt's?«, meldete sich eine barsche Männerstimme.

»Der Oberbulle hat auf der Baustelle rumgeschnüffelt.«

»Und?«

»Wollte mich wegen Stani und Yosip aushorchen.«

Kurzes Schweigen. »Weiter. Lass dir nicht jedes Wort aus der Nase ziehen.«

»Wollte wissen, ob wir auch für andere Firmen fahren.«

Erneutes Schweigen. »Hat er deine Antwort geschluckt?«

»Glaube schon. Hat nach dir gefragt. Und nach Kupka.«

»Kupka?«

Kalfass rief zurück und teilte Wolf die Anschrift von Josef Kupka mit. Der Polier wohnte in Bruderhof, einem nördlichen Vorort von Singen. Wolf schrieb sich die genaue Adresse auf und fuhr los.

Erneut führte ihn sein Weg über die Brücke, die den rechter Hand liegenden See vom Seerhein trennte, diesmal mit dem Münster und der Altstadt im Rücken. Gleich hinter der Brücke bog er links ab und passierte nach zehn Minuten das eindrucksvoll an den Hang gebaute Schloss Hegne, in dem einst der österreichische Kardinalbischof Andreas in einem eigens dafür angelegten Zwinger auf Löwenjagd ging. Draußen im See lag, in der Sommerhitze flimmernd, die Gemüseinsel Reichenau, mit dem Festland durch eine schmale Pappelallee wie mit einer Nabelschnur verbunden. Eine nach der andern kamen die drei Inselkirchen in sein Blickfeld, frühe Zeugen kultureller Blüte am Bodensee.

Auf der Fahrt versuchte Wolf, die widersprüchlichen Eindrücke zu ordnen. Da gab es den zwielichtigen Mahmoud, der eine Freundschaft mit Ploc vehement in Abrede stellte, obwohl der Bauleiter sie ihm glaubhaft bestätigt hatte. Außerdem trieb sich dieser ominöse Bruno Starek auf dem Gelände herum, den jedoch niemand kennen wollte, weder auf der Baustelle noch in Hohmanns Personalbüro. Schließlich verschwand ausgerechnet der Architekt dieses Projektes von der Bildfläche, ohne auch nur die geringste Spur zu hinterlassen – und just nach einer Auseinandersetzung mit ebendiesem Herrn blieb der Polier Josef Kupka seiner Arbeit fern. Alles in allem waren das, nach Wolfs Geschmack, ein paar Ungereimtheiten zu viel. Trotzdem – oder gerade deshalb? – war er ganz guter Dinge. Sah aus, als nähme der Fall endlich Kontur an.

Kurz vor Markelfingen verließ Wolf die B33 und folgte dem Wegweiser nach Radolfzell und weiter nach Singen. Er hoffte, dort die von Kalfass erhaltene Adresse auf Anhieb zu finden; ein Navigationsgerät suchte man in den Dienstwagen der Kripo Überlingen schließlich ebenso vergebens wie eine Klimaanlage.

Nach zwanzigminütiger Fahrt tauchte am Horizont der beeindruckende Vulkankegel des Hohentwiel auf, im Norden flankiert von seinen Brüdern Hohenkrähen und Hohenstoffeln. Wahrscheinlich, überlegte Wolf, wussten selbst von den Einheimischen nur wenige, dass der Hegau mit vierhundert Befestigungen zu den burgenreichsten Landschaften Süddeutschlands zählte.

Rasch schob er diesen Gedanken wieder beiseite. Ihm ging das bevorstehende Gespräch mit dem Polier durch den Kopf. Irgendwie musste er den Grund der Auseinandersetzung mit dem Architekten erfahren. Die ganze Zeit über hatte er das dunkle Gefühl, dieser Vorfall könne mit dem Mord an den beiden Fahrern zusammenhängen. Und wer weiß, vielleicht ergaben sich sogar Anhaltspunkte für das Verschwinden des Architekten?

Ab Singen hatte Kalfass ihm den Weg beschrieben: in der Stadtmitte rechts ab in Richtung Autobahn-Nordauffahrt, am Ortsausgang abermals rechts halten und den Schildern zur Siedlung Bruderhof folgen.

Nach kurzem Suchen fand er die angegebene Adresse und fuhr zunächst langsam an dem Haus vorbei. Dann stellte er seinen Wagen ab und ging zu Fuß zurück. Ja, hier war er richtig: Auf dem Schild am Gartentor stand: »Kupka«.

Einen solchen Anblick hatte er nicht erwartet. Haus und Grundstück schienen für einen Vorarbeiter auf dem Bau entschieden eine Nummer zu groß. Ein wunderschön angelegter, teils mit botanischen Raritäten bepflanzter Garten, von Wolf auf gut und gerne zehn Ar geschätzt und mehr einem kleinen Park denn einem Hausgarten ähnelnd, umgab das schmucke Walmdach-Einfamilienhaus. Offenbar hatte Geld bei dessen Errichtung nur eine untergeordnete Rolle gespielt. Selbst wenn man berücksichtigte, dass der Besitzer dank seines Berufes leichten Zugang zu jeder Art von Material und Bauleistungen hatte, musste er über ein ansehnliches Vermögen verfügen.

Wolf wollte eben seinen Finger auf den Klingelknopf setzen, als ein junger Mann aus dem Haus trat und zum Gartentor kam, an das sich eine Doppelgarage anschloss. Schlaksig, mit Gelfrisur und einer Hose, deren Hintern ihm in den Kniekehlen hing. Als er Wolf bemerkte, rang er sich ein flüchtiges »Hey« ab.

»Entschuldigen Sie, ich möchte zu Herrn Kupka.«

»Zu welchem?«

»Wie viele gibt es denn?«

»Zwei. Ich bin Harry Kupka.« Dabei beschäftigte er sich angelegentlich mit einem Motorroller, der auf dem Abstellplatz vor der Garage stand.

»Dann suche ich Ihren Vater, Josef Kupka, den Polier.«

Statt einer Antwort rief der Junge in Richtung Haus: »Mama, da will einer zu Papa.« Sprach's, warf seine Kiste an und brauste davon.

»Mein Mann ist in seinem Garten«, rief Frau Kupka etwas schrill aus einem offenen Fenster. Die Blondine trug ein lindgrünes T-Shirt mit dem Logo einer kalifornischen Universität und machte einen gepflegten Eindruck. Irgendwie hatte Wolf sich die Frau eines Bauarbeiters, zumal hier in der Vorstadt, etwas weniger modisch, um nicht zu sagen gewöhnlicher vorgestellt – ein Vorurteil, wie er jetzt feststellen musste.

»Und wo ist das?«

Sie beschrieb eine Kleingartensiedlung, die sich im Norden an Bruderhof anschloss: »Gleich hinterm Tannenwäldle den Berg hoch, Sie können es gar nicht verfehlen. Es ist das Grundstück mit der großen Blautanne.«

Die Blautanne erwies sich als wichtiger Hinweis, waren doch alle Gärten der Anlage nach demselben Muster angelegt. Nirgends gab es ein Schild, das einen Hinweis auf die jeweiligen Besitzer der Parzellen gegeben hätte. Da kam so ein markanter Solitärbaum gerade recht.

Wolf parkte direkt vor dem Grundstück hinter einem silbernen Sharan, vermutlich Kupkas Wagen. Von dem Polier selbst war weit und breit nichts zu sehen. Sollte er etwa den ganzen Weg umsonst gemacht haben? Das wäre mehr als ärgerlich. Immerhin, er musste dem Mann einen grünen Daumen zugestehen, das Grundstück war prächtig in Schuss. Hinter dem Garten stieg das Gelände an und ging weiter oben in dichten Mischwald über.

Wolf drückte die Klinke des schmiedeeisernen Tores nieder. Es ließ sich öffnen – also war Kupka da. Aber wo? Da er ihn nicht sah, musste er eben suchen.

Der Weg führte ihn zum Gartenhaus, das über und über mit pinkfarbenen Kletterrosen berankt war. Ein Rasenmäher und verschiedene andere Geräte standen davor. Wolf schnupperte noch an den Rosen, als Kupka unvermittelt hinter der Laube hervortrat. Er trug eine leichte Arbeitshose mit Sandalen, darüber ein offenes, kurzärmeliges Hemd. Sein vor Hitze geröteter, weißlockig umkränzter Kopf erinnerte ein wenig an Bacchus, den römischen Gott des Weines. Langsam kam er Wolf entgegen, dabei tupfte er sich den Schweiß von der Stirn. Während Wolf noch überlegte, wie er beginnen sollte, kam Kupka ohne erkennbaren Anlass ins Straucheln.

Dann ging alles rasend schnell. Haltsuchend griff der Polier mit beiden Händen in die Luft, ehe er wie ein gefällter Baum nach vorne fiel, direkt in die Arme des Hauptkommissars.

Das, woran Wolf sich auch viel später noch bestens erinnerte, war der Ausdruck grenzenlosen Staunens auf Kupkas Gesicht.

17

»Verdammtes Unterholz«, fluchte er und zwängte sich durch das dornige Gestrüpp. Er verspürte nicht wenig Lust, den Dschungel hier einfach abzufackeln. Wahrscheinlich würde es reichen, eine Kippe auf den Boden zu werfen, schließlich hatte es schon eine ganze Weile nicht mehr geregnet. Doch halt – er durfte keine Spur hinterlassen! Also biss er die Zähne zusammen und fand sich notgedrungen damit ab, dass ihm Zweige ins Gesicht schlugen und Brombeerranken die Arme zerkratzten.

Da vorne wurde es heller, das könnte eine geeignete Stelle sein. Und wirklich, aus der Deckung der dicht stehenden Bäume heraus ließ sich das freie Gelände unter ihm gut überblicken. Es würde einfach sein, das Ziel auszumachen. »Und dann, Freundchen, bist du stumm, für immer stumm, so stumm wie ein Fisch.«

Vorsichtig ließ er sich auf die Knie nieder und robbte nach vorne. Nachdem er sich davon überzeugt hatte, dass niemand in der Nähe war, schnallte er sich den länglichen Tragesack vom Rücken, zog ein Paar hautfarbene Latexhandschuhe über und packte aus. Er legte die einzelnen Teile auf ein ausgebreitetes Tuch. Dann setzte er das Jagdgewehr mit routinierten Griffen zusammen. Besondere Sorgfalt verwendete er auf das Fernglas und die Zielvorrichtung. Zuletzt schraubte er einen Schalldämpfer auf den Lauf und lud die Waffe durch.

Er legte das Gewehr an und blickte durch den Sucher zu den Gärten hinunter. Die Entfernung zu seinem Ziel betrug etwa sechzig Meter. Er konnte es gar nicht verfehlen, dafür waren er und sein Gewehr einfach zu gut.

Nur wenig später nahm er im Zielgebiet eine Bewegung wahr. Er hob das Gewehr und blickte durch das Zielfernrohr. Tatsächlich, auf dem Weg vor dem Garten hatte ein Wagen angehalten. Der Fahrer stieg aus, blieb kurz am Tor stehen und betrat dann den Garten.

Er traute seinen Augen nicht: Es war der Bulle aus Überlingen! Verdammt und noch mal verdammt – wieso war der schon hier? Er hatte ihn frühestens in einer halben Stunde erwartet, in dieser Zeit hätte er bequem seinen Job erledigen können. Nun sah plötzlich alles anders aus. Er hasste es, unter Zeitdruck arbeiten zu müssen; da schlichen sich Fehler ein, die, wenn man Pech hatte, das Projekt ganz schnell zum Absturz brachten.

Er starrte hinunter in den Garten. »Wo treibst du dich rum, Freundchen? Los, zeig dich ... mach mir die Freude ... ich brauch dich! Na komm schon ...«

Und als hätte Gott sein Flehen erhört, trat die Zielperson für einen Moment zwischen zwei Bäumen hervor und bot ihm ein ideales Schussfeld. Er nutzte es, ohne zu zögern.

18

Wolf hatte den strauchelnden Kupka aufgefangen, konnte ihn aber nicht halten. Der Mann war schwerer, als er aussah, er glitt ihm förmlich aus den Händen. Ein Stöhnen entrang sich Kupkas Brust, er blieb in Seitenlage auf dem Boden liegen.

Noch immer ahnte Wolf nichts Böses, wie sollte er auch. Für einen Sturz, selbst einen temporären Zusammenbruch, konnte es die unterschiedlichsten Gründe geben, da musste man nicht gleich mit dem Schlimmsten rechnen – abgesehen davon, dass alles sehr schnell gegangen war und für Überlegungen irgendwelcher Art so gut wie keine Zeit blieb. Trotzdem: Hier schien etwas gehörig danebenzugehen. Er richtete sich auf und ließ seine Augen umherschweifen. Nichts! Keine ungewöhnliche Bewegung, kein verdächtiges Geräusch, alles war wie zuvor.

Oder doch nicht? Jetzt erst fiel ihm auf, dass sich seine Hände feucht anfühlten. Kein Wunder – sie waren voller Blut! Als er Kupka auf den Bauch drehte, sah er die Ursache: Eine Kugel in den Rücken hatte den Polier niedergestreckt, das Hemd war über und über mit Blut getränkt. Ein Griff an Kupkas Halsschlagader bestätigte seine schlimmsten Befürchtungen: Hier kam jede Hilfe zu spät. Der Mann war mausetot, er war praktisch in seinen Armen gestorben.

Augenblicke später hatte Wolf seine Kollegin an der Strippe. »Jo, hör genau zu. Einer von Hohmanns Polieren ist soeben in seinem Garten bei Singen erschossen worden.« Er beschrieb die genaue Lage. »Ich brauche einen Notarzt, dann die Spurensicherung, das ganze Programm, du weißt schon. Ihr kommt auch her. Und verständigt Marsberg. So viel vorab, alles Weitere später. Und jetzt Beeilung bitte!«

Wolf hatte um sich geblickt und festgestellt, dass der Schuss nur aus dem Wäldchen oberhalb der Gartenanlage gekommen sein konnte. Dort wollte er hin. Da kein Fußweg durch die Gärten führte, musste er wohl oder übel um die Anlage herum. Er nahm den Wagen. Oben angekommen, zeigte sich, dass das Wäldchen nicht einmal hundert Meter breit war. Dahinter verlief ein schmaler Landwirtschaftsweg, an den sich Felder und Streuobstwiesen anschlossen.

Die Böden waren knochentrocken. Nichts deutete darauf hin, dass der Täter hier geparkt hatte. Im Gegenteil: Wie Wolf ihn einschätzte, war er zu Fuß gekommen. Nur so konnte er vermeiden, dass ein zufällig Vorbeikommender den Wagen sah und sich die Nummer merkte.

Wolf fand die Stelle, an der der Täter in das dichte Unterholz eingedrungen war. Er folgte der Schneise und erreichte nach etwa dreißig Metern den Waldrand. Gut gewählt, dachte er – dieser Platz bot einen hervorragenden Überblick über den nach Süden abfallenden Hang und die Gartenanlage, auch und gerade über Kupkas Gelände.

Eine konkrete Spur konnte Wolf aber nicht entdecken. Er fand die Stelle am Waldrand, wo der Täter gelagert hatte. Die Pflanzen waren flach gedrückt, aber sonst war kein Hinweis zurückgeblieben. Dieser Stelle würde sich die Spurensicherung besonders annehmen müssen.

Sorgfältig untersuchte er die Stämme und Zweige direkt am Waldrand auf Knicke oder Schabspuren. Nichts! Wieder einmal bestätigte sich, was er seit Langem wusste: Die Täter gingen mit äußerster Sorgfalt zu Werke. Gerade hatte er beschlossen, sich zurückzuziehen, da hörte er den an- und abschwellenden Ton von Polizeisirenen. Mehrere Fahrzeuge, einige davon mit Blaulicht, bogen von der Straße auf das Schrebergelände und nahmen Kurs auf Kupkas Blautanne. Höchste Zeit für Wolf, wieder nach unten zu fahren.

Er hatte die kleine, flach getretene Lagerstelle des Schützen bereits passiert, da stutzte er. Ein kaum wahrnehmbarer Fleck am Boden hatte seine Aufmerksamkeit erregt. Er ging einen Schritt zurück und bückte sich suchend. Tatsächlich, hier war es: ein kleines, etwa zwei mal zwei Zentimeter großes Stückchen Karton, an einer Seite ausgefranst, wahrscheinlich irgendwo abgerissen. In der Größe und in der Farbe passte es sich beinahe vollkommen dem Fleckenmuster des Waldbodens an. Es war eher die exakte quadratische Form gewesen, die ihm aufgefallen war und auf die sein Unterbewusstsein reagiert hatte.

Er fasste in seine Hosentasche und zog einen der kleinen transparenten Kunststoffbeutel heraus, die er für solche Fälle immer mit sich führte. Er stülpte ihn um, steckte zwei Finger hinein und nahm das mögliche Beweisstück sorgfältig auf. Zum Schluss bohrte er an der Fundstelle einen Zweig in den Boden. Dieser würde später von der Spurensicherung durch eine Nummerntafel ersetzt werden.

***

»Hat sich Kupka gemeldet?«, fragte Hohmann. Er stand in der offenen Tür des Tagungsraumes und sah ungeduldig zu Frau Jonas hinüber, die sein Vorzimmer managte.

»Nein, tut mir leid. Seine Frau hat gesagt, er habe sich in seinen Garten verzogen.«

»Was ist mit dem Handy?«

»Das hat er dort nie dabei.«

Hohmann murmelte etwas Unverständliches und verschwand wieder im Tagungsraum.

Wieso musste sich Kupka ausgerechnet heute freinehmen? Er war rechtzeitig über den Besprechungstermin informiert worden. Die ständigen Konflikte mit dem Architekturbüro konnten so nicht weitergehen. Stiller und seine Leute nahmen sich in letzter Zeit etwas viel heraus, und da sie besonders oft mit Kupka zusammenrasselten, durfte gerade der nicht fehlen, wenn es um eine für beide Seiten akzeptable Lösungsstrategie ging.

Hohmann blickte in die Runde. Dort saßen zwei weitere Vorarbeiter neben dem Einkaufschef, dem Hohbau-Sicherheitsbeauftragten und Paul Göbel, seinem Fahrer und langjährigen Intimus.

»Mit Kupka ist heute nicht zu rechnen«, brummte Hohmann. »Wir verschieben die Sitzung. Ich lasse euch verständigen, sobald –«

Ohne anzuklopfen war Frau Jonas eingetreten und versuchte, Hohmann auf sich aufmerksam zu machen.

»Was ist denn?«, fuhr er sie an.

»Chef … da war eben ein Anruf … es geht um Kupka …« Sie stockte.

»Nun reden Sie schon, sonst sitzen wir morgen noch hier!«

»Kupka … Kupka ist tot!«

Hohmann starrte sie an. »Was faseln Sie da? Ich bin wirklich nicht zu Scherzen aufgelegt, Frau Jonas.«

Inzwischen schien sich die Sekretärin etwas gefasst zu haben. »Kupka wurde in seinem Garten erschossen. Eben hat die Polizei angerufen, dieser Hauptkommissar Wolf. Er wird später vorbeikommen und bittet Sie, ihm zur Verfügung zu stehen.«

Den Anwesenden hatte es regelrecht die Sprache verschlagen. Schließlich gab sich Hohmann einen Ruck und stand auf. »Die Sitzung ist beendet.« Während sich die Sitzungsteilnehmer erhoben, fügte er hinzu: »Und bis auf Weiteres kein Sterbenswörtchen über das, was Sie eben gehört haben, zu niemandem. Ich verlass mich drauf.« Dann wandte er sich an seinen Fahrer. »Paul, dich brauche ich noch.«

Paul Göbel trank sein Mineralwasser aus, während die anderen Mitarbeiter den Raum verließen. Hohmann stand am Fenster, die Hände auf dem Rücken verschränkt. Er blickte mit ausdrucksloser Miene auf den Ladeplatz hinab.

»Sag Wiegand Bescheid, Paul. Der muss wissen, dass er mit Josef Kupka nicht mehr rechnen kann. Und leg auch ihm ans Herz, die Geschichte vorläufig unter der Decke zu halten.«

»Geht klar, Chef.«

In das nachfolgende Schweigen hinein fragte Hohmann plötzlich: »Was geht hier eigentlich vor? Verstehst du das, Paul?«

»Hmm … Sieht so aus, als wären Sie nicht mehr der Herr im eigenen Haus, Chef.«

Hohmann drehte sich um. Er ahnte, was Göbel meinte. Im Laufe der Jahre hatte sich zwischen ihnen ein enges freundschaftliches Verhältnis entwickelt. Und da er wusste, wie treu ihm sein Adlatus ergeben war, durfte dieser jederzeit straflos ein offenes Wort riskieren.

»Könnte man so sagen«, antwortete Hohmann nachdenklich. »Ich vermute, deine diskreten Nachforschungen haben noch nichts ergeben?«

»Sonst wüssten Sie's bereits.«

***

Wolf hatte neben seinen beiden Mitarbeitern auch Marsberg zur großen Lagebesprechung in sein Büro gebeten. Dort saßen sie jetzt – bis an die Zähne mit Kulis und Blocks bewaffnet, wie Kalfass sich martialisch auszudrücken pflegte. Wolf hatte nach seiner Rückkehr aus Singen verschiedene Telefonate geführt und sich Notizen gemacht. Er hatte sogar, ganz gegen seine sonstige Gewohnheit, Kaffee gekocht – eine unbedachte Routinehandlung, denn eigentlich wäre ein eisgekühlter Tee bei den herrschenden Temperaturen angebrachter gewesen.

»Wie hat die Witwe die Nachricht vom Tod ihres Mannes aufgenommen?«, leitete Wolf die Besprechung ein. Diese undankbare, für die meisten Beamten sogar belastende Aufgabe hatte er diesmal Ludger und Jo übertragen. Irgendwann mussten sie es sowieso lernen, warum also nicht jetzt? Die Blondine, davon war er überzeugt, würde es ihnen nicht allzu schwer machen.

»Hat's mit Fassung getragen«, antwortete Kalfass denn auch prompt und zog ein Gesicht.

»Stimmt, sie blieb ganz cool«, bestätigte Jo. »Der Hammer aber war der Sohn. Er hätte einen Termin, sagte er und verschwand, ohne eine Regung zu zeigen.«

Wolf starrte gedankenverloren die Zimmerdecke an. Dann machte er Anstalten, seine Rauchbomben aus der Tasche zu ziehen.

»Verschon uns bitte, Leo«, sagte Marsberg, worauf er sie seufzend wieder einsteckte.

»Eine feine Familie«, brummte Wolf. »Vielleicht sollten wir uns fragen, woher diese Gefühlskälte kommt?«

»Ich wette tausend zu eins, dass das Klima innerhalb der Familie eng mit dem Mord zusammenhängt«, sagte Jo. »Ich meine, dass es so eine Art Wechselbeziehung gibt zwischen dem Verhalten oder Tun des Vaters und der Gleichgültigkeit, der Abgebrühtheit, ja sogar dem Hass der übrigen Familienmitglieder untereinander, wenn ihr versteht, was ich meine.«

»Psychologische Spitzfindigkeiten …«, winkte Kalfass ab.

»Nein, nein, da ist durchaus was dran«, sagte Wolf und wunderte sich wieder einmal über Jos Einfühlungsvermögen. »Und dieses Verhalten oder Tun des Vaters hat in letzter Konsequenz zu seinem gewaltsamen Tod geführt. Nur: Was war der eigentliche Auslöser? Was könnte ihn von seiner Frau und seinem Sohn dermaßen entfremdet und gleichzeitig seinen Mörder provoziert haben? Es muss mit den Vorgängen auf der Corso-Baustelle zusammenhängen.«

»Das ist doch alles an den Haaren herbeigezogen. Ich würde das stärkste Mordmotiv nach wie vor bei Hohmann suchen. Es *muss* für ihn einen gravierenden Anlass gegeben haben, sich dieser Leute zu entledigen. *Den* müssen wir finden. Jedenfalls, wenn er so weitermacht, steht seine Firma bald ohne Mitarbeiter da.« Kalfass hatte sich in Rage geredet.

Wolf wiegte bedächtig den Kopf. »Im Gegenteil. Kupkas Tod ist der Beweis, dass Hohmann nicht unser Mann sein *kann*. Er weiß, dass wir ihn auf dem Kieker haben. Und er ist nicht so dumm, in dieser Situation etwas zu riskieren.«

»Was könnte Ploc, Juratovic und Kupka verbinden? Wer zieht einen Nutzen aus ihrem Tod? Oder anders gefragt: Was haben wir bisher übersehen?« Jo kaute auf ihrer Unterlippe.

»Da muss irgendwo irgendetwas gewaltig aus dem Ruder gelaufen sein – etwas, das nur mit dem Gegenwert von drei Menschenleben zu reparieren war«, überlegte Marsberg.

Kalfass ließ nicht locker. »Gut, wenn nicht Hohmann – wer dann? Wen haben wir noch auf der Liste?«

»Zugegeben, nicht viele. Aber wir haben jemanden, über dessen Rolle wir uns noch nicht im Klaren sind, jemand, der Hohbau-Mitarbeitern Anweisungen gibt, aber von allen Beteiligten verleugnet wird. Ich werde Hohmann also auf alle Fälle nach diesem ominösen Starek ausquetschen. Was haben eigentlich deine Recherchen diesbezüglich ergeben, Ludger? Was sagt unser Computer über den Mann?«

»Das Problem ist, dass ich nicht weiß, um welchen Starek es sich handelt. Es gibt nämlich drei mit dem Vornamen Bruno: einen Automechaniker in Radolfzell, einen städtischen Angestellten in Stockach und einen Objektberater aus Konstanz. Alle drei sind Deutsche mit einwandfreiem Führungszeugnis.«

»Das ist doch ein Anfang. Unterstellen wir, unser Mann kommt nicht von außerhalb, sondern tatsächlich aus der Region – auf welchen der drei würdest du tippen?«

»Nun, die ersten beiden passen kaum in unser Profil. Ich würde mir zunächst den Objektberater vorknöpfen.«

»Gut – aber erst später. Kümmere dich zunächst um den vermissten Architekten, selbstverständlich in enger Abstimmung mit dem Kollegen Marsberg und seinen Leuten.«

Marsberg nickte. »Ich werde das Gefühl nicht los, dass der Mann uns noch länger beschäftigen wird, als uns lieb ist.«

»Und was dich angeht«, wandte Wolf sich nun an Jo: »Du bleibst an der Spurensicherung dran. Wir wollen die Details über den Mord an Kupka nicht erst aus dem Abschlussbericht erfahren. Das gilt besonders für den Kartonschnipsel, der auf dem Waldboden lag.«

»Weiß man übrigens schon, ob auf dem Geldumschlag der Ploc irgendwelche Spuren gefunden wurden, die uns weiterhelfen könnten?«, fragte Marsberg.

»Nein, keine Spuren«, sagten Jo und Kalfass unisono.

»Hätte mich auch gewundert. Langsam frage ich mich, wie ich unser mehr als bescheidenes Ergebnis morgen dem Kriminalrat verkaufen soll …«, seufzte Wolf.

Marsberg runzelte die Stirn. »Apropos Kriminalrat: Bei inzwischen drei Morden mit unklarem Hintergrund wird der Chef auf die sofortige Einrichtung einer Soko drängen.«

»Haben wir doch bereits«, knurrte Wolf. »Die zuständigen Dezernate eins und drei sind gemeinsam an dem Fall dran, und bei Bedarf ziehen wir das LKA und externe Spezialisten hinzu. Was kann er mehr wollen?«

Er schaute auf die Uhr. »Ich muss los, Leute. In einer halben Stunde sitze ich mit Hohmann zusammen. Bin gespannt, wie er sich zu dem Phantom Starek äußert.«

***

Wolfs Besuch bei Hohmann war kurz, aber heftig. Er wurde in ein kleines Besprechungszimmer geführt, in dem man ihn fünf Minuten schmoren ließ – bis unvermittelt der Bauunternehmer hereinstürmte. Der hielt sich nicht lange mit einer Begrüßung auf, sondern redete gleich Tacheles.

»Ich muss schon sagen, ich finde es reichlich dreist von Ihnen, hier aufzukreuzen und mir die Zeit zu stehlen. Nicht genug damit, dass die beiden Morde an meinen Fahrern bis heute nicht aufgeklärt sind – jetzt wird sogar noch ein weiterer Mitarbeiter heimtückisch umgebracht, und das vor den Augen der Polizei! Wie viele müssen eigentlich noch dran glauben, bis der Spuk ein Ende hat? Ich verlange, dass die Ermittlungen ab sofort mit erhöhtem Druck weitergeführt werden, und ich sage Ihnen ganz offen, dass ich bei Ihrer Diensstelle auch für personelle Änderungen eintreten werde, was die Leitung dieses Falles angeht. So jedenfalls kann das nicht weitergehen!«

Wolf fiel es schwer, ruhig zu bleiben. »Sind Sie jetzt fertig?«

»Mehr fällt Ihnen dazu nicht ein?«, bellte Hohmann zurück.

»Doch. Zum Beispiel hätte ich erwartet, dass Sie sich für die Begleitumstände des Mordes an Kupka interessieren, anstatt gleich loszupoltern.«

»Was wollen Sie denn damit sagen?«, brauste Hohmann auf. »Dass der arme Kerl in den Rücken geschossen wurde, pfeifen ja inzwischen die Spatzen von den Dächern.« Da ihm offenbar dämmerte, dass seine Äußerung den Hauptkommissar zu falschen Schlüssen verleiten könnte, fügte er schnell hinzu: »Ich habe mit Kupkas Frau telefoniert. Die Arme ist ja völlig außer sich.«

Wolf setzte Hohmann kurz über den vermutlichen Tathergang ins Bild, ohne detailliert auf den bisherigen Erkenntnisstand und speziell die am Tatort sichergestellten Spuren einzugehen.

»Genau was ich sage«, knurrte Hohmann als Antwort, »Sie haben nichts in der Hand. Bin gespannt, wen es als Nächsten trifft.«

»Da Sie schon fragen: Es wäre nicht verkehrt, wenn Sie ab sofort auf Waldspaziergänge ohne Begleitung und ähnlich sensible Unternehmungen verzichten würden, wenn Sie verstehen, was ich meine.«

Hohmann stutzte. Dann schluckte er. »Sie haben sich ja deutlich genug ausgedrückt.«

Die Reaktion des Bauunternehmers fand Wolf äußerst bemerkenswert, zumal die Warnung nur ein Versuchsballon sein sollte. Immerhin sah sich der Hauptkommissar dadurch in seinem Glauben bestätigt, dass die Täter wohl kaum in diesem Hause zu finden waren. Das brachte ihn zu seinem eigentlichen Anliegen zurück.

»Noch eine Frage zu einem Ihrer Mitarbeiter, Herr Hohmann. Sie beschäftigen doch einen Fahrer namens Mahmoud. Ist das ein loyaler, ein verlässlicher Mann? Vertrauen Sie ihm?«

»Warum wollen Sie das wissen?«

»Beantworten Sie einfach meine Frage.«

Hohmann dachte nach. »So viel ich weiß, ist Mahmoud seit zwei, drei Jahren bei uns. Ein Kipperfahrer, zuverlässig und engagiert. Manchmal ein wenig hitzig, aber das sind die Nordafrikaner fast alle. War übrigens mit Ploc befreundet, wenn ich mich nicht irre.«

Wolf machte eine Notiz, dann erhob er sich »Gut, das war's dann. Danke, ich finde allein raus.« Bereits unter der Tür, drehte er sich noch einmal um. »Ach ja, nur noch eine letzte Frage, reine Routine: Wo finde ich Starek?«

Hohmanns Augen verengten sich. »Starek?«

»Ja, Starek. Der arbeitet doch für Sie, oder bin ich da falsch informiert?«

»Bei uns gibt es keinen Starek.«

»Herr Hohmann, ich bitte Sie ... denken Sie noch einmal nach. Einer meiner Leute ist auf Ihrer Baustelle in Konstanz von einem Mann namens Bruno Starek verprügelt worden. Übrigens mit tatkräftiger Unterstützung von Mahmoud ...«

Hohmann brauste erneut auf. »Wollen Sie mich als Lügner hinstellen? Wir haben keinen Starek auf der Gehaltsliste. Eine Großbaustelle zieht viele Leute an, die lassen sich unmöglich alle kontrollieren. Und wer in privater Mission in einem unserer Fahrzeuge herumschnüffelt, soll gefälligst auf sich selbst aufpassen.«

»*Das* müssen Sie mir jetzt aber erklären.« Wolf musste insgeheim grinsen. Eins zu null für ihn. Endlich hatte er den Bauunternehmer dort, wo er ihn haben wollte.

»Äh, nun ...« Hohmann stockte mitten im Satz. Jetzt erst wurde er sich seines Fauxpas bewusst. Doch schnell fing er sich wieder. »Man hat mir zugetragen, jemand sei beim Herumschnüffeln in Plocs Laster erwischt worden. Sagen Sie bloß nicht, das war einer Ihrer Leute?«

Wolf zog es vor, diese Frage indirekt beantworten: »Wenn Sie Ermittlungen der Polizei als Herumschnüffeln bezeichnen, dann muss ich mich über Ihr Rechtsverständnis doch sehr wundern, Herr Hohmann.« Und da ihm daran lag, Hohmann weiterhin in der Defensive zu halten, legte er nach: »Wer hat behauptet, dass es sich bei Starek um einen Ihrer Angestellten handelt?«

»Wenn er nicht zu uns gehört, interessiert mich die Sache sowieso einen Scheißdreck.«

Eins zu eins! Doch noch hatte Wolf ein Ass im Ärmel. »Wie kann Starek schriftliche Anweisungen an Hohbau-Mitarbeiter unterzeichnen, wenn es ihn gar nicht gibt?«

»Die möchte ich sehen!« Plötzlich wurde Hohmann misstrauisch: »Wie kommen Sie an unsere firmeninterne Korrespondenz?«

»Darf ich Ihre Antwort so verstehen, dass Sie von dem ominösen Starek wenigstens schon mal gehört haben?«, versuchte Wolf, Hohmann eine Brücke zu bauen, die dieser nach kurzem Zögern denn auch vorsichtig betrat.

»Meine Leute schalten hin und wieder einen freien Mitarbeiter ein, vielleicht meinen Sie den ... Ja, jetzt glaube ich mich zu erinnern, der Mann heißt Starek ... oder so ähnlich.«

Wolf gewann immer mehr den Eindruck, dass Hohmann ins Schwitzen geriet, was gewiss nicht nur an den hochsommerlichen Temperaturen lag. Das war gut, das war sogar sehr gut! Da konnte er noch was draufsetzen. »Ich brauche die genaue Anschrift des Mannes. Und eine Beschreibung seiner Mitarbeit in Ihrem Unternehmen.«

»Ich lasse das für Sie heraussuchen, morgen früh haben Sie es auf dem Tisch ...«

»Gleich, bitte! Und sparen Sie sich die Rückfrage in Ihrem Lohnbüro, die haben den Namen noch nie gehört.« Vogel, friss oder stirb – und tatsächlich, Hohmann schien sich an diesem hingeworfenen Brocken beinahe zu verschlucken. Nachdem er sich von seiner Überraschung erholt hatte, ging er wortlos zu seinem Telefon und wählte eine Nummer. »Ich brauche die Anschrift von Starek.« Er wartete kurz, machte eine Notiz und knallte den Hörer auf die Gabel. Den Zettel reichte er Wolf.

»Danke. Was heißt ›freier Mitarbeiter‹? Wofür wird Starek eingesetzt?«

»Hören Sie, ich bin Geschäftsführer, ich kann mich im Betrieb nicht um jedes verdammte Detail kümmern. Ein bisschen Zeit müssen Sie mir schon lassen, damit ich mich schlaumachen kann. Außerdem verstehe ich nicht, was das mit diesen Mordfällen zu tun haben soll.«

»Ich auch nicht. Noch nicht. Vielleicht«, wiegelte Wolf ab, »sind wir ja auf dem Holzweg, aber wir müssen auch der kleinsten Frage nachgehen, Sie verstehen. Ich darf also morgen früh mit Ihrem Anruf rechnen?«

Als Hohmann nur vor sich hinknurrte, nahm Wolf das als Zustimmung und verabschiedete sich. »Danke. Bis morgen früh also. Auf Wiedersehen. Und schönen Abend noch …«

Unten an seinem Wagen holte Wolf erst mal tief Luft. Er hatte das Gefühl, dass das Gespräch eben ganz gut verlaufen war, obwohl es ihn nicht wirklich weitergebracht hatte. Aber das kannte er bereits: Tagelang trugen sie kleinste Mosaiksteinchen zusammen, manchmal ging es einen Schritt vor und zwei zurück, doch noch jedes Mal war der Moment gekommen, an dem sich eine Lösung abzeichnete. Und mehr als einmal hatte diese Lösung bereits seit Längerem direkt vor ihrer Nase gelegen.

Darüber ins Sinnieren gekommen, verspürte Wolf plötzlich einen Riesendurst. Er musste etwas trinken gehen, er war halb vertrocknet. Und was lag da näher, als noch einmal im Gasthaus am Gehrenberg einzukehren … ein kühles Bier im Garten, unter Kastanien sitzend, mit Blick hinaus ins Land und über den See. Das wär's doch!

In diesem Moment war ihm das ganze Geflecht rund um den Bauunternehmer, ganz besonders aber Patzlaffs Soko, von Herzen egal. Und ehe er sich versah, saß er im Wagen und fuhr Richtung Gehrenberg.

19

Wolf kehrte erst kurz nach halb sechs ins Präsidium zurück. Er stellte eben seinen Dienstwagen neben Kalfass' Porsche ab, da röhrte Jos Käfer lautstark auf den Parkplatz.

Wolf wartete am Eingang, bis sie zu ihm aufschloss.

»Ich werde für das D1 eine Auszeichnung wegen überdurchschnittlichen Diensteifers beantragen«, sagte er anstelle einer Begrüßung. »Wo kommst du um diese Zeit noch her?«

»Schauen Sie mal, Chef, was ich hier habe!« Sie stellte sich direkt vor ihn hin. Dabei hielt sie einen kleinen Klarsichtbeutel mit einem länglichen messingfarbenen Gegenstand hoch, den er bei genauerem Hinsehen als Geschosshülse erkannte. »Nun, für was halten Sie das?«, fragte sie aufgeregt. Die feuchten Haare klebten ihr an der Stirn, und daran war nicht nur die Abendschwüle schuld.

»Wo hast du das her?«, fragte er ahnungsvoll zurück.

»Aus dem Wald hinter Kupkas Garten. Die Spurensicherung hat nämlich ... oder sollte ich besser sagen, sie hat *nicht* ... nein, ich muss anders beginnen ...«

Wolf legte ihr seine Hand auf den Arm. »Ganz ruhig, Mädchen! Erzähl mal schön der Reihe nach. Was hat die Spurensicherung nicht?«

»Also: Ich dachte, unter der Woche triffst du Kupkas Gartennachbarn am ehesten abends. Also bin ich noch mal nach Singen gefahren. Bei der Gelegenheit hab ich mich auch in dem Wäldchen umgesehen, weil die Spurensicherung keine Hülsen gefunden hatte und mir Zweifel kamen, ob gründlich genug gesucht wurde.«

»Gehe ich recht in der Annahme, dass deren Suche eher oberflächlich war?«

»Ja und nein. Das verdammte Ding war in den Boden eingetreten. Es grenzt an ein Wunder, dass ich es überhaupt entdeckt habe.«

»Gut gemacht, Jo. Gib das Teil sofort zur KTU.«

Während Jo ins Untergeschoss eilte, quälte sich Wolf über die Treppe in den zweiten Stock. Er benutzte grundsätzlich keinen Aufzug. Sollte die Treppe eines Tages nicht mehr zu schaffen sein, wäre mit dem Rauchen endgültig Schluss, das hatte er sich fest vorgenommen.

»Gut, dass Sie kommen, Chef«, empfing ihn Kalfass. »Ich hab alles über den verschwundenen Architekten zusammengetragen, ein gewisser Stiller, achtundvierzig Jahre, geschieden, mit Büro in Ravensburg. Beschäftigt dort immerhin sechzehn Angestellte. Der Mann hat vor zwei Tagen sein Büro verlassen, wollte verschiedene Baustellen besuchen, kam aber bei der letzten, dem Corso, nie an.«

»Sein Wagen?«

»Den haben die Kollegen vom Erkennungsdienst in einem Parkhaus am Rande der Konstanzer Altstadt gefunden. Er war ordnungsgemäß abgeschlossen. Keine Anhaltspunkte für eine Gewalttat. Die Fahndung verlief bisher ergebnislos. Der Streit mit Kupka am Tag vor Stillers Verschwinden war übrigens nicht der einzige. Bereits zuvor soll es mehrere Auseinandersetzungen zwischen den beiden gegeben haben, angeblich immer wegen irgendwelcher Abweichungen von den Bauplänen.«

»Sonst keine Auffälligkeiten, weder in Konstanz noch in Ravensburg?«

»Die Befragung der Leute, mit denen Stiller geschäftlich zu tun hatte, war negativ.«

»Jo hat übrigens am Tatort in Singen eine Geschosshülse gefunden«, erwähnte Wolf beiläufig, wohl wissend, dass sich Kalfass über solcherlei Erfolge seiner Kollegin ärgerte.

»Na ja, vielleicht bringt uns das ein bisschen weiter«, antwortete Kalfass süßsauer. Plötzlich fiel ihm noch etwas ein: »Fast hätt ich's vergessen: Im Büro Stiller gibt es einen Mann, der über die Corso-Baustelle gut Bescheid weiß. War quasi die rechte Hand des Chefs und sollte demnächst sogar, wenn ich das recht verstanden habe, sein Partner werden. Den werde ich mir morgen früh zur Brust nehmen.«

»Kronberger.«

»Wie – Sie kennen ihn?«

»I wo, hab nur von ihm gehört. Mach das. Hier sind übrigens die Angaben zu Starek. Den Zettel habe ich von Hohmann.«

Kalfass warf einen Blick darauf und grinste. »Na, wer sagt's denn? Der Objektberater. Da lagen wir ja goldrichtig.«

Inzwischen war Jo aus dem Labor zurückgekehrt. »Ich hätte da noch eine Idee«, meldete sie sich zu Wort. »Wir wollten doch wissen, ob Hohmanns Fahrer auch für andere Unternehmen Transporte durchgeführt haben. Warum schauen wir uns nicht einmal Plocs Rapportzettel an, sagen wir: von den letzten sechs Monaten? Das haben wir bei der Hausdurchsuchung in Markdorf nämlich versäumt.«

»Glänzender Einfall. Dann stattet ihr beide morgen früh zuerst der Bauunternehmung, dann diesem Architekten einen Besuch ab. Nehmt zusammen einen Dienstwagen, okay?«

Auf dem Weg in sein Büro wandte er sich noch einmal um. »Ein bisschen mehr Begeisterung, wenn ich bitten darf. Ihr sollt ja nicht gleich heiraten.«

***

Zwei Tage lang hatte die Bodenseeregion unter einer Inversionsschicht gelegen, hatte unter der Hitzeglocke gestöhnt und auf Wind gehofft. Heute Abend endlich kam er aus seinem Schmollwinkel hervor und brachte den Menschen die dringend ersehnte Erleichterung.

Wolf radelte hinter Nussdorf den Uferweg entlang, ließ sich die frische Seebrise um die Nase wehen und blickte, wo es die Uferbepflanzung zuließ, zur Mainau hinüber, die zum Greifen nah über dem Wasser schwebte. Wenig später tauchte links oben die Birnau auf. Da konnte er nicht anders: Er musste anhalten und sein Fahrrad abstellen. Sollte Sommer ruhig ein paar Takte warten, es bliebe ihnen mehr als genug Zeit zum Essen, Trinken, Reden.

Als er sich endlich sattgesehen und die über See und Landschaft liegende Abendstimmung in sich aufgesogen hatte, setzte er seine Fahrt fort, passierte Maurach und Seefelden und fuhr über einen quirligen Campingplatz, ehe er auf einem schmalen Steg die Aach überquerte und endlich nach Unteruhldingen hineinfuhr.

Wenig später saß er auf der Terrasse des Hotels Seehof gegenüber dem Jachthafen.

Allein!

Erst nach weiteren zehn Minuten traf Sommer ein, mit schuldbewusstem Gesicht und einigermaßen atemlos.

»Entschuldige, Leo, ich hab die Zeit verbaselt, aber es war einfach zu schön am See und auf dem Weg hierher. Solltest du ruhig auch mal machen, ich erteile dir jetzt schon Absolution, falls du deshalb zu spät kommen solltest.« Er lachte aufgeräumt.

Nach dem Essen – Wolf hatte mit großem Appetit eine geräucherte Forelle mit Apfelmeerrettich und Toast verdrückt – stießen sie mit einem kühlen Hagnauer Weißherbst an und lehnten sich entspannt zurück.

»Wenn man bedenkt, dass ich das jeden Tag haben könnte ...«, kam Wolf ins Grübeln.

»Da du noch immer unserem Verein angehörst, kann der Ärger mit Patzlaff nicht gar so schlimm sein. Wie laufen übrigens deine Ermittlungen? Kommst du voran?«

»Frag mich was Leichteres. Ehrlich gesagt, stochern wir nach wie vor im Nebel herum. Gestern gab es den dritten Toten, wieder ein Hohmann-Mitarbeiter. Trotzdem glaube ich nicht, dass Hohmann aktiv in die Morde verwickelt ist. Der Fall ist wie die Pest: frisst sich ständig weiter, ohne dass wir ein Mittel dagegen hätten. Hinzu kommt, dass der Architekt des Corso seit mehreren Tagen verschwunden ist. Würde mich nicht wundern, wenn wir morgen bereits den vierten Toten hätten.«

»Also noch keine heiße Spur?«

»Keine, obwohl wir jedem, auch dem kleinsten Verdacht nachgehen.« Nachdenklich nippte er an seinem Glas. »Aber vielleicht entwickelt sich ja unser Phantom zu einer heißen Spur.«

»Phantom?«

»Ja. Kommt uns ständig in die Quere, aber keiner will es kennen.« Wolf erzählte Sommer, was sie über Starek wussten.

Sie unterbrachen ihr Gespräch für eine Weile: Das Einlaufen eines schnittigen Zweimasters, von drei Frauen gesegelt, beanspruchte ihre ungeteilte Aufmerksamkeit. Erst als das Anlegemanöver beendet war, sprach Wolf weiter. »Bin echt auf Patzlaffs Reaktion gespannt, wenn ich bei ihm vorreite. Morgen soll er wieder im Lande sein, war angeblich auf einer wichtigen Tagung.«

»Ja, in Wiesbaden. Ging über zwei Tage. Das BKA präsentierte dort sein jährliches ›Lagebild Korruption‹.«

Wolf sah Sommer überrascht an. »Für einen, der fernab von Überlingen eine ruhige Kugel schiebt, bist du aber erstaunlich gut im Bilde.«

»Zufall«, erwiderte Sommer abwinkend.

»Woher kommt Patzlaffs plötzliches Interesse an diesem Thema? Verstehst du das?«, fragte Wolf.

»Wenn ich mich recht erinnere, gehört die Tagung zum Pflichtprogramm für Dienststellenleiter«, gab Sommer etwas vage Auskunft. »Und das ist gut so. Vor der Krake Korruption ist keine Dienststelle sicher, auch nicht Überlingen. Denk nur an Siebeck. Diesen Fall hast du noch lange nicht vom Tisch, glaube mir.«

»Ja, schon, aber bei diesem Thema hat sich Patzlaff in der Vergangenheit eher taub gestellt. Wenn ich nur an die Hausdurchsuchung bei Hohbau denke: Regelrecht zur Schnecke gemacht hat er uns, weil wir die Aktion mit Korruptionsverdacht begründet haben. Aber wer weiß, vielleicht sieht er das ja in Zukunft anders.«

»Offenbar deckt sich seine Interessenlage nicht mit der deinigen. Im Übrigen wurde das Thema schon immer kontrovers diskutiert. Ein bisschen liegt das auch daran, dass das BKA nicht so kann, wie es will. Schließlich rückt die Justiz immer nur einen Teil ihrer Daten heraus. Wie du weißt, gehört Korruption zu den typischen Delikten der Kontrollkriminalität. Wird nicht kontrolliert, fällt auch nichts auf. Klar, dass es da ein Dunkelfeld von beachtlichen Ausmaßen gibt.«

»Du hast ja recht. Aber funktioniert das nicht auch umgekehrt? Wo kontrolliert wird, wird meistens auch etwas gefunden. Im aktuellen Fall hat Patzlaff unsere diesbezüglichen Vorhaben jedoch eher ausgebremst. Wie passt das ins Bild?«

Statt einer Antwort zuckte Sommer nur mit den Schultern. Er hob sein Glas, um mit seinem Freund anzustoßen.

»Wie dem auch sei«, sagte Wolf, »bis zum 14. Juli muss der Fall abgeschlossen sein – so oder so.«

»Wie kommst du gerade auf diesen Tag?«

»Weil ich den in Frankreich verbringen werde.«

»Ah, verstehe! Freiheit, Gleichheit, Brüderlichkeit und so. Ist das deine Art von Revolution, am französischen Nationalfeiertag von der hiesigen Bildfläche zu verschwinden?«

Wolf musste lachen. »Quatsch. Letztes Jahr hab ich den Tag mehr oder weniger zufällig in der bretonischen Hafenstadt Vannes verbracht. Das hat mir so gefallen, dass ich es gerne noch einmal erleben möchte. Erstens ist die Stadt sehr schön. Sie liegt direkt am

Golf von Morbihan: Buchten, Inseln, Wasser ohne Ende. Und dann das Essen ... wenn ich nur an die raffinierten Fischgerichte denke ...« Wolf schloss die Augen und schwelgte in Erinnerungen. »Am meisten aber freue ich mich auf den Abend, weißt du, auf den großen Umzug ... dann stehe ich bis weit nach Mitternacht an der Kathedrale und lasse die Landsknechte, die Hexen und Mönche, die Bauern und Spielleute an mir vorübertanzen. Dann können mir alle Patzlaffs und Hohmanns dieser Welt ganz einfach den Buckel runterrutschen.«

»Dann bleibt dir noch genau eine Woche. Viel Erfolg, mein Lieber!«

20

Es gibt Tage, die man, wären sie ein frisch gefangener Fisch, sofort wieder ins Wasser zurückwerfen würde. Heute war einer dieser Tage, da war sich Wolf ganz sicher.

Nicht nur, dass seine Katze in der Nacht eine höchst lebendige Rennmaus angeschleppt hatte, die ihr hernach wieder entwischte und kurz darauf ein zweites Mal geräuschvoll erjagt werden musste; beim Eingießen des heißen Teewassers war ihm am Morgen leise knisternd die Kanne zersprungen. Damit nicht genug, hatte er bei der Fahrt nach Überlingen seine Hose in die Kette gebracht und wahrscheinlich ruiniert.

Jetzt kam es eh nicht mehr drauf an, also beschloss er, das ausstehende Gespräch mit Patzlaff sofort hinter sich zu bringen. Dessen Vorzimmer war um diese frühe Morgenstunde noch unbesetzt, also ging er schnurstracks weiter und stand nach flüchtigem Klopfen im Büro des Kriminalrats.

Patzlaff war mit dem Auspacken einer voluminösen Tasche beschäftigt. »Sie schon, Wolf«, wurde er statt eines Grußes empfangen. »Sie sehen doch, ich hab zu tun. Lassen Sie sich von Frau Bender einen Termin geben, jetzt passt es gar nicht.«

Wolf ließ sich nicht beirren. »Guten Morgen, Herr Kriminalrat. Wie war das ›Lagebild Korruption‹, wenn ich fragen darf?«

Patzlaff hielt überrascht inne. »Sie wissen davon?«, fragte er. Auf einmal hatte Wolf seine ungeteilte Aufmerksamkeit. »Schlimm, Wolf, schlimm. Aber wir kriegen es in den Griff, wir sind gewappnet, verlassen Sie sich da ganz auf mich. Äh … aber deswegen sind Sie doch sicher nicht gekommen. Also, was gibt es?«

»Sie wollten über unsere Ermittlungen auf dem Laufenden gehalten werden. Leider gab es in der Zwischenzeit einen weiteren Toten. Ein gewisser Kupka …«

»… Polier bei Hohmann, hab davon gehört.«

Wolf hätte gar zu gerne gewusst, von wem. In knappen Sätzen berichtete er Patzlaff den aktuellen Stand der Dinge. »Wir haben einige Erfolg versprechende Hinweise und Spuren, denen wir mit

Hochdruck nachgehen«, ergänzte er. »Sobald wir weiter sind, werden Sie unterrichtet, Herr Kriminalrat.« Den Namen Starek behielt Wolf lieber noch für sich.

Patzlaff schaute mit zusammengekniffenen Augen zu Wolf hoch. »Ein bisschen mager, was Sie mir da erzählen, finden Sie nicht, Wolf? Ich denke, spätestens nach diesem dritten Toten ist es Zeit für eine Soko, Ihr Dezernat allein ist da eindeutig überfordert!«

»Gute Idee, Herr Kriminalrat. Genau genommen existiert die Soko jedoch bereits.«

»Wieso weiß ich dann nichts davon?«

»Wir arbeiten seit zwei Tagen eng mit dem Dezernat drei Hand in Hand. Leider ist der Fall weit vielschichtiger, als es zu Beginn den Anschein hatte. Und dann sollen wir ja auch Hohmann nicht …«

»Hohmann bleibt außen vor. Ich will keine weiteren Peinlichkeiten in dieser Sache erleben, ist das klar?«

»Völlig klar«, beruhigte ihn Wolf. »Das war's denn auch schon, Herr Kriminalrat. Ich wünsche noch einen schönen Tag.« Damit ließ er den leicht konsterniert wirkenden Patzlaff stehen. Er konnte mit sich zufrieden sein: Nicht nur, dass er mit diesem morgendlichen Überfall seiner Informationspflicht nachgekommen war – er hatte sich zudem die Beantwortung einiger unangenehmer Fragen erspart, die Patzlaff unter anderen Umständen sicher gestellt hätte.

Wolf änderte ohne Umschweife seine Meinung über diesen Tag: Der frühe Vogel fängt den Wurm!

Nach einigen Telefonaten konferierte Wolf mit Marsberg und dem Leiter der Spurensicherung und zog anschließend den Kollegen Computer zurate. Um elf Uhr – Jo und Kalfass waren eben eingetroffen – setzte sich das D1-Team in Wolfs Büro zusammen.

»Also, Patzlaff dürfte fürs Erste stillhalten. Damit haben wir gewissermaßen eine Gnadenfrist. Was habt *ihr* rausgekriegt?«

Kalfass und Jo fühlten sich beide angesprochen und legten gleichzeitig los. Mit einem kurzen Wink brachte Wolf sie zum Schweigen. »Bitte einer nach dem andern, ich kann nicht stereo hören. Vermutlich habt ihr euch zuerst Hohmann vorgeknöpft, und wenn ich mich nicht irre, war das Jos Part. Also bitte!«

»Wie besprochen haben wir die Rapportzettel von Ploc durchgesehen. Der hat demnach Transporte für mindestens zwei weitere Auftraggeber durchgeführt: einen großen Baustoffhändler aus Singen und den Müllentsorger Maywaldt aus Ravensburg.«

»Maywaldt?«, staunte Wolf.

»Bei Juratovic dasselbe.«

»Na, das ist doch schon was.« Der Hauptkommissar hob erneut die Hand, um sich etwas Zeit zum Nachdenken zu verschaffen. Dann sagte er: »Was hat deine Quelle ergeben, Ludger?«

»Kronberger, mein Informant im Büro Stiller, ist – beziehungsweise war – die rechte Hand des Chefplaners. Als solcher war er nach seinen Angaben in alle geschäftlichen Vorgänge involviert. Was nun die Auseinandersetzungen auf den Baustellen angeht, so ging es dabei fast immer um Abweichungen von den Planungsvorgaben.«

»Etwas genauer, bitte.«

»Dazu kann ich Ihnen erst heute Abend Näheres sagen. Ich bin nach dem Mittagessen mit Kronberger in Konstanz verabredet. Er will mir einige konkrete Beispiele zeigen. Stunk gab es aber nicht nur beim Corso, sondern auch bei anderen Objekten. Allerdings ...« Hier legte Kalfass eine Kunstpause ein.

»Allerdings?«

»... ich meine, eigenartig ist das schon ...«

»Verdammt noch mal, Onkel Lu, spuck's endlich aus!«

Kalfass tat pikiert. »Solche Abweichungen von den Plänen des Architekten gab es ausschließlich auf Hohmann-Baustellen. Komisch, nicht?«

Wolf knurrte etwas Unverständliches. Ihm missfiel der Hang seines Mitarbeiters zur ständigen Selbstinszenierung, er würde sich nie daran gewöhnen. In solchen Momenten neigte er dazu, Kalfass endgültig wegzuloben. Wenn es allerdings ernst wurde, hatte sein Pflichtbewusstsein gegenüber der Dienststelle noch jedes Mal die Oberhand gewonnen. Kalfass war nach Wolfs unmaßgeblicher Meinung noch längst nicht für eine Beförderung geeignet, und solange ihr Dezernat gute Ergebnisse brachte, konnten sie mit dem Mann noch einige Zeit leben.

***

Kalfass stellte auf dem großen Parkplatz gegenüber dem Meersburger Fährhafen seinen Dienstwagen ab und besorgte sich einen Parkschein. Wieder einmal wurde ihm bewusst, wie schnell die Zeit verging. Nun war es bereits eine Woche her, dass er sich mit dem Konstanzer Kollegen Meerkatz auf der Fähre getroffen hatte. Den Tod des Kroaten Yosip Juratovic hatten sie inzwischen aufklären können – na ja, um genau zu sein: sie hatten die Todesursache ermittelt; auf der Suche nach dem Täter jedoch tappten sie nach wie vor im Dunkeln.

Es war kurz nach 13 Uhr, und die Sonne brannte nahezu senkrecht vom Himmel. Zum Glück wölbten sich über dem Platz große schattenspendende Pappeln. Als er in Überlingen ins Auto gestiegen war, hatte laut und vernehmlich sein Magen geknurrt, also hatte er sich in Unteruhldingen einen Döner gekauft. Nun stand er neben seinem Fahrzeug und versuchte, das gewaltige, mit Fleisch, Zwiebeln und weißer Soße prall gefüllte Fladenbrot zu vertilgen, ohne sich Hemd und Hose zu ruinieren.

In einer halben Stunde war er hier mit Kronberger verabredet. Sie wollten gemeinsam zur Konstanzer Baustelle fahren, und Kalfass hoffte, seinem Mitfahrer unterwegs die eine oder andere Information aus der Nase ziehen zu können. Aus gutem Grund hatte er sich für einen Dienstwagen entschieden. Das, so mutmaßte er, würde bei den Bauleuten Respekt hervorrufen, insbesondere wenn ein aufgesetztes Blaulicht seine Mission auf der Baustelle hochoffiziell, seinen Auftritt quasi unübersehbar machte.

Kronberger war pünktlich. Sie fädelten sich in die Wartespur für die Fähren ein und schafften es als einer der letzten Wagen auf die »Meersburg«. Die Überfahrt verbrachten sie auf dem Oberdeck, wo sie sich ein schattiges Plätzchen suchten und über so tiefschürfende Themen wie das Wetter und die Baukonjunktur plauderten. Nach dem Ausschiffen schien es Kalfass an der Zeit, den konkreten Anlass ihrer Fahrt anzusprechen.

»Hatte eigentlich nur Ihr Boss Ärger mit der Hohbau GmbH wegen der baulichen Abweichungen, oder waren Sie ebenfalls betroffen?«

»Die Prüfung des Baufortschritts ist normalerweise Sache der Bauleitung vor Ort. Bei schwierigen Detailentscheidungen allerdings werden wir hinzugerufen. Das gilt vor allem dann, wenn

Optik oder Statik des Bauprojektes betroffen sind. Mal traf es Stiller, mal mich, je nachdem, wer gerade frei war. Selbstverständlich gehen wir bei solchen Gelegenheiten mit offenen Augen durch die Baustelle, und da gab es eben in der Vergangenheit immer wieder Auffälligkeiten.«

»Auffälligkeiten? Welcher Art?«, hakte Kalfass nach. »Betraf das Maße, Materialien, Ausstattung, oder wie muss ich mir das vorstellen?«

»Das ist einem Laien, entschuldigen Sie, nicht so leicht zu erklären. Warten Sie einfach ab, ich zeige Ihnen vor Ort zwei, drei besonders gravierende Beispiele.«

Inzwischen sahen sie das Münster vor sich, gleich darauf überquerten sie den Seerhein. In wenigen Minuten würden sie den Wald aus Baukränen vor sich haben.

»Die festgestellten Abweichungen wurden bei der Bauleitung reklamiert, nehme ich an. Was passierte dann?«, setzte Kalfass das Gespräch fort.

»Es gab unterschiedliche Reaktionen. Mal wurde abgewiegelt und Prüfung zugesagt, mal mit veränderten technischen Voraussetzungen argumentiert, in manchen Fällen wurden Fehler auch offen zugegeben. Nur eines haben wir meines Wissens nie erreicht: dass die Fehler beseitigt wurden. Sicher, meist handelte es sich um Kleinigkeiten, da konnte man ein Auge zudrücken. Manchmal allerdings war auch ein dicker Hund dabei, das führte dann zu lautstarken Auseinandersetzungen mit dem zuständigen Polier. Diese Fälle nahm dann immer Stiller in die Hand.«

»Können Sie mir den Namen eines Poliers nennen?«

»Warten Sie … der Kupka fiel öfter auf. Ja, seltsamerweise war meistens Kupka beteiligt. Der soll ja jetzt erschossen worden sein. Hängt das etwa mit dieser Sache zusammen?«

Inzwischen waren sie an der Einfahrt zur Großbaustelle angelangt, das enthob Kalfass einer Antwort. Er parkte in der Nähe der Bürocontainer. Beim Aussteigen fiel ihm noch eine Frage ein.

»Kennen Sie eigentlich Bruno Starek?«

»Starek? Natürlich. Allerdings hatten wir nie direkt mit ihm zu tun. Ich weiß bis heute nicht, für was der Mann zuständig ist. Eigentlich weiß das keiner so recht.«

Ich schon, dachte Kalfass: fürs Vertrimmen ungebetener Gäste.

Er rieb sich sein immer noch schmerzendes Kinn. Erneut nahm er sich vor, das Geheimnis um diese dubiose Figur zu lüften, koste es, was es wolle. Wolf würde Augen machen ...

Sie betraten den Container mit der Aufschrift »Bauleitung« und kämpften sich zu Wiegand, dem Bauleiter, durch.

»Guten Tag! Kriminalobermeister Kalfass, Kripo Überlingen.« Kalfass hielt Wiegand seinen Dienstausweis unter die Nase. »Herrn Kronberger kennen Sie ja«, meinte er mit einem Blick auf den Architekten. »Im Zusammenhang mit dem Brandanschlag und den Todesfällen sind noch einige Recherchen erforderlich. Wir sehen uns mal auf Ihrer Baustelle um, wenn's recht ist.«

Wiegand hob nur kurz den Blick. »Ist uns überhaupt nicht recht. Aber wir können's jawohl kaum verhindern, was?«

Selbst Kalfass, obwohl von Haus aus alles andere als dünnhäutig, konnte die Feindseligkeit spüren, die ihm entgegenschlug. Das sollte der Mann sein, den Wolf ihm unlängst als außerordentlich kooperativ beschrieben hatte? Was hatte sich verändert? »Gäbe es einen Grund, es zu verhindern?«, fragte Kalfass betont lässig. Als keine Antwort kam, fügte er mit spöttischem Unterton hinzu: »Na, sehen Sie.« Im Hinausgehen sah er aus den Augenwinkeln, wie Kronberger den Bauleiter mit einem schnellen Seitenblick streifte und kaum dabei merklich mit den Schultern zuckte. Kalfass hatte verstanden: Sorry, sollte das heißen, der Auftritt ist mir peinlich, aber ich kann nichts dafür.

»So, wo sind denn nun die Demoobjekte, die Sie mir zeigen wollten?«, fragte Kalfass aufgeräumt.

»Kommen Sie mit.« Kronberger dirigierte Kalfass zu einem mehrgeschossigen Rohbau, nicht weit von den Containern entfernt, wo sie über eine Betontreppe ins Untergeschoss hinabstiegen. Dort angelangt, leuchtete er mit einer starken Taschenlampe auf den Boden.

»Hier, die Oberkante dieses Fußbodens zum Beispiel sollte eigentlich vierundvierzig Zentimeter tiefer liegen. Das heißt, das Niveau des Fundaments weicht an dieser Stelle gegenüber den Planzeichnungen um fast einen halben Meter ab! Ohne erkennbaren Grund – und vor allem ohne Absprache mit uns. Eine Riesenschlamperei! Die haben wohl gedacht, wir checken das nicht. Natürlich können Sie das so gar nicht erkennen, und vielleicht werden

Sie das Ganze sogar mit einem Achselzucken abtun. Aber die Treppe, die wir soeben herabgestiegen sind, ist auf den Plänen mit zwölf Stufen eingezeichnet, und jetzt hat sie nur noch zehn, Sie können gerne nachzählen. Und wenn Sie denken, auf zwei Stufen mehr oder weniger käme es nicht an: richtig! In Wirklichkeit geht es aber nicht um die beiden Stufen, sondern darum, dass das ganze Beziehungsgeflecht zwischen Bauhöhen, Bauvorschriften und Baugrenzen einerseits und den vorliegenden Genehmigungen andererseits aus den Fugen gerät. Schließlich sind wir nicht nur für die Planung, sondern auch für die Ausführung verantwortlich, und irgendwann wird der Bau ja auch abgenommen. Sie glauben gar nicht, welchen Rattenschwanz an nachträglichen Änderungen und Anpassungen so eine Schlamperei nach sich zieht – von dem immensen Haftungsrisiko einmal ganz zu schweigen.«

»Sie haben das natürlich moniert?«

»Selbstverständlich. Aber da war es bereits zu spät, für einen Abriss sind die Termine viel zu eng. Also mussten wir die Planung tangierender Gebäudeteile den neuen Maßen anpassen …«

»… wodurch vermutlich zusätzlicher Aufwand entstand?«

»Klar! Aber das eigentlich Üble daran ist, dass Sie das Vertrauen in die Bauausführenden verlieren.«

Sie stiegen wieder nach oben. »Beispiele dieser Art gibt es noch mehrere«, führte Kronberger währenddessen aus. »Das gravierendste zeige ich Ihnen jetzt. Es liegt in dieser Richtung. Aber ich warne Sie, der Weg dorthin zieht sich.«

»Gut, dann fahren wir«, entschied Kalfass und stieg in den Wagen.

Es ging quer über das riesige Baugelände. Lärm und Staub erfüllten die Luft, Arbeiter mit gelben Schutzhelmen armierten Decken oder verschalten Wände. Mehrere Betonpumpen brachten Fertigbeton ein. Besonders beeindruckend fand Kalfass nach wie vor die überdimensionalen Muldenkipper. Da vorne, links gegenüber der Baugrube, stand wieder so ein Ungetüm. Müsste Spaß machen, so ein Ding mal zu fahren, dachte er und ging mit der Geschwindigkeit etwas herunter, um das Gefährt genauer betrachten zu können. Auf diesem Teil des Baugeländes war so gut wie kein Betrieb, sodass er sich gefahrlos auf das Objekt seiner Begierde konzentrieren konnte.

»Noch fünfzig Meter, dann sind wir am Ziel«, sagte Kronberger gerade. »Da vorne, wo der rote Turmkran steht. Aber passen Sie auf, dass sich die Riesenkarre links vor uns nicht plötzlich in Bewegung setzt. Wäre ziemlich ungesund für uns.« Dabei schielte er auf die gut und gerne vier Meter tiefe Baugrube zu ihrer Rechten, deren Absperrung durch einige Holzbalken allenfalls symbolischen Charakter hatte.

Kalfass winkte ab. Die Durchfahrt zwischen Kipper und Grube war breit genug. Trotzdem wagte er einen schnellen Blick in die Tiefe. Kronberger hatte recht – ein Sturz in dieses Loch, und die Polizei wäre locker um einen Dienstwagen ärmer, von der Besatzung mal ganz zu schweigen.

Nur noch wenige Meter trennten sie von der Engstelle, als über dem Führerhaus des Kippers eine fette schwarze Qualmwolke in den Himmel stieg. Fast gleichzeitig setzte sich das Ungetüm in Bewegung.

»Vorsicht«, warnte Kronberger.

»Hab's gesehen. Ich bin sicher, der lässt uns noch vorbei.«

Diesen Gefallen tat er ihnen nicht. Im Gegenteil: Der Fahrer zog sein Fahrzeug scharf nach rechts und damit direkt auf ihre Spur. Ob aus Unachtsamkeit oder mit voller Absicht, vermochte Kalfass in diesem Augenblick nicht zu sagen. Vielleicht hatte der Fahrer nur gepennt? Kalfass versuchte, ihn wachzuhupen. Keine Reaktion. Was war nur mit diesem Idioten los? Schon hatte er Kalfass' Fahrzeug gefährlich nahe an den Abgrund gedrängt, und noch immer verminderte er weder seine Geschwindigkeit, noch änderte er die Richtung. Nur noch wenige Meter, und sie würden in die Tiefe stürzen, falls es ihm nicht gelang, ihren Wagen zum Stehen zu bringen.

Kalfass trat mit aller Kraft auf das Bremspedal, gleichzeitig riss er reflexartig die Handbremse hoch. Nur aus den Augenwinkeln nahm er wahr, wie Kronberger sich mit den Füßen abstützte und mit beiden Händen den über der Tür befindlichen Haltegriff umklammerte. Noch ehe der Wagen zum Stillstand kam, legte Kalfass den Rückwärtsgang ein, ignorierte das hässliche Kreischen des Getriebes und gab erneut Gas. Daraufhin machten sie einen großen Satz nach hinten. Einen bangen Moment lang schien es, als wäre alles umsonst gewesen: Da Kalfass das Lenkrad bei der Gewaltbremsung leicht verrissen hatte, brach der Wagen seitlich aus, plötzlich schwebte das rechte Vorderrad in der Luft, hing praktisch frei über dem Abgrund. Augenblicke später hatten sie wieder sicheren Boden unter allen Rädern.

Geschafft! Pfeifend stieß Kronberger die Luft aus, während Kalfass sich am liebsten selbst auf die Schulter geklopft hätte, hatte er doch eben ein kleines Kabinettstückchen vollbracht. Er wünschte, Wolf und Jo hätten es mitgekriegt. Bei dieser Vorstellung schlich sich sogar ein schiefes Grinsen auf sein Gesicht.

Doch schnell fand er wieder in die Realität zurück. Wo war der Kipper? Er traute seinen Augen nicht – der Kerl fuhr einfach weiter, als wäre nichts geschehen. Dem würde er zeigen, wo der Hammer hing! Blitzartig legte er den ersten Gang ein und gab Gas. Mit quietschenden Reifen schoss das Polizeifahrzeug nach vorne. Wenige Augenblicke später zog es an dem Muldenkipper vorbei, setzte sich direkt vor ihn und bremste abrupt ab. Sollte ihm das Monstrum doch in den Hintern fahren, jetzt war ihm alles scheißegal. Doch das würde sich der Kerl nicht trauen, inzwischen gab es nämlich Zeugen: Mehrere Bauarbeiter waren auf den Vorfall aufmerksam geworden und sahen zu ihnen herüber. Zwei, drei Fahrzeuge konnten nur mit Mühe einen Crash mit den beiden Kontrahenten vermeiden.

Kalfass riss seine Tür auf und stürzte nach draußen. Er rannte die wenigen Schritte zurück, dann kletterte er wie ein Affe zum Führerhaus des Kippers hoch, dessen Scheibe gerade heruntergekurbelt wurde.

»Sie sind wohl lebensmüde«, brüllte ihm der Kipperfahrer entgegen. Dabei streckte er den Kopf aus dem Fenster und fuchtelte mit seinem muskelbepackten linken Arm wild durch die Gegend. Jetzt erst erkannte Kalfass das Gesicht. Das war doch … es kostete ihn Mühe, nicht auf der Stelle loszulassen und hintenüberzufallen. Nein, diese Visage würde er so schnell nicht vergessen!

Es war der riesige Mahmoud, der ihn verprügelt hatte.

So unbeholfen Kalfass sich oftmals auch gab, in dieser Situation war er hellwach. Schlagartig kapierte er, was hier eigentlich ablief. Bei dem Versuch, sie abzudrängen, hatte es sich keineswegs um eine Unachtsamkeit des Kipperfahrers gehandelt. Vielmehr wären sie um ein Haar Opfer eines eiskalt durchgeführten Anschlags geworden, dessen war er sich sicher.

»Sieh an, Mahmoud al Khasri. Dann dürfte Starek nicht weit sein, stimmt's? Ich frage mich, ob Sie noch alle Tassen im Schrank haben, Mann, so loszubrettern und dann auch noch rechts rüberzuziehen. Wenn Sie vorhatten, uns in die Grube zu jagen, wär es Ihnen fast gelungen. Ihr Sündenregister wächst: erst die Prügelei, dann das hier. Sie können sich schon auf eine weitere Anzeige gefasst machen.«

»Möchte *Sie* sehen, wenn Sie hier oben am Steuer sitzen, mit eingeschränktem Sichtfeld«, antwortete der Marokkaner unbeeindruckt.

»Ich habe gehupt, ist Ihnen das auch entgangen?«

Mahmoud zuckte mit den Schultern. »Wer spazieren fährt auf dem Baugelände, macht das auf eigenes Risiko. Steht vorne an der Einfahrt. Nicht gelesen?«

Kalfass musste an sich halten, um nicht zu explodieren. Es brauchte einige Sekunden, bis er sich wieder in der Gewalt hatte.

»Sie hören von uns. Und ich bin mir ziemlich sicher, dass Sie danach Ihre Heimat schneller wiedersehen, als Ihnen lieb ist.« Wutentbrannt stieg er wieder nach unten.

»Donnerwetter, das war ja 'n Ding«, zollte ihm Kronberger Anerkennung. »Gott sei Dank haben Sie richtig reagiert. Kompliment.«

Kalfass atmete erst einmal tief durch. Wie häufig nach übergroßem Stress setzte die Reaktion mit Verspätung ein. Nur mit Mühe konnte er ein Zittern unterdrücken. »Wie weit noch?«, fragte er Kronberger. Das Lob des Architekten hatte ihm gutgetan.

»Vor uns, gleich nach der Baugrube, beginnt der Bauabschnitt eins, da müssen wir hin. Parken Sie neben dem Turmkran.«

Nachdem Kalfass den Wagen abgestellt hatte, stiegen sie aus. Wieder standen sie vor einem mehrgeschossigen Rohbau, in dem Handwerker gerade mit dem Einsetzen von Fenstern und Türen beschäftigt waren. Auch am Dach wurde gearbeitet. Hoch über ihnen schwenkte gerade der Ausleger des Krans herüber und nahm eine Palette mit Ziegeln an den Haken. Ein Laster mit Stahlmatten fuhr vorbei.

Kronberger zeigte auf einen Eingang rechts vor ihnen. Dorthin setzten sie sich in Bewegung.

Wenn Kalfass nach dem Vorfall mit dem Muldenkipper geglaubt

hatte, sein Konto an Überraschungen sei für heute ausgeglichen, so hatte er sich gewaltig geirrt. Diesmal jedoch rettete ihnen nicht *seine* Kaltblütigkeit das Leben. Da ihm – verständlicherweise – das Geräuschspektrum einer Baustelle fremd war, entgingen ihm die Vorzeichen des kommenden Unheils.

Nicht so Kronberger. Der wusste die Arbeitsgeräusche eines Krans zu deuten: das Knacken der Schalter und Relais, das Sirren an Turm und Ausleger, das Jaulen von Motorwinde und Laufkatze. Was genau ihn stutzig machte, konnte er später nicht mehr sagen. Er wusste nur, dass da oben irgendetwas nicht stimmte. Er hob den Kopf – und stieß einen Schreckensruf aus. Entsetzen zeichnete sein Gesicht. Direkt über ihnen schwebte die Palette – und löste sich in ebendiesem Moment vom Haken. Kronberger riss Kalfass mit sich, und das keine Sekunde zu früh. So oder ähnlich musste sich ein Meteoriteneinschlag anhören, dachte Kalfass noch, als zwei Tonnen Ziegel auf dem Boden aufschlugen und in Millionen und Abermillionen tönerne, nadelspitze Splitter zerbarsten.

Die nachfolgende Stille währte nur kurz. Dann klangen erregte Rufe durcheinander, von allen Seiten näherten sich rasche Schritte. Kalfass bekam davon wenig mit. Er hatte nur Augen für den Kran, suchte eine Gestalt hoch oben in der Führerkabine, wollte sehen, wem sie das ganze verdammte Schlamassel zu verdanken hatten. Doch die Kabine war leer!

Kronberger, der Kalfass' Blicken gefolgt war, stieß ihn an und deutete nach vorne. »Sie suchen an der falschen Stelle«, sagte er. »Der Kran wird vom Boden aus bedient. Sehen Sie, dort, links vom Turm – da steht der Kranführer.«

Tatsächlich, jetzt sah ihn Kalfass auch. Der Mann hatte bis eben noch, einem Bauchladen gleich, den Kasten mit der Fernsteuerung vor sich hergetragen. Nun streifte er mit hastigen Bewegungen die Gurte ab, warf das Ding achtlos zur Seite und nahm seine Beine in die Hand.

Schon wollte Kalfass sich an seine Fersen heften, als ihn Kronberger zurückhielt.

»Sie haben mich doch nach Starek gefragt ...«

»Was ist mit ihm?«

»Ich glaube, das war er!«

21

Auch wenn Kalfass seinen Tatendurst später weniger auf Courage als auf seine unbändige Wut zurückführte: Nun gab es für ihn kein Halten mehr! Er rannte los und zog Kronberger mit sich. Ohne groß darüber nachzudenken, hielt er es für sicherer, den Architekten in seiner Nähe zu haben, anstatt ihn unbeaufsichtigt einer weiteren Gefährdung auszusetzen. Auf die Idee, dass die Anschläge ihm und nicht Kronberger gegolten haben könnten, wäre er im Traum nicht gekommen.

Starek war inzwischen in der Gebäudeeinfahrt verschwunden, die als abschüssige Rampe unter den Rohbau führte.

»Das ist die Zufahrt zur Tiefgarage«, rief Kronberger, bereits etwas außer Atem.

Kalfass zog mitten im Lauf seine Walter PPK und entsicherte sie. Das Stakkato ihrer Schritte hallte in der leeren Abfahrt und mischte sich mit dem leiseren Geräusch, das Stareks Schuhe weiter vorn verursachten. Je tiefer sie kamen, desto diffuser wurde die Beleuchtung. Schließlich mündete die Rampe in einen großen hallenähnlichen Raum; hier würden später die Autos parken.

Kalfass blieb stehen. Es brachte nichts, blindwütig weiterzuhasten, erst musste er die Lage sondieren. Der Raum war in gleichmäßigen Abständen von Stützpfeilern durchzogen, weiter hinten verlor er sich in dämmrigem Dunkel. Einzig drei kleinere Baufahrzeuge, die sich für den Einsatz im Straßenbau eigneten, hatte man hier unten abgestellt.

Was, wenn der Flüchtende sich dahinter versteckte? Was, wenn er bewaffnet war? Schon bereute Kalfass, den Architekten in die Verfolgung mit hineingezogen zu haben. Doch das war jetzt nicht mehr zu ändern.

Plötzlich löste sich hinter der am weitesten entfernt stehenden Baumaschine ein Schatten. Das Geräusch sich schnell entfernender Schritte hallte von den Wänden wider, verebbte, schließlich herrschte wieder Stille.

»Er ist die Rampe hinunter, die zur zweiten Parkebene führt«, flüsterte Kronberger.

»Verstanden. Bleiben Sie unbedingt hinter mir, aber leise. Und keine Alleingänge, bitte«, antwortete Kalfass, ebenfalls flüsternd. Mit einem Wink seiner Waffe forderte er den Architekten auf, ihm vorsichtig zu folgen.

Mehr und mehr kamen Kalfass Zweifel, ob er richtig handelte. Andererseits – hatte er eine Alternative? Wenn er sich vorstellte, dass sie jetzt beide zerschmettert draußen am Boden liegen könnten ... Es half nichts, er musste da durch! Jetzt kam es darauf an, besonnen zu agieren, Augen und Ohren aufzusperren und kein unnötiges Risiko einzugehen.

Vorsichtig liefen sie die zweite Rampe hinab. Mit jedem Schritt wurden die Lichtverhältnisse schlechter. Als sie unten ankamen, hörten sie weiter vorn erneut Schritte, diesmal leiser. Kalfass stellte sich hinter eine der Säulen und überlegte, ob er sich als Polizist zu erkennen geben sollte. Schnell verwarf er den Gedanken wieder. Das hätte bedeutet, seine Deckung aufzugeben und Starek, falls er tatsächlich über eine Waffe verfügte, vielleicht sogar zu einem Schuss zu provozieren.

Geräuschlos huschten sie weiter, immer in Deckung der Säulen, die Sinne zum Zerreißen gespannt.

Kalfass bemerkte plötzlich, dass Kronberger nicht mehr hinter ihm war, und ging beunruhigt ein Stück zurück. Als er ihn fand, traute er seinen Augen nicht: Der Architekt stand seelenruhig hinter einem Pfeiler und urinierte.

»Sorry, ging nicht mehr anders«, entschuldigte sich Kronberger und zog den Reißverschluss seiner Hose hoch.

Das Ende der Parkebene kam in greifbare Nähe. Plötzlich polterte halb rechts vor ihnen ein schweres Metallteil zu Boden. Kalfass erschrak bis ins Mark. So nahe waren sie ihm also! Er bohrte seinen Blick in die breiige Finsternis. Schemenhaft nahm er einige herumstehende Fässer wahr. Hinter einem von ihnen musste Starek lauern.

Kalfass bedeutete dem Architekten, sich nicht von der Stelle zu rühren, und schlich vorsichtig weiter. Er erreichte das erste Fass, ging dahinter in Deckung und lauschte angestrengt, doch alles blieb still. Während er noch sein weiteres Vorgehen überlegte, geschahen zwei Dinge gleichzeitig: Mit dem rechten Fuß stieß er an einen Gegenstand, der laut scheppernd wegrollte: ein schweres Eisenrohr. Gleichzeitig sprang hinter einem der anderen Fässer eine Gestalt hoch und rannte weg. »Halt! Polizei! Bleiben Sie stehen!«, rief Kalfass und brachte seine Waffe in Anschlag. Die Antwort war ein höhnisches Lachen. Schon waren die Schritte verklungen.

Noch ehe er Starek nachsetzen konnte, berührte ihn jemand von hinten. Kalfass zuckte herum. Wäre er in diesem Augenblick von einem Insekt gestochen worden, er hätte keinen Tropfen Blut gegeben.

Doch es war Kronberger, der nach vorn deutete. »Sehen Sie diese offene Stahltür dort?«, flüsterte er. »Er ist ins Treppenhaus entkommen. Es führt nach oben.« So wichtig diese Information auch war, Kalfass hätte ihn am liebsten erdrosselt – ihm einen solchen Schrecken einzujagen!

Weiter! Sie liefen zum Treppenhaus und machten sich vorsichtig an den Aufstieg. Je höher sie kamen, desto heller wurde es, offenbar fiel irgendwo weiter oben Tageslicht durch ein Fenster. Plötzlich schlug über ihnen eine Metalltür, ein Schlüssel drehte sich im Schloss. Kalfass, durch das Geräusch alarmiert, sprintete los, immer zwei Stufen auf einmal nehmend. Als er die Tür erreichte, fand er seine Befürchtung bestätigt: Der Mann war entwischt – und mit ihm die Chance, ihn zu fassen.

Starek hatte sie reingelegt!

»Na schön«, seufzte Kalfass. Dann würden sie eben den nächsten Ausgang nehmen. Starek in dem Labyrinth hier zu schnappen, konnte er sich sowieso abschminken. Verstärkung musste her.

Kurz darauf zuckte er erneut zusammen. Leise und doch unüberhörbar schlug eine weitere Tür, diesmal ganz oben. Wieder drehte sich ein Schlüssel im Schloss.

Langsam wurde Kalfass mulmig zumute. Was ging hier eigentlich vor? Wer jagte hier wen?

»Schätze, den oberen Ausgang können wir auch vergessen«, sagte Kronberger, noch immer arglos. Er schien sich voll und ganz auf Kalfass zu verlassen, als wäre dessen Ausbildung und die hinter ihm stehende geballte Staatsmacht Garantie genug, sie heil hier herauszubringen.

Immerhin, Kronbergers Gelassenheit holte Kalfass in die Wirklichkeit zurück. Sie hatten gar keine andere Wahl, als den geordneten Rückzug anzutreten! Dort, wo sie das Treppenhaus betreten hatten, würden sie es auch wieder verlassen, nämlich unten in der zweiten Ebene.

Doch zum dritten Mal war ihnen ihr Gegner einen Schritt voraus. Noch ehe sie den nächsten Absatz erreicht hatten, wurde auch die untere Stahltür krachend zugeschlagen – und gleichfalls zugesperrt!

Kalfass' Magen begann zu rebellieren. Nicht nur, dass er Starek auf den Leim gegangen war – der Kerl musste Helfershelfer haben! Er spurtete bis ganz nach unten, um sich zu vergewissern, dass es dort tatsächlich kein Entkommen gab. Ganz oben erwartete ihn dasselbe Ergebnis. Dafür sah er jetzt, wo das Tageslicht herkam: Am oberen Ende des Treppenhausschachtes befanden sich zwei Lichtbänder aus Profilglas.

Kronberger war inzwischen gar nicht mehr gut drauf. Im Gegenteil, seine Stimme verriet Unruhe, ja Furcht, als er zaghaft erklärte: »Die Tür hier führt in einen Vorraum und von da direkt hinaus auf das Gelände hinter dem Gebäude.« Offensichtlich machten ihm die rätselhaften Vorgänge mehr zu schaffen, als er zuzugeben bereit war.

Kalfass versuchte, einen klaren Kopf zu behalten. Zwei Mal waren sie nur knapp mit dem Leben davongekommen, und jetzt saßen sie hier fest. Wer garantierte ihm, dass es dabei bleiben würde? Vielleicht trachteten Mahmoud und Starek noch immer nach ihrem Leben? Ohne weiter zu überlegen, nahm er sein Handy vom Gürtel und wählte Wolfs Nummer. »Chef, wir brauchen Hilfe. Wir sitzen fest.«

»Wer ist *wir*?«

»Stillers Architekt und ich.«

»Wo genau sind Sie?«

Kalfass ließ sich von Kronberger ihre genaue Position beschreiben und gab sie an Wolf weiter. Dann schilderte er kurz, was vorgefallen war.

»Bleibt ruhig, wir holen euch da raus«, sagte Wolf und legte auf.

Kronberger, der mitgehört hatte, äußerte Zweifel. »Wo befinden sich Ihre Leute?«

»In Überlingen. Der Hauptkommissar schickt Verstärkung.«

»Das dauert zu lange. Geben Sie mir Ihr Handy, ich rufe die Bauleitung an.« Nach dem dritten Versuch gab er entnervt auf.

»Da geht niemand ran!«

Plötzlich setzte näherkommender Motorlärm ein und das Fenster hoch oben verdunkelte sich. Dicht vor der Scheibe hielt ein schweres Fahrzeug. Was war da los?

Mit einem hässlichen Knirschen wurde das Fenster eingedrückt. Splitter regneten herab, wabernde Rauchschwaden wälzten sich in den Raum, es stank penetrant nach Auspuffgasen. Minuten später herrschte im gesamten Treppenhaus dicke Luft. Ihre Augen begannen zu tränen, und sie hatten mit einem immer stärker werdenden Hustenreiz zu kämpfen. Wenn nicht bald Hilfe kam, würden sie über kurz oder lang das Bewusstsein verlieren.

Kronberger zerrte sich das Hemd aus der Hose, zog es aus und faltete es zu mehreren Lagen zusammen. Probeweise hielt er es sich vor Mund und Nase. »Hält die Rauchpartikel etwas ab. Besser als nichts«, krächzte er. »Sollten Sie auch machen, eh's zu spät ist. Aber schicken Sie vorher noch ein letztes SOS an Ihre Kollegen. Lange halt ich das nämlich nicht mehr aus …« Ein Hustenanfall schnitt ihm das Wort ab.

Kalfass wollte es ihm gerade nachtun, da veränderten sich die Außengeräusche. Der Motor des Lasters heulte auf, als spiele jemand am Gaspedal herum. Zwei- oder dreimal wurde kräftig durchgetreten, und eine hochkonzentrierte Dieselwolke waberte ins Treppenhaus. Verzweifelt dachte Kalfass, es handle sich um das Vorspiel zu ihrem Ende – da setzte sich das Fahrzeug langsam, ganz langsam in Bewegung, fuhr rückwärts weg und geriet schließlich ganz aus ihrem Blickfeld. Frische Luft strömte ins Treppenhaus, und durch die Fensteröffnung fiel wieder Tageslicht. Dann zwängte sich vorsichtig ein Kopf durch das Loch.

»Kollege Kalfass, bist du da drin? Alles in Ordnung?«

Mit schiefem Grinsen nahm Kalfass den schützenden Arm von Mund und Nase und rief: »Meerkatz, Menschenskind, wurde aber auch höchste Zeit. Hol uns hier raus.«

»Weg von der Tür. Wir brechen auf.«

22

Der Raum lag Richtung Süden, und jetzt am Mittag knallte die Sonne voll gegen die Hausfront. Obwohl sie die Fenster geschlossen und die Jalousien abgesenkt hatten, war die drückende Schwüle fast mit Händen zu greifen. Daran konnte auch der Ventilator nichts ändern, der an der Decke träge seine Kreise zog.

Das Paar auf der breiten Liegestatt schien davon gänzlich unbeeindruckt. Schlangengleich räkelten sich die schweißnassen Körper auf dem Laken, pressten sich aneinander, berührten sich mit fiebrigen Händen und Lippen. Tiefe, gutturale Grunzlaute erfüllten den Raum, wurden schneller und schneller, bis sie in wollüstiggepresstes Stöhnen übergingen.

Unvermittelt löste sich die Frau aus der Umarmung ihres Partners, schwang sich mit einer lasziven Drehung auf ihn und begann, ihn mit langsamen Bewegungen zu reiten. Schließlich fiel sie in einen furiosen Galopp, dabei schloss sie immer wieder kraftvoll ihre Schenkel, gerade so, als gäbe sie ihm die Sporen.

Der Atem des Mannes ging nur noch stoßweise, prickelnde Wonneschauer liefen durch seine Lenden. »Jaaa … jaaa … mach weiter so … jaaa … gib's mir«, brach es aus ihm heraus. Seine Hände zuckten unkontrolliert, ehe sie sich in die drallen Schenkel seiner Reiterin krallten. Dabei hingen seine Blicke unentwegt an ihren Brüsten, die dicht vor ihm auf- und niederwippten.

Es war, als sei der Verstand des Mannes ausgeschaltet. Mit jeder Faser seines Körpers flehte er um den erlösenden Orgasmus, wollte, dass seine Lenden kontraktierten, und wünschte doch, dieses irrsinnige Hochgefühl möge nie enden. Als die Frau schließlich den Kopf in den Nacken warf und ihren Oberkörper wie eine Gerte nach hinten bog, als sie die Hände nach hinten zwischen seine Beine führte und ihn dort sanft massierte, da war es endgültig um ihn geschehen. Von animalischem Stöhnen begleitet, begann sein Glied wild zu zucken. Mit harten Stößen verströmte er sich in den Leib der Frau, die kurz darauf ermattet von ihm glitt und keuchend neben ihm zu liegen kam, bewegungslos und mit geschlossenen Augen. Ganz allmählich beruhigten sich ihre Atemzüge und machten dem monotonen Drehgeräusch des Ventilators Platz.

In diesem Augenblick läutete es an der Tür.

Der Mann erhob sich ohne Hast und sah auf die Uhr. »Gut getimt«, brummte er wenig erstaunt. »Das dürften die Bullen sein.« Er setzte sich auf und griff nach einem Handtuch. Während er sich oberflächlich abtrocknete, läutete es erneut. Gleich darauf wurde heftig an die Tür gepocht. »Polizei. Öffnen Sie die Tür!«

»Ja doch«, rief er, wickelte sich ohne Hast das Tuch um die Hüfte und warf seiner Partnerin ein Badelaken zu. »Hier, mach dich fein.« Danach steckte er sich, von erneutem, noch heftigerem Pochen unterbrochen, eine Zigarette an, ehe er lässig zur Tür ging.

»Guten Tag. Hauptkommissar Wolf von der Kripo Überlingen.« Wolf hatte seinen Ausweis gezückt. »Das sind meine Kollegen Louredo und Kalfass. Sie sind Bruno Starek, richtig?«

»Steht ganz groß draußen an der Tür. Was wollen Sie?« Unbeeindruckt schlurfte Starek in die Wohnung zurück, ohne sich um die Besucher zu kümmern. Wolf kam nicht umhin, seinen makellosen, braun gebrannten Körper zu bewundern. Gut trainiert, der Mann, dachte er und sah neidisch auf das Muskelspiel am Rücken. Dann fiel ihm auf, dass Starek die Haare hinten zu einem Pferdeschwanz zusammengebunden hatte. Nichts ist vollkommen, dachte Wolf bedauernd. Er fand Pferdeschwänze bei Männern affig.

»Wir haben ein paar Fragen an Sie«, rief er. »Dürfen wir reinkommen?« Ohne eine Antwort abzuwarten, betrat er die Wohnung, gefolgt von Jo und Kalfass.

»Bitte, tun Sie sich keinen Zwang an.« Mit diesen Worten ging Starek in einen großen, halbdunklen, stickig-schwülen Raum. Es roch nach einem teuren Parfüm und ein klein bisschen nach Absteige. Beherrschendes Möbel in diesem Zimmer war eine üppige Liegelandschaft. Im Dämmerlicht erkannte Wolf darauf eine junge, unbekleidete Brünette. Sie lag auf dem Bauch, ihre Blöße notdürftig mit einem Badetuch bedeckt.

»Tut uns leid, wenn wir stören«, sagte Wolf mit einem Unterton, der eher das Gegenteil ausdrückte. »Es macht Ihnen sicher nichts aus, uns den Namen der Dame zu verraten!«, fuhr er wie beiläufig fort.

Starek schnellte herum. »Hören Sie, stellen Sie in Gottes Namen rasch Ihre Fragen und verschwinden Sie wieder. Sie sehen doch, wir haben Besseres zu tun.« Anzüglich grinsend ging er zu einer Anrichte, drückte seine Zigarette aus und griff nach einem langstieligen Glas.

Jetzt hob die Brünette erstmals den Kopf. Ihr Gesicht hielt, was der Körper versprach: gut proportioniert, süß und unschuldig. »Was ist denn, Starilein?«

»Komm schon, sei schön artig und verrat den Leuten deinen Namen, sonst werden wir sie nie los.«

Obwohl er sich auf Starek konzentrierte, entging Wolf nicht, dass Jo mit wenigen Schritten das Zimmer inspizierte und anschließend einen kurzen Blick in die angrenzenden Räume warf, von Starek argwöhnisch beobachtet.

Da die Brünette keine Anstalten machte, Stareks Aufforderung Folge zu leisten, antwortete dieser für sie: »Das ist Johanna Prechtl. Zufrieden?«

»Ich muss die junge Dame bitten, sich in Begleitung meiner Kollegin kurz nach nebenan zu begeben«, sagte Wolf bestimmt.

»Hören Sie, was soll das? Haben Sie eine richterliche Anordnung?«, fragte Starek gefährlich ruhig.

»Oh, der Herr kennt sich aus«, grinste Wolf süffisant, wurde jedoch gleich darauf wieder ernst. »Dann wissen Sie sicherlich auch, dass eine richterliche Anordnung nur bei einer Durchsuchung erforderlich ist. Im Moment geht es lediglich um ein paar Fragen, die wir Ihnen gerne getrennt voneinander stellen möchten, das ist alles. Natürlich könnten wir Sie beide auch vorläufig festnehmen und bei uns in Überlingen in der Polizeidirektion befragen. Aber ich denke, das können wir uns sparen.«

Starek setzte sich auf das Bett und tätschelte die Brünette. »Hast du gehört, Jeanne? Beweg deinen süßen Hintern«, forderte er sie auf.

»Jeanne?«, fragte Wolf gedehnt.

»Ihr Künstlername. Sie hat eine Boutique. ›Chez Jeanne‹, unten am See.«

Endlich erhob sich Jeanne. Ohne Scheu warf sie das Badelaken auf das Bett, bückte sich nach einigen auf dem Boden verstreuten Kleidungsstücken und ging, nackt, wie Gott sie schuf, über den

Flur in das gegenüberliegende Zimmer. Aus den Augenwinkeln beobachtete Wolf, wie Kalfass beinahe die Augen aus dem Kopf fielen. Er lächelte amüsiert, während Jo der Brünetten folgte und die Tür hinter sich schloss.

Zwischenzeitlich hatte auch Wolf den Raum einer kurzen Inspektion unterzogen. Schien ein einträglicher Job zu sein, den Starek da ausübte. Objektberater! Jedenfalls sprachen die Möbel, Bilder und Teppiche für ein mehr als auskömmliches Einkommen (er musste innerlich kurz über diesen Wortwitz lachen), wenn auch nicht gerade für Geschmackssicherheit, was die Kombination der durchweg teuren Stücke anging.

»Ihre Frage?« Sichtlich genervt erinnerte ihn Starek an den Grund ihres Hierseins.

»Zunächst mal nur eine: Wo waren Sie heute zwischen 13 und 15 Uhr?«

»Hier, mit Jeanne beim … na, Sie wissen schon.« Starek zwinkerte ihm zu.

Wolf ging nicht darauf ein. Vor wenigen Augenblicken hatte Kalfass ihm unmerklich zugenickt, um zu signalisieren, dass er Starek wiedererkannt hatte.

»Herr Starek, es gibt Zeugen, die Sie gegen 13.45 Uhr auf der Corso-Baustelle gesehen haben. Sie können ja nun nicht gleichzeitig mit Ihrer … mit Frau Prechtl hier in der Wohnung gewesen sein. Also – was stimmt nun?«

Für den Bruchteil einer Sekunde irrte Stareks Blick zu Kalfass hinüber. Dann steckte er sich erneut eine Zigarette an und nahm einen tiefen Zug, ehe er antwortete. »Absoluter Blödsinn. Was sollte ich dort?«

»Damit sind wir bei unserer zweiten Frage«, mischte sich nun Kalfass ein. Er wurde von Wolf unterbrochen, der mit der Hand auf seinen Mitarbeiter wies. »Ich nehme an, Sie erinnern sich an meinen Kollegen?«, fragte er lauernd.

»Ich wüsste nicht, woher.«

»Zu unserer zweiten Frage also«, brachte sich Kalfass wieder in Erinnerung und ging auf Starek zu. »Sie geben als Beruf Objektberater an. Wo und für wen arbeiten Sie?«

»Ich bin Freiberufler. Zu meinen Klienten gehören durchweg seriöse, weit über die Region hinaus bekannte Unternehmen, wie ich betonen möchte. Ich berate sie in strategischen Fragen. Vertrieb, Marketing, Organisation und so. Aber das wird Ihnen sicher nicht viel sagen …« Er redete wie ein gelernter Betriebswirt.

»Nennen Sie uns ein paar Namen, bitte.«

»Den Teufel werde ich tun. Für wen ich arbeite, geht Sie einen Scheißdreck an.«

»Gehört die Hohbau GmbH zu Ihren Klienten?«, fragte Kalfass ungerührt.

»Nein! Wie kommen Sie darauf?« Er musterte Kalfass mit überheblichem Blick.

»Das wollen wir Ihnen gerne sagen«, erläuterte Wolf gemütlich. »Sie sind mehrfach auf dem Baugelände gesehen worden. Sie haben Zugang zu Geräten und Fahrzeugen, die Hohbau gehören. Und es gibt schriftliche Anordnungen an Hohbau-Mitarbeiter, die von Ihnen unterzeichnet sind. Verstehen Sie jetzt die Frage?«

»Wer hat denn diesen Blödsinn verzapft?«

Wolf blickte ihn einen Augenblick prüfend an. Dann drehte er sich langsam um und ging durch den Raum, sah sich eingehend die Signatur einiger Bilder an, betastete die kunstvoll gedrechselten Säulen eines alten Frankfurter Schrankes, bis er sich völlig überraschend vor Starek aufbaute. Der hielt Wolfs Blick jedoch mühelos stand, blies ihm sogar ungerührt den Rauch ins Gesicht, ehe er seine Zigarette ausdrückte.

»Sie streiten also eine Verbindung zur Hohbau GmbH ab. Des Weiteren verweigern Sie Angaben zu Ihren Klienten. Außerdem behaupten Sie, heute Nachmittag zwischen 13 und 15 Uhr nicht auf der Baustelle gewesen sein, sondern mit Frau Prechtl zusammen hier in Ihrem Liebesnest. Sie wird uns das sicher bestätigen, nehme ich an.« Wolf machte eine kurze Pause, ehe er fragte: »Denken Sie nicht, dass Sie uns ein bisschen viel zumuten, Herr Starek?« Er hatte leise und völlig emotionslos gesprochen. Trotzdem – oder gerade deshalb? – schien es Wirkung zu zeigen, zumindest insofern, als Starek nicht sofort aufbrauste, sondern sich seine Antwort gut überlegte.

»Es ist, wie ich gesagt habe, Herr Kommissar. Im Übrigen mache ich keine weiteren Aussagen ohne meinen Anwalt.«

»Das ist Ihr gutes Recht. In diesem Fall muss ich Sie jedoch bitten, uns zu begleiten.«

»Haben Sie einen Haftbefehl?«

»Brauchen wir nicht«, beantwortete Kalfass an Wolfs statt die Frage. »Wir wollen Sie ja nicht verhaften, sondern lediglich ein Protokoll mit Ihnen machen und einige erkennungsdienstliche Formalitäten erledigen, das ist alles. Bitte ziehen Sie sich an.«

In diesem Augenblick führte Jo Stareks Geliebte herein. Unmerklich nickte sie Wolf zu.

»Moment noch, Moment ...« Jetzt erst schien es Starek zu dämmern, dass er vielleicht doch Federn lassen musste. Mehrere Sekunden verstrichen. »Na gut. Was die von mir betreuten Kunden angeht ... da gehört ein Unternehmen dazu, das mit der Hohbau GmbH in gewisser Weise zusammenarbeitet.«

»Geht das ein bisschen genauer?«, forderte ihn Kalfass auf.

»Nun, dieser Kunde leiht für bestimmte Leistungen Arbeiter und Fahrzeuge bei der Hohbau aus. Temporär, versteht sich. So eine Art Kooperation.«

»Zum Beispiel Lkw-Fahrer?«

Kalfass blickte bei Wolfs Zwischenfrage überrascht auf.

»Ja, auch Fahrer. Transportkapazitäten eben. Das ist üblich.«

»Und was genau ist *Ihr* Part bei diesem Deal?«, bohrte Kalfass nach. Wolf war derweil an ein Fenster getreten, hatte es geöffnet und mit den Fingern die Lamellen der Jalousie auseinandergedrückt, sodass er das nahe liegende Münster und die malerische Altstadt betrachten konnte.

»Ganz einfach: Ich beschaffe diese Transportkapazitäten, unter anderem bei der Hohbau. In dieser und nur in dieser Eigenschaft habe ich gelegentlich mit dem Unternehmen zu tun.«

»Der Kunde?«

»Ich verstehe nicht ...«

»Für *wen* haben Sie die Transportkapazitäten beschafft, Herrgott noch mal. Den Namen, bitte!«

Wolf musste Kalfass Respekt zollen; er hatte es tatsächlich geschafft, Starek weichzukochen. Würde er diese Hartnäckigkeit nur öfter zeigen! Starek jedenfalls begann, unruhig zu werden, und Wolf ahnte auch, weshalb. Er saß ganz offensichtlich in der Klemme. Würde er ihnen jetzt nicht Ross und Reiter nennen, nähmen sie ihn womöglich doch noch mit. Gab er jedoch den Namen preis, bekäme er vermutlich ganz andere Probleme, gegen die seine Festnahme der reinste Pipifax wäre. Die klassische Patt-Situation: Wie er es auch anfing, er würde sich in die Nesseln setzen. Ja, Starek hatte sie unterschätzt!

»Den Namen bitte!«, bohrte Kalfass ein letztes Mal.

»Na gut. Unter einer Bedingung …«

»Herr Starek!«, bellte Wolf ihn wütend an, »Sie verkennen die Lage. *Wir* stellen hier die Bedingungen. Also?«

Starek knirschte mit den Zähnen. Erneut steckte er sich eine Zigarette zwischen die Lippen, vergaß jedoch, sie anzuzünden. »Maywaldt«, quetschte er hervor.

»Der Entmüller?«

»Wer denn sonst? Die Maywaldt-Gruppe entsorgt und recycelt praktisch alles. Da fallen Mengen an, die können Sie sich überhaupt nicht vorstellen. Und manchmal reicht deren eigener Fuhrpark einfach nicht aus, da müssen dann Kapazitäten zugekauft werden – genau das ist mein Job. Zufrieden?«

»Na also, warum denn nicht gleich«, brummte Wolf. Sie würden wohl, damit hatte er sich bereits abgefunden, unverrichteter Dinge wieder abziehen müssen. Stareks Darstellung klang plausibel, zumindest erforderte sie weitere Recherchen. Und das Alibi durch die Prechtl machte ihn vorerst unangreifbar – schlimmer hätte es für sie nicht kommen können. Aber noch war nicht aller Tage Abend. Kalfass würde auf der Baustelle nach weiteren Zeugen suchen. Und sie würden Starek Kronberger gegenüberstellen.

Plötzlich hielt Wolf es in dem stickigen Zimmer nicht mehr aus. Hastig blies er zum Rückzug.

***

»Sie sind weg.« Johanna Prechtl alias Jeanne stand am Fenster und sah dem Dienstwagen der Kripoleute nach.

Starek hatte sich nach deren Abgang erst mal einen doppelten Scotch genehmigt. Es irritierte ihn, dass er nicht abschätzen konnte, wie viel die Bullen wirklich wussten und wie ihre nächsten Schritte aussahen. Wenigstens hatten sie ihn dank des inszenierten Rendezvous nicht kalt erwischt, und Jeannes Alibi war Gold wert. Sollten sie sich die Zähne daran ausbeißen!

Er wies auf die am Boden verstreut liegenden Wäsche- und

Kleidungsstücke. »Los, zieh dich an und verschwinde«, sagte er rau. Sie gehorchte ohne Widerspruch.

Nachdem sich die Tür hinter Jeanne geschlossen hatte, wählte er eine Nummer. »Ich bin's. Der Besuch ist weg ... Ja, es hat alles wie vorgesehen geklappt ... Natürlich haben sie uns getrennt vernommen, aber damit habe ich gerechnet. Jeanne hat voll mitgespielt, das Alibi steht ... Nein, der Name Maywaldt ist nicht gefallen ...«

23

Auf dem Rückweg äußerte Wolf den Wunsch, an der Baustelle des Corso Halt zu machen. Er wollte sich die von den Architekten reklamierten Abweichungen einmal aus der Nähe ansehen. Was ihm Kalfass da vorführte, empfand er jedoch als wenig spektakulär. Im Gegensatz zum Architekten war er geneigt, die Differenzen als unnötig aufgebauschte Bagatelle abzutun. Trotzdem, ein unterschwelliges Misstrauen blieb.

Wenig später saßen sie wieder im Wagen, dessen Fenster wegen der Hitze überhaupt nicht mehr geschlossen wurden.

Sie kamen jedoch nicht weit. Schon nach wenigen Metern rief der Hauptkommissar unvermittelt: »Stopp«, sodass Kalfass vor Überraschung eine Schnellbremsung hinlegte. Unmittelbar hinter der Baustellenausfahrt war ein Imbissstand aufgetaucht, der sich, dem lebhaften Treiben nach zu schließen, unter den Bauarbeitern großen Zuspruchs erfreute.

»Ich lad euch zum Essen ein«, verkündete Wolf generös und lief bereits auf den Kiosk zu. Wohl oder übel mussten seine Begleiter folgen. Kalfass, dem aus naheliegenden Gründen über die Mittagszeit vorübergehend der Appetit abhandengekommen war, war dicht hinter ihm; vor lauter Hunger war er inzwischen bereit, seine sämtlichen Vorbehalte gegen Fastfood über Bord zu werfen und sogar eine Currywurst zu akzeptieren. Jo hingegen machte deutlich, dass sie überhaupt nicht auf fette Brühwürste stand, noch dazu, wenn sie zur Dekoration mit einer undefinierbaren roten Pampe und einem merkwürdig riechenden gelben Pulver überschüttet wurden. Und doch fand sie sich wenig später mit ihren Kollegen an einem der freien Stehtische wieder, wo sie feststellte, dass »das grässliche Zeugs« bedeutend besser schmeckte, als es aussah. Besonders, wenn man mit einer eiskalten Cola light nachspülte.

»Hast du dir eigentlich Jeannes Anschrift geben lassen?«, fragte Wolf kauend.

»Aber Chef, wer wird denn mit vollem Munde sprechen?«, tadelte Jo gleichermaßen undeutlich und legte einen Zettel mit den gewünschten Angaben vor ihn hin.

»Sehr gut. Und was haltet ihr von der Vorstellung eben bei Starek?«

Jo ließ Kalfass den Vortritt. »Also, wenn ich diesen Gangster nicht so gut wie sicher an dem Kran gesehen hätte, würde ich ihm seine Geschichte glatt abkaufen, Chef.«

»Aber eben nur so gut wie!«

»Er stand immerhin dreißig Meter von uns weg, und Sie wissen ja, dass das Augenlicht meine einzige Schwäche ist. Oder denken Sie, ich trage Fensterglas in meiner Brille?«

»Ja, ja, Bescheidenheit ist eine Zier, doch weiter kommt man ohne ihr«, knurrte Wolf halblaut vor sich hin. Minderwertigkeitsgefühle waren das Letzte, worunter Kalfass litt. So überzeugt wie eben hatte er seine Selbstüberschätzung bisher selten zum Ausdruck gebracht. »Sein Alibi lässt sich also nicht so ohne Weiteres aus der Welt schaffen – oder was meinst du, Jo?«

»Man könnte es ja mal versuchen.«

»Dann tu's.« Wolf ging noch einmal zu dem Imbissbesitzer und besorgte drei neue Colas. Das Gesöff war pappig süß und schrecklich ungesund, aber bei diesen Temperaturen zumindest vorübergehend erfrischend. »Wenn wir das Alibi der Prechtl knacken können, dann haben wir ihn am Wickel.«

»Denken Sie, er hat uns die Wahrheit über seinen Job erzählt? Über Maywaldt und so?«

»Klang zumindest glaubwürdig. In diesem Moment hatten wir ihn in der Defensive, da hat er sicher nicht geflunkert. Trotzdem war es wohl nur die halbe Wahrheit.«

»Was wollen Sie damit sagen?«

»Vergiss es. Ich tappe genauso im Dunkeln wie ihr«, seufzte Wolf ergeben.

Auf dem Weg zu ihrem Auto fuhr ein Geländewagen an ihnen vorbei. Am Steuer saß Bauleiter Wiegand. Wolf war ganz sicher, dass er sie erkannt hatte. Trotzdem hatte er keine Miene verzogen und stur geradeaus geblickt.

»Verstehen Sie das?«, fragte Kalfass, der ihn ebenfalls erkannt hatte.

»Zumindest deckt es sich mit deiner Erfahrung von heute Mittag. Vermutlich hat er Order bekommen, nach Möglichkeit jeden Kontakt zu uns zu meiden. Das würde jedenfalls seine Feindseligkeit erklären.«

***

Es war fast sieben, als sie am »Aquarium« eintrafen. Während Jo und Kalfass auf dem Parkplatz ihre Autos bestiegen, ging Wolf zum Treppenhaus. Er wollte noch einen Blick auf seinen Schreibtisch werfen und seine Mails durchsehen. Etwas außer Atem erreichte er den zweiten Stock.

Als er die Tür vom Treppenhaus zum Flur öffnete, bekam er gerade noch mit, wie eine dunkel gekleidete, hochgewachsene Gestalt in Patzlaffs Büro verschwand. Mich laust der Affe, dachte er – das war doch Hayder, Hohmanns Anwalt. Was hatte der um diese Zeit bei Patzlaff zu suchen? Noch während er sich darüber den Kopf zerbrach, kam der Kriminalrat höchstpersönlich aus der schräg gegenüberliegenden Teeküche, ein Tablett mit zwei gut gefüllten Tassen balancierend. Als er Wolf erblickte, blieb er überrascht stehen.

»Sie kommen wie gerufen, Wolf. Was macht Ihr Fall? Ich höre, Sie haben jetzt einen Mann im Visier, der auf eigene Rechnung arbeitet und nicht zu dem bislang verdächtigten Unternehmen gehört. Da könnten Sie auf dem richtigen Weg sein. Weiter so!«

Klang das nicht eine Spur zu euphorisch, um nicht zu sagen erleichtert? Weshalb aber sollte Patzlaff erleichtert sein? Woher wusste er überhaupt von den Ermittlungen gegen Starek? Bisher war darüber noch nichts über die Räume des D1 hinausgedrungen.

»Ich denke, die Spur könnte Erfolg versprechend sein, Herr Kriminalrat. In ein, zwei Tagen wissen wir mehr.«

»Wie gesagt, weiter so! Ich habe leider Besuch, also bis morgen.«

Wolf erbot sich, ihm die Tür zu öffnen, doch Patzlaff schüttelte heftig mit dem Kopf. Ganz offensichtlich wollte er vermeiden, dass Wolf etwas von seinem Besucher mitbekam – selbst auf die Gefahr hin, die Hälfte des Kaffees zu verschütten.

Wenn du wüsstest, dachte Wolf und ging weiter.

Eine Stunde später traf er in Nussdorf ein. Er stellte sein Fahrrad in die Tiefgarage und schloss es ab. Während der Heimfahrt hatte er sich bewusst Zeit gelassen, schließlich trieb ihn ausnahmsweise einmal nicht der Hunger heim. Zudem blies hier unten am See ein angenehm frisches Lüftchen, und bis Sonnenuntergang war es noch eine Weile hin.

Er ging die Treppe zu seiner Wohnung hinauf und rekapitulierte in Gedanken noch mal Stareks Vernehmung. Auch wenn ihn das Ergebnis keineswegs zufriedenstellte: Aufschlussreich war es allemal. Von wegen strategischer Berater ... der Kerl täuschte eine angebliche Beziehung zu renommierten Unternehmen vor, in Wirklichkeit jedoch kochte er hinter dieser Fassade sein eigenes Süppchen. Jetzt würde alles davon abhängen, ob es ihnen gelang, das Alibi der Prechtl zu erschüttern.

»Geruhen der Herr Hauptkommissar, endlich nach Hause zu kommen?«, riss ihn in diesem Augenblick eine weibliche Stimme aus einem Gedanken.

Wolf schrak zusammen. Wie üblich hatte er das Treppenhauslicht nicht eingeschaltet. Demzufolge erkannte er einige Stufen höher lediglich eine schwarze Silhouette – die Silhouette einer Frau, die ihm irgendwie bekannt vorkam.

Er betätigte den Lichtschalter. »*Sie?* Sie sind wahrhaftig die Letzte, die ich hier und jetzt erwartet hätte. Was verschafft mir die Ehre, Frau Winter?«

»Entschuldigen Sie den Überfall, Herr Wolf. Wenn Sie aber auch den ganzen Tag auf Achse sind!« Karin Winter saß auf den Stufen vor seiner Wohnung und sah ihm mit gespieltem Vorwurf entgegen.

»Stellen Sie sich vor, es gibt Leute, die müssen für ihre Bezüge arbeiten. Kommen Sie mit rein? Aber ich warne Sie, es sieht aus wie nach einem Tsunami.«

»Wenn Ihre Wohnung nur halb so aufgeräumt ist wie Ihr Schreibtisch, kann ich mir glatt eine Scheibe davon abschneiden. Nein, ich habe nur eine kurze, aber nicht unwichtige Information für Sie. Darf ich Ihnen die rechte Hälfte meiner Stufe hier anbieten?«

Wolf kam der Aufforderung ohne Widerspruch nach. »Vielleicht sollte ich mir auf meine alten Tage doch noch ein Auto kaufen?«, ächzte er beim Hinsetzen. Abermals stieg ihm ein Hauch ihres Parfüms in die Nase.

»Und womöglich in ein Haus mit Lift ziehen? Kommen Sie! *Fishing for compliments* nenne ich das. Aber das zieht bei mir nicht. So, und jetzt hören Sie sich erst mal an, was ich Ihnen zu sagen habe.«

»Ich bin ganz Ohr.«

»Sagt Ihnen der Name Siebeck noch was?«

»Klar. Das Unschuldslamm vom Konstanzer Baudezernat. Was ist mit ihm?«

»Erinnern Sie sich noch an das Haus in Markdorf, das er vor Kurzem verkauft hat?«

»Ist er's losgeworden?«

»Jede Menge Interessenten. Und natürlich hat er den erwarteten Reibach gemacht. Aber darauf will ich nicht hinaus. Wissen Sie noch, von wem er das Haus erworben hatte?«

»Warten Sie ... war das nicht Maywaldt?«

»Bingo. Und von wem, denken Sie, hat er die zwei zuvor verkauften Häuser erworben?«

»Doch nicht etwa ...«

»Richtig, von Maywaldt. Zumindest eines davon. Das zweite hat er über einen Strohmann bekommen. Dessen Auftraggeber allerdings, Sie ahnen es bereits, hieß ebenfalls Maywaldt.«

»Das ist verifiziert?«

»Aber sicher doch.«

»Lassen Sie mich noch mal ahnen: Bei diesem Strohmann handelte es sich um einen gewissen Starek!«

Jetzt war es an Karin Winter, überrascht zu sein. »Sieh an, sieh an! Offenbar sind Sie mit Ihren Ermittlungen weiter, als ich dachte. Wäre es zu viel verlangt, Sie jetzt um eine kleine Gegenleistung zu bitten?«

Wolf überlegte gründlich, ehe er antwortete. »Nun gut, rechnen Sie es Ihrem fairen Arbeitsstil zu. Wenn Sie allerdings das, was ich Ihnen jetzt sage, zu früh an die große Glocke hängen, komme ich in Teufels Küche. Mehr noch – dann könnte sogar die Lösung des Falles in weite Ferne rücken.«

»Wir haben ein Abkommen, erinnern Sie sich?«

Wolf seufzte. Er schilderte in groben Zügen, wie sie auf Starek gestoßen waren, und verweilte besonders bei den Ereignissen des zu Ende gehenden Tages, ehe er schloss: »Ich gebe es ungern zu, aber was der Bursche im Schilde führt, ist uns nach wie vor schleierhaft. Es sieht jedenfalls ganz so aus, als würde er unter dem Deckmantel eines externen Firmenberaters dubiose Geschäfte betreiben, für die bereits einige Leute mit dem Leben bezahlen mussten.«

»Arbeitet er allein?«

»Nein, es muss sich um eine Gruppe handeln. Eine Gruppe mit durchaus mafiosen Strukturen, wie immer Sie das interpretieren mögen.«

»Und wie passen Ihrer Meinung nach Figuren wie Hohmann, Siebeck oder Maywaldt in dieses Bild?«

»Da bin ich überfragt, Madame. Ich habe selten einen so unübersichtlichen, um nicht zu sagen verworrenen Fall erlebt. Ständig neue Verdächtige und Verdachtsmomente, aber nicht die Spur eines Motivs. Starek ist derzeit unsere einzige Chance. Und an der bleiben wir dran, die lassen wir uns nicht entgehen, das schwöre ich Ihnen.«

***

Als Fitnessstudio zählte das »fit&fun« zu den ersten Adressen am See. Wer »in« sein wollte, ließ sich zumindest sporadisch dort blicken. Bei den Leuten vom »Seekurier« galt der Club darüber hinaus als eine nicht zu unterschätzende Informationsquelle. Aus diesem Grund war auch Jörg Matuschek ein häufiger Gast, wobei seine Präferenz eher der Theke als dem schweißtreibenden Gerätepark gehörte.

Im Augenblick saß er eingekeilt zwischen zwei gut gebauten Blondinen und versuchte, sie in die Geheimnisse des Kitesurfens einzuweihen, da tippte ihm jemand von hinten auf die Schulter. Er drehte sich um. Es war Karin Winter.

»Du hier? Was ist passiert?«

»Entschuldige, Jörg, kann ich dich kurz sprechen?« Mit einem Seitenblick streifte sie die beiden Mädchen, was heißen sollte: Verpisst euch. Die dachten jedoch nicht im Traum daran, sodass sich Matuschek wohl oder übel ausfädeln musste. Vorübergehend kamen er und Karin an einem freien Zweiertischchen unter.

»Tut mir leid, wenn ich dir deine Chancen vermasselt habe«, grinste sie und deutete auf die beiden Blondinen, die bereits anderweitig Anschluss gefunden hatten.

»Keine Ursache«, winkte er ab, »wäre mir auf die Dauer sowieso zu anstrengend geworden. Also, wo brennt's?«

»Ich muss Qualle noch mal anzapfen. Wo finde ich ihn?«

»Wieso? Gibt's was Neues im Fall Hohmann?«

»Weiß ich noch nicht, aber zumindest scheint er sich auszuweiten. Allerdings bin ich nicht sicher, ob Hohmann darin überhaupt noch vorkommen wird.« Sie schilderte kurz das Wichtigste und schloss mit der Frage »Wo ist Qualle nach dem Brand untergetaucht?«

»Moment«, sagte Matuschek und ging zur Theke. Dann kam er mit einem Zettel zurück, auf dem eine Telefonnummer stand. »Hier. Ruf ihn an und mach was aus, aber nicht vor morgen früh um zehn, sonst ist er ungenießbar.«

»Danke dir. Und schönen Abend noch!«

24

In der Nacht hatte ein Gewitter getobt. Zum ersten Mal seit drei Wochen war das Thermometer am Morgen bei zwanzig Grad hängen geblieben, was im Grunde einem Temperatursturz gleichkam und bei manchem schon fast ein ungewohntes Frösteln auslöste.

Karin Winter wählte Qualles Nummer. Endlich, nach mehrmaligem Klingeln, ging er ans Telefon. Er schnaufte, als schlüge gerade sein letztes Stündlein.

»Qualle, hier ist Karin, du weißt schon, vom ›Seekurier‹. Ich freue mich, dich zu hören. Wie lebt es sich im Untergrund?«

»Hör mir bloß auf!« Er schmatzte, also zog er sich gerade einen Pudding rein. »Was willst du? Ich bin in Zeitdruck.«

»Ich hätte da einen Job für dich.«

»Daraus wird nichts. Nach deinem letzten Auftrag hat mir so ein Sauhund meine schöne Werkstatt abgefackelt. Und erzähl mir bloß nicht, dass es da keinen Zusammenhang gibt.«

»Du sollst ja nicht in denselben Laden eindringen. Diesmal brauche ich etwas von einer privaten Mailadresse, das ist doch für dich ein Kinderspiel.«

»Ich werde es mir überlegen. Also, tschau.«

»Qualle, jetzt zier dich nicht so. Wenn du mitmachst, springt eine Kiste – was sag ich: drei Kisten Pudding für dich heraus, ehrlich. Es ist sehr wichtig für mich. Bitte lass mich nicht hängen.«

»Um was geht es überhaupt?«, fragte er eine winzige Spur aufgeschlossener.

»Die Mailadresse gehört einem Objektberater. Vermutlich ist der in illegale Vorgänge in Bezug auf eine Sache verwickelt, über die ich gerade recherchiere. Ich brauche Einsicht in seine Mails der letzten zwei Wochen, das ist alles.«

»Ruf mich nächsten Monat an. Dann reden wir noch mal drüber.«

»Heute noch, Qualle! Heute! Bitte. Es ist wahnsinnig wichtig. Wo bist du gerade?«

»Bei einem Kunden. Ich bin hier noch mindestens eine Stunde beschäftigt, vorher läuft sowieso nichts, verstehst du?«

Sollte das so etwas wie eine Zusage sein? Halb und halb hatte sie bereits mit einem Korb gerechnet, nun war sie doch angenehm überrascht. Vielleicht hatte Matuschek ihn weichgeknetet? »Wo treffe ich dich in einer Stunde?«

Er schniefte, dann ertönte wieder das Schmatzen.

»Qualle, denk an die zwei Kisten Pudding!«

»Drei. Es waren drei. Also gut. Treffen wir uns … halt, warte mal: Du hast gesagt, das hat nichts mit Hohmann zu tun, habe ich das richtig verstanden?«

»Zumindest nicht viel. Eigentlich so gut wie gar nichts. Ein paar klitzekleine E-Mails, das ist doch für dich echt Pipifax, Qualle …«

»Ist ja schon gut. Komm vorbei, am besten hierher.« Er lachte meckernd. »Ist eigentlich gar keine schlechte Idee: Ich mach das einfach von hier aus.«

»Und wo ist das?«

»Hier, bei meinem Kunden.«

»Kunde?«

»Na, die Kripo in Ravensburg!«

Manchmal konnte Qualle richtig witzig sein. Natürlich, wenn er sich in den Polizeirechner einloggen und von dort aus Stareks Mail-Server durchstöbern würde, brauchte er im Falle eines Falles keine Repressalien zu fürchten. Das war so irrwitzig, dass sie sofort Matuschek anrufen musste. Der würde sich vermutlich kugeln vor Lachen.

***

Unter den Wagen, die in Meersburg von Bord der Fähre »Fritz Ulrich« fuhren, war auch der silberfarbene Opel Speedster von Johanna Prechtl. An der Ausfahrt des Fährgeländes bog sie links in Richtung Unteruhldingen ab, verließ die Kreisstraße jedoch bereits nach fünfzig Metern wieder, um in das große, in den Hang gebaute Parkhaus zu fahren.

Vormittags gab es dort noch ausreichend Parkraum, insbesondere bei den extra ausgewiesenen Frauenparkplätzen. Umso verwunderlicher war es, dass Johanna Prechtl sie alle verschmähte und zielstrebig bis zum Ende der Ebene durchfuhr. Dort endlich schien sie zu finden, was sie suchte. Sie parkte ihren Sportwagen neben einem schwarzen Porsche Cayenne.

Sekunden später war sie auf den Beifahrersitz des anderen Wagens hinübergewechselt und begrüßte dessen Fahrer mit einem Kuss.

»Ist dir jemand gefolgt, Jeanne?«

»Nein. Was ist los, warum wolltest du mich sprechen?«

»Ich will nur eines wissen: Hat Starek den Schnüfflern Namen genannt?«

Jeanne überlegte, während sie sich an den Händen hielten. »Die Polizisten haben uns ja zunächst getrennt befragt, wegen des Alibis, du weißt schon. Was Starek in dieser Zeit verraten hat, weiß ich nicht. Ist auch egal …«

»Egal, sagst du?«

»Ja, denn als wir wieder zusammen waren, haben sie ihn in die Mangel genommen, da hat er ihnen Maywaldt genannt.«

»Maywaldt? Das ist gut! In welchem Zusammenhang? Versuch, dich genau zu erinnern.«

»Er sagte ihnen, er sei freier Objektberater und Maywaldt sei einer seiner Klienten, für den er bei Engpässen Transportkapazitäten anmiete. In dieser Eigenschaft habe er sporadisch auch mit der Hohbau zu tun gehabt.«

Hohmann überlegte. Dabei streichelte er mit der Rechten Jeannes Knie, was sie willig geschehen ließ. Endlich blickte er wieder hoch. »Okay. Du hast deine Sache gut gemacht. Aber denk dran: Kontakt zu mir nur im Notfall. Wenn ich dich brauche, rufe ich an. Und – halt bitte weiterhin die Augen offen.«

***

Pünktlich eine Stunde nach ihrem Telefonat stand Karin Winter vor dem Ravensburger Polizeipräsidium. An der Pforte nannte man ihr ein Zimmer im dritten Stock. Dort traf sie ihn denn auch an, schwarz gewandet wie immer. Der breitrandige Priesterhut lag am hinteren Tischende.

Qualle schien voll in seinem Element. Vor ihm stand ein 21-Zoll-Flachbildschirm, rechts davon zwei Notebooks, dahinter ein Drucker. Auf der anderen Seite, in Reihe aufgebaut, etwa acht bis zehn leere Puddingbecher. Hingestreute Notizblätter vervollständigten die Szene.

»Komm rein, meine Tochter. Setz dich«, begrüßte er Karin in seiner geschraubten Don-Camillo-Manier, ohne dabei den Blick vom Bildschirm zu nehmen. »Vanille oder Schokolade?« Dabei griff er in eine geräumige Ledertasche unter dem Tisch.

»Vanille.«

Für einen kurzen Augenblick zuckte sein linkes Augenlid, als bedaure er sein Angebot bereits. Mit generöser Miene stellte er einen Becher samt Löffel vor Karin ab, hielt aber weiterhin die Hand drauf.

»Das mit den drei Kisten Pudding war dir aber schon Ernst, oder?«

»Mit solchen Dingen macht man keine Witze, Qualle. Spätestens morgen bringe ich sie dir vorbei, ehrlich.«

Jetzt erst gab er den Becher frei und angelte sich selbst einen aus der Tasche. Sein Gehabe war einem italienischen Priester so verdammt ähnlich, dass Karin jedes Mal einen spontanen Beichtreflex verspürte. Sie unterdrückte diesen Impuls und riss stattdessen die Folie vom Becher. Für einen kurzen Moment herrschte andächtige Stille.

Schließlich brach Qualle das Schweigen. »Also, was liegt an?« Auf das penetrante ›meine Tocher‹ hatte er diesmal verzichtet. Ein Zeichen von Nervosität?

Karin schilderte ihm ausführlich ihr Anliegen. Sie betonte, dass sie lediglich an den Kontakten des betreffenden Mannes interessiert sei und auf diesem Weg Verbindungen zu gewissen Unternehmen aufdecken wolle.

»Und wie heißt der Mann?«

»Starek, Bruno Starek. Nennt sich Objektberater und wohnt in Konstanz.« Sie nannte ihm die Adresse.

»Weißt du, ob der Mann im Internet ist? Oder nein, lass mal, das haben wir gleich.« Er holte etwas auf den Bildschirm, was Karin unschwer als Suchmaschine erkannte, und tippte Namen und Adresse ein.

»Aha. Da haben wir's ja schon«, knurrte er zufrieden. »Hat renommierte Kunden, der Mann. Drei Mitarbeiter. Strategische und logistische Beratung, blablabla …«

Ein paar Tastenhiebe brachten ihn zum Quellcode der Seite. »Das ist gut, das erleichtert die Sache«, rief er aus. Dann studierte er die Daten.

Karin verstand nur Bahnhof. Wenigstens klang Qualles Bemerkung irgendwie beruhigend.

»Also«, begann er zu dozieren, »als Erstes stellen wir dem einen Trojaner in den Stall. Damit kann man in jedes fremde System eindringen, verstehst du? Na ja, in *fast* jedes ...« Der Rest des Satzes verlor sich in undeutlichem Gemurmel.

Qualle war minutenlang nicht ansprechbar. Schließlich seufzte er. »So! Ich habe jetzt über einen Port-Scan abgecheckt, was im Server dieses Starek alles offen steht. Dann bin ich rein und hab mir die Root-Rechte verschafft. Jetzt fungier ich gewissermaßen als Administrator.« Als er Karins fragendes Gesicht sah, fügte er hinzu: »Das bedeutet, ich bin jetzt der Boss des Starek-Rechners und kann mich völlig frei in seinem Netz bewegen.«

Beifall heischend blickte er Karin an. Die tat ihm den Gefallen. Nein, sie war sogar ehrlich beeindruckt, und sie sagte es ihm auch. Es wunderte sie überhaupt nicht mehr, dass Qualle selbst bei der Kripo als kompetenter Dozent galt, der die Beamten für ihren Kampf gegen Hacker und Computerkriminelle fit machte.

»Schau her, sieht doch prächtig aus, oder? Hier haben wir seine Dateiverzeichnisse. Wunderschön! Lass sehen ... Hier ist zum Beispiel ein Ordner ›Termine‹, dann haben wir da ›Korrespondenz‹ ...« Nach einem kurzen Seitenblick auf seine Nachbarin fügte er hinzu: »Das ist wohl nicht ganz das, was du brauchst, stimmt's? Also weiter ...«

»Such mal nach Klientennamen. Vielleicht gibt es ein Verzeichnis ›Maywaldt‹ oder ›Hohbau‹ ...«

Beim zuletzt genannten Namen zuckte Qualle heftig zusammen. »Also doch dieser Verbrecherhaufen! Hab ich's mir doch gedacht. Du hast versprochen, dass die da nicht mit drinhängen!«

»Stimmt nicht ganz, Qualle. Ich habe lediglich gesagt, Starek hätte so gut wie nichts mit Hohmann zu tun. *So gut wie nichts!* Und so ist es auch. Dieser Starek mietet bei Hohmann Lastwagen für Maywaldts Mülltransporte an, das ist alles. Außerdem – was soll dir schon passieren bei deinem cleveren Schachzug, den Angriff über den Polizeirechner durchzuführen?«

Das Lob schien Qualle etwas zu besänftigen. Jedenfalls hämmerte er wieder auf seine Tastatur ein. Dabei wurde er zunehmend atemloser, erneut schniefte er heftig.

Endlich zeigte er wortlos auf den Monitor. »Hohbau GmbH«, las Karin. Darunter gab es eine Reihe von Ordnern. Sie gingen jeden einzelnen durch. Beim fünften rief Karin aufgeregt: »Stopp! Geh hier noch mal rein! Ich vermute, das ist es.« Der Ordner enthielt einen Wust von Dateien mit Namen, Zahlen, Terminen und chemischen Begriffen, die sie im Moment unmöglich alle durchlesen konnten.

»Überleg nicht so lange. Höchste Zeit, dass wir uns verdünnisieren!« Waren das nun Entzugserscheinungen – Qualle hatte seit einer Viertelstunde keinen Pudding mehr angerührt –, oder zeigte er einfach Nerven? Unruhig rutschte er auf seinem Stuhl hin und her und schniefte dabei erneut.

»Also, was ist nun?«, drängte er noch einmal.

»Entschuldige, Qualle. Kannst du mir das ausdrucken?«

»Technisch ja, aber das dauert mir hier zu lange. Anderer Vorschlag: Ich brenn dir alles auf eine CD, die hast du morgen früh. Mit der kannst du dann machen, was du willst, in Ordnung?«

»Du weißt ja nicht, wie sehr du mir geholfen hast, Qualle«, nickte sie. »Ich danke dir.« Sie hauchte ihm einen Kuss auf die Wange.

»Vergiss mir meine ...«

»Aber klar doch. Spätestens morgen hast du die drei Kisten.«

»Ich hoffe, ich komme diesmal ungeschoren davon. Bete für mich, meine Tochter.«

»Was soll dir schon passieren? Im Zweifel enden alle Spuren bei der Kripo.«

Noch auf dem Flur hörte sie sein meckerndes Lachen.

***

Wolf stieg in seinen Dienstwagen und machte sich auf den Rückweg nach Überlingen. Einen entscheidenden Hinweis hatte er von den Kollegen der Polizeidirektion Ravensburg nicht bekommen. Nicht dass er sich von seinen Recherchen besonders viel versprochen hätte. Aber der Name des Müllkönigs war in den letzten Tagen etwas zu häufig aufgetaucht, als dass er das einfach ignorieren konnte.

Maywaldt, so viel hatte er immerhin herausbekommen, war Gründer und Mehrheitsgesellschafter der MERAG, der Maywaldt Entsorgungs- und Recycling AG mit Stammsitz in Ravensburg. Darüber hinaus unterhielt das Unternehmen ein gutes Dutzend Dependancen und Tochterfirmen in der Region zwischen Schwarzwald und Allgäu.

Bei den entsprechenden Dienststellen der Polizeidirektion Ravensburg lag gegen Maywaldts Betriebe rein gar nichts vor, von einigen wenigen Bagatellfällen abgesehen. Die Kollegen vor Ort hatten sich über Wolfs Anfrage sogar gewundert, obwohl er seinen Auftritt geschickt als kollegialen Routinebesuch ausgegeben und seine Fragen mehr oder weniger beiläufig gestellt hatte. Er wollte vermeiden, dass Patzlaff über den kleinen Dienstweg Wind von seinen Recherchen bekam und ihn wieder zur Schnecke machte. Aus demselben Grund hatte er vorerst auch von einem Besuch bei der Industrie- und Handelskammer und dem für Müllfragen zuständigen Dezernat des Landratsamtes abgesehen.

Auf der Fahrt ließ er sich das Gehörte noch einmal durch den Kopf gehen, als sich Jo über Funk meldete.

»Wo sind Sie gerade, Chef?«

»Auf der Rückfahrt von Ravensburg. Was gibt's?«

»So langsam scheint Bewegung in unseren Fall zu kommen. Lassen Sie sich überraschen. Um 15.30 Uhr im Büro, geht das?«

»Geht. Bis dahin dürfte auch Tante Lu zurück sein.«

Jo kicherte. »Bis später also.«

Eigentlich hatte Wolf mit dem Gedanken gespielt, noch einen Abstecher zum Gehrenberg zu machen. Das konnte er sich nun abschminken. Was im Grunde nicht weiter tragisch war, denn für ein Bier im Garten war es zu kühl und für eine gescheite Fernsicht zu diesig.

***

Wolf legte den Hörer auf. Auch Marsberg hatte auf die Frage nach Maywaldt passen müssen. »Der Mann und sein Laden haben eine blütenreine Weste«, hatte er ihm attestiert. Und auch im Fall des verschwundenen Architekten gebe es noch keinen Fortschritt.

Er schaute auf die Uhr. Höchste Zeit, dass er sich auf die Socken machte. Jo hatte zu der Besprechung um 15.30 Uhr ins kleine Konferenzzimmer gebeten. Er war sicher, dass sie dafür einen triftigen Grund hatte.

Als er den Raum betrat, wollte er sich ohne Umschweife für seine Verspätung entschuldigen, doch irgendetwas irritierte ihn. Dann erkannte er den Grund: Jo trug, anders als heute früh, ein rotzfreches buntes T-Shirt mit einem Ausschnitt, der zumindest als gewagt zu bezeichnen war. Unbewusst pfiff er durch die Zähne.

»Behalten Sie bitte Ihre Bemerkungen für sich, Chef. Alle anzüglichen Witze hat Kollege Kalfass bereits vom Stapel gelassen.«

»Nein, nein, du hast mich missverstanden«, antwortete Wolf lächelnd. »Steht dir ausgezeichnet, ehrlich. Warum sollen Kriminalbeamtinnen in Sack und Asche gehen? Ich bin sicher, Ludger sieht das im Grunde ebenso, stimmt's?«

Kalfass riskierte einen verstohlenen Blick, der einen Moment zu lange auf Jos deutlich sichtbarem Brustansatz hängen blieb. »Nun, es ist keinesfalls so, dass ich etwas dagegen hätte, im Gegenteil ...«

»Nachdem das zur allgemeinen Zufriedenheit geklärt wäre, kann's ja endlich losgehen. Was hast du rausgekriegt, Jo?« Wolf fischte ein Päckchen Zigaretten aus seiner Hosentasche und schickte sich an, eine zwischen die Lippen zu stecken. »Keine Sorge, ich rauche kalt!«, winkte er ab, als er die vorwurfsvollen Blicke seiner Mitarbeiter bemerkte.

»Was das Alibi angeht, so ist diese Jeanne eine echt harte Nuss. Obwohl – Geschmack hat sie ja.« Dabei zog sie das neue T-Shirt straff, was ihre Brust erst recht zur Geltung brachte. Kalfass bekam erneut Stielaugen.

»Willst du damit sagen, das gute Stück ist von Jeanne?«, staunte Wolf.

»Klar. Hab ich heute morgen gekauft. Ich wollte mir ein Bild von ihrem Laden machen. Inkognito.«

»Und wenn die Prechtl nun da gewesen wäre?«, mischte sich Kalfass ein.

»Hab ich natürlich vorher telefonisch abgeklärt. Die Boutique scheint jedenfalls gut zu laufen. Später hab ich mich dann geoutet, wie man auf Neudeutsch sagt. Als ich von den beiden Angestellten wissen wollte, wo ihre Chefin am Vortag zwischen dreizehn und fünfzehn Uhr gewesen ist, schworen sie Stein und Bein, sie sei bereits um zwölf mit ihrem Wagen weggefahren. Sie gingen sogar so weit, mir ihren Terminkalender zu zeigen. Freiwillig, wohlgemerkt. Da war tatsächlich um dreizehn Uhr ein Gespräch bei einem Textilgroßhändler in Tuttlingen eingetragen«

»Das will gar nichts heißen«, warf Kalfass ein.

»Stimmt. Leider verliefen auch die restlichen Nachforschungen im Sande: Weder hat die Frau in der fraglichen Zeit ihre Kreditkarte benutzt, noch ergab die Überprüfung ihres Handys einen Ansatzpunkt, das steht definitiv fest. Und ein Knöllchen, wegen was auch immer, hat sie sich auch nicht eingehandelt.«

»Was ist mit diesem Termin in Tuttlingen, ist der überprüft?«, wollte Wolf wissen.

»Noch nicht. Ich denke auch, dass wir uns das sparen können.«

»Wieso? Das ist vielleicht die einzige Chance, das Alibi auszuhebeln.« Wolf hatte das so vehement vorgebracht, dass ihm die Zigarette aus dem Mund fiel. Achtlos ließ er sie liegen.

»Weil ich etwas viel Besseres habe. Hier ...« Triumphierend hielt Jo ein schwarzes Etwas hoch: eine Videokassette! »Das müsst ihr euch ansehen!« Sie stand auf, schaltete den Fernseher an und schob die Kassette in den Schacht des Videorecorders.

»Als ich den Laden verließ, entdeckte ich gegenüber eine Videokamera an einem Lichtmast. Mir fiel der monatelange Streit ein, den die Installation der Videoüberwachung vor ein, zwei Jahren ausgelöst hatte. Jeannes Boutique liegt nämlich an der Marktstätte, also in unmittelbarer Nähe zum Seeufer und zum Stadtpark. In diesem Viertel halten sich die meisten Touristen auf – und die meisten Taschendiebe. Da sich Uniformierte zur Überwachung immer schlecht machen, hat man sich damals für die Kameras entschieden, ihr erinnert euch vielleicht. Langer Rede kurzer Sinn: Ich habe mir von den Konstanzer Kollegen die Kassetten von gestern besorgt, Zeitraum zwölf bis sechzehn Uhr. Und jetzt schaut mal, was wir hier Schönes haben!«

Sie schaltete den Recorder ein. Das Bild zeigte einen Platz mit einem Brunnen in der Mitte, Blumenkästen sorgten für bunte

Farbtupfer. Fußgänger, spielende Kinder und Radfahrer bewegten sich durch das Bild. Gegenüber war eine Häuserzeile mit Geschäften zu erkennen, vor denen vereinzelt Autos parkten.

»Hier, in diesem alten, aufwendig renovierten Fachwerkhaus befindet sich Jeannes Boutique. Und jetzt achten Sie besonders auf den Wagen davor, Chef, eine Opel-Sportversion ...«

»Ein Speedster«, unterbrach sie Kalfass, »2,2-Liter-Motor, braucht gerade mal 5,9 Sekunden von null auf hundert.«

»Es ist Jeannes Wagen. Und nun fahre ich, um die Sache abzukürzen, das Band vor bis vierzehn Uhr zwölf ... sehen Sie, hier rechts unten ist die Zeit eingeblendet.«

Das Band lief wieder in Normalgeschwindigkeit. Plötzlich trat eine elegant gekleidete junge Brünette aus dem Fachwerkhaus, stieg in den Sportwagen und fuhr weg.

»Ha! Von wegen, um zwölf weggefahren – das ist eindeutig die Prechtl«, ereiferte sich Kalfass.

Wolf sah auf die Uhr. »Halb fünf. Leider hab ich noch ein Date mit Sommer, Starek muss warten. Aber morgen früh ist er fällig!«, sagte er grimmig.

***

Aufgeräumt betrat Wolf kurz vor sieben den Gasthof Krone, bestellte sich eine Rotweinschorle und ließ sich die Speisekarte bringen. Als Sommer eintraf, zeigte dieser sich erstaunt über Wolfs offensichtlichen Stimmungswandel. Hatte er bei ihrem letzten Treffen noch zu Pessimismus und grüblerischen Selbstzweifeln geneigt, so tat er jetzt, als könne er Bäume ausreißen.

»Was ist los?«, wunderte sich Sommer. »Haben sie dir deinen Herzenswunsch erfüllt und Patzlaff in die Wüste geschickt? Oder ist in eurem Fall endlich der Knoten geplatzt?«

Ehe Wolf antworten konnte, erschien die Bedienung und nahm ihre Bestellung auf.

»Weder noch«, fuhr Wolf anschließend fort. »Aber immerhin, es bewegt sich was.« Er berichtete Sommer die jüngste Entwicklung. Besonders ausführlich ging er auf seinen neuen Hauptverdächtigen ein.

»Soso, Starek hat also Maywaldt als seinen Klienten beziehungsweise Auftraggeber ausgegeben? Interessant«, sagte Sommer nachdenklich.

»Maywaldt taucht auch in anderem Zusammenhang auf«, plauderte Wolf munter weiter. »Der Baudezernent Siebeck hat mit großem, um nicht zu sagen unanständigem Gewinn drei Häuser verkauft – jedenfalls wissen wir von dreien, vielleicht sind es auch mehr –, die er nachweislich von Maywaldt erworben hat, und zwar zu einem Spottpreis. Da frag ich dich: Für was hat er die so billig bekommen? Auch da hängt übrigens Starek mit drin, er hat bei einem der Häuser als Zwischenhändler fungiert. Weil Maywaldt jedoch sauber zu sein scheint, gehe ich im Moment davon aus, dass Starek der eigentliche Drahtzieher ist und seine dunklen Geschäfte auf Kosten von Hohbau und MERAG betreibt – ohne deren Mitwissen wohlgemerkt. Kein Wunder also, dass wir bei Hohmann immer ins Leere gelaufen sind.«

»Drahtzieher von was – das ist doch die Frage?«

»Sorry, da muss ich nach wie vor passen. Auf jeden Fall handelt es sich um eine Riesenkiste, so groß, dass sie Starek drei Morde wert war, wahrscheinlich vier, wenn ich den verschwundenen Architekten hinzunehme – den Anschlag auf Kalfass und Kronberger in der Tiefgarage gar nicht eingerechnet.«

»Dein Trumpf heißt also Starek. Und wie willst du den ausspielen?«

»Ganz einfach: Morgen früh kreuzen wir bei ihm auf und setzen ihn so lange unter Druck, bis Licht ins Dunkel kommt. Motiv, Mittäter, Tatabläufe, die ganze Palette, du weißt schon.«

Sommer blickte skeptisch drein. »Das will gut überlegt sein, Leo. Natürlich ist es möglich, dass Hohmann seine Hände in Unschuld wäscht und alles auf Starek rausläuft. Es könnte aber auch einen zweiten Ansatz geben, allerdings wird er dir nicht gefallen. Hast du schon einmal in Betracht gezogen, dass Hohmann von irgendwem Tipps über eure Einsätze bekommt?«

»Tipps? Was meinst du? Von wem?« Wolf war einigermaßen perplex.

»Na ja, eine undichte Stelle eben. Soll's ja geben.«

»Ein Maulwurf – bei uns?« Im ersten Augenblick war Wolf wie vor den Kopf geschlagen. Zum Glück kam in diesem Moment ihr Essen. Kaum war die Bedienung weg, platzte er heraus.

»Wie kommst du zu dieser ungeheuerlichen Vermutung, Ernst? Wenn du etwas Konkretes darüber weißt, dann raus mit der Sprache.«

»Beruhige dich, Leo. Es ist wirklich nur eine Vermutung. Aber du musst zugeben, dass einiges dafür spricht. Die Gegenseite war verdächtig oft über eure Schritte informiert, und an Hellseherei glaube ich nicht.«

Wolf war Realist genug, um den Verdacht nicht gleich von der Hand zu weisen. Er musste sich nur die völlig missglückte Durchsuchung bei Hohmann in Erinnerung rufen! Hatte er nicht selbst schon geargwöhnt, jemand habe Hohmann die bevorstehende Aktion gesteckt? Gar nicht auszudenken, wenn Sommer recht hatte. Dann könnte er seine Theorie mit Starek als Haupttäter glatt vergessen und wieder von vorne beginnen.

Oder vielleicht doch nicht?

Nun, zumindest nicht ganz von vorne! Immerhin erlaubte ihm das geplatzte Alibi, sich Starek so richtig zur Brust zu nehmen. Wäre doch gelacht, wenn sich danach nicht weitere Türen öffneten.

Erleichtert zündete sich Wolf eine Zigarette an und bestellte zwei Obstler, und weil man auf einem Bein schlecht stehen kann, noch eine zweite und eine dritte Runde. Sommer hielt wacker mit. Sie tranken auf den bevorstehenden Abschluss des Falles und taten, als könne es sich nur noch um Stunden handeln. Vor Wolfs innerem Auge schwebten Bilder von Segelbooten, Tintenfischen und französischen Hexen vorüber – *Vive la France*. Mit diesem Gedanken schwang er sich wenig später auf sein Fahrrad.

Er kam nicht weit: Auf Höhe des Jachthafens schrillte sein Handy.

»Herr Wolf, wir müssen uns unbedingt sehen«, tönte ihm Karin Winters Stimme ins Ohr. »Wie wär's mit gleich?«

Wolf unterdrückte ein Hicksen. »Morgen ist auch noch ein Tag, Frau Winter, rufen Sie mich morgen wieder an … oder noch besser am Sonntag. Und jetzt schlafen Sie gut!«

»Ist alles in Ordnung, Herr Wolf?«

»Alles bestens.«

»Gut, dann steh ich morgen früh um halb acht bei Ihnen auf der Matte.« Schon war das Gespräch unterbrochen.

25

Der nächste Tag begann denkbar schlecht. Wolf wachte um halb sechs mit Kopfschmerzen auf, brauchte fast eine Stunde, bis er in die Gänge kam, und musste schließlich Kalfass bitten, ihn auf dem Weg zur Meersburger Fähre einzusammeln. Diese verfluchten Obstler! Wieso hatte er sich nur dazu hinreißen lassen! Die Gitanes danach hatten ihm vollends den Rest gegeben.

Als er zu Kalfass und Jo in den Wagen stieg, fiel ihm schlagartig das Telefongespräch mit Karin Winter vom Vorabend ein. Wollte sie ihn nicht heute früh aufsuchen? Mit ihrem Überfall gestern Abend hatte sie ihn glatt überrumpelt, er hatte überhaupt nicht daran gedacht, dass er gar nicht im Büro sein würde. Na ja, aufgeschoben war ja nicht aufgehoben, sie würde ihre Botschaft noch früh genug loswerden.

Die Überfahrt nach Staad verbrachten sie auf dem Aussichtsdeck. Es war der zweite kühle Tag in Folge, und während Kalfass und Jo den bevorstehenden Einsatz durchsprachen, sog Wolf die frische Seeluft tief in seine Lunge und fühlte sich mit jedem Atemzug ein bisschen besser. Beim Anlegen der Fähre war er schon fast wieder der Alte, und als sie Stareks Haus erreichten, waren seine Kopfschmerzen wie weggeblasen.

Wolf kam das Gebäude fast noch eleganter vor als beim letzten Mal. Es lag auf einer Halbinsel zwischen Konstanz und Staad. Die Rückseite grenzte an den Lorettowald, in unmittelbarer Umgebung gab es eine Menge Freizeiteinrichtungen, und zwischen den gediegenen, teils alten Häusern blinkte immer wieder der See hindurch. Starek musste, soweit sich aus der Wohnlage das Einkommen der Leute ablesen ließ, eindeutig zu den Gutverdienenden gehören.

Kalfass stellte den Dienstwagen direkt vor dem Eingang ab. Während Wolf in Anbetracht seines Katers den Lift nahm, mühten sich Jo und Kalfass die Treppe hoch. An der Tür zu Stareks Penthousewohnung trafen sie wieder zusammen. Etwas übereifrig zog Kalfass seine Dienstpistole und entsicherte sie, doch Wolf schüttelte nur den Kopf. Daraufhin steckte er sie wieder zurück.

Wolf schellte, doch nichts rührte sich. Ungeduldig drängte sich Kalfass nach vorne und pochte laut an die Tür. Zu ihrem Erstaunen bewegte sie sich. Ein schmaler Streifen Licht fiel vom Treppenhaus in die Wohnung, und nun sahen sie auch die Beschädigungen am Türschloss. Jemand hatte sich mit Gewalt Einlass verschafft. Das war irgendwie grotesk, eine Ironie des Schicksals: Starek, der vermutliche Täter, der, wenn sich ihr Verdacht bestätigte, sogar Menschenleben auf dem Gewissen hatte – ausgerechnet er in der Rolle des Opfers?

Wie auf Kommando zogen nun alle drei ihre Waffen. Wolf setzte sich an die Spitze. Mit Schwung drückte er die Tür auf und tat, seine Walther P99 im Anschlag, mehrere schnelle Schritte nach innen, dicht gefolgt von seinen ausschwärmenden Kollegen. Im Flur und im angrenzenden Wohnraum, den sie bereits kannten, hielt sich niemand auf. Wenige Sekunden später hatten sie auch die restlichen Räume durchsucht – das Penthouse war verlassen. Doch wer hatte hier gewütet? Das Durcheinander erinnerte an einen Bombenangriff: Schränke und Schubladen standen offen, alles war wahllos herausgerissen und auf den Boden geworfen worden. Die Täter hatten ganze Arbeit geleistet.

Noch während Wolf sich einen Reim darauf zu machen versuchte, ertönte hinter ihrem Rücken plötzlich eine Stimme: »Darf ich fragen, was Sie hier suchen?«

Alle drei schnellten herum. In der Eingangstür stand ein kräftiger junger Mann in Sportkleidung, auf dem Kopf eine Baseballmütze, um den Hals ein Handtuch.

Wolf trat auf ihn zu und zückte seinen Dienstausweis. »Wolf, Kripo Überlingen. Das sind meine beiden Kollegen.« Er nannte die Namen. »Und wer sind Sie?«

»Heinze. Ich wohne nebenan.«

»Können Sie sich ausweisen?«

»Klar. Wenn ich kurz in meine Wohnung gehen darf.«

»Tun Sie das. Frau Louredo wird Sie begleiten.«

Wenig später standen beide wieder vor ihm. »Alles in Ordnung«, meinte Jo.

»Ist Ihnen in der Nacht oder heute Morgen etwas aufgefallen?«, fragte Wolf den jungen Mann. »Haben Sie Starek gesehen oder Geräusche gehört? So was hier«, dabei umfasste er mit einer Armbewegung das Durcheinander des Raumes, »geht ja schwerlich unbemerkt über die Bühne.«

»Klar haben wir Geräusche gehört …«

»Wer ist wir?«, unterbrach ihn Jo.

»Meine Freundin und ich, wir wohnen zusammen. Wissen Sie, bei Starek ist ständig was los, wir achten da gar nicht mehr drauf.«

»Wann genau haben Sie die Geräusche gehört?«

Er überlegte. »So um Mitternacht, kurz davor, würde ich schätzen.«

»Gut. Kann sein, dass wir Sie noch mal brauchen. Vielen Dank einstweilen.« Damit entließ er den Mann.

Kalfass sah Wolf fragend an. »Fahndung, Chef?«

»Nein, noch nicht. Ich hab da so eine Idee …«

»Jedenfalls muss die Spurensicherung her«, sagte Jo mehr zu sich selbst und holte ihr Handy heraus. Wolf nickte. »Aber bitte die Konstanzer Kollegen. Und sag ihnen, dass wir hinter Starek her sind und erst später wieder in die Wohnung kommen.«

»Was mögen die gesucht haben?«, überlegte Kalfass.

»Wir werden's erfahren. Irgendwann. Viel interessanter ist, dass sie es – was immer es war – nicht gefunden haben.«

»Äh … woraus schließen Sie das?«

»Schau dich um. Kein Raum, kein Möbelstück, in dem die Täter nicht alles von innen nach außen gekehrt haben. Wären sie fündig geworden, hätten sie spätestens dann ihre Suche abgebrochen, und wenigstens ein Teil der Wohnung wäre noch intakt.«

Als Jo wieder zu ihnen trat, entschied Wolf: »Wir fahren zur Prechtl. Du hast die Adresse, Jo?«

***

Als sie Jeannes Boutique an der Marktstätte erreichten, war der Laden zwar geöffnet, die Besitzerin jedoch nicht anwesend. Die beiden Angestellten behaupteten steif und fest, ihren derzeitigen Aufenthalt nicht zu kennen. Jo erinnerte sich daran, dass Jeanne als Wohnsitz dieselbe Adresse angegeben hatte. Wenig später klingelten sie an der Wohnungstür. Als sich auch nach dem dritten Versuch nichts tat, versuchte es Wolf bei der Nachbarin.

»Nein, die Prechtl habe ich heute noch nicht gesehen«, gab diese bereitwillig Auskunft. »Gestern Abend, ja, da ist sie mit einem Mann zusammen weggefahren.«

»Wie sah der Mann denn aus?«

»Warum wollen Sie das wissen? Wer sind Sie überhaupt?«

Wolf entschuldigte sich und stellte sich und sein Team vor.

»Starek«, sagte Kalfass nur, als die Frau ihre Beschreibung beendet hatte. Sie bedankten sich und gingen wieder nach unten. Als sie auf die Straße traten, blieb Jo abrupt stehen. »Die Prechtl hat ein Segelboot in Litzelstetten liegen«, stieß sie hervor. »Es heißt ›Jeanne‹. Könnte *dort* vielleicht ...?«

»Woher weißt du das?«, fragte Kalfass erstaunt.

»In ihrem Büro hängt ein Bild davon.«

»Du warst in ihrem Büro?«

»Sagte ich doch – als Jeannes Mitarbeiterinnen mir ihren Terminkalender gezeigt haben, in dem sie die angebliche Besprechung in Tuttlingen vermerkt hatte. Auf dem Bild war der Liegeplatz angegeben: Litzelstetten. Ich habe mit den Mädchen sogar kurz darüber gesprochen.«

»Wie lange fahren wir dahin?«

»Fünfzehn Minuten. Wenn *ich* fahre, zehn.«

»Du hast den Job! Aber warte noch eine Sekunde, ich muss erst ein paar Kollegen verständigen.«

***

Jo hatte nicht übertrieben. Als sie an den Liegeplätzen in Litzelstetten aus dem Wagen kletterten, waren gerade mal neun Minuten vergangen. Entsprechend blass waren Wolf und Kalfass.

Die »Marina« von Litzelstetten machte einen eher bescheidenen Eindruck. Lediglich sechs Segelboote und zwei Motorjachten hatten an dem schmalen hölzernen Bootssteg festgemacht, darunter die »Jeanne«, ein hübsches Achtmeterboot mit schnittigem Rumpf und viel Edelholz an den Aufbauten. Ein idealer Platz, um unterzutauchen, dachte Wolf.

Aufmerksam musterten die drei die dümpelnden Boote und das Gelände davor. Auf dem ersten Segler hantierten zwei Männer mit Tauen und Beschlägen. An dem nahen kleinen Strand buddelten ein paar Kinder im feuchten Sand. Sonst waren um diese frühe Morgenstunde noch keine Menschen zu sehen – und erst recht nichts, was ihren Verdacht erregt hätte. Auf einen Wink Wolfs hin setzten sie sich in Bewegung. Sie hatten den Bootssteg noch nicht erreicht, als plötzlich Bewegung in die Szene kam. Ein Mann erschien auf dem Deck der »Jeanne«, kletterte hastig in das am Heck festgemachte Beiboot, warf den Außenbordmotor an und stieß ab. Als sie die »Jeanne« erreichten, betrug der Abstand bereits gute dreißig Meter und wurde mit jeder Sekunde größer. Spöttisch winkte der Mann zu ihnen herüber.

»Chef, das ist er – das ist Starek«, rief Kalfass und deutete hinter dem Flüchtenden her. Aufgeregt sah er sich um. »Wir brauchen ein Boot.«

Wolf winkte ab. »Lass nur, der entwischt uns nicht.« Gelassen ging er an Bord der »Jeanne« und sah sich um. Zwei Reisetaschen in einer der Kojen, auf dem Tisch eine zur Hälfte vertilgte Mahlzeit, ansonsten war die Kabine leer.

Währenddessen hatte sich draußen auf dem See das Blatt gewendet. Ein Boot der Wasserschutzpolizei hatte sich quer gelegt und forderte Starek auf, längsseits zu gehen. Der war Realist genug, um die Aussichtslosigkeit einer Flucht einzusehen. Gegen das schnelle Polizeiboot hätte er keine Chance gehabt.

»Wo kommen die Kollegen plötzlich her?«, staunte Kalfass.

»Hab ich von Konstanz aus verständigt. Sicher ist sicher.«

»Man könnte meinen, Sie hätten hellseherische Fähigkeiten, Chef.« Auch Jo war gebührend beeindruckt.

»Erfahrung, nichts weiter«, winkte Wolf ab und zündete sich eine Gitanes an. »Einer der wenigen Vorzüge, die das Alter so mit sich bringt!« Er grinste. »Übrigens rät mir meine Erfahrung auch, nach der Prechtl zu fahnden. Als wichtige Zeugin. Würdest du das veranlassen, Jo? Und wenn wir schon dabei sind: Beschaffe uns einen Durchsuchungsbeschluss für ihre Wohnung. Wenn möglich bei Staatsanwalt Dr. Hirth. Bei dem haben wir's noch nicht ganz verschissen.«

»Aber, aber, Chef: Sie halten Dr. Kauder doch nicht etwa für nachtragend?«

»Das wär noch das Beste, was man über ihn sagen kann – aber lasst das niemand hören, womöglich werd ich sonst noch wegen Wehrkraftzersetzung suspendiert.«

***

Im Anschluss an seine Festnahme war Starek per Schiff direkt nach Überlingen überstellt worden.

Wolf hatte die erste Vernehmung für elf Uhr anberaumt. Das wäre ohne Weiteres auch eine Stunde früher gegangen, Starek sollte jedoch noch eine Weile schmoren. Das würde seiner Auskunftsfreudigkeit, die Wolf ohnehin nicht besonders hoch einschätzte, auf die Sprünge helfen. Da die zur Sprache kommenden Vorgänge zumindest teilweise in die Zuständigkeit des D3 fielen, würde Marsberg mit einem seiner Mitarbeiter an der Vernehmung teilnehmen.

Gerade hatten sie ihre gemeinsame Strategie für das Verhör festgelegt. Es blieb Wolf noch eine gute halbe Stunde bis zu Stareks Vernehmung, in dieser Zeit konnte er alle Berichte und Protokolle noch einmal durchgehen. Als er, in eines der Papiere vertieft, in den Flur einbog, der zu seinem Büro führte, prallte er mit einer Frau zusammen. Gerade wollte er zu einer Entschuldigung ansetzen, da erkannte er sie.

»Hallo, Frau Winter. So stürmisch heute? Falls Sie zu mir wollen, muss ich Sie enttäuschen. Keine Zeit!«

»Und wenn *Sie* glauben, dass ich umsonst eine halbe Ewigkeit hier auf Sie warte, dann haben Sie sich geschnitten … nun bleiben Sie doch stehen, Herr Wolf! Herrgott noch mal, können Sie stur sein!«

»Wie gesagt …«

»Ich weiß, was Sie gesagt haben. Aber ich halte Ihnen gleich etwas unter die Nase, das Ihren gesamten Fall umkrempeln wird.«

Abrupt blieb Wolf stehen. »Für Scherze habe ich schon gar keine Zeit … nicht jetzt! … Also, was haben Sie?«

»Wusste ich doch, dass Sie immer ein offenes Ohr für uns Presseleute haben. Aber im Ernst«, sie fuchtelte mit einer grauen Hülle vor seinem Gesicht herum, zog aber ihre Hand schnell zurück, als er danach greifen wollte, »lesen Sie das durch. Es sind nur sieben Zeilen, aber dazu müssen Sie sitzen, das haut Sie glatt um.«

Wolf ging kommentarlos in sein Büro, dicht gefolgt von Karin Winter, die die Tür hinter sich schloss. Er setzte sich an seinen Tisch. »Frau Winter, ich habe in zwanzig Minuten eine wichtige Vernehmung …«

»Starek kann warten.«

»*Sie* hören wohl das Gras wachsen, wie?«

»Ehrlich gesagt: Ich habe geraten. – Also, was ich Ihnen jetzt zeige, habe ich gestern Abend von Frau Ploc erhalten.« Vorwurfsvoll fügte sie hinzu: »Ich hätte es Ihnen gerne früher gezeigt, aber Sie sind neuerdings so schwer zu erreichen!«

»Es gelingt Ihnen immer wieder, mich zu überraschen. Ich denke, Frau Ploc hat sich nach Norddeutschland abgesetzt?«

»Sie hat es nur bis Mannheim geschafft. Dort ist sie bei Bekannten untergekrochen. Jedenfalls hab ich ihren Aufenthaltsort rausgekriegt und sie aufgesucht. War ein hartes Stück Arbeit, das kann ich Ihnen sagen ...«

»Frau Winter! Bitte!«

»Zur Sache: Wir sind uns rasch handelseinig geworden.«

»Handelseinig? Inwiefern?«

»Nun lesen Sie erst mal, was sie rausgerückt hat. Aber vorsichtig, bitte, das Blatt hat mich zweitausend Eier gekostet.«

Kopfschüttelnd sah Wolf zu, wie sie ein DIN-A4-Blatt aus der grauen Hülle zog und es ihm hinhielt.

»Frau Winter, wenn Sie mich jetzt verscheißern, ist unsere Freundschaft beendet.«

»Aber die würde ich doch nie aufs Spiel setzen, Herr Hauptkommissar«, antwortete sie lächelnd, und Wolf glaubte ihr das. »Jetzt lesen Sie schon!«

Er seufzte gottergeben. Er nahm das Blatt in die Hand und begann zu lesen. Dabei wurde sein Gesicht zusehends länger. Als er fertig war, begann er noch einmal von vorn. Schließlich ließ er das Schreiben sinken und blickte aus dem Fenster. »Ich fass es nicht«, murmelte er tonlos.

Dass die Journalistin weiterhin ruhig blieb, sprach für ihr Feingefühl. Nach endlosen Sekunden sah Wolf sie an und wies auf das Blatt.

»Wie echt ist das?«

»Absolut echt. Das wird Ihnen Ihre KTU bestätigen ...«

Wolfs Telefon klingelte. Er schaute kurz aufs Display und nahm den Hörer ab. »Rolf, gut, dass du anrufst. Wir müssen die Vernehmung um eine Stunde verschieben. Ich erhalte gerade neue, möglicherweise entscheidende Hinweise. Sobald ich Genaueres weiß, melde ich mich bei dir.« Er wollte bereits auflegen, nahm aber den Hörer erneut ans Ohr. »Hast du noch was gesagt?« Was er hörte, ließ ihn innerlich frohlocken. Marsbergs Leute hatten die Prechtl bei der Rückkehr in ihre Wohnung in Empfang genommen und in ihrer Handtasche Tickets für einen Linienflug nach Buenos Aires gefunden. Für *eine* Person. Ausgestellt auf den Namen Bruno Starek!

Nun hielt es ihn nicht mehr auf seinem Stuhl. Mit wenigen Schritten erreichte er den Schrank, nahm den Ordner mit der Aufschrift »Sonderfälle« heraus, griff die dahinter versteckte Flasche und goss eine gehörige Portion daraus in ein bereitstehendes Glas.

»Danke, für mich nicht«, wehrte die Journalistin vorsorglich ab.

»Entschuldigen Sie, aber ich brauche das jetzt«, sagte er, kippte den Pastis in einem Zug hinunter und nahm dann wieder an seinem Schreibtisch Platz, noch immer erregt über das soeben Gelesene.

Er sah sich das Blatt genauer an. Es handelte sich eindeutig um eine Nachricht Plocs an seine Frau, wohl in aller Eile und mit ungelenker Handschrift zu Papier gebracht. Dem Schreiber fehlte es augenscheinlich an Erfahrung beim Aufsetzen solcher Schriftstücke. Der gesamte Text war in die obere Blatthälfte gepresst, mehrfach waren Worte durchgestrichen oder überschrieben worden.

Wolf las den in holprigem Deutsch geschriebenen Text aufs Neue.

An mejne Sonja
dies ist ein Geständnis, weil ich hab zwei Jahre lang Giftmüll auf Hohmanns Baustellen gefahren virundzwantzigmal und in seinen Baugruben versteckt aber jezt will ich nicht mehr, ich will aussteigen. Hohmann muss Lösegeld zahlen. Wenn mir was passiert, gib diesen Brief an Polizei aber sei vorsichdig, hörst du.
In liebe dein Stani.

Wolf hob den Kopf. »Es ist Ihnen doch klar, dass Sie das Schriftstück hierlassen müssen?«

»Logisch. Ich habe Kopien davon.«

»Außerdem brauche ich die Aussage der Ploc. Haben Sie ihre Adresse?«

»Viel besser: Ich habe die Ploc!«

Als Wolf sie nur verständnislos ansah, fuhr sie fort: »Ich habe das geahnt und sie deshalb dazu überredet, mit mir zurückzufahren. Sie macht derzeit Ferien auf dem Bauernhof, sozusagen. Im Hinterland, einige Kilometer von hier. Nach Überlingen mitzukommen, da hatte sie zu sehr Schiss, das müssen Sie verstehen.«

»Weshalb ist sie mit dem Brief nicht gleich zu uns gekommen?«

»Die arme Frau wusste gar nicht, wie ihr geschieht. Ist doch klar: Ihr Mann stirbt, und im Briefkasten liegt noch am selben Tag ein Bündel Scheine – wer greift da nicht zu? Als sie das Geld erst mal angenommen hatte, konnte sie nicht mehr zur Polizei gehen. Im Übrigen hat sie den Brief erst zwei Tage nach Stanis Tod in einem Umzugskarton gefunden.«

Wolf dachte über das Gehörte nach. Er öffnete seine Schreibtischschublade und holte seine Zigaretten heraus. Gleich darauf hatte er eine zwischen den Lippen und steckte sie an.

»Ich weiß, Sie brauchen das jetzt«, grinste Karin Winter. »Tun Sie sich keinen Zwang an, es ist Ihr Büro.«

Nach dem ersten genüsslichen Zug, gefolgt von einem kurzen Hustenanfall, beugte er sich vor. »Sie hatten recht. Was Sie da angeschleppt haben, ist eine Bombe. Mehr noch: Es ist das, wonach ich die ganze Zeit gesucht habe. Gebe Gott, dass wir damit Erfolg haben und ich anschließend meinen Dienst quittieren kann.« Noch einmal zog er an dem Glimmstängel, ehe er ihn ausdrückte. »Ich stehe tief in Ihrer Schuld, Frau Winter.«

»Heben Sie sich Ihren Dank für später auf, lieber Herr Hauptkommissar – außerdem habe ich noch was für Sie. Es ist mir gelungen, an den Mailverkehr von Hohmann und Starek heranzukommen.«

Wolf hob die Augenbrauen. »Sie wissen, dass ich illegal erworbenes Material nicht verwenden darf.«

»Weiß ich. Vielleicht bringt es uns ja auch nicht wirklich weiter, aber für gewisse Rückschlüsse könnte es allemal taugen. Hätte die Suche nach der Ploc nicht so viel Zeit beansprucht, hätte ich die Dateien längst gesichtet. Ich melde mich, sobald ich was habe. Versprochen!« Die Journalistin erhob sich. »Über die Konditionen haben wir ja bereits gesprochen. Ich bekomme nach Aufklärung des Falls als Erste alle Informationen von Ihnen, erinnern Sie sich?«

»Heute können Sie alles von mir haben«, lächelte Wolf. Er stand auf und tätschelte beim Verabschieden väterlich ihre Hand.

Kaum war sie draußen, eilte er ans Telefon. »Marsberg, egal wie du's anstellst, beweg deinen Hintern zu mir. Jetzt werden wir den ganzen Laden mal aufmischen.« Er legte auf. Dann brüllte er: »Ludger! Jo!«

***

Es war wie im Wartezimmer einer Arztpraxis: zwei Männer unmittelbar vor einer ernsten Untersuchung. Während der eine gefasst dem Unvermeidlichen entgegensah, vielleicht sogar das Ergebnis vorausahnte, tigerte der andere verbissen auf und ab, ganz so, als müsse er mit einem zweifelhaften Ausgang rechnen.

»Wollen Sie sich nicht endlich setzen?«, forderte Wolf sein Gegenüber auf und rückte das Mikrofon auf dem Tisch in die richtige Position. Starek hielt inne. Dann drehte er seinen Stuhl um und setzte sich rittlings drauf, den Blick fest auf den Hauptkommissar gerichtet. »Okay, bringen wir's hinter uns. Sie haben ja doch nichts Ernsthaftes gegen mich in der Hand.«

Obwohl seine Lage nicht gerade rosig war, hatte Starek sich inzwischen wieder unter Kontrolle. Wie er so dasaß, groß und gut gebaut, braun gebrannt, selbstsicher, hätte er auch als seriöser, erfolgreicher Yuppie durchgehen können – wenn da nicht der Pferdeschwanz gewesen wäre, der ihm etwas Dandyhaftes verlieh. Kalfass hatte sich am Morgen noch weit abfälliger geäußert: Er hielt Starek schlichtweg für den Prototyp eines Zuhälters – eine Beurteilung, die möglicherweise auf die erhaltenen Prügel zurückzuführen war.

»Wenn Sie doch noch einen Anwalt wollen ...«

»Ich brauche keinen Anwalt«, fiel Starek dem Hauptkommissar ins Wort.

Wolf war überrascht. Verdächtige dieses Kalibers pflegten so gut wie nie ohne Rechtsbeistand in eine Vernehmung zu gehen. Insgeheim hatte er sogar eine erneute Konfrontation mit Dr. Hayder nicht ausgeschlossen. Vermutlich – nein, ganz sicher sogar! – würden sich auch die vier Zuschauer, die die Vernehmung durch einen durchsichtigen Spiegel vom Nebenraum aus verfolgten, überrascht ansehen. Was konnte der Grund für Stareks Ablehnung sein? Nun, er würde es bald erfahren.

Wolf schaltete das Tonbandgerät auf Aufnahme. Er begann mit

dem aktuellen Datum und der Uhrzeit und nannte seine und Stareks Personalien. Danach startete er die eigentliche Vernehmung.

»Herr Starek, können Sie sich den Grund denken, der zu Ihrer Festnahme geführt hat?«

»Sie werden's mir gleich sagen, stimmt's?« Starek war die Ruhe selbst.

»Nach Ihrer eigenen Aussage und der von Frau Prechtl wollen Sie sich vorgestern zwischen dreizehn und fünfzehn Uhr bei sich zu Hause aufgehalten haben.«

»Das sind olle Kamellen, Mann. Wenn Sie nichts Besseres auf Lager haben …«, tat Starek gelangweilt.

»Gegen 13.30 Uhr sind Sie jedoch von Kriminalobermeister Kalfass und dem Architekten Kronberger vom Büro Stiller auf der Baustelle des Corso in Konstanz gesehen worden. Nach übereinstimmender Aussage dieser beiden sowie weiterer Zeugen haben Sie dabei das Leben von Kallfass und Kronberger mindestens einmal absichtlich gefährdet. Was sagen Sie *dazu*?«

»Ganz einfach: Die Leute haben sich geirrt. Frau Prechtl hat Ihnen ja bestätigt …«

Wolf winkte gelangweilt ab. »Die Angaben von Frau Prechtl sind wertlos, Herr Starek. Zumindest für Sie. Wir haben inzwischen hieb- und stichfeste Beweise, dass sich Johanna Prechtl entgegen ihrer Aussage bis 14.12 Uhr in ihrer Boutique aufgehalten hat und erst danach zu Ihnen gefahren ist.«

Starek tat überrascht. »Ja, richtig«, sagte er gedehnt, »sie hatte etwas vergessen und ist noch mal zurückgefahren, das könnte um diese Zeit gewesen sein …«

»Sie sollten genauer zuhören. Ich habe gesagt, dass sich Ihre Geliebte *bis* 14.12 Uhr, und damit meine ich *durchgehend*, in ihrem Geschäft aufgehalten hat. Mit anderen Worten: Ihr Alibi ist geplatzt, Herr Starek!«

»Was für Beweise sollten das sein? Die will ich sehen!« Nun wirkte Starek doch leicht verunsichert.

Wolf ging nicht auf seine Frage ein. »Wenn Sie sich keiner Schuld bewusst sind, wie erklären Sie uns dann Ihre Flucht von dem Boot in Litzelstetten?«

»Das war blöd von mir, zugegeben. Eine Reflexhandlung. Daraus können Sie mir aber keinen Strick drehen.«

»War es nicht eher so, dass Sie durch unser Erscheinen Ihre sorgfältig vorbereitete Flucht gefährdet sahen?«

Treffer! Starek musste schlucken, zum ersten Mal fiel ihm keine schnelle Antwort ein.

»Wieso sollte ich fliehen?«

»Gegenfrage: Wieso, wenn nicht zur Flucht, sollte Frau Prechtl ein Flugticket nach Buenos Aires, ausgestellt auf Ihren Namen, beschaffen?«

Pause. »Das muss ein Irrtum sein …«

»Was ist eigentlich heute Nacht in Ihrer Wohnung passiert?« Wolf hielt den Moment für gekommen, Starek mit einem Trommelfeuer an Fragen sturmreif zu schießen.

»Was wohl? Ein Einbruch. *Dafür* sollte sich die Polizei mal interessieren …«

»Was wissen Sie über den Mord an Stanislaus Ploc?«

»Wer soll das sein?«

»Ich bin sicher, es fällt Ihnen wieder ein. Jedenfalls hat der Mann vor seinem Tod geredet. Genauer gesagt: geschrieben.«

»Muss mich das interessieren?«

»Ich denke, schon. Schließlich hat er Sie als Auftraggeber genannt.« Wolf hatte sich intuitiv zu diesem Bluff entschlossen.

»Auftraggeber von was?« Jetzt war Starek hellwach.

»Können Sie sich das nicht denken?«

»Mann, Sie gehen mir langsam auf den Sack mit Ihren Andeutungen. Ich werde ab jetzt gar nichts mehr sagen.«

»Das wird Ihnen nicht viel nützen angesichts der Beweise. Schließlich ist illegale Giftmüllentsorgung kein Kavaliersdelikt.«

Volltreffer. Stareks trotziger Gesichtsausdruck war plötzlich wie weggewischt und hatte einem nervösen Augenzucken Platz gemacht. Sein Blick irrte durch den Raum, als suche er einen Ausweg aus der sich abzeichnenden Sackgasse.

»Ich … ich soll der Auftraggeber für illegale Giftmüllentsorgung gewesen sein?«

Irrte sich Wolf, oder klang das bereits wie ein halbes Geständnis? »Sie haben's kapiert, Starek.«

Der fuhr auf. »Für Sie immer noch *Herr* Starek.«

»Sie werden bald ganz andere Sorgen haben, *Herr* Starek«, antwortete Wolf ungewollt scharf.

»Scheiß drauf.« Als wäre ein Damm gebrochen, sprang Starek auf und lief erregt hin und her. Vor dem großen Spiegel, durch den Wolfs Kollegen das Verhör verfolgten, blieb er stehen und schlug wütend mit der flachen Hand dagegen. Dann ging er zum Tisch zurück. »Nee, meine Herren, und das sag ich auch für Ihre Kollegen hinter der Scheibe dort: Diesen Schuh zieh ich mir nicht an. Wegen dieser Sache wenden Sie sich gefälligst an Hohmann.«

»Hohmann wäscht seine Hände in Unschuld. Sagt er.« Noch ein Bluff. Oder vielleicht doch nicht? Hatte Hohmann nicht mehrfach betont, an den Vorgängen unbeteiligt zu sein ... so ungefähr wenigstens?

Jetzt war Starek stinksauer. »Haben Sie etwas anderes erwartet? Wer wandert schon gern in den Bau? Dann fragen Sie ihn doch mal, auf was für einem Fundament die Tiefgarage vom Corso steht ...« Erschrocken hielt er inne. Zu spät war ihm aufgegangen, dass er möglicherweise zu viel ausgeplaudert hatte.

Wolf konnte das nachfühlen. Starek hatte ja keine Ahnung, welche Beweise die Polizei tatsächlich in der Hand hatte. Er musste damit rechnen, hereingelegt zu werden.

»Ich verweigere ab sofort jede weitere Aussage.«

»Wie Sie wollen, Herr Starek«, antwortete Wolf und konnte seine Befriedigung nur schlecht verbergen. »Sie bleiben auf jeden Fall unser Gast.« Er hob die Hand als Zeichen für seine Kollegen, dass die Vernehmung beendet war. Kurz darauf trat ein uniformierter Beamter ein, um den Verdächtigen in seine Zelle zurückzubegleiten.

Kaum war Starek weg, wandte sich Wolf an den inzwischen eingetretenen Marsberg. »Ich schlage eine sofortige Finanzprüfung sämtlicher Starek-Konten vor, Rolf. Ich will endlich wissen, wer seine Miete zahlt.«

»Ist mir ein Vergnügen, Leo.«

26

Nach dem Verhör hatte Wolf bei den Damen des Schreibdienstes eine Kanne Kaffee geschnorrt und ihnen als Ausgleich zwei Päckchen »Dallmayr prodomo« in Aussicht gestellt. Dann hatte er sich mit Kalfass und Jo in seinem Büro niedergelassen. Kurz darauf stießen Marsberg und dessen Mitarbeiter Hartmut Preuss zu ihnen.

Marsberg griente, als er Milch in seine Tasse goss. »Kompliment, Leo! Die Vernehmung hätte ich kaum besser hingekriegt.«

»Ist das alles, was dir dazu einfällt?«

»Keine falsche Bescheidenheit, bitte.« Dann wurde Marsberg ernst. »Immerhin haben wir seit heute Mittag eine ungefähre Vorstellung davon, was da eigentlich läuft. Giftmüll! Mein Gott, wer kommt denn auf so was?«

»Jetzt wird mir auch langsam klar, warum es denen auf eine Leiche mehr oder weniger nicht ankommt«, warf Jo ein.

Wie immer, wenn seine Kollegin auf den Punkt kam, wollte Kalfass nicht zurückstehen. »Ich habe dem Starek ja von Anfang an misstraut …«

»Stimmt, Ludger, du warst mal wieder der Erste, der Bescheid wusste«, sagte Wolf. Dabei verzog er keine Miene, sodass im Unklaren blieb, ob er es ernst meinte oder Kalfass lediglich vergackeierte. »Wir anderen hingegen haben erst heute kapiert, wie viel kriminelle Energie wirklich hinter Starek und Konsorten steckt. Allerdings fürchte ich, dass Starek lediglich als Mann fürs Grobe fungierte. Was wir brauchen, sind jedoch die Hintermänner, die eigentlichen Drahtzieher!«

»Dann fangen wir doch bei Hohmann an«, schlug Jo vor.

»Immer schön der Reihe nach«, schaltete sich jetzt Marsberg ein. »Fassen wir mal zusammen, was wir haben. Da wäre zum Ersten der zwielichtige Starek, der mit allen Mitteln verhindern will, dass Kollege Kalfass zusammen mit dem Architekten auf der Baustelle herumschnüffelt. Wir wissen nicht, für wen er arbeitet, aber seit heute wissen wir, was unentdeckt bleiben sollte:

Auf der Baustelle muss illegaler Giftmüll eingelagert worden sein. Die schriftliche Aussage von Ploc in seinem Brief ist da ganz eindeutig.«

Hier hakte Wolf ein. »Plocs Frau ist in der Gegend. Wir brauchen unbedingt ihre Aussage. Vielleicht kann sie sogar weiter gehende Angaben dazu machen. Am besten, du übernimmst das, Jo, dich kennt sie schon. Ruf die Winter vom ›Seekurier‹ an und lass dir die genaue Adresse geben, sobald wir fertig sind.«

Jo nickte und machte sich Notizen.

»Mir ist nicht klar, wie das mit dem Giftmüll vor sich gehen soll – auf einer Großbaustelle mit Hunderten von Bauarbeitern, wo der Baufortschritt praktisch täglich kontrolliert wird und sowohl Mülltransporte als auch deren Beseitigung unweigerlich auffallen würden?«, gab Hartmut Preuss zu bedenken.

»Starek erwähnte das Fundament der Tiefgarage. Und der Architekt hat von Maßabweichungen beim Bau von Fundamenten gesprochen. Ob es da einen Zusammenhang gibt?«, überlegte Jo.

»Jo hat recht, so könnte es sein. Ludger, du nimmst zusammen mit Kronberger die Tiefgarage noch mal gründlich unter die Lupe. Am besten rufst du ihn gleich an. Und nimm diesmal zwei uniformierte Kollegen mit, wir wollen ab sofort kein Risiko mehr eingehen.«

»Okay.« Kalfass ging zum Telefonieren in den Nebenraum.

Marsberg wollte endlich seine Zusammenfassung zu Ende bringen. »Auch wenn wir die Details noch nicht kennen: Der Tod der beiden Fahrer und des Poliers passt verdammt gut ins Bild. Und ich werde das Gefühl nicht los, dass auch das Verschwinden des Architekten eng damit zusammenhängt. Doch nun zu Hohmann. Der steckt mit Sicherheit in der Sache drin. Bei der Müllentsorgung wird klotzig verdient – umso mehr, je giftiger das Zeugs ist. Bei so viel Geld sind schon ganz andere schwach geworden. Im Übrigen hat Hohmann als Bauunternehmer jede Menge Möglichkeiten, den Dreck heimlich verschwinden zu lassen. Was meinst du, Leo?«

»D'accord. Ich würde sogar noch weiter gehen: Für mich steckt Hohmann nicht nur ganz tief drin. Ich halte ihn inzwischen sogar für den Kopf des Ganzen! Deshalb bin ich für seine Festnahme, und zwar noch heute.«

»Einverstanden. Bleibt noch die Frage: Wo kommt der Müll her? Hat vielleicht doch Maywaldt damit zu tun?«

»Wir können es nicht ausschließen. Aber wir sind gut beraten, uns schrittweise vorzuarbeiten. Eins nach dem andern.«

»Und Patzlaff?«, fragte Marsberg.

»Wer ist Patzlaff?«, grinste Wolf.

***

Hohmanns Festnahme musste wohlbegründet sein, schließlich war er am Nordufer des Bodensees bekannt wie ein bunter Hund. Als erfolgreicher Unternehmer verfügte er über hohes Ansehen und weitreichende Verbindungen. In Anbetracht der Fakten wie auch der sich abzeichnenden Dimension des Falles jedoch hätte sogar der diensthabende Staatsanwalt Dr. Hirth einen Haftbefehl befürwortet, da war sich Wolf sicher. Allerdings hätte sie der Weg über den Staatsanwalt und den zuständigen Haftrichter viel zu viel Zeit gekostet. Wolf kannte Richter Scheu und dessen kleinliche Arbeitsweise zur Genüge. Nicht ohne Grund nannte er ihn gelegentlich – hinter vorgehaltener Hand, versteht sich! – einen »wankelmütigen Korinthenkacker.«

Nein, es musste auch ohne die beiden gehen. Wer konnte schließlich wissen, ob Hohmann nicht längst von Stareks Verhaftung wusste? Und wenn ja, wer garantierte ihnen dann, dass Hohmann die folgenden Stunden nicht nutzte, um Spuren zu verwischen oder Zeugen zu beeinflussen? Insofern war Gefahr im Verzuge, und das rechtfertigte allemal eine Verhaftung ohne Haftbefehl.

Bis sie in Überlingen wegkamen, wurde es vier Uhr. Sie konnten nur hoffen, Hohmann noch in seiner Firma anzutreffen.

Wolf und Marsberg setzten sich auf die Rückbank des Dienstwagens, um über die Vorgehensweise bei Hohmanns vorläufiger Festnahme zu sprechen. Daraus wurde jedoch nichts. Die Fahrweise von Hartmut Preuss erwies nämlich sich als ähnlich strapaziös wie die von Jo. Dafür kamen sie schneller als erhofft in Markdorf an.

Ihre Befürchtung erwies sich als unbegründet, der Bauunternehmer befand sich noch im Haus. Sie ließen Preuss am Empfangstresen zurück, um eine vorzeitige Warnung Hohmanns zu verhindern. Dann stürmten sie die Treppe hinauf.

Sie hielten sich nicht lange mit Formalitäten auf. Als sie Hohmanns Büro betraten, hob sich dessen Silhouette vor dem hellen Fenster ab. Er wandte ihnen den Rücken zu und machte keine Anstalten, sich umzudrehen, was Wolf etwas seltsam erschien, schließlich hatten sie die Überraschung auf ihrer Seite. Oder etwa doch nicht?

Unvermittelt schlug eine Tür hinter ihnen zu, ein Schlüssel drehte sich im Schloss, eilige Schritte entfernten sich. Gleichzeitig wandte sich der Mann am Fenster um. »Guten Tag, meine Herren. Ich bin Paul Göbel, der Fahrer von Herrn Hohmann. Tut mir leid, aber der Chef hat im Moment Wichtigeres zu tun. Wenn Sie mit mir vorliebnehmen wollen?«

Wolfs Gedanken rasten. Was der Mann da tat, war Beihilfe zur Strafvereitelung. Konnte es einen überzeugenderen Beweis für Hohmanns Schuld geben als seine Flucht? Währenddessen hämmerte Marsberg mit beiden Fäusten an die Tür, doch wertvolle Sekunden verstrichen, bis ihnen endlich aufgeschlossen wurde. Im Laufschritt rannten sie die Treppe hinab, dem flüchtigen Bauunternehmer hinterher.

Preuss sah erstaunt auf, als sie auf die Anmeldung zustürmten. »Nein, hier ist niemand vorbeigekommen«, beantwortete er Wolfs Frage nach dem flüchtigen Hohmann.

Da schlug sich Marsberg an die Stirn. »Das zweite Treppenhaus, Leo! Er hat das hintere Treppenhaus benutzt!«

»Ich geh vorne raus, ihr nehmt den Hinterausgang«, rief Wolf und rannte los. Als er die Außentreppe hinunterstürmte, fuhr ihn ein vorbeirasender schwarzer Porsche Cayenne beinahe über den Haufen. Im letzten Moment hechtete er zur Seite. Auch wenn er den Fahrer nur für den Bruchteil einer Sekunde gesehen hatte, war er sicher: Es war Hohmann!

Wenige Augenblicke später preschte auch ihr Dienstwagen vom Hof. Jetzt erwiesen sich Preuss' Fahrkünste als wahrer Segen. Was Hohmanns Porsche an Pferdestärken auf die Straße brachte, glich der junge Beamte durch exzellente Brems- und Kurventechnik wieder aus. Zwar hatte er im Stadtgebiet keine Chance aufzuschließen oder gar zu überholen, doch wurde der Abstand auch nicht größer. Wolf, der auf dem Beifahrersitz saß, öffnete das Fenster und stellte das Blaulicht aufs Dach. Marsberg versuchte währenddessen, telefonisch Verstärkung herbeizurufen.

Die wilde Jagd führte sie aus Markdorf hinaus. Zu Wolfs Verwunderung schlug der Bauunternehmer jedoch nicht den Weg zum See ein, was dem Porsche bessere Fluchtmöglichkeiten geboten hätte. Stattdessen fanden sie sich plötzlich auf einer Nebenstraße wieder, die Wolf bekannt vorkam. Panik oder Berechnung?

Die Straße führte zum Gehrenberg hinauf. Mehrfach konnten sie nur mit Glück eine Kollision mit entgegenkommenden Fahrzeugen vermeiden, denn die Kurven wurden immer enger. Mehr als einmal gerieten die Räder des breiten Cayenne auf den unbefestigten Randstreifen, Staub wirbelte auf, und ein Hagel von Steinen prasselte auf sie nieder. Sie passierten das Wirtshaus zum Gehrenberg. Wolf erkannte den vorüberfliegenden Biergarten, sah, dass er um diese Abendstunde brechend voll war, und wünschte sich nichts sehnlicher, als dort zu sitzen.

Dann, in einer scharfen Linkskurve, passierte es. Hohmann hatte offenbar zu stark beschleunigt, denn die Fliehkräfte trieben den Cayenne von der Fahrbahn. Er rutschte auf die Grasnarbe und wurde linksseitig wie von Titanenhand hochgerissen. Ein, zwei, drei Sekunden lang schlitterte der Wagen nur auf den Außenrädern, als wolle er sich überschlagen, ehe er wie in Zeitlupe zurückfiel und sich zweimal um die eigene Achse drehte. In einer gewaltigen Staubwolke kam er zum Stehen.

Preuss war geistesgegenwärtig auf die Bremse gestiegen und hielt unmittelbar hinter Hohmann. Schon rissen Wolf und Marsberg die Türen auf und wollten herausspringen, als der Motor des Cayenne erneut aufheulte. Mit durchdrehenden Reifen schoss der schwere Wagen an ihnen vorbei, zurück auf die Straße.

Und weiter ging die wilde Jagd, durch eine kleine Ortschaft mit dem Namen Allerheiligen, immer steiler den Berg hinauf. Von links schob sich der stählerne Aussichtsturm ins Bild. Dann fuhren sie eine Kuppe hoch, die Hohmanns Wagen vorübergehend ihren Blicken entzog. Als das Polizeifahrzeug über die Kuppe schoss, war die Straße vor ihnen leer. Der Cayenne war wie vom Erdboden verschluckt. Wie war das möglich? Vor Aufregung konnte Preuss das Polizeifahrzeug nur mit Mühe auf der Straße halten.

Marsberg entdeckte Hohmann als Erster. Eingehüllt in eine Staubwolke schlingerte der Cayenne mit Vollgas einen Feldweg entlang, der scharf links von der Straße in Richtung Aussichtsturm abzweigte.

Was hatte Hohmann vor? Ahnte er nicht, dass seine Lage damit immer aussichtsloser wurde? Oder war dieses Manöver Teil eines Plans, dessen Sinn sich ihnen noch verschloss? Wie dem auch sei, sie mussten ihm auf dem Feldweg folgen, wollten sie den schwarzen Cayenne nicht aus den Augen verlieren.

Unweit des Turms stand eine Gruppe hoher Buchen, unter denen normalerweise Besucher parkten. Hohmann jedoch war direkt zum Turm gefahren und hatte seinen Wagen vor dem Treppenaufgang abgestellt, unmittelbar neben einer Hütte, die bei Regen als Unterstand diente. In der Hast hatte er die Fahrertür offen gelassen. Als Preuss unmittelbar hinter dem Cayenne stoppte, befand sich der Bauunternehmer bereits in etwa fünfzehn Metern Höhe. Mit einem langen Gegenstand in der Hand stieg er, zunehmend langsamer werdend, die Stufen weiter hinauf. Nun kletterten auch die Polizisten aus dem Wagen.

Zum ersten Mal seit langer Zeit sah Wolf das Bauwerk aus der Nähe wieder: eine gut dreißig Meter hohe, filigrane Stahlkonstruktion, deren Besteigung sicher eine Portion Schwindelfreiheit erforderte, mit je einer Aussichtsplattform in der Mitte und ganz oben. Warum war Hohmann da raufgestiegen? Auf diese Weise hatte er sich selbst in eine Sackgasse manövriert.

Schnell hatten sie sich darauf verständigt, ihm zu folgen. Sie mussten ihn zum Absteigen bewegen, und das hieß, das Gespräch mit ihm suchen.

Wolf ging voran. Sie hatten gerade mal die ersten Stufen bewältigt, da krachte ohne Vorwarnung von oben ein Schuss. Eine Schrotladung rauschte in das Blätterdach der nächststehenden Buche.

»Bleiben Sie unten. Das nächste Mal schieße ich gezielt«, rief Hohmann. Also war der lange Gegenstand, den er mit auf den Turm geschleppt hatte, ein Gewehr gewesen, dem Klang nach eine Doppelbockbüchse.

»Herr Hohmann, seien Sie doch vernünftig. Wir wollen nur mit Ihnen reden«, rief Wolf nach oben.

Erneut krachte ein Schuss. Diesmal prasselten die Schrotkugeln in unmittelbarer Nähe auf die Metallstreben des Aussichtsturms. »Ich warne Sie! Gehen Sie zurück, weg vom Turm. Ich will Sie unten stehen sehen.«

»Wollen Sie, dass wir uns hier eine Schießerei liefern? Seien Sie doch vernünftig. Ich verspreche Ihnen ...«

Weiter kam Wolf nicht. Hohmann schoss zum dritten Mal, diesmal genau in ihre Richtung. Glücklicherweise standen sie nicht direkt in seinem Schussfeld, doch auch so war das Sirren der Schrotkörner und der unzähligen Querschläger auf dem Metall mehr als unangenehm.

»Zurück und hinter die Hütte, die gibt uns Deckung«, rief Marsberg. Von dort aus konnte Wolf in geringer Entfernung zwei Autos erkennen, wahrscheinlich Touristen, die sich auf die Knallerei keinen Reim machen konnten und vorsichtshalber mal stehen geblieben waren.

Wolf konnte Hohmanns Verhalten beim besten Willen nicht nachvollziehen. Es war ihm schleierhaft, wie sich der Bauunternehmer aus dieser selbst verschuldeten Situation herausmanövrieren wollte. Hier auf dem Turm war seine Flucht unwiderruflich zu Ende.

Und noch etwas ging Wolf durch den Kopf: War es möglich, dass Hohmann von seiner bevorstehenden Festnahme gewusst hatte? Seine Flucht deutete darauf hin. Doch wo war die undichte Stelle?

Wenig später ertönten von der Straße her Polizeisirenen. Zwei Wagen mit Blaulicht tauchten auf und bogen in den Weg zum Turm ein. Marsberg, der die Verstärkung herbeigerufen hatte, rannte ihnen mit wedelnden Armen entgegen, den schießwütigen Hohmann ignorierend. Er wollte die Kollegen in sicherem Abstand zum Stehen bringen.

Inzwischen hatte Hohmann zwei Drittel der Höhe bewältigt. Die gesteigerte Polizeipräsenz schien seine Panik noch zu verstärken. Erneut nahm er, das Gewehr im rechten Arm, eine Treppe in Angriff, kletterte Stufe um Stufe höher, hielt sich mit der Linken am Geländer fest und schaute dabei immer wieder nach unten.

Mit einem Mal glitt er aus und verlor das Gleichgewicht. Für Bruchteile einer Sekunde suchte er mit der freien Hand vergeblich nach einem Halt. Gleich darauf rutschte er geräuschvoll die steile Treppe hinab, immer schneller werdend. Das Gewehr glitt ihm aus dem Arm und polterte nach unten. Als es auf ein Metallgitter schlug, löste sich ein Schuss, dicht gefolgt von einem durchdringenden Schrei.

Hohmann war auf der Aussichtsplattform auf halber Höhe des Turms liegen geblieben. Er erhob sich mühsam, wankte, tastete suchend nach dem Geländer und stützte sich darauf, bis ihm zuletzt die Arme einknickten. Sein Oberkörper rutschte über das Geländer, und während seine Hände noch panisch nach den Metallstreben griffen, um der Schwerkraft entgegenzuwirken, erkannte Wolf bereits die Aussichtslosigkeit der Lage. Hohmann verlor den Halt und stürzte nach unten.

Wolf hatte einmal einen ähnlichen Sturz vom sechsten Stock eines Bürohochhauses mit ansehen müssen, doch er war aufs Neue überrascht, wie endlos lange es dauerte. Die Zeit blieb förmlich stehen, bis der Körper schließlich mit einem dumpfen »Plopp« auf dem Boden aufschlug.

27

Hohmanns Unfalltod bedeutete einen erheblichen Rückschlag für die Ermittler, so viel stand fest. Sie hatten ihn als Kopf einer Bande mit mafiaähnlichen Strukturen eingestuft, deren kriminelles Potenzial zu diesem Zeitpunkt nicht einmal annähernd abzuschätzen war. Seine Flucht und seine Gewaltbereitschaft hatten sie in ihrem Verdacht bestärkt. Wolf war überzeugt gewesen, dass sie unmittelbar vor der Lösung des Falls standen. Hohmann musste das ähnlich empfunden haben, nur so war seine aussichtslose Flucht auf den Turm zu erklären.

Jetzt kam es entscheidend darauf an, am Ball zu bleiben, Druck zu machen, Verdächtige und Verdachtsmomente innovativ zu verknüpfen. Noch am Abend wollten sie damit beginnen.

Die Kollegen aus Markdorf hatten die Abwicklung des Todesfalls am Gehrenberger Aussichtsturm übernommen: Spurensicherung, Überführung der Leiche, Protokolle, das ganze aufwendige Programm. Wolf, Marsberg und der junge Preuss dagegen wollten schnellstmöglich nach Überlingen zurück.

Auf der Rückfahrt rief Kalfass an.

»Chef, gut, dass ich Sie noch erreiche. Jetzt halten Sie sich fest ...«

»Wo bist du?«

»Noch auf der Baustelle, in der Tiefgarage. Mit Kronberger. Wir haben was gefunden. Können Sie noch herkommen?«

»Kann ich. Marsberg kommt mit.« Der nickte bestätigend mit dem Kopf. »Wir schauen noch kurz im Büro vorbei. In einer Stunde sind wir bei euch. Hast du von Jo gehört?«

»Ist ebenfalls auf dem Weg hierher. Die Ploc hat gegenüber Jo die Darstellung von Karin Winter voll bestätigt. Und stellen Sie sich vor ...«

»Stopp – das will ich von Jo selbst hören.« Kalfass konnte es einfach nicht lassen. Die übersteigerte Rivalität unter seinen Mitarbeitern fiel Wolf zunehmend auf die Nerven.

Es war fast sieben, als sie im »Aquarium« eintrafen. Marsberg schickte Preuss nach Hause, nicht ohne einige lobende Worte über seine Fahrkünste zu verlieren. Dann gingen sie beide kurz in ihr Büro und trafen sich wenig später auf dem Parkplatz wieder, um gemeinsam zum Corso zu fahren.

***

Am Meersburger Fährhafen mussten sie eine halbe Stunde warten, bis sie übersetzen konnten. Alle fünf Wartespuren waren belegt, in der Hochsaison durchaus keine Seltenheit. Zum Glück herrschten angenehme Temperaturen, sodass sie sich die Füße etwas vertreten konnten. Jetzt, kurz vor Einbruch der Dämmerung, hatte sich doch noch die Sonne durchgekämpft und verbreitete ein mildes, fast unwirklich schönes Abendlicht.

Während der Überfahrt stellte sich Wolf an den Bug des Schiffes. Zum Ausklang dieses turbulenten Tages hatte er sich eine Gitanes wahrhaftig verdient, wie er fand. Doch bereits nach wenigen Zügen schnitt er ein Gesicht, als hätte er in eine Zitrone gebissen, und drückte den Glimmstängel wieder aus. Die Zigarette schmeckte heute überhaupt nicht. Außerdem war der Tag noch längst nicht zu Ende.

Marsberg hatte in der Zwischenzeit im Bordrestaurant zwei Sandwiches erstanden, die sie bis zur Ankunft in Staad verdrückten. Eine Viertelstunde später parkten sie ihren Wagen auf dem Baustellengelände vor der Tiefgarage des Tourismuscenters. Kalfass' Porsche und ein daneben abgestellter Streifenwagen hatten ihnen auf den letzten Metern den Weg gewiesen. An der Einfahrt standen zwei Streifenbeamte, um etwaige Neugierige am Betreten des Gebäudes zu hindern. Zwanzig Meter weiter links parkte Jos zitronengelber Beetle. Ringsum herrschte eine Art Feierabendstimmung, nichts deutete auf außergewöhnliche Aktivitäten hin – außer vielleicht die Gruppe behelmter Bauarbeiter, die lautstark mit dem Entladen eines Pritschenwagens beschäftigt war.

Sie gingen über die Rampe in die Tiefgarage und betraten den Ort des Geschehens. Die untere Ebene der Tiefgarage war in gleißendes Licht getaucht. Kalfass begrüßte die Kommissare bei ihrem Eintreffen und machte sie mit Kronberger bekannt. Dann wies er auf eine Reihe farbiger Markierungen auf dem Boden.

»Sie kommen im richtigen Augenblick. Wir müssen den Betonboden öffnen, der Kompressor wird gleich hier sein. Aber das kann Ihnen Herr Kronberger besser erklären.«

»Moment, nicht so schnell. Wieso müsst ihr den Boden aufreißen?«, wollte Wolf wissen.

»Weil dort unsere Beweise liegen: Der Giftmüll muss im Boden sein. Sie erinnern sich noch an die Maßabweichungen, die von den Planern immer wieder reklamiert wurden? Es sieht so aus, als wären sie durch Einbringen großer Fremdstoffmengen in die Bodenplatte entstanden.« Kalfass war ganz in seinem Element. »Übrigens, eh ich's vergesse: Jo ist zum Container der Bauleitung gegangen, um einige Schnittzeichnungen für uns pausen zu lassen.«

Nun winkte Wolf Kronberger nach vorne. Der Architekt schien froh zu sein, dem wichtigtuerischen Kalfass zu entkommen. »Also, wie ich Ihrem Kollegen bereits erklärte, haben wir hier, so nahe am Seeufer, einen außerordentlich hohen Grundwasserspiegel. Das hat zur Folge, dass die Gebäudefundamente als Betonwannen ausgebildet sein müssen. Dabei wird vor allem die Stärke der Bodenplatte auf das Grundwasser abgestimmt. Mit anderen Worten: Das Gewicht des Fundaments muss statisch so berechnet sein, dass es auf dem Grundwasser nicht aufschwimmt.«

»Wie dick ist diese Bodenplatte hier – nur ungefähr?«

»Ich würde mal schätzen, einen bis eineinhalb Meter, vielleicht mehr. Dazu müsste ich einen Blick in die Pläne werfen, wenn Ihre Kollegin zurück ist.«

»Donnerwetter«, sagte Wolf nachdenklich, »da lässt sich eine Menge Müll drin verstecken.«

»Ja«, mischte sich Kalfass ein, »und damit die Statik bei weniger Gewicht im Füllraum trotzdem stimmt, wird die Bodenplatte unter Umständen eben ein bisschen dicker gemacht ...«

»... genauer gesagt: Die Oberkante des Fundaments liegt dann entsprechend höher. Und genau das ist es, was uns immer wieder aufgefallen ist«, erläuterte Kronberger.

Jo kehrte mit den Plänen zurück. Sie brachte einen Karton Coladosen mit und verteilte sie. Inzwischen hatten die Bauarbeiter den Kompressor hergebracht und waren dabei, ihn betriebsbereit zu machen.

»Der Beton enthält doch sicher eine Stahlbewehrung?«, erkundigte sich Wolf.

»Richtig. Wenn tatsächlich etwas, in welcher Form auch immer, in der Bodenplatte steckt, muss es in Abstimmung mit der Bewehrung dort eingebracht worden sein.«

»Wird die Statik während des Baus nicht kontrolliert?«, wollte Jo wissen.

»Doch. Aber für Hohmann war es sicher kein Problem, die Prüfunterschrift zu bekommen. Auch unter Statikern gibt es schwarze Schafe, und je abhängiger einer von seinem Auftraggeber ist, desto eher drückt er auch mal ein Auge zu.« Kronberger nahm einen Schluck von seiner Cola. »Normalerweise macht man in Fällen wie diesem eine Kernbohrung, wenn man die Betonplatte prüfen will. Wir haben es hier jedoch mit einer besonders hohen Betongüte mit hohem Wassereindringwiderstand zu tun, dazu die Bewehrung, da hilft nur eine sogenannte ›Zerstörungsprobe‹.«

»Herr Kronberger hat im Ausschlussverfahren die auf dem Boden markierten Flächen als mögliche Fundstellen ermittelt, dort fangen wir an«, erklärte Kalfass eifrig und wies auf mehrere Kreidelinien.

Er gab dem Vorarbeiter ein Zeichen. Einer der Männer verteilte Hörschutz an die Umstehenden. Dann wurde der Kompressor angeworfen.

Es wurde höllisch laut. Mit unendlicher Präzision, Millimeter um Millimeter, fraß sich der Hammer in den Beton, brach kleine Brocken heraus und wirbelte dabei jede Menge Staub auf. Nach einer halben Stunde war auf diese Weise ein etwa zwanzig Zentimeter tiefes Loch von gerade mal einem Viertelquadratmeter entstanden, ohne dass sie auf etwas gestoßen wären. Der Vorarbeiter am Kompressor, ein Betonspezialist, sah zu Wolf herüber. Der nickte ihm zu. Weitermachen!

Kronberger hatte aus den Zeichnungen eine Betondicke von 135 Zentimetern herausgelesen. Sie waren übereingekommen, maximal bis zur halben Tiefe vorzudringen. Sollten sie nicht fündig werden, wollten sie es an einer anderen Stelle versuchen.

»Kann eine lange Nacht werden«, rief Wolf Marsberg zu, indem er dessen Hörschutz etwas vom Ohr abhob. Marsberg hatte einen leidenden Gesichtsausdruck, der Lärm demoralisierte ihn.

Zehn Minuten später war es soweit. Ganz plötzlich hatte sich der Ton des Betonhammers verändert, ein metallisches Klingen mischte sich unter das bis zu diesem Zeitpunkt gleichmäßige Stakkato des vordringenden Meißels. Sorgfältig legte der Arbeiter einen runden blauen Metallring frei.

Alle starrten auf den Fund, bis Marsberg ausrief: »Das ist ein Fassdeckel!«

»Fässer! Das macht Sinn!« Wolf klopfte gleichzeitig Marsberg und dem Vorarbeiter auf die Schultern. »Gut, immerhin ein kleiner Lichtstreif am Horizont. Holen Sie das verdammte Fass hier raus, ich brauch es spätestens morgen früh. Und passen Sie um Gottes willen auf, dass Sie es nicht beschädigen. Das Zeug ist vermutlich hochgiftig. Also, wie ein rohes Ei behandeln, in Ihrem eigenen Interesse, ja?«

»Sie können sich auf uns verlassen. Los, Leute, wir machen weiter!«

»Und du, Ludger«, dabei tippte er aufgeräumt Kalfass auf die Brust, »stehst spätestens morgen früh um acht hier auf der Matte, und zwar mit den Chemikern vom Untersuchungsamt Sigmaringen. Die sollen Proben entnehmen und den Fassinhalt untersuchen. Informiere außerdem unsere Kriminaltechnik und das LKA. Danach kannst du mir erzählen, wass du über Stareks Finanzen herausgefunden hast.«

»Ach, eines würde mich noch interessieren«, fragte Marsberg den Architekten. »Wie ist es möglich, im laufenden Betrieb Fässer in den Beton einzubringen, ohne dass die halbe Welt das mitbekommt?«

»Ooch, das ist einfacher, als Sie denken. Die meisten Gebäude hier sind Terminbaustellen, das heißt, es wird meist auch nachts gearbeitet, allerdings mit weniger Personal, versteht sich. Wenn in einem Neubau wie hier die unterste Betonschicht liegt, lassen sie einfach in der Nacht die Fässer herankarren und mit Staplern zwischen die Bewehrung setzen. Anschließend deckt eine Betonpumpe die Bescherung mit Fertigbeton zu, das war's dann. Aus den Augen, aus dem Sinn!«

»Und wer vom Baupersonal weiß davon?«

»Da reicht ein Mann. Das kann der Eisenbieger sein, ein Betonwerker oder auch der Polier.«

Wolf überlegte kurz, dann hob er den Kopf. »Zum Beispiel Kupka?«

Nun war es an Kronberger, erstaunt zu sein. »Klar, auch der. Jetzt, wo Sie's sagen … ja, Kupka könnte es gewesen sein … wir haben uns noch gewundert, warum der Polier höchstselbst den Frischbeton einbringt.«

Wolf tauschte einen Blick mit Kalfass und Jo. »Langsam schließt sich der Kreis«, murmelte er vielsagend.

28

Die vorläufigen Berichte der Kriminaltechnik, Hohmanns Tod betreffend, enthielten nichts, was sie nicht schon wussten. Zweimal schon hatte Wolf die Seiten vor- und rückwärts gelesen, doch die einzig neue Information war, dass der Gehrenberg Hohmanns Jagdrevier gewesen war. Wolf hatte also durchaus richtiggelegen mit seiner Vermutung, dass Hohmann in voller Absicht die Flucht bergan gewählt hatte, wohl wissend um seine ausweglose Situation. Von Anfang an war der Turm sein Ziel gewesen. Möglicherweise hatte er sogar vorgehabt, dort seinem Leben selbst ein Ende zu setzen – sie würden es nie erfahren.

Wolf verscheuchte diese Gedanken. Wichtigere Dinge standen heute an. So wichtig, dass er nach einer weitgehend schlaflosen Nacht bereits um fünf das Bett verlassen und eine Stunde später sein Fahrrad hinter dem »Aquarium« abgestellt hatte. Es tat gut, ungestört ein paar Dinge abarbeiten zu können, ohne dass das Telefon oder Mitarbeiter und Kollegen ständig nervten.

Bis kurz nach sieben ging seine Rechnung auf. Dann klingelte sein Handy.

»Ich weiß, dass Sie mit allem gerechnet haben, nur nicht mit mir, stimmt's?«, schallte ihm eine fröhliche Frauenstimme entgegen.

»Man muss die Widrigkeiten des Lebens nehmen, wie sie kommen, Frau Winter. Was gibt's um diese unchristliche Zeit?«

»Haben Sie zehn Minuten für mich?«

»Welche Frage! Bisher haben sich Ihre Besuche noch stets gelohnt – wie könnte ich da Nein sagen! Wann soll's denn sein?«

»Sofort.«

»Wie ich Sie kenne, stehen Sie bereits vor der Tür. Wenn's so ist, kommen Sie rein. Oder nein … ich hab einen besseren Vorschlag. Treffen wir uns in Konstanz. Sie kennen doch die besagte Baustelle? Fahren Sie rein, bis Sie an den Eingang zur neuen Tiefgarage kommen. Sie können es nicht verfehlen, es stehen Streifenwagen davor. Dort gehen Sie runter zur unteren Ebene. Und bringen Sie Ihren Fotoapparat mit. So gegen acht, schaffen Sie das?«

»Ich werde da sein. Danke!«

Er hatte kaum aufgelegt, da stand Jo vor seinem Schreibtisch. »Interessiert Sie, was die Ploc mir erzählt hat, Chef?«

»Immer. Aber nicht hier. Pack deine Siebensachen zusammen, wir fahren zu Ludger. Wenn du mir versprichst, wie ein normaler Mensch zu fahren, setze ich mich sogar in deinen Kugelporsche. Unterwegs können wir dann reden.«

»Warum so skeptisch? Bei mir sind Sie sicher wie in Abrahams Schoß. Ich warte unten auf Sie.«

Fünf Minuten später fuhren sie vom Hof.

»Wie wir immer vermutet haben«, begann Jo, als sie am See entlang Richtung Meersburg fuhren, »hat die Ploc inoffiziell ziemlich genau gewusst, was bei der Arbeit ihres Mannes läuft. Nicht dass er zu Hause sehr gesprächig gewesen wäre, aber hier ein Wort und da ein Wort, den Rest hat sie sich zusammengereimt. Wahrscheinlich hat ihr Stani wegen der Giftmülltransporte Muffensausen bekommen und wollte Schluss machen. Sein Schweigen wollte er sich teuer bezahlen lassen, doch wer immer da zur Kasse gebeten wurde, hat die Möglichkeit eines Selbstmordes der Notwendigkeit von Schweigegeld vorgezogen.«

»So weit, so gut. Allerdings war da immer noch seine Frau – möglicherweise eine Mitwisserin, die man unter allen Umständen ruhigstellen musste!«, spann Wolf den Faden weiter.

»Korrekt. Die hatte dann plötzlich einen Umschlag mit zehntausend Euro im Postkasten … na ja, den Rest kennen wir.«

»Weißt du, Jo, was mich immer wieder maßlos erschüttert? Diese grenzenlose Gier aller Beteiligten. Alle sind geil aufs Geld. Und im Zweifel bereit, jede Untat dafür zu begehen, so kriminell und menschenverachtend sie auch sein mag. Geld, Geld, immer nur Geld … einfach zum Kotzen!«

Je näher sie der Baustelle kamen, desto bedrückender fand Wolf ihre Situation. Wenn sich in dem Fass tatsächlich Giftmüll befand, hatte das unabsehbare Konsequenzen für alle Beteiligten. Wie konnte man das Zeug ohne einen Totalabriss herausholen? Wer kam für den immensen wirtschaftlichen Schaden auf – falls der Bauträger diese Zäsur überhaupt überlebte? Zudem wäre es naiv, anzunehmen, nur die Tiefgarage sei betroffen. Wolf ging jede Wette ein, dass nicht nur weitere Gebäude des Tourismuscenters als Giftmüll-Endlager missbraucht worden waren, sondern auch andere Bauobjekte in der Region.

Ihre Ankunft vor der Tiefgarage riss ihn jäh aus seinen Überlegungen. Obwohl erst Viertel vor acht, war die Fläche vor dem Gebäude komplett zugeparkt. Erst in einiger Entfernung vom Eingang fand sich eine Lücke für Jos Käfer. Wolf sah sich beim Aussteigen suchend um. Nirgends ein blauer Sportwagen, also war Karin Winter noch nicht da.

Je tiefer sie in die Garage hinabstiegen, desto staubgeschwängerter wurde die Luft. Die untere Parkebene zeigte sich seit dem Vorabend völlig verändert. Von der schlechten Sicht einmal abgesehen, fielen Wolf vor allem die zahlreichen Menschen auf. Während sich die Betonspezialisten mit übernächtigten Gesichtern hinter einen Berg von Betonbrocken verzogen hatten und sich aus einem am Boden stehenden Kasten Bier bedienten, huschten die Leute des Chemischen Untersuchungsamtes und der Kriminaltechnik um ein großes Loch herum, aus dem ein blau lackiertes Fass geborgen worden war. Hinter dem Fass schälten sich undeutlich die Umrisse von Kalfass und Kronberger aus dem Staubschleier. Zusammen mit einem der Chemiker waren sie in die Hocke gegangen und schienen über die Aufschriften auf dem Fass zu rätseln. Außerdem erkannte Wolf drei Uniformierte und einen Fotografen, der vermutlich zur Kriminaltechnik gehörte und dessen Gesicht praktisch ständig von der Kamera verdeckt wurde.

Wolf und Jo traten zu den drei Männern am Fass. Nach der Begrüßung gab Kalfass einen kurzen Abriss.

»Die Leute haben gearbeitet bis zum Umfallen. Um sieben hatten sie das Fass endlich freigelegt.«

»Unbeschädigt?«, fragte Wolf dazwischen.

»Selbstverständlich, deshalb hat es ja so lange gedauert. Es ist noch verschlossen, also konnten auch noch keine Proben entnommen werden.«

»Wir werden das Fass mitnehmen und im Labor öffnen«, meldete sich der Chemiker zu Wort. »Das ist sicherer, zumal uns die Aufschrift keinerlei Anhaltspunkte über die Toxizität des Inhaltes liefert. Wir wissen lediglich, dass das Zeug flüssig ist, ansonsten tappen wir im Moment völlig im Dunkeln.«

»Eines allerdings dürfte Sie sehr interessieren, Chef. Schauen Sie mal hier …« Kalfass deutete auf einen unscheinbaren Vermerk, den jemand mit gelber Ölkreide auf den Deckel des Fasses geschrieben hatte. Offensichtlich hatte man sich bemüht, ihn abzuwischen, was jedoch nur unvollkommen gelungen war.

Wolf rückte näher heran, um die Aufschrift entziffern zu können. Dabei stieß er mit seinem Nebenmann zusammen. Es war der Fotograf, der sich unbemerkt zu ihnen gesellt hatte. Er entschuldigte sich – unerwarteterweise jedoch mit einer Frauenstimme, die Wolf zu allem Überfluss auch noch bekannt vorkam.

Das war doch …? Ja, genau! Neben ihm stand Karin Winter vom »Seekurier«. Er hatte sich von ihrem ungewohnten Outfit täuschen lassen und sie die ganze Zeit für einen Mann gehalten.

Als Wolf eben zu einer Begrüßung ansetzen wollte, legte die Journalistin verstohlen den Zeigefinger auf die Lippen.

»Frau Winter vom Umweltbundesamt«, stellte Kalfass sie nichts ahnend vor. Wolf schluckte seine Verblüffung hinunter. Auch Jo verstand offensichtlich nur Bahnhof, blieb aber zum Glück ebenfalls ruhig.

Sie konzentrierten sich erneut auf das Fass. Die Aufschrift auf dem Deckel bestand lediglich aus fünf Buchstaben. Die jedoch waren alarmierend. Hinter ihnen, das wusste Wolf, verbarg sich niemand geringerer als der größte Müllentsorger der Region: die Maywaldt Entsorgungs- und Recycling AG in Ravensburg, kurz MERAG.

»Also doch!«, entfuhr es Wolf ungewollt.

»Nicht wahr?«, pflichtete Kalfass wissend bei, wobei er Jo mit einem triumphierenden Seitenblick streifte.

»Wann bekommen wir über den Inhalt des Fasses Bescheid?«, fragte Wolf den Chemiker.

»Frühestens am Nachmittag geht er Ihrer Technik zu. Bis dahin haben wir zumindest eine vorläufige Analyse. Die Zugänge zur Tiefgarage werden einstweilen abgesperrt und bewacht.«

»Und was, wenn es sich tatsächlich um Giftmüll handelt?«

»Dann werden unsere ›Minensucher‹ die Position eventueller weiterer Behälter feststellen. Im schlimmsten Fall muss das gesamte Fundament raus.«

»Na, dann gnade Gott …«, seufzte Wolf und wandte sich Karin

Winter zu. »Kann ich Sie kurz sprechen? Vielleicht dahinten?« Sie entfernten sich ein paar Meter.

»Was soll dieses Kasperltheater?«, fragte Wolf irritiert, als sie vor fremden Ohren sicher waren.

»Regen Sie sich nicht auf, Herr Wolf. Ich habe so meine Erfahrungen, was das Misstrauen neugierigen Journalisten gegenüber angeht, und schließlich haben alle den Schwindel geschluckt. Außerdem sind *Sie* dadurch aus dem Schneider. Wie würde das denn aussehen, eine Reporterin inmitten des Ermittlungsteams, noch dazu auf Einladung des leitenden Beamten, ich bitte Sie! Auf jeden Fall danke ich Ihnen für den Knüller. Der sprengt alle Dimensionen, ehrlich.«

»Sie wissen doch: Eine Hand wäscht die andere«, brummte Wolf. »Was haben *Sie* für mich?«

Sie drückte ihm nach einem abschätzenden Blick auf ihre Umgebung einen Umschlag in die Hand. »Lesen Sie das durch. Sie werden Augen machen.«

Er ließ den Umschlag in seiner Gesäßtasche verschwinden. »Um was handelt es sich?«

»Ausdrucke von Stareks und Hohmanns Mailverkehr der letzten zwei Wochen.«

»Sie wissen ja inzwischen, dass ich das als Beweis nicht verwenden kann!«

»Weiß ich. Aber ich bin sicher, Sie werden es trotzdem zu verwerten wissen.« Sie grinste spitzbübisch.

»Ich brauche Sie wohl nicht zu fragen, woher das Material stammt?«

»Besser nicht ...«

Wolf seufzte ergeben.

Die Rückfahrt verbrachte er zum größten Teil mit dem Handy am Ohr. Auf diese Weise schlug er zwei Fliegen mit einer Klappe: Zum einen bat er Marsberg und Preuss für eine Sitzung um vierzehn Uhr in sein Büro, bei der sie alle relevanten Fakten auswerten und ihre weitere Vorgehensweise abstimmen wollten. Er hoffte, dass bis dahin der vorläufige Untersuchungsbericht über den Inhalt des Fasses vorliegen würde. Zum anderen lenkten ihn die Telefonate von Jos halsbrecherischem Fahrstil ab, für den er gleichwohl selbst verantwortlich war, hatte er sie doch um frühestmögliche Rückkehr nach Überlingen gebeten.

In diesem Stadium der Ermittlungen hätte er es begrüßt, wenn auch Patzlaff an der Sitzung teilgenommen hätte. Ausgerechnet heute jedoch war der Kriminalrat nicht im Haus. Sei's drum, wenigstens hatte er, Wolf, seinen guten Willen bewiesen. Er konnte nur hoffen, dass Patzlaff das auch zu würdigen wusste.

Kaum in seinem Büro eingetroffen, nahm er sich den Umschlag vor, den Karin Winter ihm übergeben hatte. Natürlich hatte die Frau recht: Auch wenn die Informationen aufgrund ihrer unrechtmäßigen Beschaffung als Beweismittel nicht taugten, so konnten sie für seine weiteren Ermittlungen doch von großem Nutzen sein. In diesem Punkt hatten es die Pressefritzen leichter: Egal, auf welchem Weg sie an ihre Informationen gelangten, irgendetwas ließ sich immer damit anfangen. Auf jeden Fall hatten sie weder Staatsanwälte noch Richter zu fürchten, die dumme Fragen nach der Herkunft des Materials stellten und oft genug die besten Beweise mit spitzfindigen Argumenten unter den Tisch fallen ließen.

***

Wolf hatte bis kurz vor zwei auf den vorläufigen Bericht der chemischen Untersuchung gewartet. Als er ihn dann bei der Kriminaltechnik anmahnen wollte, hatte ihm ein zerknirschter Kollege gestanden, dass er bereits seit einer Stunde fertig, jedoch aus Versehen liegen geblieben sei. Um nicht noch mehr Zeit zu verlieren, hatte Wolf sich höchstpersönlich auf den Weg gemacht.

Als er schließlich um fünf nach zwei das Besprechungszimmer betrat, in dem Marsberg, Preuss, Jo und Kalfass bereits versammelt waren, hielt er eine Mappe hoch. »Entschuldigt, aber jetzt haben wir alles beisammen«, sagte er. »Dies hier ist das vorläufige Untersuchungsergebnis des Fassinhaltes. Ich schlage vor, dass wir damit beginnen.« Er schlug die Mappe auf. »Um nicht lange drum herumzureden: Der Inhalt entspricht leider voll und ganz unseren Befürchtungen. Bei der Flüssigkeit in dem Fass handelt es sich um hochtoxische Lackschlämme. Natürlich hat das Zeug auch einen Namen, den erspart mir aber bitte. Das heißt: Wir haben es zweifelsfrei mit der illegalen Entsorgung hochgiftiger Abfallstoffe zu tun.«

»Leider kennen wir die Gesamtmenge nicht«, warf Marsberg ein, »aber ziemlich sicher lagert dort mehr als dieses eine Fass, von anderen Lagerplätzen einmal abgesehen.«

»Worauf du einen lassen kannst. Doch dazu kommen wir später.«

Marsberg musste über die Zweideutigkeit in Wolfs Aussage grinsen, auch die anderen brachen in Lachen aus. Dann setzte er Wolfs Ausführungen fort.

»Wir müssen uns eins klarmachen: Hier geht es um viele Millionen. Nur ein Beispiel: Das Müllgeschäft in Italien lag bis 2005 fest in Mafia-Hand, und wo die Ehrenwerte Gesellschaft die Hand drauf hat, wird Geld verdient, und zwar nicht zu knapp. Tatsache ist jedenfalls, dass seit zwei Jahren ein erheblicher Teil des italienischen Giftmülls in Zügen nach Deutschland verfrachtet wird. Das liegt an den verschärften EU-Verordnungen. Wenn wir uns weiter vorstellen, dass die sachgemäße Entsorgung dieses Zeugs im Schnitt um die dreihundert Euro je Tonne kostet, dann können wir uns ausmalen, welcher Gewinn bei den illegalen Entsorgern hängen bleibt. Und das ist nur *ein* Beispiel von vielen.«

»Ganz abgesehen davon«, meldete sich Preuss zu Wort, »handelt es sich bei dem Begriff ›Entsorgung‹ ohnehin um einen Euphemismus. Er suggeriert, dass mit der Lagerung des Giftes eine Unschädlichmachung verbunden ist. Das ist falsch, ja sogar das Gegenteil ist der Fall.«

»Zurück zum Thema: Das Fundament der Tiefgarage wird zurzeit auf weitere Müllmengen untersucht.«

»Und ich bin davon überzeugt, dass wir dabei auch auf den vermissten Architekten stoßen werden«, verkündete Jo.

Überrascht blickten die Umsitzenden sie an.

»Ich denke, du hast recht«, stimmte Wolf ihr schließlich zu, und Marsberg ergänzte: »Das würde auch erklären, weshalb wir bis heute keine Spur von ihm gefunden haben.«

»Gut so, schlagen wir zwei Fliegen mit einer Klappe! Kommen wir zum nächsten Punkt: Ludger hat sich um die Finanzen von Starek gekümmert. Ludger, bitte.«

»Stareks Konten bestätigen, was seine Wohnung bereits andeutete: Der Mann hat richtig viel Geld. Im Wesentlichen wickelt er seine Geldgeschäfte mit nur einer Bank ab, von Risikostreuung hält er wohl nicht so viel. Ich lasse jetzt mal alle normalen Kontobewegungen außer Acht und berücksichtige nur die außergewöhnlichen. Da fällt auf, dass er in etwa zweiwöchigen Abständen besonders hohe Bareinzahlungen vorgenommen hat.«

»Um welche Beträge geht es da?«

»Das schwankt zwischen fünfzehn- und achtundzwanzigtausend Euro.«

Jo blies hörbar Luft aus. »Da muss eine alte Frau lange für stricken. Ist die Steuerfahndung schon benachrichtigt?«

»Ja.«

»Hat die Bank eine Erklärung, warum die Beträge bar eingezahlt wurden?«, wollte Preuss wissen.

»Ehrlich gesagt hatte ich das Gefühl, dass es den Herren scheißegal war«, antwortete Kalfass. »Bei einem guten Kunden drücken die wohl beide Augen zu. Jedenfalls liegen auf Stareks Depot über zwei Millionen Euro herum. Gewinnbringend angelegt, versteht sich. Und noch was: Der Banker hat durchblicken lassen, dass Starek auch Geld in der Schweiz liegen hat.«

»War zu erwarten. Haben wir von den Bareinzahlungen das genaue Datum?«

»Natürlich.«

»Vielleicht gibt es eine Verbindung zum nächsten Punkt, den ich mit euch besprechen will«, überlegte Wolf. »Allerdings, die Angelegenheit ist etwas delikat. Eine anonyme Quelle hat uns den Mailverkehr der beiden letzten Wochen zwischen Starek und Hohmann zugespielt. Fragt mich nicht nach Einzelheiten der Beschaffung, nehmt es einfach als Fakt. Also, was steht da drin? Ich lese am besten mal eine von Starek an Hohmann vor, hört gut zu: ›*Transportauftrag für 2805 über 240T avisiert, Mat16. Bitte um Fahrzeugdisposition und Bereitstellung entsprechender Kapazitäten sowie Bestätigung. Detaillierte Ziel- und Zeitabsprache wie gehabt*‹. Was haltet ihr davon?«

Preuss, der auf seinem Kugelschreiber herumgekaut hatte, äußerte sich als Erster: »Schwer zu sagen. Ein abgesprochener Code. Könnte sich um alles Mögliche handeln«, vermutete er.

»Richtig. Zum Beispiel um Giftmülllieferungen«, stellte Wolf fest und sah in die Runde, ehe er fortfuhr. »Die Zahl 2805 dürfte für das Datum 28. Mai stehen, 240T bedeutet wahrscheinlich zweihundertvierzig Tonnen. Hinter der Angabe Mat16 vermute ich eine Spezifizierung, die dem Empfänger die Art des gelieferten Stoffes bezeichnet, zum Beispiel anhand einer internen Liste der am häufigsten zu entsorgenden Stoffe.«

»Stimmt, so gelesen würde der Text einen Sinn ergeben. Gibt es einen Hinweis auf die Herkunft der Ware?«, fragte Marsberg.

»Nichts«, antwortete Wolf. »Wie gesagt, das war nur ein Beispiel. In einer zweiten Mail variieren nur die Zahlenangaben, das Schema bleibt im Wesentlichen dasselbe. Halten wir also fest: In Stareks Mails geht es um Art und Menge eines bestimmten Stoffes, der zu einem fixen Datum angeliefert beziehungsweise übernommen werden soll. Bei Hohmanns Antworten handelt es sich durchweg um Bestätigungen, einmal eine Terminverschiebung, hin und wieder eine Rückfrage beziehungsweise Klarstellung. Alle anderen Nachrichten sind im Moment als harmlos einzustufen. Normale Geschäftsvorfälle ohne irgendwelche Auffälligkeiten, keinerlei Codierung.«

»Für mich heißt das im Klartext: Starek ist unser Mann«, versuchte Kalfass das Gespräch zusammenzufassen.

Wolf wiegte bedächtig den Kopf. »Ich würde eher sagen, er ist der Mittelsmann, mit dessen Hilfe wir den wirklichen Kopf des Ganzen schnappen werden. Es ist nämlich offensichtlich, dass Starek neben uns noch von einer anderen Gruppe gejagt wird. Denkt an seine verwüstete Wohnung, für die im Augenblick weder ein Täter noch ein Motiv erkennbar sind. Ach ja, um noch einmal auf den von mir vermuteten zeitlichen Zusammenhang zwischen Lieferungen und Bargeldeinzahlungen zurückzukommen – wann, sagtest du, hat Starek in den letzten beiden Wochen Bareinzahlungen vorgenommen, Ludger?«

Kalfass sah in seine Unterlagen und nannte zwei Termine.

»Na bitte, passt doch! Jeweils vier respektive fünf Tage nach den Lieferterminen, wie sie in den Mails stehen, erfolgte eine Einzahlung. Daraus kann man schließen, dass Stareks Auftraggeber nach der Abwicklung prompt bezahlt.«

»Aber wieso in bar? Das ist doch Steinzeit«, warf Jo ein.

»Im Gegenteil«, belehrte sie Wolf. »Erinnere dich an die Nachforschungen über die Prechtl, die du durchgeführt hast, um Stareks Alibi zu widerlegen. Du konntest im fraglichen Zeitraum keinerlei Geldbewegungen über ihre Kreditkarten feststellen. Was die Frau jedoch in derselben Zeit in bar abgewickelt hat, wirst du in hundert Jahren nicht erfahren. Bargeld hinterlässt keine Spuren. Das war immer so und wird auch in Zukunft so sein, glaub mir.«

»Okay. Wie geht's jetzt weiter?«, fragte Kalfass.

Für einen kurzen Moment herrschte Schweigen. Dann fasste Wolf seine Gedanken zusammen. »Wir müssen Starek zum Reden bringen, er ist für die Drahtzieher der Mann fürs Grobe. Ich bin sicher, er hat auch die Mitwisser ausgeschaltet. Allerdings brauchen wir dafür Beweise, zum Beispiel die Tatwaffe, mit der Kupka erschossen wurde.«

»Weder in seiner Wohnung noch in seinem Wagen wurde eine Schusswaffe gefunden«, gab Marsberg zu bedenken.

»Vielleicht …«, setzte Jo an, brach dann aber ab und kaute unentschlossen auf ihrer Unterlippe.

»Vielleicht?«, ermutigte sie Wolf.

»Nun, vielleicht hat er sie bei der Prechtl versteckt?«

Wolf schlug sich an die Stirn. »Klar, das ist es! Hätt ich auch selbst drauf kommen können. Gut gedacht, Jo. Besorg uns gleich einen Durchsuchungsbeschluss für die Prechtl-Wohnung, hopp, hopp. Sobald er vorliegt, fahren Jo, Ludger und ich zur Marktstätte nach Konstanz. Einverstanden, Rolf? Und morgen früh schlachten wir zwei gemeinsam Starek – natürlich nur bildlich gesprochen.«

***

In mehr als der Hälfte der Bundesländer waren bereits Sommerferien, und es schien, als würden die Leute in diesem Jahr nur ein Ziel kennen: den Bodensee. Diesen Eindruck hatte zumindest Wolf, als sie die Konstanzer Straßen in Seenähe erfolglos nach einem Parkplatz absuchten. Schließlich landeten sie vor dem Bahnhof, wo ihnen völlig überraschend ein wegfahrender Bierlaster gleich zwei freie Plätze zur Auswahl anbot. Von hier aus waren es nur wenige Minuten zu Jeannes Boutique an der Marktstätte.

Sie schlugen den Weg in Richtung Konzilgebäude ein. Der Himmel war wieder mal unschlüssig, ob er der Sonne oder einem Mix aus Regen und Wind den Vorzug geben sollte. Die Urlauber freilich schien das wenig zu kümmern, sie flanierten in Scharen durch die Uferanlagen und auf den Stegen, die zu den Schiffen der Weißen Flotte führten.

Wolf nutzte den Aufenthalt im Freien, um sich ohne Murren von Jo und Kalfass eine Gitanes anzuzünden. »Ein scharfes Weib, diese Imperia«, bemerkte er hustend und deutete in Richtung Hafen, wo sich das Wahrzeichen von Konstanz alle anderthalb Minuten einmal um die eigene Achse drehte.

»Vor allem ein *Riesen*weib, würde ich sagen. Immerhin fast zehn Meter hoch und stattliche achtzehn Tonnen schwer.« Das musste man Kalfass lassen: Für Zahlen hatte er ein unglaubliches Gedächtnis.

»Irgendwie erinnert sie mich an Jeanne, ich weiß nur nicht, warum«, brummte Wolf.

»Vermutlich die Oberweite, Chef«, kicherte Jo.

»Mag sein.« Wolf blieb kurz stehen, drückte seine nur halb gerauchte Zigarette aus und warf sie in einen Abfallbehälter. Wenige Schritte vor dem Fachwerkhaus mit dem blank polierten Messingschild »Chez Jeanne« holte er Jo und Kalfass ein.

»Wir versuchen's zuerst in der Boutique.«

Die Prechtl bediente gerade eine Kundin. Als sie die Polizisten erkannte, reichte sie diese jedoch an eine ihrer Mitarbeiterinnen weiter.

»Was wollen *Sie* denn noch?«, zischte sie. »Ist nicht gerade geschäftsfördernd, wenn die Polizei ständig hier antanzt.«

Kalfass hielt ihr ein Schriftstück unter die Nase. »Das ist ein Durchsuchungsbeschluss für Ihr Geschäft und Ihre Wohnung, Frau Prechtl. Wenn Sie sich kooperativ verhalten, sind Sie uns in verhältnismäßig kurzer Zeit wieder los. Wir würden gerne mit Ihrer Wohnung beginnen, wenn's recht ist.«

»Sie haben sicher nichts dagegen, wenn ich meinen Anwalt anrufe«, antwortete Jeanne eisig.

»Tun Sie sich keinen Zwang an. Wir müssen allerdings nicht auf ihn warten.«

Als wollten sie diesen Hinweis unterstreichen, gingen Kalfass und Jo bereits suchend durch den Verkaufsraum, was die Prechtl in einen gewissen Zugzwang brachte. Anwalt herbeitelefonieren oder die Polizei aus dem Laden schaffen – sie musste sich entscheiden, und zwar schnell. Ihr gesunder Geschäftssinn siegte. »Gehen wir«, stieß sie kaum hörbar zwischen den Zähnen hervor und schlug den Weg zum Treppenhaus ein.

Jeanne nannte eine hübsch eingerichtete Maisonettewohnung im Dachgeschoss ihr Eigen. Nach einem ersten Rundblick spitzte Wolf anerkennend die Lippen. Jo hatte die Frau richtig eingeschätzt: Sie hatte Geschmack – und verfügte über das notwendige Geld!

»Wir beginnen hier unten«, ordnete Wolf an.

»Was suchen Sie eigentlich?«, wollte die Prechtl wissen.

»Tut uns leid, das dürfen wir Ihnen aus ermittlungstaktischen Gründen nicht sagen«, antwortete Kalfass nebenbei aus der Küche.

In mühsamer Kleinarbeit filzten sie Wohnzimmer, Arbeitszimmer, die Küche und zuletzt den großzügigen Flur, ließen keinen Winkel aus, hoben Teppiche an, schauten auf Schränke und Jalousien und hinter jedes Bild.

Sie fanden nichts, was auch nur im Entferntesten verdächtig gewesen wäre.

»Wir gehen eine Etage höher«, bestimmte Wolf.

Eine weitere Stunde verging. Die Prechtl machte aus ihrer Wut kein Hehl. Merkwürdigerweise schien sie jedoch das Thema Anwalt vergessen zu haben. Uns kann's recht sein, dachte Wolf.

Schließlich hatten sie alle Räume durchsucht – ohne Ergebnis. Sollten sie sich doch getäuscht haben?

»Und was ist da drin?« Wolf zeigte auf eine niedrige, kaum sichtbare Tür in der Dachschräge des Schlafzimmers.

»Abstellkammer«, antwortete die Prechtl einsilbig.

»Aufmachen«, verlangte Wolf ebenso kurz.

Ein kleiner Schlüssel wurde gesucht und gefunden und danach das Türchen aufgeschlossen. In der niedrigen, dunklen Nische dahinter befand sich tatsächlich nur wertloser Plunder.

Wolf entdeckte eine zweite Tür. »Lassen Sie uns auch hier reinsehen!«

»Bitte, wenn's der Wahrheitsfindung dient«, murrte die Wohnungsbesitzerin.

Wieder nichts. Kalfass und Jo gingen bereits Richtung Tür, als Wolf noch ein letztes Mal den Blick durch das Schlafzimmer gleiten ließ. Der blieb an dem romantischen französischen Himmelbett hängen. Nicht das Bett als solches weckte Wolfs Interesse, das hatten sie bereits gründlich durchsucht. Es war mehr eine Intuition ...

Und schon zog er, trotz des heftigen Protestes der Prechtl, das Bettgestell ein Stück von der Wand weg. Dahinter kam ein weiteres Türchen zum Vorschein.

»Aufmachen, bitte«, forderte Wolf.

»Die Nische dahinter ist leer. Außerdem gibt es keinen Schlüssel.«

»Ludger«, rief er demonstrativ, »hol Werkzeug.«

Unruhig trat die Prechtl von einem Fuß auf den andern. »Moment, ich schau noch einmal nach.«

Tatsächlich kehrte sie mit einem Schlüssel zurück. Mit zusammengepressten Lippen schloss sie auf, dann trat sie zurück. Wolf bückte sich und sah durch die Öffnung. Die Nische war leer.

»Hab ich doch gleich gesagt!«

»Lassen Sie mich mal, Chef?«, drängte sich Kalfass vor und kroch auf allen vieren in den Hohlraum. Einen Augenblick später streckte er seine Hand aus dem Loch. »Kann ich Ihr Feuerzeug haben?« Wolf reichte es ihm. Wieder vergingen einige Sekunden.

Kalfass begann mit einem Ächzen, rückwärts aus der Nische herauszukriechen, hielt jedoch plötzlich inne.

»Was ist?«, fragte Wolf.

Undeutliches Gemurmel drang nach außen, dann polterte etwas Schweres auf den Boden. Als Kalfass schließlich aus der Nische kroch, zog er an einem Tragriemen ein längliches grünes Paket hinter sich her.

»Das stand links um die Ecke, ganz verdeckt. Mehr ist nicht drin«, keuchte Kalfass und musste husten. Die Prechtl stand hinter ihm und brachte keinen Ton heraus.

»Mir reicht's – wenn es ist, was ich denke.« Wolf konnte seine Befriedigung kaum verbergen. »Gut gemacht, Ludger. Du siehst, Hartnäckigkeit zahlt sich aus.«

Das Paket erwies sich als eine Art Sack aus imprägniertem, robustem Gewebe, war gut einen Meter lang und unten etwa zwei

Handbreit dick, nach oben hin schmäler werdend. An der Längsseite befand sich ein Reißverschluss.

Kalfass wollte daran ziehen, doch Wolf hielt ihn zurück. Er nestelte ein Paar Latexhandschuhe aus seiner Jackentasche und streifte sie über. Dann zog er langsam den Reißverschluss nach unten.

***

»Ich glaube fast, die Prechtl hatte keine Ahnung, welchen Schatz sie da in ihrer Wohnung verbarg«, brach Jo das Schweigen. Sie befanden sich auf dem Rückweg zum Auto, der Bahnhof war nur noch wenige Schritte entfernt. Kalfass trug das Paket über der Schulter – wie ein Jäger, der im Morgengrauen durch den Wald zu seinem Hochsitz stapft, dachte Wolf.

»Vielleicht hat Starek ihr die Waffe heimlich untergejubelt?«, überlegte Jo weiter.

»Kann sein. Allerdings ist das Gewehr nur die halbe Miete. Ebenso wichtig ist die Munition, die dabei war. Habt ihr euch die mal genau angesehen?«

»Drei Schachteln, zwei davon voll, bei der dritten fehlen zwei Patronen. Kommt aus Italien, das Kaliber passt zum Gewehr.«

»Und?«

»Haben wir was übersehen?«, wollte Jo wissen.

»Euch scheint entgangen zu sein, dass bei der angebrochenen Schachtel eine Lasche fehlt.«

Jo schaltete als Erste. »Ich werd verrückt! Denken Sie, dass es sich bei dem fehlenden Teil um das Kartonstück handelt, das Sie nach Kupkas Ermordung im Wald gefunden haben?«

»Ja. Außerdem bin ich sicher, dass die von dir gefundene Hülse aus der angebrochenen Schachtel stammt.«

In diesem Augenblick klingelte ein Handy. Alle drei blieben stehen und sahen sich gegenseitig an. Schließlich griff Jo in ihre Tasche und holte den Störenfried heraus. Während des kurzen Gesprächs nickte sie hin und wieder, sagte mehrfach »Aha« und »Verstanden« und versprach schließlich, sie seien in wenigen Minuten vor Ort.

Danach sah sie schuldbewusst zu Wolf auf. »Ich bin noch gar nicht dazu gekommen, mit Ihnen darüber zu reden, Chef, aber ich hab mir gedacht, es könnte nicht schaden, einmal den vermissten Architekten ... also den Zeitpunkt der Vermisstenmeldung ... beziehungsweise wo genau an diesem Tag ein Betonfundament ...«

»Jo, das ist es!«, rief Wolf und fasste sich ein weiteres Mal an den Kopf. Einige Passanten wurden bereits aufmerksam.

»Äh ... ich versteh nur Bahnhof«, stotterte Kalfass.

»Das liegt doch auf der Hand! Herrgott noch mal, ich glaube, langsam werde ich senil.«

»Würde mich bitte schön mal jemand aufklären?«, forderte nun Kalfass lautstark und rückte seine Brille zurecht.

»Es ist so«, sagten Jo und Wolf wie aus einem Munde. Beide sahen sich an und lachten.

»Also, die Überlegung war ganz einfach«, erläuterte Jo auf eine einladende Bewegung von Wolf hin. »Ich habe Marsberg nach dem Datum gefragt, an dem Stiller als vermisst gemeldet wurde. Daraufhin habe ich die Bauleitung in Konstanz angerufen und um Feststellung gebeten, an welchen Fundamenten an diesem Tag gearbeitet wurde. Man nannte mir ein Treppenhaus in einem Verbindungstrakt zwischen zwei Gebäudeflügeln. Und genau dort haben heute früh die Betonspezialisten mit unseren Kriminaltechnikern zusammen eine Kiste aus dem Fundament geholt. Dreimal darfst du raten, was drin war?«

Das Bild in besagtem Treppenhaus glich dem in der Tiefgarage: staubige Luft, ein Berg aus Betonbrocken, davor ein größeres Loch. Vor dem Loch wiederum stand eine längliche Holzkiste.

»Würde ich dir nicht raten«, sagte einer der Kriminaltechniker, ein dynamischer Enddreißiger, als Wolf Anstalten machte, den Deckel zu heben. »Oder kannst du den Mann identifizieren?«

Wolf schüttelte den Kopf. »Lässt sich schon etwas zur Todesursache sagen?«

»Du bist gut! Hier auf der Baustelle? Da musst du dich schon gedulden. Die Leiche mitsamt Sarg ... äh, Kiste ... wird zur gerichtsmedizinischen Untersuchung nach Überlingen geschafft. Aber vor morgen Mittag brauchst du mit dem vorläufigen Bericht nicht zu rechnen.« Damit wollte er das Gebäude verlassen.

»Wetten, dass ich den Bericht um neun Uhr auf dem Tisch habe?«

Der Mann hielt mitten in der Bewegung inne. Langsam drehte er sich um. »Wer sagt das?«

So viel Selbstgefälligkeit brachte Wolf zum Explodieren. »Ich, verdammt noch mal«, brüllte er. »Morgen früh um neun wird der Hauptverdächtige vernommen, und wehe, dein vorläufiger Untersuchungsbericht fehlt. Dann kannst du dir einen neuen Job suchen, dafür werde ich höchstpersönlich sorgen – geht das in dein Hirn rein?«

Dem Mann fiel die Kinnlade herab. *So* war offensichtlich noch niemand mit ihm umgesprungen! Man sah ihm an der Nasenspitze an, was er dachte: Dieser komische Heini mit dem schief sitzenden, speckigen Barett – was wollte der eigentlich? Was hatte so einer bei der Polizei zu suchen, noch dazu in diesem Alter? Dem sollte mal einer ordentlich vors Schienbein treten und ihn dann ins Altenheim schicken! Doch Wolf kannte seine Pappenheimer: Wenn er so selbstsicher auftrat wie gerade eben, steckten die meisten zurück. Man konnte schließlich nicht wissen, über welche Verbindungen er so verfügte. Wie erwartet machte sich der Kriminaltechniker ohne weitere Diskussion vom Acker.

Schon einen Augenblick später hatte Wolf ihn wieder vergessen. Wieso, überlegte er, lag Stiller in einer Kiste und nicht in einem Fass? Wäre doch logisch, wenn ihn die Giftmüllgangster auf dem Gewissen hatten. Oder konnte man daraus schließen, dass Stillers Mörder einem ganz anderen Kreis angehörte? Und wenn ja, welchem?

»Jetzt weiß ich endlich, was ein italoamerikanisches Fundament ist«, unterbrach Jo seine Gedanken, während sie einen Blick in das Loch riskierte. Als sie die fragenden Gesichter ringsherum sah, erläuterte sie: »Ihr kennt den Ausdruck nicht? Auf diese Weise hat sich die Mafia in Chicago missliebige Personen vom Hals geschafft. Soll dort eine Zeit lang große Mode gewesen sein …«

***

Am Abend hatte sich Wolf gerade einen Pastis eingeschenkt und war auf dem Weg zum Fernseher, da schellte sein Telefon. Widerwillig ging er dran.

»Mein lieber Leo, entschuldige, falls ich dich geweckt haben sollte. Aber acht Uhr schien mir durchaus noch angemessen, um einen alten Freund zu stören.«

»Wie kommst du darauf, dass du störst, Ernst? Wo bist du überhaupt?«

»Wieder mal in Überlingen. Gerade angekommen. Ein, zwei Tage werde ich hierbleiben. Aber keine Angst, heute will ich dich nicht mehr entführen, du kannst dich sofort hinlegen.«

»Ich will mich aber nicht hinlegen, verflixt noch mal ...«

»Vielleicht können wir uns morgen treffen?«, fuhr Sommer ungerührt fort. »Ich rufe dich am Nachmittag im Büro an, dann vereinbaren wir was. Ist das in Ordnung?«

»Warum bist du hier, Ernst?«

»Es gibt einiges zu erledigen.«

»Dienstlich?«

»Dienstlich und privat. Warum fragst du?«

»Weil ich einen gewissen Verdacht habe. Könnte es sein, dass dein Besuch mit unserem Fall zusammenhängt?«

»Du kannst Fragen stellen ...«

»Entschuldige, aber die Frage ist ganz einfach: Hat dein Besuch mit unserem Fall zu tun? Darauf kann man nur mit ›Ja‹ oder ›Nein‹ antworten. Also?«

Sommer zögerte eine Sekunde zu lange.

»Okay, das reicht«, sagte Wolf. »Aber eins sage ich dir: *Dafür* brauchst du morgen eine verdammt gute Erklärung. So, und jetzt möchte ich fernsehen. Ruf mich an. Gute Nacht!«

»Moment, Leo, eine Frage hätte ich noch. Du willst dir doch morgen diesen Starek vorknöpfen ...«

»Gute Nacht, Ernst.«

29

Um Viertel vor neun trafen sich Wolf und Marsberg im größeren der beiden Vernehmungszimmer. Während Wolf sich um das Aufnahmegerät kümmerte, rückte Marsberg umständlich seine Unterlagen zurecht.

Irgendwann wurde Wolf das Hin-und-her-Geschiebe zu bunt. »Rolf, das macht mich nervös.« Ein kurzer Seitenblick auf Marsberg zeigte ihm, dass der dem Papier ohnehin keine Beachtung schenkte. »Du hast doch was auf dem Herzen, Rolf. Spuck's aus, ehe unser Gast kommt.«

»Es ist wegen Patzlaff. Er ist im Haus. Müssten wir nicht ...«

»Du hast recht: Eigentlich *müssten* wir. Aber wir *werden* nicht. Patzlaff wird erst hinterher informiert – wenn überhaupt. Das nehm ich auf meine Kappe. Ich hab meine Gründe, glaub mir.«

»Ich hoffe, du weißt, was du tust, Leo«, seufzte Marsberg.

»Tja«, antwortete Wolf etwas kleinlaut und ging zu seinem Stuhl, »so ganz genau weiß ich's eben auch nicht. Ich vertraue wieder mal meinem Gefühl, allerdings liege ich damit selten schief. Außerdem – was soll *mir* schon passieren?«

Jetzt lachte Marsberg. »Du meinst, lieber ein Ende mit Schrecken ...«

»... als ein Schrecken ohne Ende. Richtig! So, wir können.«

Ohne ein weiteres Wort griff Marsberg zum Hörer. »Ihr könnt Starek reinbringen.«

Kurz darauf klopfte es an der Tür. Auf ein zweistimmiges »Herein« schob ein uniformierter Beamter Starek in den Raum.

»Danke, Kollege. Nimm ihm bitte die Handschellen ab ... So, Herr Starek, bitte nehmen Sie dort Platz. Sind Sie damit einverstanden, dass wir die Befragung auf Band aufnehmen?«

»Befragung ist gut«, antwortete Starek mürrisch. »Und was soll die scheinheilige Frage? Hab ich eine Wahl?«

»Gönnen Sie uns halt diese Annehmlichkeit. Für Sie macht es keinen Unterschied, uns aber erspart es eine Menge Schreibarbeit.«

»Ich bin selbst schuld! Hätt ich doch nur meiner Mami gehorcht und wäre auch Beamter geworden.« Stareks Stimme troff vor Sarkasmus.

»Sie wollen immer noch keinen Anwalt?«, begann Wolf unbeeindruckt.

»Nein, will ich nicht. Im Übrigen orientiere ich mich anwaltsmäßig gerade neu.«

»Fühlen Sie sich von Dr. Hayder nicht mehr gut vertreten?«

Marsbergs Kopf fuhr hoch. Darüber war vorher nicht gesprochen worden. Wolf hatte wieder mal einen Schuss ins Blaue riskiert – mit sichtbarem Erfolg, wie Stareks verblüffter Gesichtsausdruck verriet.

»Lassen Sie Hayder aus dem Spiel«, winkte er ab.

Doch Wolf war bereits beim nächsten Punkt. »Ich habe hier«, dabei hielt er ein Blatt hoch, »eine Auflistung der Beschuldigungen, die wir gegen Sie vorbringen. Wohlgemerkt nur die, die wir Ihnen bis jetzt auch nachweisen können.«

»Oh, ich sehe, die Herren Beamten waren fleißig. Recht so, tun Sie was für Ihr Gehalt.«

»Beginnen wir mit den bekannten Fakten: Sie haben vor vier Tagen auf der Großbaustelle in Konstanz den Kriminalobermeister Kalfass und den Architekten Kronberger mehrfach bedroht und dabei deren möglichen Tod billigend in Kauf genommen …«

»Mein Gott, das hatten wir doch schon.«

»… und dafür haben wir mehrere Zeugen.« Er machte eine kleine Kunstpause. »Dass Sie Ihre Geliebte Johanna Prechtl drängten, Ihnen für diese Zeit ein falsches Alibi auszustellen …«

»Wer behauptet das?«, fuhr Starek hoch.

»… und dass Sie sich nach Buenos Aires absetzen wollten, werten wir als Schuldeingeständnis.«

»Tun Sie, was Sie nicht lassen können.«

»Selbstverständlich haben wir uns die Mühe gemacht, Ihre Wohnung nach … äh, ›Entlastungsmaterial‹ für Sie zu durchsuchen …«

Starek horchte auf.

»… was sich als ausnehmend schwierig erwies«, fuhr Wolf fort. »Schließlich hatten Sie Ihre Gemächer ziemlich unaufgeräumt hinterlassen. Ja, wir konnten uns sogar des Eindrucks nicht erwehren, als sei bereits jemand vor uns da gewesen. Und diese Herrschaften schienen außerordentlich gründlich gearbeitet zu haben. Vielleicht wollen Sie diesbezüglich Anzeige erstatten und die eventuell vermissten Gegenstände benennen?«

»Ach, lecken Sie mich …«

»Kommen wir zu Ihren Finanzen …«

»Sie haben bei meiner Bank herumgeschnüffelt?«, motzte Starek.

»Sagen wir so: Wir haben begonnen, uns für Ihre Einkünfte zu interessieren. Und ich muss sagen: Nicht schlecht, Herr Specht – pardon: Herr Starek! Ihre strategische und logistische Beratung scheint Ihren Kunden ja einiges wert zu sein. Ungewöhnlich nur, dass Sie in bar bezahlt werden und sich nirgends Rechnungen über diese Beträge finden lassen. Haben Sie dafür eine Erklärung?«

»Geschäftsgeheimnis, meine Herren«, grinste Starek hämisch.

»Na gut, die Steuerfahndung wird's schon rauskriegen. Eine heiße Spur haben wir übrigens schon. Hören Sie sich das mal an.« Er griff nach einem anderen Blatt und räusperte sich, ehe er ablas. *»Transportauftrag für 2805 über 240T avisiert, Mat16. Bitte um Fahrzeugdisposition und Bereitstellung entsprechender Kapazitäten sowie Bestätigung. Detaillierte Ziel- und Zeitabsprache wie gehabt‹.«* Er legte das Blatt zur Seite und sah Starek an. »Wollen Sie uns nicht helfen, diesen Text zu dechiffrieren?«

»Könnte ich eine Zigarette haben?«

»Hier ist nur für Nichtraucher, bedaure.«

Starek schluckte, ehe er fortfuhr. »Ich sehe, Sie haben sich meinen PC unter den Nagel gerissen! Na gut, war ja zu erwarten. Aber Sie brauchen sich nicht dümmer zu stellen, als Sie sind. Vermutlich haben Sie sich längst Ihren Reim auf die Mails gemacht.«

»Haben wir. Allerdings sind Sie bezüglich Ihres PCs auf dem Holzweg: Der war bereits weg, als wir in Ihre Wohnung kamen. Dafür sind wir auf etwas anderes gestoßen, nämlich einen Zusammenhang zwischen diesen Mails und den Bareinzahlungen auf Ihrem Konto. Es ist eindeutig, dass es sich bei den fraglichen Vorgängen um das Erbringen von Leistungen einerseits und deren Vergütung andererseits handelt. Würden Sie uns da zustimmen?«

»Den Teufel werde ich tun«, antwortete Starek aufgebracht. Dann begann er unvermittelt zu grinsen: »Nun strengen Sie sich mal an, meine verehrten Herren Kommissare. Dürfte schwer für

Sie werden, mir da was anzuhängen. Dazu verlangt der Richter nämlich Beweise, und die haben Sie nicht.« Scheinbar gelassen lehnte er sich zurück. Doch Wolf wusste es besser. Der Mann war Profi und intelligent dazu. Ihm war klar, dass er nicht mehr ungerupft aus der Geschichte herauskommen würde. Sein Seelenheil hing davon ab, ob man ihm die Rolle einer unbedeutenden Randfigur abkaufte, die im Auftrag ominöser Hintermänner handelte. Deren Namen konnte er ganz nach Erfordernis nennen oder aber für sich behalten – ein Pfund, mit dem sich trefflich wuchern ließ. Umso vorsichtiger mussten sie als Ermittler taktieren, um die Quelle Starek zum Sprudeln zu bringen.

»Moment mal!« Starek war plötzlich ins Grübeln gekommen. »Wenn *Sie* meinen Rechner nicht haben – woher stammen dann die Mails?«

»Das möchten wir erst mal für uns behalten.«

»Na klar! Von Hohmann! Hohmann, das Schwein, hat geplaudert. Ausgerechnet der!«

»Hohmann ist tot«, übernahm nun Marsberg.

Die Reaktion kam mit einer gewissen Verzögerung. »Hohmann ist *was*? Sie machen Witze, Mann.« Zum ersten Mal schien Starek angeschlagen. Doch nur für kurze Zeit, dann hatte er sich wieder gefangen. »Was ist Hohmann zugestoßen?«

»Er hatte gewissermaßen einen Jagdunfall.«

Wolf musste insgeheim über Marsbergs Formulierung schmunzeln.

»Und da taucht ein gewisses Problem für Sie auf«, fuhr Marsberg fort. »Wie Sie sich denken können, haben wir Ihren Hinweis auf das Fundament der Tiefgarage überprüft. Und was soll ich Ihnen sagen, wir sind fündig geworden. Natürlich haben wir erst einen kleinen Teil entdeckt. Aber ich versichere Ihnen, wir werden so lange die Betonfundamente aufreißen, bis wir jedes einzelne verdammte Fass herausgeholt haben.«

»Wieso erzählen Sie *mir* das?«

»Weil Sie sich nach Hohmanns Tod nicht mehr herauswinden können. Weil ab sofort *Sie* unser Mann sind.«

»Hören Sie, wer sagt, dass ich mich herauswinden will? Sie erzählen mir da irgendeinen Stuss über Giftmüll, und ich sage Ihnen, dass ich damit nichts zu tun habe. Vielleicht sollten Sie mal in Ihren Paragraphen blättern, meine Herren. Nicht *ich* muss meine Unschuld, sondern *Sie* müssen meine Schuld beweisen, capito?«

»Kommen wir zum nächsten Punkt«, versuchte Wolf rasch, seinem Kollegen den Rücken zu stärken, ehe die Befragung aus dem Ruder lief. »Sie haben Kupka, den Polier, gekannt. Ich meine den Kupka, der die Fässer in den Fundamenten verschwinden ließ.«

»Was soll mit dem sein?«

»Wenn *Sie's* nicht wissen – schließlich haben Sie ihn erschossen.«

»Spinnen Sie jetzt vollends, Mann? Warum sollte ich den erschießen? Oder haben Sie dafür etwa auch einen Zeugen?«, fragte er mit hämischem Grinsen.

»Einen Zeugen nicht. Aber das Gewehr, mit dem er erschossen wurde! Zusammen mit hieb- und stichfesten Beweisen, dass es sich dabei um *Ihre* Waffe handelt. Das hat die DNA-Analyse des LKA bestätigt.« Dabei griff er zu einer Akte und hielt sie hoch. »Hier ist der vorläufige Untersuchungsbericht. Demnach ist zweifelsfrei erwiesen, dass neben dem Projektil in Kupkas Körper auch eine am Tatort gefundene Hülse aus dieser Waffe stammt, außerdem eine abgerissene Kartonlasche von einer der drei beim Gewehr gefundenen Munitionsschachteln.« Er machte eine kurze Pause. »Sieht schlecht aus für Sie, Herr Starek.«

Starek kaute heftig auf seiner Unterlippe. Plötzlich war die aufgesetzte Gelassenheit von ihm abgefallen. Dann nickte er. »Ich verstehe.«

»Ich will Ihnen sagen, wie alles gelaufen ist. Und Sie können Gift darauf nehmen, dass wir diesen Ablauf haarklein beweisen werden. In Ihrer Eigenschaft als Objektberater haben Sie nach eigenem Bekunden Fahrzeug- und Personalkapazitäten für die MERAG beschafft. Da blieb es nicht aus, dass Sie hin und wieder auch mit dem Transport von Sondermüll in Berührung kamen. Eines schönen Tages kamen Sie auf den Trichter, dass sich mit der Entsorgung von Sondermüll eine Menge Geld verdienen lässt – vor allem, wenn man den Dreck nicht regulär entsorgt, sondern schwarz. Alles, was man dazu braucht, stand Ihnen zur Verfügung: ein Entsorgungsunternehmen, das über praktisch unerschöpfliche Müllmengen verfügte, und eine Bauunternehmung, in deren Neubaufundamenten sich der ganze Dreck wunderbar verstecken ließ.

Für jede Tonne knöpften Sie Maywaldt den Preis für die reguläre Entsorgung ab, sagen wir, dreihundert Euro im Schnitt. Gekostet hat es Sie vielleicht dreißig. Die Differenz war Ihr Gewinn – ein Riesengewinn, wenn man die zigtausend Tonnen Sondermüll nimmt, die bei Maywaldt jährlich und in steigenden Mengen anfallen.«

»Einspruch, Euer Ehren ...«

»Lassen Sie mich ausreden. Dummerweise lief das Geschäft nicht ohne Mitwisser. Da gab es beispielsweise die Fahrer Ploc und Juratovic, die Ihnen den Dreck zur Baustelle karrten. Oder Kupka, den Polier, der die Fässer im Beton verschwinden ließ. Zwar haben Sie alle fürstlich entlohnt, Sie konnten es sich ja leisten. Aber leider war es denen nicht genug. Als die Forderungen schließlich in Erpressung ausarteten, hatten Sie keine andere Wahl: Sie mussten sich der Leute entledigen, je unauffälliger, desto besser. Dummerweise haben wir die Todesfälle als das ermittelt, was sie waren: Mord.«

Starek zählte während Wolfs Rede die Knöpfe an seinem Hemd. »Ich muss schon sagen, Sie haben eine blühende Phantasie, Herr Kommissar ...«

»Dann«, fuhr Wolf fort, »kam Ihnen zu allem Unglück auch noch der Architekt des Corso auf die Schliche. Also musste auch er verschwinden. Stillers Leiche haben wir übrigens heute ausgebuddelt.«

»Moment mal«, fuhr Starek auf, »was wollen Sie mir noch alles anhängen?«

»Als zu guter Letzt noch Kriminalobermeister Kalfass und Kronberger, einer von Stillers Mitarbeitern, Ihrem Geheimnis auf die Spur zu kommen drohten, wollten Sie auch die zum Schweigen bringen. Wenigstens das konnte in letzter Minute verhindert werden.

Ich fasse mal grob zusammen: Vier Morde, zwei versuchte Morde in Tateinheit mit illegaler Entsorgung von Giftmüll in noch unbekannten Mengen – das allein dürfte Sie summa summarum dreißig Jahre hinter Gitter bringen. Dabei sind die vergleichsweise kleineren Vergehen wie Brandstiftung, Tätlichkeit gegenüber Polizeibeamten oder Bestechung noch nicht berücksichtigt.«

»Na, dann beweisen Sie mal schön, meine Herren.«

»Mehr haben Sie dazu nicht zu sagen?«

»Was wollen Sie hören? Dass ich mich rundum schuldig bekenne? Das erwarten Sie doch wohl nicht im Ernst. Ich hab's Ihnen schon mal gesagt: *Sie* müssen mir eine Schuld nachweisen, nicht umgekehrt. Und das dürfte Ihnen verdammt schwerfallen. Mein Alibi für den fraglichen Nachmittag auf der Baustelle zum Beispiel, das ist keineswegs vom Tisch, da warte ich in Ruhe die Verhandlung ab. Ihr Video jedenfalls, das können Sie sich in die Haare schmieren. Frau Prechtl wird bestätigen …«

»Sie irren sich. Ich gebe Ihnen Brief und Siegel, dass Frau Prechtl nur an eines denkt, nämlich ihren eigenen Kopf aus der Schlinge zu ziehen. Übrigens, wenn Sie glauben, dass die Dame nur Ihnen zur Verfügung stand, muss ich Sie enttäuschen.« Er nahm ein anderes Blatt zur Hand. »Hier, ein Überwachungsbericht vom 17. dieses Monats: ›Die Observierte Johanna Prechtl fuhr um 11.05 Uhr mit ihrem Wagen, Marke Opel Speedster, folgt das Kennzeichen, in das Parkhaus bei der Fähre Meersburg ein. Nach dem Einparken wechselte sie in den danebenstehenden schwarzen Porsche Cayenne, auch hier folgt das Kennzeichen. Es kam zum Austausch von Zärtlichkeiten mit dem Fahrer des Cayenne‹.« Hier machte Wolf eine Kunstpause, ehe er fortfuhr. »Wenn Sie *mich* fragen, so scheint Jeanne, gelinde gesagt, mehreren Herren gedient zu haben. Oder wie würden Sie das nennen?«

War da soeben eine Bastion gefallen? Zeigte der Macho Starek gekränkte Eitelkeit? Oder litt er lediglich unter Entzugserscheinungen, weil sie ihm eine Zigarette verweigert hatten? Jedenfalls legte er die gefalteten Hände auf den Tisch und ließ nervös die Daumen kreisen. Eine Antwort jedoch blieb er schuldig.

Trotzdem sah Wolf langsam, aber sicher ihre Felle davonschwimmen. Jetzt half nur noch eines: Er musste den Druck auf Starek erhöhen, und zwar mit allen Mitteln, notfalls sogar mit einer getürkten Behauptung. Sie brauchten ein Geständnis, sollte es überhaupt zu einer Anklage, geschweige denn zu einer Verurteilung kommen. Und dahin führte nur *ein* Weg: Sie mussten Starek isolieren, mussten ihm das Gefühl geben, von seinen Auftraggebern und Komplizen verraten und verkauft worden zu sein. Als Bauernopfer, das man der Polizei zum Fraß vorwarf, um die eigene Haut zu retten.

»Sollten Sie auf die Idee verfallen, alles auf Hohmann oder einen Dritten abzuwälzen, so werden Sie abermals im Regen stehen. In dieser Beziehung können wir nach ersten Sondierungsgesprächen voll auf Dr. Hayder setzen.«

Das war eine glatte Lüge, und das wusste auch Marsberg. Der hob jedoch nur kurz die Augenbrauen, ehe er sich angelegentlich mit seinen Papieren beschäftigte.

Es hatte jedoch den Anschein, als führe Wolfs Strategie zum Erfolg. Er hatte den Satz kaum zu Ende gebracht, da sprang Starek so heftig auf, dass sein Stuhl polternd nach hinten fiel. Weil sie seine Reaktion nicht abschätzen konnten, schossen Wolf und Marsberg ebenfalls hoch. Doch Starek stand der Sinn nicht nach Randale oder gar Flucht. Begütigend hob er die Hände und ging ein paar Schritte hin und her, ehe er schwer atmend wieder Platz nahm.

Kein Zweifel: Starek war angeschlagen!

Endlich hob er den Kopf und sah Wolf an. »Sie bluffen. Hayder würde mich niemals anschwärzen. Warum sollte er?«

»Können Sie sich das nicht denken? Er will posthum den Kopf seines Mandanten – wahrscheinlich sogar seinen eigenen – aus der Schlinge ziehen. Gäbe es einen besseren Grund, uns die noch fehlenden Beweise zu liefern? DNA-Analysen hin, verdächtige Banktransaktionen her – zur Abrundung unserer Beweiskette fehlen uns nur noch die Statements der übrigen Beteiligten, die zum Teil sogar die Geschädigten sind. Maywaldt zum Beispiel ...«

Ohne Vorwarnung hieb Starek mit der flachen Hand auf den Tisch. Es hörte sich an wie eine mittlere Explosion, sodass Wolf um den weiteren störungsfreien Betrieb seines Tonbandgerätes fürchtete. Höhnisch blickte Starek ihn an.

»Maywaldt als Geschädigter? Ausgerechnet der? Ja, wo leben Sie denn, Mann?« Er stieß hörbar die Luft aus. »Auf so was bauen Sie also Ihre sogenannte Beweiskette auf? Entschuldigen Sie, meine Herren, wenn ich lache!«

»Wir können es uns nicht leisten, wählerisch zu sein. Aus diesem Grunde werden wir auch die Kooperationsbereitschaft wichtiger Beteiligter nicht von vornherein ausschlagen – sofern sie glaubhaft machen können, dass sie als Täter nicht in Frage kommen. Auf jeden Fall gilt das für die beiden Kernanklagepunkte.«

»Kooperationsbereitschaft wichtiger Beteiligter? Hab ich recht gehört?«

»Nennen Sie's, wie Sie wollen.«

»Und welche Kernanklagepunkte sollen das sein?«

»Nun, die illegale Lagerung von hochtoxischem Sondermüll und vor allen Dingen die vier Morde.«

»Verstehe – das soll also mir allein in die Schuhe geschoben werden, was?«

»Die Beweise beziehungsweise Indizien sind ziemlich eindeutig.«

»Die Beweise oder was immer Sie dafür halten, sind einen Scheißdreck wert. Zumindest bei einem Teil der Anschuldigungen.«

»Bei welchen?«

»Der Architekt zum Beispiel – mit dem hatte ich nichts zu tun, und noch weniger bin ich für seinen Tod verantwortlich. Fragen Sie doch mal das Unschuldslamm Maywaldt!«

»Bleiben immer noch drei Morde«, stellte Marsberg fest. »Und wie ist das mit dem Giftmüll? Stammt der Plan dazu etwa nicht von Ihnen? Wurde die illegale Entsorgung in den Neubauten etwa nicht von Ihnen organisiert?«

»Ich bitte Sie!« Höhnisch tippte sich Starek mit dem Finger an die Stirn. »Wie sollte ich allein so etwas durchziehen, noch dazu an Maywaldt vorbei? Wo selbst der große Hohmann nicht mehr als ein Strohmann war?«

»Uns kommen gleich die Tränen.«

»Haben Sie überhaupt schon mal einen einzigen Gedanken an die Verbindung Maywaldt/Hohmann verschwendet? Würde mich wundern! Daran hindert Sie nämlich Ihr Tunnelblick, Ihre kreative Beschränktheit. Das ist auch der Grund, weshalb Sie ständig hinterherhinken, meine Herren.«

»Klären Sie uns auf. Wir lernen gerne dazu.«

»Warum, denken Sie, wurde 1994 die Bauunternehmung Hohbau gegründet – ich meine: warum *wirklich*? Warum ist Hohbau in dieser kurzen Zeit so überproportional gewachsen, obwohl doch die ganze Branche seit Jahren rückwärtsmacht? Warum kann Hohbau heute jeden beliebigen Konkurrenten ausstechen? Na, haben Sie eine Idee? Irgendeine? Ich wette, Sie kommen in hundert Jahren nicht drauf!«

Stareks Lachen klang hysterisch. Er hatte sich immer mehr in Rage geredet. Bei den letzten Sätzen war er aufgestanden, nun stolzierte er wie ein Dozent vor dem Tisch hin und her, die Hände in den Taschen vergraben.

»Gut, weil *Sie* es sind, will ich es Ihnen verraten«, brüllte er plötzlich. »Die Hohbau GmbH wurde einzig zu dem Zweck gegründet, Giftmüll statt auf teuren Sonderdeponien in den Fundamenten von Neubauten für ein Spottgeld zu entsorgen. Und Maywaldt ist nicht nur der Vater der Hohbau GmbH, sondern auch ihr großer Sponsor.«

»Maywaldt, der große Zampano, und Hohmann als dessen Marionette – *das* sollen wir Ihnen abkaufen? Eine Verbindung zwischen den beiden ist nirgends, nicht einmal andeutungsweise, erkennbar.«

»Wer sucht, der findet, aber das gilt offenbar nicht für die Polizei. Hätten Sie nur mal einen Blick ins Handelsregister geworfen oder wenigstens einen Hohbau-Briefbogen in die Hand genommen, dann wären Sie bei den GmbH-Angaben auf zwei Namen gestoßen: Karlheinz Hohmann und Bettina Wilcke. Während Hohmann die Tagesgeschäfte führte und grade mal fünf Prozent der Anteile hielt, wirkt die Wilcke, obwohl Hauptgesellschafterin, stets im Hintergrund. Und jetzt kommt's: Bis zu ihrer Heirat hieß Bettina Wilcke mit Nachnamen – Maywaldt. Sie ist Maywaldts Tochter! Und das ist nur *ein* Beispiel.«

30

»Herein!«, rief Staatsanwalt Dr. Hirth, ohne seine Tätigkeit zu unterbrechen.

Im Laufe der Jahre hatte er es zu einer gewissen Fertigkeit gebracht, Besucher bereits an ihrem Klopfen identifizieren, zumindest aber klassifizieren zu können. Immerhin schätzte er seine Trefferquote bei diesem Spiel auf gut siebzig Prozent. Umso überraschter war er, als statt der erwarteten Mitarbeiterin des Schreibdienstes zwei ältere Herren sein Büro betraten.

Dr. Hirth stand an einem Aquarium von den Ausmaßen einer Badewanne und war mit dem Füttern seiner Fische befasst. Ein hochgewachsener, gepflegt wirkender Endvierziger mit einem schmalen Oberlippenbärtchen, das ihm trotz seines konservativen Äußeren einen leicht verwegenen Touch verlieh.

»Sehen Sie die beiden hier?« Er deutete auf zwei besonders farbenprächtige Bewohner des Bassins, die sich graziös durch die hochstrebende farnähnliche Bepflanzung schlängelten. »Meine Neuzugänge, zwei Kakadu-Zwergbuntbarsche.«

Dann blickte er zu seinen Besuchern hinüber, wobei er keineswegs zu verbergen suchte, dass er die Fütterung seiner Lieblinge nur widerwillig unterbrach. »Entschuldigen Sie, meine Herren Hauptkommissare, aber Sie sind sicher nicht wegen meiner Fische gekommen. Nehmen Sie Platz. Was kann ich für Sie tun?«

»Was wird's schon sein, Herr Dr. Hirth ...«, setzte Wolf an.

»... wir möchten gerne, mit Ihrer Hilfe, einen Durchsuchungsbeschluss bekommen«, vollendete Marsberg den Satz.

»Wen haben Sie denn diesmal im Visier?«

»Maywaldt. August Maywaldt aus Ravensburg.«

Hirth fiel die Kinnlade herunter. »Doch nicht etwa den Müllkönig?«

»Auch wenn's Ihnen nicht gefällt: ja, den Müllkönig.«

»Wer sagt, dass mir das nicht gefällt? Es ist nur ... übernehmen Sie sich da nicht ein bisschen?«

»Wir sind uns unserer Sache sicher, Herr Dr. Hirth.«

»Auf welchen Verdacht stützt sich Ihr Antrag? Wie ist die Beweislage?«

Wolf setzte ihm den Stand der Ermittlungen auseinander, wobei er besonders Stareks Geständnis breiten Raum gab und auch nicht vergaß, auf die besondere Brisanz der Straftaten in der Öffentlichkeit hinzuweisen.

»Spielen wir mit offenen Karten, Herr Dr. Hirth: Was wir wirklich haben wollen, ist Maywaldt. Für eine Gegenüberstellung. Wir möchten Maywaldt und Starek gegeneinander ausspielen, weil wir glauben, nur auf diese Weise an beweiskräftige Aussagen zu kommen, die für eine Anklage ausreichen. Der Durchsuchungsbeschluss ist allenfalls Mittel zum Zweck. Wir brauchen ihn für den Fall, dass es bei der vorläufigen Festnahme Maywaldts Komplikationen gibt.«

Der Staatsanwalt machte ganz den Eindruck, als fühle er sich sichtlich unwohl in seiner Haut. »Wissen Sie, was Sie da von mir verlangen? Wenn das in die Hosen geht, meine Herren, sind wir alle drei erledigt. Gibt es keine andere Lösung? Warum befragen Sie Herrn Maywaldt nicht einfach erst mal zu dem Fall? Muss es gleich eine Festnahme sein?«

»Sehen Sie: Wären wir nur zwei Stunden später zu Starek gekommen, wäre der Vogel außer Landes geflogen. Dasselbe kann uns auch bei Maywaldt passieren. Wollen *Sie* dann die Verantwortung übernehmen?«

Sekundenlang verharrte Hirth auf seinem Stuhl. Dann stand er auf und ging zu seinem Telefon.

»Ja, Dr. Hirth hier. Ich brauche einen schnellen Termin bei Richter Dieterich ... Ja, für einen Durchsuchungsbeschluss ... In zehn Minuten? In Ordnung. Ich danke Ihnen.«

Er legte auf und setzte sich wieder hinter seinen Schreibtisch. »Sie haben es gehört. Wir treffen uns in zehn Minuten im Vorzimmer von Richter Dieterich. Viel Erfolg, meine Herren.« Sprach's und schob die beiden Kommissare auf den Flur.

Kaum hatte sich hinter den beiden Hauptkommissaren die Tür geschlossen, griff der Staatsanwalt zum Hörer.

»Ich bin's. Du hattest recht, Ernst. Die Sache ist genau so gelaufen, wie du gesagt hast.« Er hörte für einen Moment zu, um dann fortzufahren: »Ja, ich zweifle nicht daran, dass die beiden schnurstracks nach Ravensburg fahren, um sich Maywaldt zu kaufen. Gnade uns Gott, wenn das schiefgeht!«

***

»Junge, Junge, wie viel Geld sich doch mit Dreck verdienen lässt.« Wolf und Marsberg warfen einen kurzen Blick auf die Zentrale des Maywaldt-Imperiums, ehe sie sich den Kollegen zuwandten, die sie bei ihrem Einsatz unterstützten.

»Alles wie besprochen«, sagte Wolf in die Runde. »Schneller Zugriff, so wenig Aufsehen wie möglich.«

»Und keinerlei Auskünfte an Dritte, haben wir uns verstanden?«, fügte Marsberg hinzu.

Einer der Beamten blieb bei den Fahrzeugen und behielt den Eingang im Auge. Der Rest der Gruppe setzte sich in Bewegung. Zwei Minuten später wurden Wolf und Marsberg in Maywaldts Büro geführt, die Übrigen warteten im Vorzimmer.

»Ich höre, Sie sind von der Kripo Überlingen. Wie kann ich Ihnen helfen, meine Herren?«, fragte der Müllkönig betont leutselig.

»Guten Tag. Mein Name ist Wolf, das ist mein Kollege Marsberg.« Wolf hielt kurz seinen Dienstausweis hoch. »Sie sind Herr August Maywaldt, Geschäftsführer der MERAG-Firmengruppe?«, fragte er förmlich.

Maywaldt stutzte. »Ja«, anwortete er lauernd.

»Herr Maywaldt, Sie sind vorläufig festgenommen wegen des Verdachts der illegalen Giftmüllentsorgung. Ich muss Sie bitten, uns nach Überlingen zu begleiten. Sollte Ihre Kooperation zu wünschen übrig lassen, teile ich Ihnen mit, dass wir im Besitz eines Durchsuchungsbeschlusses sind und unverzüglich von ihm Gebrauch machen werden.«

Maywaldt starrte sie entgeistert an. »*Was* soll ich getan haben? Sind Sie denn von allen guten Geistern verlassen?«

»Bitte, Herr Maywaldt, kommen Sie. Es wird sich alles klären«, drängte nun Marsberg und trat einen Schritt näher.

»Ich möchte meinen Anwalt verständigen. Das darf ich doch, oder?«

Maywaldt nahm den Hörer ab, drückte eine Taste und wartete.

Als die Verbindung zustande kam, meldete er sich kurz und verlangte: »Stellen Sie mich zu Ihrem Chef durch!«

Offenbar entsprach die Antwort nicht ganz seinen Erwartungen. Übergangslos begann er laut zu werden. »Was heißt: nicht da? Junge Frau, in Ihrem eigenen Interesse rate ich Ihnen dringend, Ihren Hintern zu heben und ihn herbeizuschaffen! ... Es interessiert mich einen feuchten Kehricht, wo er sich gerade befindet. Holen Sie ihn ran, aber dalli!« Nervös trommelte er mit den Fingern auf die Tischplatte. Währenddessen verdunkelte sich seine Gesichtsfarbe um eine weitere Stufe. »Dann richten Sie ihm aus, dass ich die längste Zeit sein Mandant war!« Plötzlich schien er sich eines anderen zu besinnen. »Nein, sagen Sie ihm, man hätte mich vorläufig festgenommen. Er soll umgehend zur Polizeidirektion Überlingen kommen ... ja, die Hauptkommissare Wolf und Marsberg. Und jetzt möchte ich Ihren Namen ... Frau Schaber? ... Gut. Legen Sie sich ins Zeug.« Er knallte den Hörer zurück auf die Gabel und nahm seine Jacke von der Sessellehne. »Gehen wir, meine Herren.«

Liebend gern hätte Wolf sich jetzt eine seiner Gitanes angesteckt, doch dazu fehlte die Zeit. Nach ihrer Rückkehr hatten sie Maywaldt in den Vernehmungsraum 1 verfrachtet. Da dieser jedoch darauf beharrte, keine Aussage ohne seinen Anwalt zu machen, nutzten Wolf und Marsberg die Zwangspause bis zu dessen Eintreffen, um den bevorstehenden Auftritt vorzubereiten.

Dazu gehörte vor allem, Starek in den Raum nebenan bringen zu lassen, um einen günstigen Moment für die Gegenüberstellung abzupassen. Wolf schwebte vor, durch ein mehr oder weniger zufällig herbeigeführtes Zusammentreffen der beiden Beschuldigten – wozu sonst sollte die Verbindungstür zwischen den beiden Räumen gut sein? – eine eventuelle Blockade bei der Befragung zu lösen. Gerade hatte er mit Kalfass und Jo besprochen, welche Informationen sie während der Wartezeit aus Starek herauskitzeln sollten.

Wolf war kaum zu Marsberg und Maywaldt in den Vernehmungsraum zurückgekehrt, da klingelte dort das Telefon. Marsberg ging ran. »Der Anwalt ist da«, meldete er, nachdem er aufgelegt hatte.

Einige Minuten verstrichen, dann klopfte es an der Tür. Als sie aufging, traute Wolf seinen Augen nicht. Auf alles und jeden war er gefasst gewesen, nicht aber auf den, der nun eintrat: Dr. Hayder.

Blitzartig wurde Wolf bewusst, dass Starek die Wahrheit gesagt hatte. Wenn es noch eines Beweises für eine Verbindung zwischen Hohmann und Maywaldt bedurft hatte – mit dem Erscheinen des Anwaltes war er erbracht.

»Guten Tag. Ich bin Dr. Hayder, der Anwalt von Herrn Maywaldt.« Während Hayder den Kommissaren nur flüchtig zunickte, begrüßte er den Unternehmer mit Handschlag.

»Was werfen Sie meinem Mandanten vor?«, wandte er sich mit barschem Ton an die beiden Beamten.

»Es besteht der Verdacht der fortgesetzten illegalen Entsorgung von Giftmüll sowie der Beteiligung an der Ermordung des Architekten Stiller und dreier weiterer Personen.«

»Donnerwetter, schwere Geschütze! Und was, wenn ich fragen darf, haben Sie gegen Herrn Maywaldt konkret in der Hand, Herr Hauptkommissar Wolf?«

»Punkt eins: Auf der Großbaustelle des Corso-Tourismuscenters in Konstanz wurde in Betonfundamenten illegal entsorgter Sondermüll entdeckt. Das erste freigelegte Fass ist mit hochgiftigem Lackschlamm gefüllt. Es trägt auf der Unterseite die Aufschrift MERAG.«

»Punkt zwei«, fuhr Marsberg fort: »Wir haben einen Zeugen, der glaubhaft angibt, dass Ihr Mandant Sondermüll in großen Mengen angenommen und illegal hat entsorgen lassen, unter anderem in besagtem Tourismuscenter.«

»Punkt drei«, übernahm nun wieder Wolf das Wort: »Nach Aussage dieses Zeugen soll Ihr Mandant außerdem die Ermordung des Architekten angeordnet haben, der für die Planung des Corso zuständig war. Damit wollte Herr Maywaldt einer bevorstehenden Aufdeckung der Giftmülleinlagerungen zuvorkommen. Und zu guter Letzt Punkt vier: Diese Giftmülleinlagerungen wurden durch die Bauunternehmung Hohbau GmbH vorgenommen, an der Ihr Mandant bzw. dessen Familie beteiligt ist und die nach Aussage des nämlichen Zeugen ausschließlich zum Zwecke der illegalen Müllentsorgung gegründet wurde.«

»Eine Nummer kleiner haben Sie's wohl nicht?«, lächelte Hayder süffisant. »Okay, lassen wir das alles mal so stehen. Ich würde jetzt gerne mit meinem Mandanten unter vier Augen sprechen. Wo geht das?«

»Bitte sehr, Sie können gleich hierbleiben. Wir warten im Nebenraum. Klopfen Sie einfach an die Verbindungstür, wenn Sie fertig sind.« Damit verließen die beiden Hauptkommissare den Raum, allerdings durch die Haupttür, da Wolf unter allen Umständen vermeiden wollte, dass Maywaldt und Hayder zu früh von Stareks Anwesenheit erfuhren.

Knapp fünf Minuten später war es so weit. Energisches Klopfen zeigte an, dass Dr. Hayder und sein Mandant bereit waren. Diesmal benutzten Wolf und Marsberg die Verbindungstür. Dabei riss Wolf die Tür bewusst etwas weiter und länger auf, als eigentlich nötig gewesen wäre. »Machen Sie mit Herrn Starek so lange allein weiter«, rief er in den Nebenraum zurück und wechselte einen schnellen Blick mit Marsberg.

Wenn Maywaldt und Hayder Stareks Anwesenheit bemerkt hatten, so ließen sie es sich nicht anmerken. Während der Unternehmer mit verschränkten Armen und übergeschlagenen Beinen dasaß und den Eindruck erweckte, als ginge ihn die ganze Veranstaltung überhaupt nichts an, wirkte sein Anwalt wie ein sprungbereiter Terrier, der gerade überlegt, von welcher Seite er seinem Opfer an die Gurgel springen soll. Mit halb geschlossenen Augen stand er in der Raummitte und fixierte die beiden eintretenden Beamten.

»Bitte nehmen Sie zur Kenntnis, meine Herren: Ihre vorgebrachten Vorwürfe, die sich im Wesentlichen durch das Prinzip Hoffnung beziehungsweise durch unbewiesene Behauptungen auszeichnen, sind sämtlich haltlos und können durch meinen Mandanten entkräftet werden. Punkt eins, wenn ich Ihre Terminologie übernehmen darf: Ihr Zeuge ist, mit Verlaub gesagt, keinen Pfifferling wert. Bruno Starek stand bei der MERAG, für die er als Externer im Logistikbereich beratend tätig war, schon seit einiger Zeit im Verdacht, unter Ausnutzung seiner Kundenverbindungen Sondermüll in noch nicht bekannten Mengen beschafft beziehungsweise abgezweigt und auf eigene Rechnung illegal entsorgt zu haben. Insofern ist mein Mandant nicht Täter, sondern im Gegenteil Opfer. Punkt zwei: Des Weiteren gibt mein Mandant zu

Protokoll, dass er keine wie auch immer geartete und schon gar keine persönliche Verbindung zu Unternehmen hat, bei denen Giftmüll zur Entsorgung anfällt. Punkt drei: Herr Maywaldt kannte den Architekten des Corso weder persönlich noch geschäftlich und hatte demzufolge auch keine Kontakte zu ihm. Richtig hingegen ist, dass eine Tochter meines Mandanten, Frau Bettina Wilcke, eigenes Kapital in der Hohbau GmbH liegen hat und auf dem Papier die Funktion einer Geschäftsführerin ausübt. Mit dieser Kapitalverflechtung hat mein Mandant jedoch nicht das Mindeste zu tun, zumal sein Verhältnis zu Frau Wilcke aus Gründen, die hier nicht relevant sind, als getrübt bezeichnet werden muss. Im Übrigen war diese Beteiligung nie ein Geheimnis, sondern lag im Gegenteil für jeden, der sich dafür interessierte, offen zutage.

Allerdings sieht es so aus – und das wird durch die Todesumstände von Herrn Hohmann voll bestätigt –, dass der Chef der Hohbau GmbH und Herr Starek in der unseligen Giftmüllangelegenheit gemeinsame Sache zum Schaden meines Mandanten gemacht haben. Bedauerlicherweise kann Herr Hohmann persönlich dazu nicht mehr Stellung nehmen und insoweit auch nicht zur Entlastung meines Mandanten beitragen.

Nun aber das Wichtigste: Mein Mandant erklärt sich ohne Einschränkung bereit, sämtliche Geschäftsvorgänge, Firmen- und Privatkonten, Terminpläne et cetera über jeden beliebigen Zeitraum den Ermittlungsbehörden zugänglich zu machen.

Da es vor diesem Hintergrund geradezu lächerlich wäre, meinem Mandanten Verdunkelungs- oder gar Fluchtgefahr zu unterstellen, verlange ich seine sofortige Freilassung. Sollten Sie dem nicht stattgeben, werden wir unverzüglich die Staatsanwaltschaft und den zuständigen Haftrichter einschalten. Außerdem haben Sie eine saftige Dienstaufsichtsbeschwerde am Hals, das garantiere ich.«

Zuckerbrot und Peitsche! Wolf und Marsberg sahen sich an. Dann teilte Wolf Hayder das Ergebnis ihres stummen Zwiegesprächs mit: »Nun müssen *wir* uns kurz unter vier Augen beraten. Bitte gedulden Sie sich einen Moment.«

In Wolfs Büro kratzte sich Marsberg nachdenklich am Ohr. »Dumm gelaufen«, sagte er. »Wer konnte auch ahnen, dass wir es in diesem Stadium mit Hayder zu tun haben? Der hat uns gekonnt ausmanövriert. Wenn du mich fragst, sollten wir den Vogel besser fliegen lassen, was meinst du?«

In Wolfs Gesicht schlich sich ein Grinsen. »Nein, Rolf, so schnell werfen wir die Flinte nicht ins Korn. Noch haben wir ein heißes Eisen im Feuer: Starek. Ich gehe jetzt zurück und signalisiere Hayder, dass er mit seinem Mandanten abziehen kann. Du gehst in Raum zwo und lässt, für Starek hörbar, durchblicken, dass wir Maywaldt laufen lassen müssen, mehr noch: dass Maywaldt das Unschuldslamm mimt und ihm wohl nicht beizukommen ist. Vielleicht lockert das Stareks Zunge, und wir kriegen doch noch eine Handhabe gegen Maywaldt.«

Als Wolf in den Vernehmungsraum zurückkehrte, standen Maywaldt und Hayder am Fenster und unterhielten sich angeregt. Am liebsten hätte Wolf dem Müllfritzen die Fresse poliert und anschließend seinem Rechtsverdreher ins verlängerte Rückgrat getreten – gerne auch in der umgekehrten Reihenfolge. Wolf war sich ganz sicher, dass Maywaldt Dreck am Stecken hatte. In dieser Beziehung traute der Hauptkommissar Stareks Aussagen mehr als Hayders Gesülze.

Es war bitter, aber in diesem Augenblick, so schien es, hatten sie keine andere Wahl, als den MERAG-Boss ziehen zu lassen.

Die Unterhaltung der beiden erstarb bei Wolfs Eintritt. Beinahe körperlich spürte er ihre erwartungsvollen Blicke. Dennoch musste er versuchen, Zeit zu schinden – Zeit, die Starek brauchte, um sie vielleicht doch noch mit Munition gegen Maywaldt zu versorgen.

Und so vage ihm diese Möglichkeit zunächst auch erschienen war – seine Rechnung ging auf, wenn auch ganz anders, als er es sich vorgestellt hatte. Er wollte eben zu einer Antwort ansetzen, als im Nebenraum Unruhe entstand. Gleich darauf wurde die Verbindungstür aufgerissen, Starek erschien, das Hemd vorne aufgerissen, direkt dahinter Kalfass, der offenbar vergeblich versucht hatte, ihn am Betreten des Nebenraumes zu hindern. Ein kurzer Orientierungsblick, schon stürmte Starek auf Maywaldt zu und drängte den völlig Überraschten in eine Ecke. Dabei legte er ihm den rechten Arm um den Hals und drückte heftig zu, sodass dem

Müllkönig beinahe die Augen aus dem Kopf quollen. Wolf, Marsberg und Kalfass hatten sich schnell von ihrer Überraschung erholt und machten Anstalten, Starek von seinem Opfer wegzureißen.

»Zurück«, rief Starek schneidend. »Hinter den Tisch, alle, oder ich schneide dem Schwein die Kehle durch.«

Jetzt erst sahen sie, dass Stareks Rechte etwas umklammerte. Es war ein etwa zehn Zentimeter langer, unscheinbarer grauer Gegenstand, der vorne spitz zulief und scharf wie ein Rasiermesser sein musste, denn am Hals des Müllkönigs zeigte sich bereits ein feiner, blutender Schnitt.

»Macht, was er sagt«, rief Wolf und trat langsam einige Schritte zurück. Zögernd folgten ihm die anderen. »Und nimm die verdammte Pistole runter«, bellte er in Richtung Kalfass.

Starek schien sich etwas zu entspannen. »Ich rate jedem, sich nicht täuschen zu lassen. Die Klinge hier ist keineswegs so unscheinbar, wie sie aussieht. Wenn ihr ruhig bleibt und Abstand haltet, passiert nichts. Ansonsten fließt Blut, das garantiere ich. Ich habe ohnehin nicht mehr viel zu verlieren.« Noch immer lag die Klinge auf Maywaldts ungeschütztem Hals, während Stareks Linke ihm wie mit einem Schraubstock die Arme an den Leib presste. »Ich hab keine Lust, für dieses Schwein hier den Sündenbock zu spielen. Diesmal soll man nicht nur die Kleinen hängen, diesmal müssen auch die Großen dran glauben.«

»Herr Starek, verschlimmern Sie Ihre Lage nicht noch zusätzlich. Lassen Sie den Mann frei. Ich verspreche Ihnen …«

»Pah, Herr Kommissar, dieses Versprechen *können* Sie nicht einlösen. *Den* kriegen Sie nie hinter Gitter, dafür ist der viel zu gerissen. Glauben Sie mir, ohne meine Hilfe sind Sie verratzt! Haben Sie hier einen Internetzugang?«

»Wie bitte? Ich verstehe nicht …«

»Hab ich gestottert oder sind Sie des Deutschen nicht mehr mächtig? Ob es hier einen Computer mit Internetzugang gibt, hab ich gefragt.«

War Starek jetzt völlig übergeschnappt? Internetzugang – was sollte das? Andererseits, ehe der Mann vollends ausrastete …

»Beeilen Sie sich, Mann«, quetschte Maywaldt hervor.

»Hol dein Laptop her, Ludger.« Kalfass tat wie ihm geheißen.

»Gehen Sie ins Netz, aber fix, sonst kriege ich noch einen Krampf im Arm, und das bekäme unserem lieben Maywaldt schlecht.«

Wolf ging, jede hastige Bewegung vermeidend, zu dem Laptop hinüber. Er gab Kalfass' Passwort ein und wartete, bis die Startseite des Browsers auf dem Bildschirm erschien. »Bin so weit. Und jetzt?«

»Tippen Sie die Adresse ein: www.brunos-versicherung.de. Haben Sie?«

»Ja.«

Die Spannung nahm zu. Keiner rührte sich. Alle blickten zu dem Bildschirm hinüber, wo sich schnell eine Seite aus kleinen bunten Bildchen aufbaute.

»Jetzt gehen Sie mit der Maus auf das dritte Bild in der oberen Reihe. Vergrößern Sie es durch Anklicken. Was sehen Sie? Beschreiben Sie's uns. Laut und deutlich, bitte.«

Wolf starrte auf das hochaufgelöste Bild. »Ich sehe ... zwei Männer, die sich die Hände schütteln. Der eine davon ist ... jawohl, es ist Maywaldt.«

»Der andere ist Stiller, jener Stiller, den Maywaldt nicht gekannt haben will. Weiter. Gehen Sie in die zweite Reihe, fangen Sie vorne an. Sagen Sie uns, was Sie sehen.«

»Ich verlange, dass man mich sofort von diesem Irren befreit«, heulte in diesem Augenblick Maywaldt auf. Schnell brachte Starek ihn zum Schweigen, indem er den Druck mit seinem Arm leicht verstärkte.

»Ich sehe ein Gebäude ... den Eingang zu einem Gebäude ... es scheint eine Bank zu sein ... warten Sie: ja, ›Kantonalbank Schaffhausen‹, steht da ... ein Mann mit einem Koffer kommt heraus ... es ist Maywaldt.«

»Richtig. Auf einem der folgenden Bilder finden Sie detaillierte Angaben zu diversen Konten, die der saubere Herr in diesem Institut unterhält. Weiter, gehen Sie eine Reihe tiefer.«

»Machen Sie diesem Spuk endlich ein Ende«, kreischte Maywaldt in schrillem Diskant.

»Schnauze«, brüllte Starek seinem Gefangenen ins Ohr.

Zum ersten Mal ließ sich nun auch Dr. Hayder vernehmen, wenngleich ohne die gewohnte Aggressivität, deretwegen ihn seine Gegner so fürchteten. »Im Namen meines Mandanten verwahre ich mich gegen dieses Schmierentheater. Wir werden ganz entschieden zu verhindern suchen ...«

Doch Starek fuhr ihm ins Wort: »Halt gefälligst die Klappe. Na, Herr Kommissar, wird's bald?«

»Ich sehe wieder Maywaldt, dazu mehrere andere Männer ... sie haben Gläser in der Hand, sieht aus wie ein Bankett ...«

»Es *ist* ein Bankett, und zwar anlässlich der Jahreshauptversammlung der ›Westdeutschen Acena AG‹, bekannt als Hersteller chemischer Produkte und Pestizide. Dort fallen, wie bei den nachfolgenden Unternehmen auch, permanent sogenannte ›besonders überwachungsbedürftige Abfallstoffe‹ an. Sie können auch Giftmüll dazu sagen. Die Bildserie ist mit der Kundenliste der MERAG praktisch identisch. Die genaue Firmierung ist bei jedem Bild hinterlegt. Es dürfte ein Leichtes für Sie sein, die jeweiligen Stoffe und Mengen festzustellen, die über Maywaldt entsorgt wurden.«

Plötzlich ging Wolf ein Licht auf. »Diese Bilder ... hat man die in Ihrer Wohnung gesucht?«

»Klar. Maywaldt muss geahnt haben, dass ich Material gegen ihn gesammelt habe. Da hat er mir seine Truppe auf den Hals gehetzt. Als ob ich so was im Schreibtisch liegen hätte! Jeder, der sich mit Maywaldt einlässt, tut gut daran, beizeiten für eine Rückversicherung zu sorgen, das hab ich schnell kapiert.«

»Und wie sind Sie an die Klinge gekommen, mit der Sie Maywaldt bedrohen?«

Unvermittelt ließ Starek den Müllkönig los. Zum ersten Mal grinste er entspannt. Dann hielt er Wolf die Klinge hin. »Meine Notfallausrüstung. Trag ich auf der Innenseite meines Gürtels immer bei mir. Ist die Klinge eines japanischen Cutters, aus unzerbrechlichem Hartkunststoff. Damit kommen Sie sogar unbehelligt durch jeden Flughafen-Detektor.«

Nun, da er seinen Widersacher abgelenkt wusste, glaubte Maywaldt offenbar, leichtes Spiel zu haben. Mit hassverzerrtem Gesicht versuchte er, Starek am offenen Kragen seines Hemdes zu packen. Er hatte jedoch dessen Reaktionsschnelligkeit unterschätzt. Ein harter Stoß vor die Brust genügte, um Maywaldt haltlos nach hinten stolpern zu lassen. Auch Dr. Hayder konnte den Fall seines Mandanten nicht mehr aufhalten. Der Anwalt nahm Maywaldts offensichtliche Niederlage zum Anlass, mit einem hastig hingeworfenen »Sie hören noch von mir, meine Herren« den Raum zu verlassen – ein wahrhaft trauriger Abgang für einen, der es gewohnt war, den Saal als Sieger zu verlassen.

»Ludger, lass die Herren Maywaldt und Starek bitte abführen.«

»Ja, und *wir* sollten endlich Patzlaff einen Besuch abstatten«, meinte Marsberg aufgekratzt. »Was hältst du davon, Leo?«

»Auf geht's. Der wird sich nicht mehr einkriegen vor Freude ... oder vielleicht auch nicht! Schau'n wir mal.«

31

»Hallo, Frau Bender! Ist der Chef da?« Die beiden Hauptkommissare, Wolf voraus, stürmten durch Patzlaffs Vorzimmer. Dabei winkten sie seiner Sekretärin freundlich zu und waren bereits im Begriff, an die Tür zum Chefbüro zu klopfen, als eine Bemerkung von Hannelore Bender sie innehalten ließ.

»Falls Sie Herrn *Patzlaff* meinen: nein. Aber gehen Sie ruhig rein. Der *Chef* ist da.«

Was sollte diese kryptische Bemerkung? Na, egal, das konnten sie später klären. Viel gespannter war Wolf jetzt auf Patzlaffs Gesicht, wenn sie ihm den erfolgreichen Abschluss ihres Falles unter die Nase rieben.

Auf ihr Klopfen ertönte ein fröhliches »Herein«. Wolf öffnete ahnungslos die Tür – und prallte überrascht zurück. Hatte ihn eine Halluzination genarrt?

Hinter Patzlaffs Schreibtisch saß niemand anderes als sein Freund Ernst Sommer, Patzlaffs Vorgänger, seit zwei Jahren offiziell pensioniert, in Wahrheit jedoch Sonderbeauftragter des LKA!

»Duuu … hier?«, entfuhr es Wolf.

»Und wo ist der kleine Kriminalrat mit dem großen Geltungsbedürfnis?«, setzte der nachdrängende Marsberg hinzu.

»Kommt erst mal rein. Und macht den Mund zu.« Sommer weidete sich an der Überraschung seiner Besucher. Er reichte beiden die Hand. »Frau Bender, können die Herren auf diesen Schreck hin einen Kaffee bekommen?«

»Aber gerne. Das ist ja wohl das Mindeste, was sich Ihre Kollegen nach dieser Überraschung verdient haben, Herr Kriminalrat.« Nachdem sie die Tür hinter sich geschlossen hatte, konnte Wolf nicht mehr an sich halten. Er stellte die Frage, die ihm und Marsberg auf der Seele brannte.

»Was ist mit Patzlaff?«

Sommers Gesichtsausdruck wurde wieder ernst. »Kriminalrat Patzlaff ist mit sofortiger Wirkung vom Dienst suspendiert. Punkt. Und so, wie's aussieht, wird er aus dem Polizeidienst ausscheiden,

Ausrufezeichen. Ich vertrete ihn kommissarisch, bis ein Nachfolger bestimmt ist.«

Frau Bender brachte den Kaffee.

»Ausscheiden? Was ist passiert? Erzähl!«

»Gemach, Leo, da muss ich schon ein bisschen weiter ausholen.« Er sammelte sich kurz. »Ihr wisst, dass Deutschland im Ranking der Bananenrepubliken inzwischen Rang achtzehn einnimmt. Deshalb rückt die Bekämpfung der Korruption auch für das LKA immer stärker in den Vordergrund. Durch einen Zufall stießen wir während einer verdeckten Ermittlung auf Maywaldts Giftmüllgeschäfte, kamen aber nie richtig voran. Irgendwann kam dann der Verdacht auf, Maywaldt habe einen Zuträger im LKA. Es waren einfach zu viele Aktionen in die Hosen gegangen: Verdächtige wurden rechtzeitig gewarnt, Unterlagen waren spurlos verschwunden und so weiter, ihr kennt das ja. Ehe das LKA den Fall übernehmen konnte, hattest du, Leo, mich mit deinen dunklen Hinweisen auf Patzlaff und später auch auf Maywaldt aufmerksam gemacht. Von da an haben wir voll auf dich gesetzt – mit Erfolg, wie man sieht!«

»So war das also – ich hing die ganze Zeit an deiner langen Leine. Verstehe!« Wolf war zugegebenermaßen ein klein bisschen verärgert.

Sommer grinste, ohne auf Wolfs Einwurf einzugehen. »Gestern stellten wir dann Patzlaff eine Falle: Per vertraulichem Schreiben informierten wir ihn darüber, dass Nachforschungen über gewisse Schadstoffe auf dem MERAG-Gelände unmittelbar bevorstünden. Prompt tappte Patzlaff hinein: Er hatte nichts Eiligeres zu tun, als umgehend Maywaldt anzurufen – nicht ahnend, dass wir sein Telefon überwachten. Bis dahin allerdings war es ein weiter Weg. Zwar hatten wir schon seit Wochen den Verdacht, es müsse in unseren Reihen einen Maulwurf geben, mehr aber auch nicht. Deine Aversionen gegen Patzlaff, Leo, deine Zweifel an ihm und das merkwürdige Verhalten des Mannes im Verlauf eurer Ermittlungen haben es schließlich zur Gewissheit werden lassen: Nur er konnte Maywaldts Mann hier vor Ort sein; nur so ließ sich zum Beispiel auch die völlig missglückte Hausdurchsuchung bei Hohmann erklären.«

»Dann hast du also die ganze Zeit Patzlaff mit dem Maulwurf gemeint, als wir in der Krone saßen!«

»Ja. Aber zu dem Zeitpunkt war ich mir noch nicht sicher. Glaube mir, ich konnte dich unmöglich in die laufenden Ermittlungen einweihen, das hätte dein Verhalten gegenüber Patzlaff beeinflusst. Aber ihr habt den Fall geknackt, wie man hört. Ein ganz großes Kompliment zu eurer Arbeit. Prima gemacht!«

»Was mich wirklich wundert«, meldete sich nun Marsberg nachdenklich zu Wort: »Wieso haben wir bei Hohmann auch nicht den kleinsten Anhaltspunkt für Bestechung gefunden?«

»Weil die Leute nirgends so erfindungsreich sind wie im Fall von Korruption. Das System des Gebens und Nehmens lebt vom Vertuschen, Verstecken, Verschweigen. Allein in eurem Fall dürfte der Schaden für die Allgemeinheit in die Millionen gehen, und es wird Wochen und Monate dauern, das Geflecht von Bestechung und Vorteilsannahme zu entwirren und zu ahnden – falls wir es *überhaupt* schaffen!«

»Alles recht und schön. Aber wie konnte es Hohmann gelingen, ohne Verdacht zu erregen seine Konkurrenten auszubooten und praktisch jede beliebige Ausschreibung zu gewinnen? Ich meine, da muss doch Geld geflossen sein, und so was hinterlässt normalerweise Spuren. Warum nicht bei Hohmann?«

»Ja, und wieso lag gegen das Maywaldt-Imperium nie etwas vor?«, hieb Wolf in dieselbe Kerbe. »Der hat seine Giftmülllieferanten und Mitwisser doch auf Teufel komm raus geschmiert. Wahrscheinlich hat er auch bei seinen offiziellen Geschäften potenzielle Auftraggeber ›beatmet‹ oder ›angefüttert‹ und nach der Auftragsvergabe dicke bezahlt. Und mit Sicherheit haben auch bei der illegalen Müllbeseitigung durch Hohmann eine Menge Leute die Hand aufgehalten.«

»Ganz einfach«, antwortete Sommer, »Maywaldts schwarze Erlöse flossen auf eine Bank in der Schweiz. Von diesem Konto hat er die Leute bezahlt, und zwar stets in bar. Nichts davon lief über die Bücher, es gab praktisch keine Zeugen und schon gar keine Belege. Nur die Chefs wussten Bescheid.«

»Und Starek.«

»Ja, Starek«, wiederholte Sommer gedehnt. »*Er* war gewissermaßen Maywaldts Achillesferse. Insofern hast du am richtigen Mann den Hebel angesetzt, Leo.«

»Ich wage nicht, mir vorzustellen, wo wir ohne Stareks Schachzug mit den Bildern im Web jetzt stünden«, sagte Wolf und sah zu Marsberg hinüber.

»Tröste dich«, antwortete Sommer. »Manchmal brauchen wir eben zum Erfolg den Kollegen namens Glück. Wo kämen wir denn sonst hin?«

»Jedenfalls nicht in den Kriminalistenhimmel«, grinste Marsberg.

***

Wolf hatte Kalfass und Jo über Patzlaffs unrühmlichen Abgang in Kenntnis gesetzt und sie dann aus seinem Zimmer hinauskomplimentiert. Es war höchste Zeit, einen dringenden Anruf zu tätigen.

»Hallo, Frau Winter, können Sie reden?«

»Herr Wolf, seien Sie gegrüßt. Ich sitze im Auto, sprechen Sie ruhig.«

»Haben Sie heute Abend schon etwas vor?«

»Soll das eine Einladung sein?«, kicherte sie.

»So können Sie's sehen. Zu einem Festessen.«

»Und was verschafft mir die Ehre?«

»Ich möchte meine Schuld begleichen. Bringen Sie also Ihren dicksten Block mit, Sie werden ordentlich zu schreiben haben.«

»Nein!!! Heißt das, Sie sehen endlich Licht am Ende des Tunnels?«

»Mehr noch. Wir sind durch. Der Fall ist abgeschlossen.«

»Ich fass es nicht! Das ist die erste gute Nachricht heute. Allerdings«, sie zögerte kurz, »ich glaube nicht, dass Sie große Freude an mir hätten. Sie verlangen zu viel. Wie soll ich unser Essen genießen und anschließend entspannt mit Ihnen zusammensitzen, während Sie mich gleichzeitig mit Nachrichten füttern, die in unserem Blatt wie eine Bombe einschlagen werden? Das würde mich so was von zapplig machen, ich müsste sofort mit Schreiben beginnen. Ich mache Ihnen einen anderen Vorschlag: *Sie* kommen zu *mir*, ich koche uns was Schönes. Mögen Sie Fisch? Ja, es gibt Lachsfilet auf einem Gemüsebett, dazu ein raffiniertes Sößchen. Was halten Sie davon?«

»Klingt verlockend.«

»Um sieben bei mir? Oben, auf dem Burgberg.« Sie nannte eine Straße und die Hausnummer.

»Ich werde da sein.«

»Noch eins: Würde es Sie sehr stören, wenn ich einen weiteren Gast einlade?«

»Warum sollte es? *Sie* sind die Gastgeberin.«

»Er hat nicht unerheblich mitgeholfen, Ihre Sache zu einem guten Ende zu bringen – und war dabei mehr als einmal mit einem Bein im Kittchen.« Sie kicherte erneut.

»Verstehe! Die Quelle Ihrer ominösen Informationen. Dann machen Sie mal, ich bin gespannt, auch wenn ich mir bei manchem, was gesprochen wird, die Ohren zuhalten muss.«

»Und noch ein Drittes dürfen Sie mir nicht verübeln: Die Zeit nach dem Essen gehört meinem PC. Spätestens um elf muss mein erster Artikel bei der Redaktion vorliegen, ich lasse mir gleich eine halbe Seite reservieren. Wir wollen die Neuigkeit doch morgen unter die Leute bringen, nicht wahr?«

32

Karin Winter war – Wolf hatte es nicht anders erwartet – auch beim Kochen von der schnellen Truppe. Warum sich lange mit Gemüseschnippeln aufhalten, wenn sich das Problem auf zeitsparendere Weise lösen ließ? Ein schneller Griff in die Tiefkühltruhe, und schon dünsteten die bunten Würfelchen in zerlassener Butter.

»Ein Aperitif gefällig?«

»Was haben Sie denn im Haus?«

»Hier, extra für Sie angeschafft.« Sie hielt ihm eine Flasche hin.

»Pastis? Ich werd verrückt.« Er freute sich ehrlich und zeigte es auch. »Sagten Sie nicht, Sie machen sich nichts draus?«

»Stimmt! Er gehört ganz allein Ihnen, also legen Sie sich ins Zeug. Aber vergessen Sie dabei nicht, was Sie mir erzählen wollten.«

Wolf schnalzte mit der Zunge, goss sich etwas aus der Flasche in ein Glas und wollte sich eben auf einem Stapel Kartons niederlassen, als Karin Winter ihn entsetzt wegzog.

»Pardon!«, entschuldigte er sich und nahm auf einem Stuhl Platz. »Scheint sich um etwas Zerbrechliches zu handeln.«

»Allerdings. Es ist Pudding.«

Wolf zog anerkennend die Brauen hoch: Wenn die Winter so viel Pudding aß, musste ihr Stoffwechsel hervorragend funktionieren! Dann erzählte er ausführlich und der Reihe nach, ließ weder Höhen noch Tiefen aus, verweilte besonders auf den finalen Ereignissen dieses Morgens, wobei er nicht vergaß, immer wieder auf bestimmte Hintergründe und Zusammenhänge hinzuweisen. Mehr als einmal lief die Journalistin zum Tisch, kritzelte Notizen in ihren Block und hinterfragte, was sie nicht auf Anhieb verstanden hatte. Dabei ließ sie keine Sekunde ihren Topf aus den Augen. Sie würzte das Gemüse, schmeckte ab, bereitete die Lachsfilets vor und gab sie auf das Gemüsebett, um sie nach einigen Minuten zu wenden. Ganz offensichtlich hatte sie kein Problem damit, mehrere Dinge gleichzeitig zu tun. Beneidenswert, aber da waren Frauen ja schon immer im Vorteil.

»Erfüllen Sie mir einen klitzekleinen Wunsch?«, fragte Wolf.

»Jeden – wenn ich kann.«

»Geben Sie eine kleine Zehe Knoblauch dazu?«

»Passt eigentlich nicht. Aber gut – eine halbe Zehe.«

Schließlich legte sie den Deckel auf den Topf. Während Fisch und Gemüse bei schwacher Hitze weiter garten, bereitete sie eine pikante Limettensoße zu.

»... so hat sich letztlich das Problem Hohmann von selbst erledigt«, resümierte Wolf abschließend und nippte an seinem Glas. »Und dank Starek haben wir endlich auch den Kopf der Organisation. Allerdings sind wir damit noch lange nicht aus dem Schneider. Ich fürchte nämlich, dass uns der Korruptionsverdacht noch wochenlang auf Trab halten wird ...«

»Hier, kosten Sie mal ...«, unterbrach ihn die Köchin.

»Donnerwetter!« Er leckte sich die Lippen. »Ich würde sagen, noch eine kleine Prise Salz, und das Sößchen ist perfekt.«

Wie zur Bestätigung klingelte es in diesem Moment an der Wohnungstür. Karin Winter schaute auf die Uhr. »Halb acht. Das muss unser zweiter Gast sein. Machen Sie ihm bitte auf?«

Folgsam lief Wolf zur Tür und riss sie auf. Draußen lehnte sich ein schwer atmender Don Camillo an den Türrahmen.

»Qualle – du?« Wolf war freudig überrascht. »Ich hätte es wissen müssen. Spätestens seit den Puddingkartons!«

»Ihr kennt euch?«, staunte Karin Winter, die ihm an die Tür gefolgt war.

»Klar. Qualle trainiert doch die Kripo am Computer.«

»Hätt ich gewusst«, keuchte Qualle sichtlich außer Atem, »dass du ganz oben unterm Dach wohnst, Karin ... und es in diesem Haus keinen Aufzug gibt ... puh ... dann hätt ich McDonald's vorgezogen, ehrlich.«

Wenig später saßen sie beim Essen. Wolf, der selbst mehr schlecht als recht kochte und trotz seiner Vorliebe für deftige Eintöpfe ein raffiniert zubereitetes Gericht aus hochwertigen Zutaten durchaus zu schätzen wusste, musste Karin Winter Abbitte leisten. Was ihre Kochkünste betraf, hatte sich seine anfängliche Skepsis als unbegründet erwiesen – noch ein Punkt, der für diese Frau sprach. Auch Qualle leckte sich die Lippen, als er sein Besteck aus der Hand legte.

Natürlich – wie sollte es anders sein – kreiste das Gespräch ausschließlich um den Müllkönig und seine Mafia. Dabei erfuhr Wolf erstmals von dem Brandanschlag auf Qualles »Werkstatt«, in dessen Folge sich der Dicke eine andere Bleibe suchen musste. Als Karin Winter jedoch auf Qualles Rolle bei der illegalen Datenbeschaffung zu sprechen kam, wehrte Wolf entschieden ab. »Nee, Leute, behaltet die Details lieber für euch, ich will und darf das nicht wissen. Auch wenn ich zugeben muss, dass wir ohne Qualles Spürnase heute nicht da stünden, wo wir sind.«

»Ooch«, wehrte der schnaufend ab und lehnte sich zurück, als bereite er sich auf eine längere Geschichte vor. »So was gehört zu meinen leichteren Übungen. Gestern zum Beispiel ...«

»Qualle, ein Pudding gefällig?«, fuhr Karin Winter gerade noch rechtzeitig dazwischen, ehe er sich in elektronischen Details ergehen konnte.

»Du hast es nicht vergessen?« Seine Augen leuchteten auf.

»Wie sollte ich. Eine Frau, ein Wort – wenn auch ein paar Tage zu spät, ich bitte um Vergebung. Erdbeer oder Vanille?«

»Wunderbar – genau in dieser Reihenfolge.«

»Für Sie, Herr Wolf, habe ich ein ganz spezielles Dessert. Kann allerdings noch ein bisschen dauern.« Sie öffnete zwei der Kartons und reichte Qualle, zusammen mit einem Löffel, die gewünschten Becher.

Während Wolf sich noch einen Pastis genehmigte, glaubte er, von irgendwoher ein Brummen zu hören. Als das Brummen mit einem Piepton abschloss, stand Karin Winter auf und ging nach nebenan. Bei ihrer Rückkehr wedelte sie mit einem Blatt Papier herum, das sie schließlich vor Wolf hinlegte.

»Voilà, Ihr Dessert, Monsieur. Ein Fax von unserer Technik. Dieser Artikel steht morgen früh im ›Seekurier‹. Sollten Sie lesen.«

Wolf warf zunächst nur einen flüchtigen Blick auf den Text. Doch schon die Schlagzeile nahm ihn gefangen: »Baudezernent an der Grenze verhaftet«, las er. Sollte das etwa ...? Er las den Text zu Ende, dann noch einmal und vergaß währenddessen völlig seine Umgebung. Endlich legte er das Blatt zur Seite.

Nein, es gab nicht den geringsten Zweifel: Zollbeamte hatten Siebeck verhaftet. Sehr gut! Offenbar war Siebeck beim Grenzübertritt in die Schweiz am Übergang Ramsen von deutschen

Zöllnern gefilzt worden. Dabei hatten die Beamten in seinem Köfferchen Bargeld in Höhe von 275.000 Euro sichergestellt. Da Siebeck nicht nur keine plausible Erklärung für die Herkunft des Geldes hatte, sondern auch sonst wenig kooperativ war und sich im Gegenteil zu einigen deftigen Beamtenbeleidigungen hinreißen ließ, war er schließlich festgenommen und in die Justizvollzugsanstalt Konstanz verbracht worden. Das würde ihre Anschlussermittlungen erheblich beschleunigen, dachte Wolf mit Genugtuung.

»Zufrieden mit dem Nachtisch?«, fragte Karin Winter.

»Aber klar doch. Läuft runter wie Öl. Leider regeln sich die Dinge nicht immer so glatt.«

»Stimmt! Manchmal muss man ein kleines bisschen nachhelfen, nicht wahr, Qualle?« Die beiden sahen sich an wie zwei Verschwörer und konnten ein Grinsen nur mit Mühe unterdrücken.

»Moment mal!« Wolf war alarmiert. »Was soll das heißen? Habt ihr etwa …?« Voll böser Ahnungen brach er mitten im Satz ab.

»Wir *haben*!«, antwortete Karin Winter, wieder ernst geworden. »Möge uns die Obrigkeit verzeihen. Ein klitzekleiner Tipp, zum richtigen Zeitpunkt an die richtige Stelle, mehr nicht.«

»An wen?«

»An den Zoll.«

»Haben Sie zu denen etwa auch heimliche Kontakte?«

»Herr Wolf … von solchen Verbindungen lebe ich! Ich könnte beruflich einpacken, wenn ich nicht die unterschiedlichsten Quellen anbohren würde.«

»Schön zu hören, dass ich für Sie eine Quelle bin. Ich hoffe, ich habe ausreichend gesprudelt.«

»Sie wissen genau, dass ich Sie nicht als Informanten betrachte. Na gut, zumindest nicht *nur*. Im Übrigen war das Ganze keine Einbahnstraße, möchte ich in aller Bescheidenheit anfügen. Aber sollen wir uns an so einem erfolgreichen Tag wirklich darüber streiten?«

Wolf musste kurz schlucken, ehe er sie ansah. »Natürlich haben Sie recht, lassen wir das«, sagte er versöhnlich.

»Prost, Gemeinde!« Qualle hob sein Glas, und Wolf und Karin Winter taten es ihm nach.

»Trotzdem, wenn Sie dem Zoll einen Tipp gegeben haben – das heißt doch, Sie haben gewusst, dass Siebeck über die Grenze geht.

Mit Geld. Und am Übergang Ramsen! ... Sagen Sie bloß nicht, Sie und Qualle haben schon wieder ...«

Erneut wechselten die beiden einen schnellen Blick. »Wir bekennen uns schuldig, Euer Ehren! Aber es war zu verlockend, und der durchschlagende Erfolg gibt uns doch recht, oder? Im Übrigen ... ich mache ungern halbe Sachen.«

»Wir haben ganz einfach ...«, setzte nun Qualle zu einer minutiösen Schilderung des Datenklaus an.

»Verschont mich um Gottes willen mit Details. Ich weiß von nichts, und so soll es auch bleiben.«

»Na gut«, sagte Karin Winter, »Hauptsache, die Mittel haben ihren Zweck erfüllt. Aber etwas anderes geht mir nicht aus dem Sinn. Alles hat doch mit dem angeblichen Selbstmord des Polen Ploc angefangen. Einen Tag später ereilte seinen Kollegen Yosip Juratovic dasselbe Schicksal. Nun dürfte es nicht sonderlich schwer gewesen sein, den beiden Fahrern den Giftcocktail zu verabreichen und Juratovics Ableben als unglücklichen Todesfall auf der Fähre darzustellen, zumal das leere Nitrospray diese Schlussfolgerung geradezu aufdrängte. Wie aber hat Starek das mit Ploc angestellt?

»Nun, zunächst einmal fuhr Starek den bereits toten Ploc zu der bekannten Stelle im Wald oberhalb Wallhausen. Dort suchte er eine Buche aus, die einen kräftigen Ast in gut zwei Metern Höhe aufwies. Danach legte er dem Polen so einen Klettergurt an, wie ihn Bergsteiger benutzen, um Druckstellen und Quetschungen am Körper zu vermeiden, und schleppte ihn zu der Buche.«

»Dabei müsste er doch Schleifspuren oder zumindest Fußabdrücke hinterlassen haben«, warf Karin Winter ein.

»Hat er nicht. Er trug ihn auf dem Rücken, schließlich waren es nur wenige Meter, und der Pole galt nicht gerade als Schwergewicht. Im Übrigen war der Waldboden für Fußabdrücke viel zu trocken; vergesst nicht, wir hatten seit Tagen brütende Hitze und keinerlei Niederschlag. Starek befestigte ein Seil an dem Klettergurt, warf es über den ausgesuchten Ast, zog damit die Leiche hoch und band das Zugseil fest ...«

»Moment mal«, fiel Qualle mit hochgezogenen Augenbrauen dem Hauptkommissar ins Wort. »Selbst wenn Ploc nur siebzig Kilo wog, das Hochziehen eines solchen Gewichtes hinterlässt an der Rinde auf jeden Fall Schleifspuren. Ich hoffe doch, ihr habt euch die Oberseite des Astes genau angesehen?«

»Natürlich, aber da waren keine Spuren. Vielleicht hat er etwas unter das Seil gelegt, das ist noch nicht abschließend geklärt. Jedenfalls musste er dem toten Ploc nur noch die Schlinge um den Hals legen, deren Ende am Ast festbinden und zuletzt das Zugseil vom Klettergurt durchschneiden ...«

»Verstehe: Schon fiel Ploc nach unten und brach sich das Genick«, ergänzte Karin Winter Wolfs Satz.

»Man könnte also sagen, der Pole ist zweimal gestorben: zuerst vergiftet, anschließend erhängt. Geht wohl gern auf Nummer sicher, euer Herr Starek.«

»Der Rest war Routinekram: Zugseil und Klettergurt aufschneiden und entfernen, zuletzt den mitgebrachten Campingstuhl unter den baumelnden Ploc legen – alles sollte für uns so aussehen, als sei er in selbstmörderischer Absicht auf den Stuhl gestiegen, habe seinen Kopf in die Schlinge gesteckt und danach den Stuhl umgestoßen.«

»Ist das eine Theorie oder gibt es Beweise für diese Vorgehensweise?«, fragte Karin Winter neugierig.

»Nun, wir fanden am Tatort unter dem Laub eine Kunststoffschlaufe, mit der wir zunächst nichts anzufangen wussten. Also wanderte sie mit zur KTU. Mittlerweile konnte das Ding als Teil eines Klettergurtes identifiziert werden. So hat es uns den entscheidenden Hinweis auf den Hergang der Tat gegeben. Es dürfte nicht schwer sein, das genaue Modell und über die hiesigen Sportartikelgeschäfte auch den Käufer des Gurtes zu ermitteln. Und es würde mich sehr wundern, wenn der nicht Starek heißt.«

»Ein Hoch auf den Kollegen Zufall.« Qualle hob sein Glas.

»Und wenn nicht?«, fragte Karin Winter.

»Dann ist da immer noch der Seemannsknoten, mit dem die Schlinge geknüpft war. Dazu muss man wissen, dass Starek Segler ist, er hat diese Art Knoten seit Jahr und Tag angewendet, er trägt also seine Handschrift. Sein Pech, dass er auf dieses Detail nicht geachtet hat.«

Karin Winter nickte gedankenverloren, ehe sie mit ihrer nächsten Frage herausrückte. »Sagten Sie nicht, bei Plocs Leiche sei ein Abschiedsbrief gefunden worden?«

»Eine Fälschung, wie wir inzwischen wissen.«

»Und um Plocs Frau von unliebsamen Aussagen abzuhalten, hat Starek ihr dann die zehntausend Euro in den Postkasten gesteckt.«

»Genau.«

»Starek war Maywaldts Mann fürs Grobe. Er konnte schalten und walten, wie er wollte, Hauptsache, das Geschäft mit der Giftmüllentsorgung lief wie geschmiert. War es nicht so?«

»Ja. Das heißt aber nicht, dass Starek seine eigenen Interessen vernachlässigt hätte. Er sorgte vor, trug Material gegen Maywaldt zusammen, und als er langsam, aber sicher ins Zentrum unserer Ermittlungen geriet, setzte der stets misstrauische und auf Sicherheit bedachte Maywaldt eine zweite Truppe auf Starek an. Er ließ dessen Wohnung durchsuchen, um belastendes Material zu sichern, und verwischte die eigenen Spuren. Auch Hohmann wurde vermutlich permanent von Maywaldts Leuten überwacht.«

»Dann geht wohl der Überfall auf mich und meinen Kollegen in der Züricher Tiefgarage auch auf deren Konto?«

»Das ist anzunehmen.«

»Und Hohmann war Täter und Opfer zugleich.«

»Sie sagen es. In seiner Rolle als Täter hat Hohmann auf Teufel komm raus wichtige Leute geschmiert. Und er steckte bis über beide Ohren in der Giftmüllsache drin. Trotzdem hat Maywaldt es für richtig gehalten, Hohmann nicht in all seine Schritte einzuweihen. Teile und herrsche, das war Maywaldts Prinzip. Als Hohmann dahinterkam, war es für ihn zu spät.«

»Ziemlich verwirrend – und raffiniert zugleich«, staunte Karin Winter.

In diesem Moment klingelte Wolfs Handy. Er entschuldigte sich bei seinen Tischnachbarn, ehe er das Gespräch annahm. Die nachfolgende Unterredung verlief reichlich einsilbig: Ein formloses ›Hallo‹ und zwei-, dreimal ›Ja‹ war alles, was er sich abrang. Er beendete das Gespräch mit einem »Bis morgen also«.

Sichtlich betroffen trat er ans Fenster und starrte in die beginnende Dämmerung hinaus, die an diesem wolkenverhangenen Abend früher als sonst eingesetzt hatte. Unterdessen räumte Karin Winter ab; Qualle löffelte träge seinen dritten Pudding.

Wolf drehte sich um. »Wenn man den Teufel nennt, kommt er gerennt«, sagte er mit einem bedauernden Tonfall.

»Schlechte Nachrichten?«, fragte Karin Winter.

»Das war Sommer, mein neuer Chef. Es ging um Siebeck.«

»Ist er ausgebrochen?«, fragte die Journalistin hoffnungsvoll.

»Er ist tot!«

Erstaunlich behende war Qualle auf den Beinen. »Er ist *was*?«

»Erhängt. In seiner Zelle.«

»Scheiße!« Mehr fiel Karin Winter im diesem Moment nicht ein. Sie musste sich setzen.

»Tja, da fragt man sich doch: War's das nun wert?«, fuhr Wolf grüblerisch fort. »Da haben diese Leute in ihrer Gier nur noch Geld im Kopf, denken, dass sie sich dafür alles und jeden kaufen können, und gehen, wenn's sein muss, sogar über Leichen – mit einer Selbstverständlichkeit, die einem Angst macht. Und wenn's schiefgeht, stehlen sie sich davon, sagen einfach ›Tschüss, das war's‹ …«

Karin Winter trat zu ihm und legte ihre Hand auf seinen Arm. »Sie erwarten Charakter von diesen Leuten? Ist das nicht ein bisschen viel verlangt?«

Wolf sah kurz hoch. »Sie haben recht«, sagte er, »das wäre wirklich zu viel verlangt.« Er griff nach seinem Glas. »Lassen wir uns dadurch nicht die Stimmung verderben. Zum Glück ist jeder selbst seines Glückes Schmied. Prost, Leute!«

Als er sich umsah, war Karin Winter verschwunden. Aus dem Nebenraum hörte er leise das Klappern ihrer Tastatur.

ENDE

Dank

Ich danke allen, die in irgendeiner Weise an diesem Buch mitgewirkt haben, im Besonderen aber Carin und Ulrich Megerle, Siegfried Sauer, Rainer Hirth, Robert Hummel, Ulrike Heinemann sowie Frau Dr. Steinmetz und Marit Obsen, die für das Lektorat bei meinem Verlag verantwortlich zeichnen.

Manfred Megerle, im August 2007